罪案终结者
的觉醒

无论黑暗中有什么 我都是你的守夜者

守夜者

GUARDIAN OF LIGHT

法医秦明 著

百花洲文艺出版社

◎萧朗
◎唐铛铛
◎萧望
守夜

◎程子墨
◎凌漠
◎聂之轩
者

通缉令
逃犯D
通缉令
逃犯C
通缉令
逃犯A
涉嫌恶势力犯罪
通缉令
逃犯N
致人轻伤
通缉令
逃犯E
通缉令
逃犯R
纵火
通缉令
逃犯F
通缉令
逃犯S
过失杀人
通缉令
逃犯J
通缉令
逃犯O
盗窃
通缉令
逃犯P
故意伤害致死

通缉令
逃犯K
激情杀人
通缉令
逃犯L
通缉令
逃犯M
故意伤害致死
通缉令
逃犯Q
通缉令
逃犯H
强奸杀人
通缉令
逃犯T
通缉令
逃犯U
通缉令
逃犯B
涉嫌恶势力犯罪
通缉令
逃犯V
在公交车上盗窃
通缉令
逃犯I
通缉令
逃犯G
涉嫌恶势力犯罪

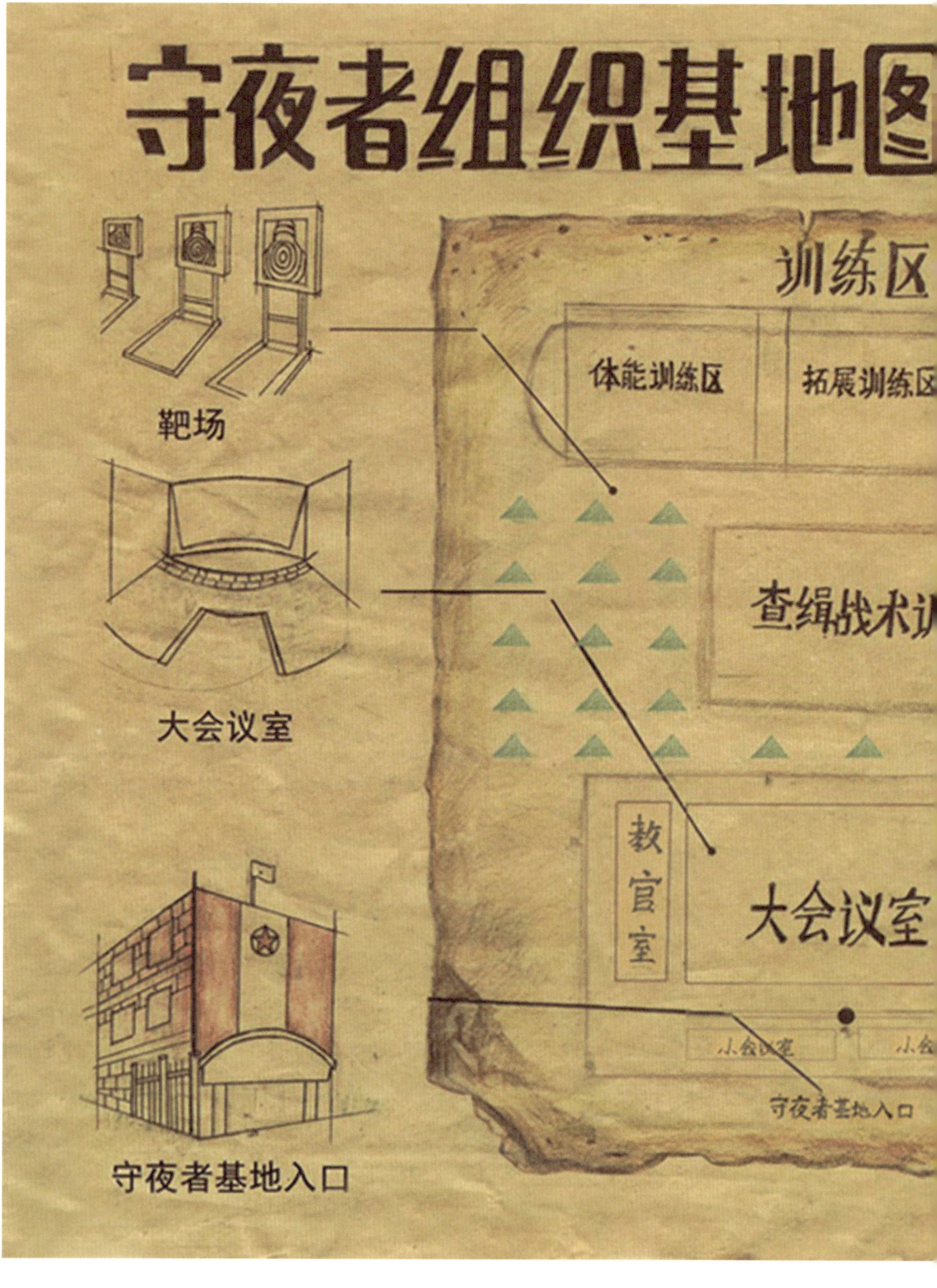
守夜者组织基地图
靶场
大会议室
守夜者基地入口
训练区
体能训练区
拓展训练区
查缉战术训
教官室
大会议室
小会议室
守夜者基地入口

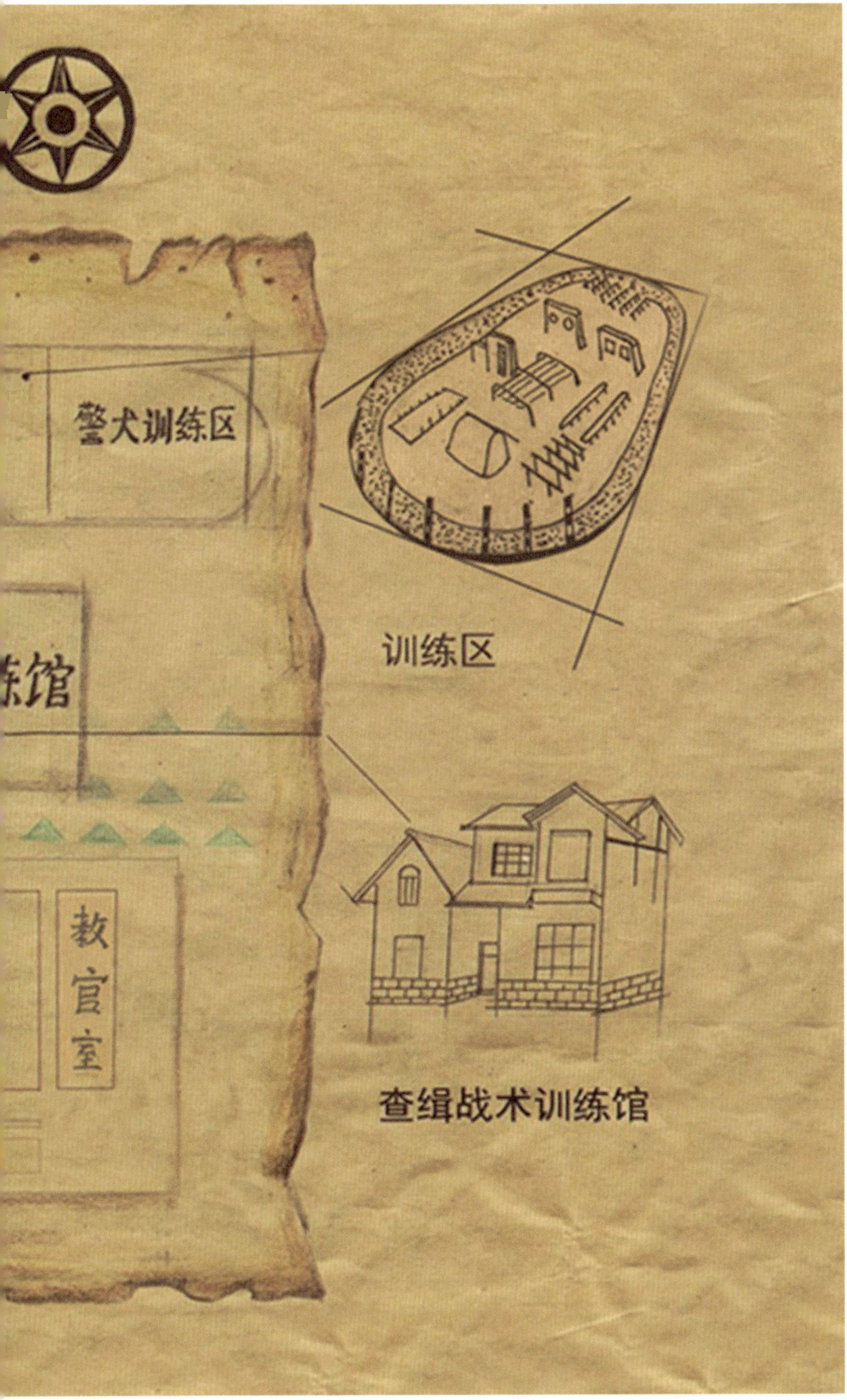

警犬训练区
练馆
教官室
训练区
查缉战术训练馆

无尽长夜，我以生命为誓，背抵黑暗，守护光明。

谨以此书献给所有不惧黑暗的人

序

“法医秦明”系列小说已经出版了五部，我觉得是时候开辟新的系列了。这就是《守夜者》系列得以开篇的理由，也是我突破写作瓶颈的开始。

说老实话，这个故事，我和元气社的朋友们一起策划了很久，为的就是给大家呈现出一个复杂却清晰、虚构却合理、悬疑且精彩的故事。直到两天前的晚上，《守夜者》的大纲彻底敲定，我这颗没日没夜转动着的大脑才得以放松下来。

我很喜欢这个故事，理由有三：

一、这个故事有好几条主线，每条主线都会有不同程度的交叉，因此，这是一个非常复杂的故事，是一个非常精彩的故事，是一个非常烧脑的故事。故事从新中国建国伊始一直讲述到现在，波澜壮阔；故事由一个一个细节组成，精致小巧。当然，复杂的故事结构，对一个并不够专业的写作者来说，无疑是一种极大的挑战。但是，为了给大家带来一场阅读盛宴，我愿意接受这个挑战。

二、我为什么当警察？很多朋友可能都和我一样，心中充满了一股正义。我觉得正义感非常重要，它是一个社会在正常轨道上发展的重要因素。看过我的书的朋友都会说，无论凶案有多凶残，“法医秦明”系列都是在弘扬一种正义感，一种对犯罪分子的仇视以及对无辜者的悲悯。不仅如此，我一直想告诉大家的八个字就是“天网恢恢，疏而不漏”。《守夜者》正是讲述了这么一群人，他们用自己心中的正义感，完成着自己的历史使命。也就是说，《守夜者》延续了“法医秦明”系列的精神目的，向着正义进发！

三、这套书的精髓所在，就是“法治精神”。这四个字说起来容易，做到完美却是很难的。非常欣喜，我们现在正在提倡推行“依法治国”，这是建设强国、维护稳定的必要因素。而在这个轰轰烈烈推行“依法治国”思想的年代，这个新系列的诞生显得更有意义。从新中国成立到今天，我国的法治进程逐步推进，在这条道路上，前辈们励精图治，不断探索，才有了今天和谐稳定的大局。过度的个人英雄主义，可能会给我们带来精神上的愉悦，但是，真正可以给老百姓安定的，必须是法治。《嗜血法医》《夜叉》等影视作品的主角，不能是我们鼓吹的目标，严格守法、严格执法，才是榜样。

《守夜者》讲述了一个跨越数十年的故事，我最想用故事来表达的，就是法治意识。书里，神秘的守夜者组织，在探索法治的道路上付出了极大的代价；现实中，我希望法治意识可以根深蒂固地扎根每个人的心里，尤其是执法者的心里。这样，每个人都会觉得安全，社会才会稳定富足。

虽然这个序写得有点像八股文，但确实是我心中所想，心中所愿。

《守夜者》是我和元气社的朋友们倾尽心血的成果，我希望我的读者们都会喜欢它。守夜者组织虽是个神秘之存在，但它也是一面旗帜、一种向往。那一群人，可能就平凡地存在于我们的身边，保护着我们的安全，守护着万家灯火平安夜，我希望我的读者们都为他们祈福。

2016年1月1日

目录

引子

在孩子的眼里，星星距离地面也似乎比看到的更过遥远。

——（英）狄更斯

1

2016 年 7 月 11 日下午。南安师范大学家属区。

赵健是和学生们踢了一场比赛后才回家的，满身臭汗。进门后，他悄悄地钻进了卫生间，把满是泥水和汗水的球服扔进了洗衣机，再洗了把脸，才来到了卧室。

妻子李晓红也是体育学院的老师，但是对他热衷于足球却总是很不屑。这也很正常，这种只会教学生们跑跑跳跳的老师，哪里会懂得足球的魅力？不过说实在的，妻子的身体素质，还真是自己不能比的，反正 3000 米以上的长跑，自己绝对不是妻子的对手。

妻子最近在休年假，她坐在床边，正在教儿子认字儿。儿子似乎继承了他俩的全部特点，才两岁，就可以打闹跑跳一上午而绝不摔上一跤，跑步的速度也比同龄的孩童要快上许多。就连学院里其他的老师都夸赞儿子以后一定是个世界冠军的料。不过，说到文化课的学习，儿子仿佛都没有多大的兴趣，就这么张只有十几个字的画报，儿子这么久还是认不全。

赵健坐到床边，轻轻地吻了吻妻子。

“又踢球了吧？”李晓红笑着把赵健推开，“洗完澡再进来。”

“你是当警察的吗？怎么啥都知道？”赵健嘟囔了一声。

“你一身臭汗，加上青草和泥巴的味道，不是在足球场上蹭来的，还能是从什么地方来的呢？”李晓红数落着丈夫，眼神却一直没有离开过儿子，她轻轻地摸了摸儿子的脸蛋。

“足球。”儿子指着画报上的足球图案说。

“乖儿子，你终于认识这俩字儿了！”李晓红高兴地说，却一眼看见儿子指了指足球的图画，又指了指另外一格里的“篮球”两个汉字。

“哈哈！认识图就行了！来，儿子，亲一口。”赵健噘着嘴，朝宝宝红扑扑的脸蛋上吻去。

“去去去，宝宝嫌你臭！”李晓红一巴掌托住赵健的下巴。赵健想尽办法绕过她的手掌去亲儿子，却一直没法得逞，最后只有垂头丧气地回到了卫生间，儿子在一边笑得打滚。

“晚饭吃什么啊？”赵健在卫生间里喊道。

李晓红把儿子轻轻放回摇篮里，收拾着床头柜上的奶粉和玩具，说：“你昨天买了什么菜，今天就吃什么菜。”

“你给的买菜的钱，真的不够买肉啊，我想吃肉！”赵健说。

“吃肉。”儿子牙牙学语，附和道。

李晓红扑哧一笑，说：“那就把你的课带好，多拿点课时费回来，别天天就想着组建什么足球队，赢球也挣不了钱。”

“天气真热。”赵健脖子上搭着一条毛巾，岔开话题说，“你别那么费劲搞什么学前教育了，儿子明年才上幼儿园呢，就凭咱们大学附幼的师资水平，绝对能把咱儿子教好。”

“那咱们也得先学起来。”

“笨鸟先飞吗？”

“你才是笨鸟！”

“笨鸟，爸爸是笨鸟。”儿子举着双手不断摇晃，手腕上的小银铃铛闪闪发亮，惹得赵健夫妇一阵大笑。

一家人边打边闹地吃完了简单的晚饭，夫妻二人又依偎在厨房的水池旁边洗碗。儿子一个人在卧室的床上摆弄着他心爱的玩具手枪。

儿子学着电视里人物的模样，拿着手枪对着房间四处瞄准。“砰，砰，砰。”他自言自语道。

他的枪口指过了电视机，指过了衣服架子，指过了顶灯。枪口再次瞄准窗帘的时候，他猛地打了个激灵。他发现窗帘的夹缝中间，仿佛有个什么东西在闪光。窗帘没有拉好，两扇窗帘的中间露出了大约十厘米的夹缝，屋内的灯光照射到夹缝中间，照得一个物件闪闪发亮。儿子仔细定睛一看，那分明是一只眼睛，正在凝视着他。眼睛的下面，仿佛还有咧开的半张嘴巴，像是在对着他狞笑。

“哇啊！”儿子吓得号啕大哭。

几乎在儿子发出哭声后的零点一秒，李晓红摔了碗，闪电一般地奔到了卧室。

儿子抱着手枪，坐在床上，毫发无损，仰面大哭。

“怎么了，乖儿子？”李晓红抱起儿子，轻轻地拍着他的脊梁，“没事，没事，妈妈在这里。”

“坏人！坏人！”儿子指着窗帘。

赵健随后跟进了卧室，一把拉开窗帘。外面已经夜幕降临，随着窗帘的拉开，窗前被室内的灯光照亮，并无一人。

“宝宝你看，啥也没有啊，对不对？”李晓红指了指窗外。

赵健打开玻璃窗，用手指敲了敲紧贴着窗户的防盗窗，说：“儿子快看，防盗窗，坏人进不来！”

说完，他把头顶着防盗窗的栏杆间隙，示意没人能够钻得进来，回头又做了个鬼脸。

儿子破涕为笑。

“你说，儿子今晚是怎么了？”把儿子在他的小床上哄睡着后，李晓红坐在床边，一边抹着护手霜，一边有些担心地说。

赵健抱着手机打着游戏，说：“小孩子不就一惊一乍的嘛，你别大惊小怪的，打碎了一个碗，明天多给我十块钱买碗。”

“就知道钱啊钱的。”李晓红笑骂道。说完，她起身走到客厅的大门边，检查了一下大门的门锁，又回到了床上。

“睡觉喽。”赵健四仰八叉地躺下，“明天还有一场比赛。”

“整天和孩子一样，除了足球就是游戏。”李晓红翘首看了看大床旁边小床上的儿子，关上了灯。

慢慢地，这个宁静的家里，响起了温馨的鼾声。

此时，这个本身就是闹中取静的家属院里，已经没有了灯光，没有了人迹。

一楼的赵健家的大门内锁咔嗒了一声。

一根像是钢丝样的东西慢慢地塞进了赵健家大门的门锁，来来回回地探着。突然，钢丝停住了，门锁的反锁装置随之被解开了。

又是“啪”的一声脆响，大门上猫儿眼的玻璃碎裂了，一只机械手从猫儿眼里伸了进来。进来后，这只机械手垂直向下，顶住了大门的把手。机械手再一用劲，门把手向下弯压，大门咔嗒一声打开了。

门外的黑影停下了动作，静静地等待着。

透过客厅，卧室里的鼾声并没有停止。黑影轻手轻脚地将机械手从猫儿眼孔里抽了回来，折叠好，放进了衣服口袋。

黑影从口袋里掏出一副手套，慢慢地戴上，又拿出一支不带针头的针管，取掉了封闭管口的管帽。他蹑手蹑脚地走进卧室，慢慢地靠近了小床。针管里的液体，滴下一滴在地面上。

李晓红做了一个噩梦，梦见一头有着巨大翅膀的恶魔飞到了她的家里，把她的儿子撕碎，放在嘴里慢慢咀嚼。

吱呀一声。

仅仅是很轻很轻的吱呀声，就把李晓红从梦魇里拖了出来。

“坏人！坏人！”之前儿子的声音还在耳边萦绕，李晓红一时搞不清楚那是现实还是梦境。

惊魂未定的李晓红睁开眼睛，看着黑暗中的天花板，重重地喘了口气。胸口原本就像是被一块大石头压着，此时突然减压，让她轻松无比。

她支起上半身，看了看旁边的小床。

这是一个床架，中间悬吊着一张小床。孩子小的时候，可以当成摇篮。长大后，也可以将摇篮固定，变成一个小床。儿子喜欢睡在摇摇晃晃的小床上，所以一直到现在，他们也没有将这个摇篮固定住。

此时，摇篮正在轻微地晃动。

李晓红坐起身，朝摇篮里看去。黑暗中，她看不真切，但是仿佛那床红花小被子被掀开了。她心里一惊，赶紧伸手去摸。

温暖的小被窝，却没有摸到肉乎乎的儿子。

“啊！”李晓红撕心裂肺地叫了一声，一跃而起，赤着双脚向卧室外面冲了出去。

被李晓红的叫声惊醒的赵健，全然不知发生了什么事情。他下意识地看一眼摇篮，顿时寒毛直立，立刻紧随妻子追了出去。

夫妻俩一前一后边跑边喊，刚追出家属区大门，就看见不远的前方有一个黑影正驮着一个人形物在行走。黑影显然听见了身后的动静，他不慌不忙地回头看了一眼，将人形物往背上一缚，开始狂奔，在道路的尽头钻进了一个小胡同。

作为从小到大都是体育特长生，并以体育为谋生手段的夫妻俩寸步不让，紧跟着冲进了胡同。

虽然黑影身携累赘，但仿佛丝毫没有影响到他的速度，纵然是这一对体育健将，也丝毫没有能在这将近一公里的奔跑距离内更接近他一分。

眼看胡同到了尽头，黑影左手护住背后，一个腾跃，左脚已经踩上了院墙，右手顺势钩住墙头，再是轻轻一跃，便像是翻越栅栏一般轻松地跳过了一人多高的围墙。在翻越围墙的那一刻，围墙上的路灯照亮了黑影的背影，他背上的人形物因为惯性作用，扬起了一只小手，手腕部的小银铃铛被路灯照得闪了一下，格外刺眼。

那不是儿子还能是谁！

消失在视野中的黑影，加之小铃铛的闪烁，让李晓红彻底失去了精神支柱，她猛地一下向前摔倒，翻了几个跟头，躺在地上。

赵健冲上院墙，向墙外张望，错综复杂的小巷子尽头，哪里还有黑影。

回到妻子旁边，李晓红正蜷缩在墙角哭泣，看起来她除了脚掌上的殷殷血迹以外，其他部位并没有什么严重的伤。邻居们此时都闻声赶了过来。

“怎么回事？”体育学院的院长说。

“有人，有人偷了我的儿子！”赵健感觉全身发软，已站立不住，靠着墙根慢慢地滑坐在妻子的旁边。

“什么样子？有什么特征吗？”这个答案显然出乎了院长的意料，一向沉稳的他也慌张了起来。

“不是一般人！”李晓红哭着说，“我们根本近不了身，看不见他什么样子。”

“快，你们几个骑摩托在四周寻找，看见抱孩子的一定要给拦下来。”院长指着几个年轻教师说，“马上！快！”

“我去报警！”一个女教师说。

“不是说失踪 24 小时才能报警吗？”另一个女教师说。

“那是谣言！”女教师说，“小孩子走失，随时可以报警！更何况这不是走失！这是抢孩子啊！我的天！都是新闻里天天放抢孩子抢孩子的！都把人教坏了！”

“别废话了！赶紧报警！”院长的声音都在发抖。

五分钟后，体育学院周围的大街小巷，遍布了十几辆闪着警灯的警车，见人就盘查、就询问。还有一辆警车悄无声息地停在了李晓红家门口，几名穿着现场勘查服的警察，用足迹灯一点点地向房间照射推进。

“41 码的鞋子，全新。”一名痕迹检验员边看足迹边说，“而且是那种市面上常见的鞋底花纹，这些足迹几乎没有任何鉴定价值。”

“门框、床沿都找遍了。”另一名痕迹检验员说，“案犯是带着细纱布手套作案的，没有留下任何指纹。”

“案犯这是精心准备啊。”刑警中队长靠在走廊上说，“精心策划、极强的反侦查意识，显然是个惯犯。不知道我们通过排查有类似前科劣迹的人员，能不能有所发现。”

“现场没有可以甄别犯罪嫌疑人的证据。”技术中队长脱下手套，点起一根烟，说，“唯一的希望，就在于孩子本身了。”

“孩子的照片已经拿去印了，派出所请示分局，出了十万元的悬赏来征集线索。”刑警中队长说，“而且附近两个派出所、一个特警大队和一个责任区刑警中队的人马基本都压上来了，只要孩子一露脸，肯定就能找得到。”

说完，他走进屋子，看了看满屋子的玩具，轻轻叹了一声。

“他不是一般人！绝对不是一般人！”李晓红在派出所里号啕大哭，

"省运会的1000米长跑纪录是我的，而他抱着我的孩子跑得比我还快，还能那么轻松地翻过两米高的围墙！他不是一般人！我相信你们肯定能找得到他！"

"你说的线索很重要。"派出所所长倒了两杯茶，轻轻放在面前这一对小夫妻的面前，想安抚一下夫妻俩的情绪，说，"我们会向刑警部门报告这个线索，从有体育特长的人员中进行排查。我们会竭尽全力破案的。"

"现场呢？"赵健说，"你们找到证据了吗？"

派出所所长摇了摇头。

"你们也太没用了！他进了我家，偷了我家的孩子，怎么会不留下证据？你说，怎么会不留下证据？"赵健挥舞着拳头说。

所长摁着他的肩膀让他坐下，说："别冲动。我完全理解你们的心情，但是证据这个东西，能找到就算有，找不到就是没有。并不是你说的那样，一定会有而且肯定会被发现。我们现在最重要的工作，还是得先找到孩子！我们派出了大量的警力，也挂了悬赏，群策群力，我们也希望孩子可以平安归来。"

"他为什么要偷我的孩子？为什么？"李晓红把脸埋在手掌里，呜呜地哭着。

"拐卖儿童这种事情，近些年来，也是每年都有发生，我们尽全力打击，也打掉了很多团伙，但还是有人为了钱干这种挨千刀的买卖。"所长咬着牙说。

"他那样疯跑，儿子为什么动都不动？对！儿子没有动啊！没有挣扎！他应该知道他是坏人！"李晓红突然抬起头来，一脸泪痕，"儿子不会……不会……"

"放屁！"赵健吼了一声，看见妻子一脸悲伤，又于心不忍，坐在她身边搂了搂她的肩膀。

“怎么办，我们该怎么办！我好想他！”李晓红靠在丈夫的肩膀上哭得死去活来。

2

2016年7月13日凌晨。南安市郊区，南安市公安局看守所。

新上任的市局监管支队副支队长兼看守所所长王小明正坐在宽敞的办公室里看电脑上放映的电影。

在市局机关，像王小明这样三十多岁就被提拔为正科实职的干部，实在不多。因此，王小明也一直自负得很。

王小明是做政工工作提拔上来的，到了实战单位，发现实战单位也不过如此。每天也就办理一些收监、提审、管教这样的工作，可以说根本就没有什么技术含量。慵懒也好，积极也罢，看守所的大院墙还是屹立在那里，墙头荷枪实弹的武警还是日夜值守，几盏高瓦数的探照灯也架在那里，几百台摄像头二十四小时无间断地工作，待审嫌疑人们也都老老实实地蹲在号子[1]里，甚至连全部的下水道都上了锁。这个连只鸟都难飞出去的高墙大院，丝毫不会因为他们是否积极工作而发生多大的改变。

组织部门决定提拔他的时候，市局党委显然对他不太放心，找他谈了好几次话。请注意，是“好几次”！哪有提拔个正科级干部要谈好几次话的？真是第一次听说！领导说的不过就是许多诸如要加强管理、优化性能等的一大堆官话，老生常谈，搞得他还以为实战部门真的有那么紧张严肃呢。

其实呢，真的不过如此。

1　号子，指监狱里关押犯人的房间，每个房间有统一编排的号码。

市局党委找他谈话的时候，要求他上任一个月内，必须吃住在看守所，一来熟悉看守所内的各项工作，二来也是磨炼磨炼他的意志，让他吃吃苦。熟悉业务倒是没问题，吃苦？呵呵，现在的在押人员吃得都那么好，我这个一把手还能差到哪里去？

想到这里，王小明冷笑了两声。

现在各个监区的看守，都在空调房里睡着了吧？我在这里坚守着，也算是恪尽职守了。

他想。

这部电影还是蛮有意思的，开头那么随意，慢慢地，居然渐入佳境了。

电影的情节即将达到高潮的时候，突然外面轰隆一声。

看守所办公楼的隔音系统不错，能听见这么大的动静，可见外面显然是出了不同凡响的事情。

没关系，厚重的高墙、一个连的驻守武警、几十条枪，在这个和平年代，即便有什么胆大包天之徒，又能成什么气候？

王小明这么想着，伸了伸懒腰，拉开窗户往外看去。

外面显然是乱成了一团。

看守所墙头上的六盏探照灯全部齐刷刷地向东边院墙外照射过去，墙头上的哨兵端着八一式自动步枪，一边瞄准着，一边大喊着什么。院内的武警已经开始整装，带着枪守在了大铁门内，负责大门通道的民警也都掏枪出套，在通道口坚守。

“再大的事情也没什么问题。”王小明想。

“所长！出事了！”副所长秦兆国冲进屋来。同时，桌上的对讲机响了起来。

“指挥部，指挥部，这里是哨兵，一辆淡蓝色重型卡车冲击我所东边院墙，请指示。”

“卡车上有多少人？”王小明问。

“不清楚，现在卡车周围没有动静。”

“没动静？没人下车吗？”

“没有！”

“出所围剿。”王小明说。

窗外的民警和武警都没动，显然对这个命令有些犹豫。

“不行！所长，不清楚外面的情况，还是先坚守吧。”秦兆国也就三十多岁的样子，但已经是监管工作的老杆子了。

“那就暂时不动。”王小明采纳了秦兆国的意见，“哨兵准备朝卡车射击。”

“不行！所长！”秦兆国赶紧制止，“如果卡车上有炸药怎么办？如果这只是个普通的交通事故，司机是无辜百姓怎么办？”

“暂停射击吧。”王小明有些恼火，对着对讲机说，“各监区看守同志们注意，大门东墙发生变故，所有人员，所有人员，请立即到大门口院内集合，带枪增援。”

“不行……”秦兆国第三次打断了王小明。

王小明眼睛一瞪：“你是所长还是我是所长？”

秦兆国还想说些什么，忍住了，只能拿起对讲机说：“各监区看守出发前请检查通道防护系统、隔离系统，检查各监室隔离门，保证安全。”

“那要磨蹭到什么时候？”王小明不满地说。

不一会儿，各监区的看守们都通过内部通道赶到了院内，乱哄哄的。毕竟大家都是第一次遇到这样的事情，而且按照紧急事务的规程，也没有调用监区看守来防御大门的道理。

“这么乱，真是乌合之众！”王小明低声说道。

好在增援的特警已经赶到，王小明听见院墙外面由远而近的警笛呼叫声。他登上哨兵台，准备看一出好戏。探照灯把重卡照得雪亮，不过因为车头紧贴墙壁，并看不到驾驶室和货仓内的人。

几辆特警车辆瞬间将重卡围了起来，戴着钢盔、穿着防弹衣的特警从车上跳下，缓缓向重型卡车靠近。几十条手电筒光束照向重卡。

“驾驶室没人。”

“货仓没人。”

“底盘安全。”

“没有危险物质。”

听着特警一声一声地喊声，王小明冷笑一声：“都紧张什么？你们都紧张什么？真是笑话。”

“可是没人的卡车怎么能开过来撞到院墙？”一名特警问道。

特警队长脑子灵活得多，指了指卡车屁股后面一条长长的斜坡，说：“应该是有人把车停在了坡顶，没有拉手刹，然后卡车就这样慢慢地沿着斜坡加速，最后撞上了院墙。”

“一场乌龙。”秦兆国擦了擦额头上的汗，如释重负。

“指挥中心，看守所这边没事，请交警拖车来把车拉走，然后查一查卡车的归属，和责任人取得联系。”特警队长对着对讲机说。

“是啊，乱停车！看守所附近能停车吗？”王小明站在哨兵台上说，“责任人要严肃处理！目无法纪！”

大约十五分钟后，重卡被交警拖走，看守所四周也由特警进行了一遍搜索，并没有发现什么可疑，于是特警也就收了队。

“各监区看守同志从通道闸门出所，检查周围院墙情况。”王小明再次下令。

民警们带着讶异的表情，乱哄哄地从通道开始出所。让监区民警自行检查防御设施，又是个第一次。这个新所长还真是谨慎性急，敢于开拓创新。

秦兆国见王小明又不按规程自作主张，一头恼火又不敢插话，却一眼看到总控室的民警正在启动通道闸门，说："你不在总控室待着，来这里干什么？"

"王所长说了，要定职定编，每天晚上通道闸门也不开，还弄两个人守着，没必要，所以把总控室和通道室的职责合并了。"民警说，"刚才一出事，按照紧急事务处置规程，必须检查并确保通道闸门的安全，所以我就过来了。"

秦兆国听完，心里一紧，拔腿赶到了总控室。

总控室的视频监控墙上，整齐地码着二十几台显示器，每个显示器都连接着看守所内部各个关键通道的视频监控。监控中，每个通道都安静如常，并没有什么不正常的地方。看完，秦兆国心里的大石头总算是放下了。

"东面院墙轻微受损，不会影响院墙结构。"

"西面院墙正常。"

"南面院墙正常。"

"北面院墙正常。"

"大门正常。"

"紧急出口正常。"

一声声的报平安，让秦兆国彻底放下心来。王小明则一路批评众人大惊小怪。

随着监区看守陆续回到看守所内，王小明和秦兆国分别回到了自己的房间。

折腾了一个多小时，又是深夜，真是够熬人的。明天还要起大早上班，都怪这些个人没见过世面，遇事一点儿也不冷静，成不了大器。王小明想。

秦兆国躺在床上，思来想去，总觉得哪里不对，但是各方面检查也都很正常。奇怪……可能是自己过度担忧了吧。在这个充满压力的工作岗位上，十几年来，他似乎都没有睡过一个像样的踏实觉。

想着想着，秦兆国困意袭脑，意识开始逐渐模糊。

突然，他的办公室电话响了起来。秦兆国一骨碌从行军床上跳了起来，跑到办公桌边，抓起电话。

“喂！看守所！”

“指挥中心。”

“什么指示？”

“我们一直试图联系重型卡车的车主，但是手机一直无人接听。直到刚才，我们才打通了电话，他是在睡觉。”

“他为什么把车停在看守所东边的坡顶，还不拉手刹？”

“他否认自己把车停在看守所附近，”指挥中心说，“所以我们要求他去检查他的车辆。刚才，我们接到他的电话，他说他的车被偷了！”

“被偷了？”秦兆国全身的汗毛都立了起来。一辆被偷来的重型卡车，莫名其妙地停在看守所东边的坡顶，不拉手刹。这怎么说也没法用巧合来解释啊。

“看守所现在是否一切正常？”

“啊？”秦兆国有些恍惚，他努力回忆着刚才发生的一切。虽然事出突然，王所长的指令也有明显违规之处，但是仿佛并没有捅出什么大娄子啊！是不是所有环节都正常？秦兆国的大脑飞快地运转着。

“看守所现在是否一切正常？”指挥中心重复了一遍。

“正……正常。”秦兆国答道。

“那就好，有事再报。”指挥中心迟疑着挂断了电话。

秦兆国重新躺在行军床上，无法入睡。

突然，他仿佛想到了点儿什么，穿着拖鞋冲到了总控室里。

正在值班的民警被秦兆国的突然出现吓了一跳。

“怎么了秦所？”

“正常吗？”

“没动静。”民警指了指显示器上显示的各个关键通道。

“看看各个监室里。”

“哦，晚上熄灯了，红外监控的清晰度有限。”民警一边说着，一边切换到各个监室的监控。因为监室比较多，所以一个整屏不能全部显示，只能逐个刷新。

等刷到第六监区的时候，秦兆国挥了挥手：“等一下！”

第六监区有三个号房，共关押22名犯罪嫌疑人。显示屏墙面上其中的六个屏幕，从不同方向显示着这三个号房的景象。

床上的被子都是铺开的，但是和其他监室相比，并没有明显的隆起。虽然红外探头照射黑暗的监室影像并不是那么真切，但是秦兆国还是一眼就看出了异样。

秦兆国颤抖着手拿起桌上的对讲机喊道：“总控呼叫第六监区。”

沉默。

总控室的民警一脸茫然地看着全身颤抖着的秦兆国。

“总控呼叫第六监区。”秦兆国的声音也有些颤抖了。

沉默。

“第六监区请速回话！”秦兆国几乎是在嘶吼。

依旧是沉默。

秦兆国抬腕看了看手表，时针定格在凌晨五点零七分。

“出事了！出大事了！”秦兆国一拳重重地砸在总控台上。

第一章　31 个孩子

被隐藏的所谓真实，不管在何种场合下，
大多都是残酷的。

——（日）石田翠

1

床头柜上的手机嗡嗡作响。

一只胳膊从被窝里挣扎着出来，跟着冒出来的还有萧朗的一头乱发。

他皱着眉，在床头柜上摸了一把，终于扣住了依然震动不止的手机。一大早的，不知道进了多少个电话，好好的暑假，睡个懒觉怎么这么难？

萧朗一身的起床气正要发作，却一眼瞥见手机屏幕上的三个大字：“唐铛铛”。

他一骨碌坐起身来，下意识地揉着头发，清了清嗓子，接通了电话。

“萧朗，你怎么这么久才接电话？”

电话那头传来唐铛铛的声音。很久没联系，听到她清亮的声音，萧朗依然忍不住扬起笑容：“唐大小姐，都一个学期没见了，接您电话前，我总得沐浴更衣，梳妆打扮，以示我的景仰之情吧！”

“别闹，学了一年考古，真把自己当成古人啦！”唐铛铛在电话那边咯咯地笑起来。萧朗想着她此刻脸颊上的酒窝，不自觉心情大好，一边拿着手机通话，一边欢快地把地板上散乱的臭袜子一一捡起，丢进筐子。

“对啦，你回南安了吗？”唐铛铛问。

“回了，在我姥姥家呢。”

“要不，你来找我吧！”

听到这句话，萧朗差点儿被自己绊倒：“哎？唐大小姐，你不是想我了吧？”

“想什么呢，我是想拜托你带我去看看萧望哥，”唐铛铛的语气忽然害羞起来，“萧望哥这个暑假开始当实习民警了，你不想去看看他吗？”

电话这边，萧朗已经失去了继续整理房间的兴致，他耸了耸肩膀：“这样啊……去看我哥可以，我这个带路的，有什么好处没？”

“嗯……回头我请你吃大餐，餐厅你挑！”唐铛铛笑起来。

唐铛铛显然是悉心打扮了一番。

一年前两人各自出发去上大学的时候，唐铛铛还是怯生生的高中生模样。然而此时，站在萧朗面前的唐铛铛，出落得亭亭玉立，竟然还稍微化了一点儿淡妆，看起来竟有种少女初长成的感觉了。

“天哪，谁教你化的妆？我都差点儿不敢认你了！”萧朗一惊一乍地端详着唐铛铛。

“好看吗？奇怪吗？”唐铛铛被看得一脸紧张，“化妆这种事，我爸一点儿都不懂，所以我也只能看视频自学了，看起来还好吗？不奇怪吧？”

“看起来就还好，但是这味道吧……”萧朗一本正经点评道，“这味道啊……”

“什么味道？”唐铛铛紧张地嗅了嗅自己，生怕自己身上有什么异味。

“这味道……”萧朗一脸狡黠，“我闻着怎么是金针菇炖排骨味呢？”

唐铛铛扑哧乐了，紧张的神态一扫而空：“你真是狗鼻子！”她打开手中层层包裹的保温桶，掀开盖子让萧朗看了一眼，满是得意，“怎么样？早上给你打了那么多电话不接，差点儿以为这汤没法送到萧望哥手里了。这可是我一大早起来照着菜谱炖的，百分百真材实料啊！”

“唉，我算是服了。”萧朗无奈，“还以为这好吃的是酬劳我的呢，你啊，还是百分百我哥的小迷妹！走吧走吧，我带你去找他！”

“萧朗，你最好啦。”唐铛铛梨涡荡漾。

转眼间，车子停在了南安市大学城派出所的门口。

尽管父亲和姥爷都是警察出身，萧朗却从未去过他们办公的地方。第一次这么近距离接触派出所，萧朗不由得大失所望。门口值班处，坐着一个看报纸的保安，除此之外，整个院子静悄悄的，像是放了长假的校园。

“找谁？”保安抬起头，隔着玻璃窗问。

“找我哥，萧望。”萧朗说。

“萧望？”保安转了转眼珠，说，“哦，刑警学院的那个实习生吧，有证件吗？没证件就登记下。”

萧朗和唐铛铛乖乖照办。

保安粗略一检查，给他们指了下萧望办公室的位置，示意他们俩可以进去了。

“他们居然不知道你哥是公安局局长的儿子！”萧朗迈开步在前面走，唐铛铛紧随其后，小声说道。

“这有什么好知道的？”萧朗说，“要是我，我也不会说的，那不是给自己找麻烦吗？更何况我哥那么低调的人。”

唐铛铛认真地点点头，想到自己惦记的萧望哥就在走廊尽头的某个办公室里，不由得脸上又浮起两朵红晕。

这个办公室还真的地处偏僻。本以为派出所这么小，很容易找到哥哥的办公室，没想到东绕西拐之后，萧朗才在靠近楼梯间的角落里，找到了保安所说的“信息采集室”的字样。推开门，通风不畅的潮热感扑面而来。这间办公室不算大，靠里的墙边是一排老式的文件柜，密密麻麻地塞满了档案。

房间的小窗边，靠墙横放着一张孤零零的办公桌，上面有台老式电脑。

电脑后面，坐着一个瘦削的男子。门一开，他便本能地直起身来，顺手扶了扶眼镜。

“哥？”暑假回来后，为了逃避父亲的目光，萧朗一早就跑去姥姥家住了。这还是这个暑假他第一次看到久别的哥哥。萧望看起来瘦多了，脸色还是和小时候一样微微泛白，眼镜搭在他鼻梁上，显得那么斯文，简直不像是个警察。

“你们怎么来了！”萧望满脸意外。他从座位上起来，迎上前去，看看高大的弟弟，又看看娇小的唐铛铛，忍不住笑了。他挨个搂了搂两人的肩膀，然后转向萧朗：“臭小子，是不是又长个儿了？”

唐铛铛被拥抱了一下，脸色绯红。萧朗怕萧望下一句话就要说出“为什么躲在姥姥家”的问题，赶紧转移话题，四下张望了下，说：“喂喂喂，哥，这就是你暑假实习的地方吗？你一个堂堂的刑警学院准毕业生，怎么被打入冷宫干这些鸡毛蒜皮的小事儿了？”

萧朗说的没错，信息采集室的另一面墙壁上纵向贴着刻度标尺，桌上除了萧望的电脑，还有一台指纹捺印仪。说白了，派出所抓回来的涉案嫌疑人，都会在这里先捧着个名牌照相，然后捺印指纹。信息采集室就是做这个用途的，这里面的警察，也就负责这点儿小事。

“派出所人手不够，内勤都要去处警，我又没有执法权，所以就被放在这里了。”萧望笑笑。

“我本来还以为来派出所，可以围观你破案呢，再不行，围观你审问个小偷什么的也挺酷的。”萧朗没有察觉到哥哥笑容里的不自然，一边四下瞄着屋子里的陈设，一边大大咧咧地开着玩笑，“看来这儿的事儿不多，咱们是不是可以提前下班，溜出去一起吃个饭呀？唐铛铛说她请客呢！”

“还有半个小时才到饭点呢。”萧望无奈地笑笑，岔开话题，“你们要是饿了，要不先去点菜？没事，这顿饭我来请，铛铛来一次也不容易。”

“没事，我可以在这里等你一起。”铛铛连忙说道，她瞄了一眼萧望的电脑，小声说，“你的电脑……没事吧？”

萧望回头看了一眼电脑的蓝屏，摇了摇头：“电脑出了点儿问题，试半天了也没动静。负责电脑技术的同事今天正好没在。你们进来那会儿，我刚重启了一遍，但看来还是没什么用啊。”

唐铛铛的积极性一下子被调动起来了：“要不……让我来试试？”

萧望有些犹豫，看到唐铛铛一脸跃跃欲试的样子，于是笑了笑：“好，你试试。能顺利开机就好。这台电脑太老了，我感觉我应该是它最后一位主人了。”

看起来娇小可爱的唐铛铛，双手一接触到键盘，整个人的气场就不同了。她手指翻飞，屏幕上跳动的字符像是自动生长的光点，起起落落，忽明忽暗。几分钟，也就是几分钟的时间，萧朗伸手开个窗户的工夫，沉睡的电脑像是忽然吸进了一口新鲜的空气，一下子精神焕发起来。

“嘀。”

电脑进入了正常的开机画面。

然后，屏幕上跳出了萧望之前浏览的文档。

“2016 年 7 月 11 日南安市入室盗窃幼儿案”的大字赫然出现在眼前。

萧朗忍不住凑过来，读着屏幕上的文字：“这是……昨晚的事？”

“是啊。”萧望说，“从昨天晚上开始一直到现在，派出所六个警组，除了两个警组交替接警值班以外，其他四个警组的人马全部取消休假压到这个案子上了。”

“你没去？”

“所长说信息采集室不能离人，没让我去。”萧望说，“这个案子，我还不太了解，只是听出警回来的师兄们说过两句，入室偷孩子，这倒真是不多见。我本来想进办案协同系统看看这个案子的具体情况，没想到刚打开页面，电脑就崩溃了。”

“入室偷孩子啊……”萧朗揉了揉鼻梁，“这个人胆子好大。”

唐铛铛也被勾起了兴趣，她好奇地看看桌面上的系统窗口：“所以，警察的办案系统都已经联网了吗？”

“十五年前，基本就普及公安网办案了。”萧望指了指旁边的档案柜说，“但法律手续上也还是需要实体文书的，那里面就保存了派出所二十多年里办过的所有案件。”

“这么多啊。”唐铛铛感叹。她将远眺的目光收回，再落到萧望身上时，萧望却已经专注地看起了屏幕。从小到大，每次萧望认真地做着什么事的时候，他那种专注的表情总是让她心跳加速。她曾经偷偷许过愿，以后一定要让萧望用这样认真的眼神看一次自己，哪怕一次也好。

萧朗都看在眼里。他知道哥哥一直是个要强的人，想做的事，无论如何都要做到。萧望的电脑一修好，他的心就已经跑到那个偷小孩的案子上了，就算拉他去吃饭，他的心也不在那儿。于是他咳了几声，成功吸引了两人的注意力，然后笑道：“哥，我知道你这会儿满脑子都是这案子。中午这顿饭，你可以不跟我们出去吃，先欠着，没事儿。但是，今天有人大清早起来炖了汤给你，你要不尝一下啊，某人可能就要哭了……”

“喂喂，谁会哭啊……”唐铛铛脸一红，不打自招。

萧望笑了。他接过唐铛铛手里一直提着的保温壶，一层一层揭开，直到一壶热腾腾的排骨汤赫然出现在面前。看得出来，唐铛铛的确费了不少心。

“没想到铛铛都会自己做饭了。”萧望感叹。他小心地从保温壶里盛出一碗来。

唐铛铛又是得意又是害羞。萧朗一边附和，一边觊觎着哥哥碗里的汤：“是啊，小时候唐铛铛老来咱们家蹭饭，我妈可说了，你吃了我们家饭，以后就是我们家的人了。”

“说什么呢！”唐铛铛的酒窝都快燃烧起来了，她伸手打开萧朗跃跃欲试的手，“你着什么急嘛，能不能让你哥先喝完这一口啦！”

萧朗偏要捣蛋。从小他就觉得东西抢着吃最好吃，但哥哥总是让着他，于是他只能跟跑来他家玩的唐铛铛抢吃的，虽然最后每次都免不了被母亲训斥一顿，他还是乐此不疲。或许他就是喜欢看到唐铛铛那么紧张在意的样子。

但这次他似乎玩过了火。萧朗躲开唐铛铛的那一刻，不小心撞上了旁边的档案柜。萧朗不像他哥哥那么瘦弱，这一撞，整个档案柜都被撞得一晃，摇摇欲坠。萧朗和萧望眼见不妙，赶紧伸手去扶，但已经来不及了，不仅没有扶住档案柜，反而打翻了办公桌上的保温桶。第一个档案柜哐当一声向后倒去，撞得后面的几个档案柜像多米诺骨牌一样，逐一倒下。档案柜里的档案哗啦啦全部散落了出来，而一桶热汤一股脑儿地全部浇在散落出来的档案上。

几个人一下子都傻了眼。

“怪我，怪我，我来收拾。”萧朗第一个蹲下身去收拾档案。

唐铛铛也跟着蹲下来，一声不吭地捡起档案来。房间里弥漫着排骨汤的香气。她越是不说话，萧朗就越是心慌。

萧望赶紧把两人都劝起身来：“好啦好啦。都别忙了。这里的事儿，你们都别管了。”

“可是萧望哥，这么多档案……”唐铛铛心疼地看着一地的狼藉。

“没事。你们不知道这些档案的顺序，在这里也是帮倒忙。一会儿其他人回来了，看到你们在这里忙活，还得跟我说说文档保密的事呢。我比你们熟悉这些档案的位置，一会儿就弄好了。”

“可是……”唐铛铛还想说点儿什么。

萧望按住她的肩膀：“铛铛，你亲自给我煮汤，我已经很感动了。抱歉今天不能陪你们去吃饭，改天补上吧。最后，交给你一个任务，替我把这臭小子带回家去。”

“啊？”萧朗措手不及。

萧望拍拍他的肩：“臭小子，逃避是解决不了问题的。躲在姥姥家这么多天了，也该回家看看爸爸妈妈了。”他将两人半推半劝，送到门口，“回去吧，晚上见。”

那两人终于走了。萧望蹲在地上，一边捡起档案夹，用抹布轻轻地擦拭，一边想着这两个弟弟妹妹的点点滴滴，心里涌起了万般的温暖。

猛然间，他在散乱的文件中看到了一本卷宗。

“2007 年 7 月 21 日南安市国庆小区入室盗窃婴儿案”。

一样的案件？萧望想着，以为是自己眼花了。他揉了揉眼睛，再次定睛一看。没有错，九年前，大学城派出所也受理了和昨天发生的极为相似的案件。不知道案情如何，但仅从案件名称来看，确实十分相似。

卷宗的封面上盖着一个红章，上面有“未破”两个字。这说明是一起未破的积案，说明它真的有可能和昨天的案件有着一些联系。

萧望加快了速度，把散落在地面上的上千本卷宗一一整理起来，想从这些卷宗中，再发现与之相似的案件。

花了整整一个下午的时间，萧望终于把档案柜里的档案整理好了。不过可惜的是，这些陈年旧案中，除了一起拐卖儿童被群众现场抓获然后扭送到派出所的案件以外，就再也没有发现拐卖儿童的案件了。想想也正常，这毕竟只是一个管辖着十来万人口的派出所而已，如果发生的类似案件太多了，就太不正常了。

萧望慢慢地直起腰，把手中的那本卷宗使劲拍了拍，顿时尘土飞扬。蹲了一下午，腰很疼。萧望想，如果自己的身体能像弟弟那么健硕结实就好了。然而，那一场高烧之后，他的身体就一直处在如此虚弱的状态。就算这些年自己不懈锻炼，也只是勉为其难维持住健康而已。稍有松懈，就疾病缠身。

他一直记得，自己五六岁的时候，父亲周末带他去警局加班，把警帽拿下来戴在他的脑袋上。父亲那时候说，以后，你就是我的接班人。生病之后，父亲再也没有提起过他们之间的这桩约定。或许父亲是不忍心给他太多的压力，但萧望始终记得。

当他努力考上刑警学院的时候，当他在学校里不断靠自己拿到一个又一个奖学金的时候，当他拒绝学校的留校邀请，签了南安市公安局的时候，他看到父亲一贯严厉的脸上露出的笑容。他就知道，父亲和他一样，从未忘记过这个约定。

有时候，他很羡慕自己的弟弟。弟弟比他晚出生四年，却和他截然不同。仿佛是上天将他所缺少的全部都给了弟弟，萧朗从小能蹦会跳，调皮捣蛋，有使不完的力气，耗不光的精神，就连嗅觉、听觉、视觉都比一般人灵敏。如果萧朗要当警察，比自己所走的路或许要顺畅很多，但偏偏他不想。不管是叛逆也好，兴趣不够也好，萧朗一直拒绝父亲的建议和安排。一年前他填报大学志愿，不管是第一第二还是第三志愿，一个警校的影子都没有，瞎填了一气，最后上了考古系。为了这事，父亲整整一年都没有跟萧朗说话。

萧望苦涩地想，如果自己拥有弟弟那样的身体，或许事情又会不一样吧。

大学最后几个月，萧望被分配到了大学城派出所里实习，负责信息采集，管理卷宗，连办案都没有参与。在学校时候的满腔热血，被这几个月的实习浇得透心凉。

好在七月份是实习期最后的一个月。也就是说，再过十八天，他就可以把肩膀上的一拐（学员）变成两拐（见习警察）了；再过一年，两拐就变成一毛一（三级警司）了。更重要的是，实习期一结束，他这个刑警学院的高材生，应该就不会被困在派出所里整理资料了。他需要的是进入刑警队，他需要的是证明自己。这个幼儿偷盗案，或许就是一次转机。

夜幕已经不知不觉降临了，萧望看见窗户被院内的警灯闪烁得红蓝相间，知道又有警情了。他坐到自己的位置上，使劲地搓了搓手，然后打开办案协同系统，慢慢地浏览着这起案件的来龙去脉。

2

赵健夫妇以及第一时间赶到现场的邻居老师们，都被叫到了派出所，每个人都做了笔录。加在一起，有二十几份。萧望抬腕看看表，一份一份地开始看了起来。

赵健夫妇在学校很有名气，准确地说，在整个南安市甚至全省都是小有名气。李晓红到现在仍然保持着省运会 1000 米长跑的纪录，也多次在省运会各类长跑运动中获得金牌。而赵健虽然是球类项目老师，但他最擅长的还是足球。他曾经入选过国家队，后来因为总是遭受辱骂而毅然退队。

两人结婚四年，诞下了这个可爱的儿子。

邻居反映，这个孩子长得非常可爱，而且继承了两人的优良传统，从小就看出他在体育方面天赋异禀。

赵健夫妇的家在学校家属区中央的一栋六层楼房的一楼，后门有个院子，前面则正对家属区主干道。从萧望看过的那些案例中，他总结了一个规律，流窜作案的案犯，通常会选择位于密集住宅区的边缘进行作案。因为边缘区域得手后容易逃脱，大大减少了进入和离开的路程。然而，这一起案件的现场，虽然处在一楼，容易被盗，但是整体位置却是处于小区的正中间。虽然毗邻主干道，但是仍不足以用流窜作案来解释。

本地作案就更不可能了，盗窃可以本地作案，哪有偷小孩也是本地作案的？

萧望发现的问题远远还不止这些。

现场门锁没有任何毁坏的迹象，但是从赵健夫妇的描述看，案犯是从大门进出的。那么，这个案犯就不符合生活窘迫、利用贩卖孩子来牟利的特征。拥有这么高超的开锁能力，即便是开个锁钥店，也比顶着天大的风险卖孩子赚得多。

利用派出所的便利，萧望查阅了体育学院家属区的户籍人员状况。这个小区的住户主要是学校老师，也有学校老师分配到福利房后，将产权卖出的个别情况。小区共有 73 户，按每户三人计算，也就两百多人的小区。这个小区里，0 ~ 5 岁的孩童有十几个，为什么案犯选中的是赵健家？因为他们小有名气？偷孩子和小有名气有什么关系？不会有哪个买家因为孩子的父母小有名气而出高价。

现场勘查得出的结论，更是让萧望不解。现场没有留下任何有价值的痕迹物证，案犯甚至穿了崭新的鞋子逃避警方发现其磨损特征、戴着手套完成全部作案过程。可见，这是一个有着丰富作案经验和反侦查能力的案犯。

技术中队的同事也发现了赵健家大门猫儿眼破损的情况，但仅仅是做了记录，而并没有深入分析。“阅”历丰富的萧望，则轻而易举地知道，这是一种利用猫儿眼作为工具入口，从内打开房门的技术开锁手段。

这是一个可怕的对手，不给警方留下任何线索。这样大摇大摆入室偷盗小孩，是因为他对自己的作案有着充分的信心。当然，根据赵健夫妇的描述，他对自己的身体素质也充满了信心，因为他完全具备逃离的条件。

这些疑点不说，就案件性质来讲，也是疑点重重。拐卖儿童行为，并不少见。虽然近些年来，公安部门加大力度打击这一恶劣的犯罪行为，但还是时有发生。而且这类案件侦办难度非常大，所以破案率并不高。

可是，所有拐卖儿童案件所具备的一个突出特征，就是目标的不确定性。萧望想，这是书上说的。一般拐卖儿童的案犯不会确定目标，伺机而动，看到落单的小孩，趁人不备，直接抱起或者诱骗，带至无人之地。充其量，也就是一些胆大包天的混蛋，光天化日之下，乘坐摩托车飞车抢小孩。这些案例，在微博、微信和网络新闻上也时有报道。

就连飞车抢小孩的行为都是极其罕见，更别说这种入室盗窃小孩的，简直是闻所未闻！更关键的，既然是入室盗窃孩童，那么我们就有理由相信，本案是有针对性地偷盗孩童；本案案犯的作案动机，并不是拐卖儿童。

那么，不是拐卖儿童，会是什么呢？绑架？那应该挑一个有钱人家吧，绑一对穷老师的孩子，能索到什么钱？

要么是报复？可是无论是赵健夫妇或者是他们那二十几个邻居，都一致认为，赵健夫妇深居简出，工作生活环境单纯，不可能结仇。更何况责任区刑警队的一个探组，今天一天调查了赵健夫妇所有社会矛盾关系，毫无发现。

那么，又有什么动机，让这个案犯去有目标地作案呢？

如果仅仅是这一起案件，还得考虑精神病患者作案的可能性。但是桌上的这本卷宗，直接否决了这种可能性。

那是九年前发生的案子。

国庆小区是属于大学城派出所管辖的一个高级知识分子所住的小区。这个小区的隔壁，就是军方的一个高端科研院所。而丢失孩子的，是一个三十几岁的副师长级军官。

案发的具体时间，估计也是深夜。

当天，这个军官在科研所里没有回家。第二天清晨，当他回家看女儿的时候，发现女儿已经不翼而飞。

这让这个军官非常纳闷。熟睡的妻子，丝毫没有察觉到快两岁的女儿居然从她的被窝里消失了！而且整个现场并没有发现任何外人进入的痕迹。

虽然没有外人进入的痕迹，但是警方肯定不能相信是被隔空吸走或者外星人绑架的说法。所以，警方最终还是将这起案件定性为入室盗窃婴幼儿的案件。很保守的定性，因为没人敢说，人贩子能进入有哨兵把守的军管区里偷孩子卖。

当时军方反应非常激烈，大军区的首长都做了批示，要求当地办案警方尽快破案。可是即便是警方使尽浑身解数，军队保卫部门也投入了大量精力，本案最终还是石沉大海。

萧望觉得，这两起案件虽然时间跨度很大，但是完全具备串并的条件。

其一，两起案件的作案选择相似，都是有目标地选择侵害对象。其二，两起案件的作案手法相似，都是入室盗窃。其三，两起案件的作案能力相似，可以神不知鬼不觉地进入现场，然后神不知鬼不觉地离开，无论这个现场有多么难进。挥挥衣袖，不留下丝毫痕迹。

2007年的案子，后来案犯也没有来过电话、E-mail什么的索要钱财。那么，这起案子估计也最终排除了绑架索财的可能性。其实，本来这种可能性就很小。

派出所的人员更换是非常快的。为了保证民警的纯洁性，局党委每两年就会对全市派出所的民警进行大换血，东城的去西城，西城的去南城。所以，历时九年，派出所所有人员几乎都被换了一遍。不然，总该有个老民警，能想得到这两起案件的串并吧？

幸亏这个冒失的臭小子，让撞倒档案柜这件事情，变成了塞翁失马。

不过，即便是串并了，又能怎样？没有证据，没有线索，甚至连案犯的动机，也完全摸不清楚。

“说来也怪，这两起案件居然全部发生在我们派出所辖区。”萧望想来想去，“不对！我现在看到的，仅仅是我们派出所的档案。如果在全区或者全市甚至全省作案的话，我这里也看不到啊！一级民警的协同系统查阅权限有一级的水平。如果想找全省的，就必须去省厅。”

可是，他只是一个实习警察，连执法权都没有。

萧望看了看手表，时针已经指向晚上十点钟。同事们都还没有回来，看来这又将是一个不眠之夜。唉，没有头绪的排查，怎么可能有那么好运气破案？

因为昨晚的紧急事件，派出所紧急召集了所有民警到所，包括萧望。算起来，萧望已经两天一夜没有睡觉了，他重重地靠在椅背上，疲倦地捏着自己的鼻梁。

3

萧望在椅子上昏昏沉沉地睡着了，也就十几分钟的时间，他被自己的一个想法给惊醒了。

父亲有个至交好友在省厅，为什么不能寻求他的帮助呢？

萧望抬腕看看手表，担心时间太晚，打扰别人休息，但是毕竟破案迫在眉睫，顾不了那么多了，试试运气吧。

萧望拿出手机，在通讯录里寻找着。

“林伯伯好，我是萧望。”萧望打通了电话，试探道，“萧闻天的大儿子。”

“小望？”数年未见的林伯伯，仍和萧望十分亲近，这让萧望大感意外。

“林伯伯，我现在毕业了，很快就要正式进入公安队伍了。”

“真是时光飞逝啊。”林伯伯感叹道，“打小看着你长大，一直觉得你是个机智、沉稳、谨慎的孩子。你加入警察队伍，实在是一大幸事。”

“林伯伯过奖了。”萧望笑了笑，说，“您现在在省厅哪个部门呢？”

“打拐办。”

“真的？那可真巧！”萧望喜出望外，“我今天在研究我们所辖区的几起婴儿失窃案，想去您那儿了解点儿情况可以吗？明天？”

“你说的是体育学院家属区的那事儿吧？”林伯伯说，“我也在为此事加班呢，你现在就可以过来。”

虽然萧望的心底，一直不认为这起案件是普通的拐卖儿童案件，不应该由打拐办来负责，但是因为从林伯伯那里可以得到更多的资料，实在让他感到意外惊喜。他立即打电话和所长请了假，打车来到了省厅大院。

林伯伯老了许多，但从他穿着的“白衬衫”来看，他已经位居打拐办的主任了。简单寒暄之后，萧望提出了自己的想法，并且要求林伯伯用他的高级权限，来查阅近年来，甚至近十年来全省儿童被拐案件的具体资料。

林伯伯对萧望的设想很有兴趣，但是毕竟萧望还只是个学生，他不可能因为一个学生的言论而要求市局更改全部侦查措施。在林伯伯看来，不用串并案件，还是要用警方布下的天罗地网直接抓现行。

但是，林伯伯还是给萧望做了最大限度的授权，并且允诺萧望可以在明天上班之前，待在这间办公室里。这间办公室里，除了有公安网电脑，还有建国以来所有仍保存下来的未破拐卖儿童案件的卷宗复印件。

这么丰厚的资料，对萧望来说，简直是如获珍宝。他一头埋进了卷宗里，就连林伯伯下班回家，他都一无所知。

用电脑检索，再在档案柜里按号寻宗，这比他今天下午的大海捞针容易了不知道多少倍。

萧望用入室、反侦查能力等关键词搜寻相似的案件，很快，就搜出了十几起案件。再根据这十几起案件的编号，找出了卷宗，逐一查阅着。

2012 年 7 月 26 日，兆丰市临引县入室盗窃幼儿案。

2008 年 7 月 10 日，南安市西林区入室盗窃幼儿案。

2006 年 7 月 3 日，南安市南城区入室盗窃婴儿案。

2006 年 7 月 3 日，峰山市入室盗窃幼儿案。

1997 年 7 月 12 日，江南市长江区入室盗窃婴儿案。

……

萧望用了一个多小时的时间，把这十几本卷宗里的重要部分都读了一遍。长期的阅读习惯，让萧望的阅读速度十分惊人。

很快，萧望就从这十几起案件，加上自己派出所辖区的那两起案件中，找到了很多类似的地方。

入室，目标明确，不计后果和难度，技术开锁或者不知如何进入现场，不留痕迹物证，没有索取钱财的绑架特征，最后石沉大海。

萧望认为，这十几起案件，是有条件串并的。不过，即便是串并了，又如何才能通过串并发现嫌疑人轨迹？看起来，丝毫没有规律可言。

而且，2006年两个距离数百公里的市区，甚至同时发生了两起类似的案件！据此可以推理，要么串并的想法是错误的，要么案犯不止一人。

即便是不止一人，也不至于要同一天偷孩子吧？偷孩子总是要寻找时机的吧？

同一天？同一天？萧望想着，眼睛在他刚刚列出的案件列表上来回扫视。为什么都是七月份？因为七月份好作案吗？

萧望摸着下巴，用互联网电脑打开了万年历。

农历壬辰年六月初八。

农历丁亥年六月初八。

农历丙戌年六月初八。

农历丙戌年六月初八。

农历丙子年六月初八。

……

每在列表的最后一栏注上一个农历日期，萧望的心就往下沉一分。这些有着类似特征的案件，居然全部是在农历六月初八作案！

这是为什么？

萧望的思维不断地运转。强迫症患者？这是一个特殊的日子？什么特殊的日子呢？难道是和封建迷信有关？用孩子祭祀？我的天哪！

想到这里，萧望的鸡皮疙瘩起了一身。

不，一定不止这些案件。

萧望的困意被这可怕的想法彻底赶走。他重新坐正了身体，调整好电脑的显示屏，开始了新一轮的筛选和搜索。

这次，他选用的办法，就是把每一年农历六月初八的公历日期输入系统，仅以此为唯一搜索条件，进行搜索。

很快，他制作的列表上，一共列了 31 个案子。

从 1995 年开始，一直到 2016 年，这 22 年中，每年都必然发生类似案件。有的年份发生了一起，有的年份发生了两起。但是，无一例外，这些案子的发案时间，全部是农历六月初八。

萧望好像是捕捉到了凶手的尾巴，他颤抖着从档案柜里，按照编号找出了除刚才之外的另外十几份卷宗。

据这十几份卷宗记载，这些案件并不是入室盗窃，但是孩子丢得都很蹊跷。

有的是逛商场的时候，孩子不知道怎么就不见了；有的是大人在打麻将，一转眼工夫门口的婴儿床就没了；有的是孩子去上幼儿园，放学时间家长没接到孩子，而老师说孩子下午一直在上课，状态正常，不知道怎么就在放学接人的这个环节丢了孩子。

总之，这十几起案件，看似普通的拐卖儿童案件，其实有与众不同之处。

什么人作案有这样超凡的毅力？时间跨度竟然有二十多年之久！今年才 23 岁的萧望，发现这样的系列案件居然在他两岁的时候，就已经悄无声息地开始了！他很庆幸，自己没有被案犯偷走。

看完卷宗，已经凌晨三点了。萧望疲惫地靠在椅背上，甚至不敢去猜测案犯的动机。不对，丢了这么多孩子，如果是被杀害的话，为何从来没有发现过一具尸体？一旦发现尸体或者尸骨，用失踪人口 DNA 库进行印证，就不会是这么蹊跷了。

不知道是这个推理的可靠性，还是自己心底的对抗性，或者是为案件找到一个奋斗的支柱，萧望强迫自己坚信，这 31 个孩童，都还活着。

如果不是封建迷信残忍杀人，那么，孩子们都哪里去了？案犯的动机又是什么？

萧望记得，拐卖儿童案件，一般发生在农村，因为村民们忙于耕种，孩子从很小的时候开始，就疏于看管，这也让一些不法分子有机可乘。然而，这 31 起案件，无一例外，全部发生在城区，甚至有好几起，都是在非常繁华的街道发生的。

而且，有些年份，在不同的地方，发生两起案件。

会不会是偷孩子竞赛？变态人所为？那么，问题又回来了，孩子去哪儿了？

萧望脑子里一团乱麻，他让自己平静下来，把 31 本卷宗抱到复印机旁，把每本卷宗里最关键，也是最能概括案情的《案件调查报告》，一份一份地复印了下来。

在复印机刷刷地工作时，随着复印机光点的移动，萧望突然灵光一现。

会不会被盗的孩子或者他们的父母有什么规律？萧望努力地回忆着卷宗里的记载。姓氏？籍贯？血缘？党派？社团？年龄？职业？统统不是，统统没有任何规律。

但是，但是他们的成就呢？对啊！成就呢？

体育健将、高级工程师、资深警察、杰出军官、著名黑客……

每一名孩子的父母，都不是一般人啊！他们虽然有的并无权无钱，但是都还算是当地的名望一族啊！

这不是在挑选目标，而是在挑选基因哪！

案犯想干吗？

虽然还不明确案犯的动机，但是萧望对他这个“灵光一现”深信不疑。

他加紧了复印的进度，然后坐在电脑前面，开始把自己的所见所想拟成一个完整的汇报材料。他已经想好了，这个汇报材料，他不会给林伯伯，也不会给所长，他会直接交给自己的父亲——南安市公安局局长，萧闻天。

因为，案件发展成这样，不能排除公安内部有违纪透露案情的人，那么，萧闻天是他唯一可以相信的人。萧闻天，也是最信任他的人。

胸有成竹，思如泉涌，笔下生辉。

凌晨五点半的时候，萧望完成了他这份系统的报告。报告介绍了全部可疑案件的基本情况，并且对每起案件的重点部分进行了标红。报告旁征博引，据理分析，最终得出了一系列的结论。

31 起案件具有明确的特征和规律，总结起来，其固有特征规律有：日期、性质、手法、目标。因此，这 31 起案件应该串并侦查。

31 起案件侵犯的个体，都是 1 ~ 4 岁的孩子，男女参半，且都是名望之族，有理由相信，案犯在挑选基因。

但是，并没有任何依据来推测案犯的作案动机，没有任何依据印证受害 31 名孩童（最大的到今年也 25 岁了）生存与否。

写下这句的时候，萧望的心疼了一下。他绝不愿意相信，这是 31 起杀人案件，但是他不得不客观、有依据地去推理分析。

报告认为，下一步，应该抛开对案犯作案动机的揣测，直接从案犯的活动范围，以及案犯的个体特征入手，进行排查。同时，应该寻找地处隐蔽的、有孩童聚集的场所，逐一排查。毕竟近几年被盗的孩子，还都很小。如果没有一个合适的生存环境，孩子是无法生存下去的。如果没有一个聚集、隐蔽的场所，孩子们早就被警察找到了。

报告认为，更为重要的是与邻近省份进行串联，寻找类似的案件。虽然打拐数据库早已建成，但是数据库毕竟对案件特征、案件发案时间等因素，没有串并的能力。这需要附近几个省精诚合作、人工排查，才能发现端倪。萧望相信，案犯如此猖獗、跨区域地作案，很有可能跨省作案。而外省的类似案件，我们目前还没有掌握。

这一日一夜的不眠不休，萧望虽然获取了重大突破，但是，疑团却越来越大。他只是一个实习警察，他根本没有能力继续往下探究。

父亲可以吗？他可以说服局党委，说服省厅甚至公安部吗？

萧望也并不确定。

他将这份二十几张纸的报告打印了出来，附上 31 起案件的调查报告，整整一大摞。然后，他默默地删除了报告的电子版，捧着一大摞材料，熄灯关门，走出了公安厅大院。

此时天边已经泛起了鱼肚白。萧望家住得离省厅不远，他抱着材料快步向公安家属大院走去。他知道自己的父亲每天七点钟就会准时离家去单位，而此时已经五点半了，他需要在父亲出门前，大致地将自己的发现报告给父亲。

如果父亲支持他的看法，如果上级支持他父亲的看法，如果全体警察都可以凝心聚力，如果再有那么一点点好运气，最关键的，如果孩子们都还活着。

破案，将会是多么美好的一件事情。

第二章　亡命之徒

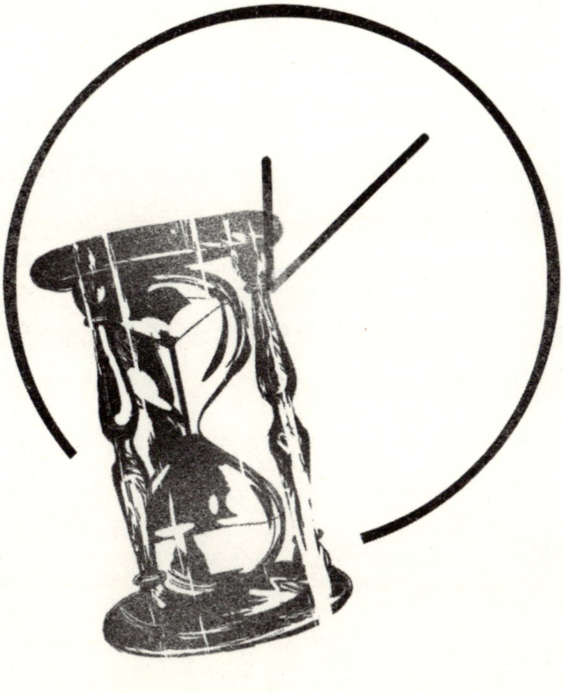

打翻了牛奶，哭也没用，因为宇宙间的一切力量都在处心积虑要把牛奶打翻。

——（英）毛姆

1

萧望蹑手蹑脚地打开家里的大门。

一楼黑洞洞的，窗帘外的天色已经泛白，但是并没有照亮家里的客厅。

门口整齐地放着几双鞋。爸爸的、妈妈的，还有那个臭小子的大球鞋。臭小子，穿的是 45 码的鞋子。他自己说得倒好，脚大，才能重心稳。

家里平静如斯。看来，时隔一年，这个臭小子终于和爸爸妈妈和好如初了。不出意外，是唐铛铛的功劳，回头得好好地谢谢她。

萧望费劲地把一大摞材料放到鞋柜上，然后开始换鞋。

二楼主卧室的门响了一下，接下来是爸爸那熟悉的下楼脚步声。

“早啊，爸。”萧望说。

萧闻天眉头紧锁，抬眼看了一下萧望，声音沙哑：“哦，才回来？”

“爸，我昨晚去找省厅的林伯伯了。”两天两夜没有休息的萧望依旧精神抖擞，“然后，我发现了一个重大的事件。”

萧闻天的眉头仍没有解开，他一边急匆匆地收拾自己的公文包，一边头也不抬地问：“有什么重大发现？”

“关于前天晚上，我们辖区幼儿被盗案的事情。”萧望站在萧闻天的背后。

“哦，不错。”虽然萧闻天对这个信息并没有多大兴趣，但还是勉为其难地鼓励了儿子一下。刚入警的警察，一腔热血，必须要用不停的鼓励，让他们的激情不减。

“您有空听听吗？”萧望试探道。

“今天可不行，抽时间吧。你可以先去和你们的所长汇报。”萧闻天看了看客厅的挂钟，“你小刘叔叔已经在楼下等我了。”

小刘叔叔叫刘安平，是南安市公安局副局长兼刑警支队支队长。

“今天这么早吗？”萧望也看了一眼挂钟，有些诧异。

“嗯。”萧闻天想了想，既然萧望已经加入了警察队伍，没有向他保密的必要了，“看守所，有人越狱。”

“越狱？”萧望大吃一惊，“几个人？”

“二十几个。”萧闻天叹了口气。

“什么！”萧望瞪大了眼睛，“建国后，这么大规模的越狱事件，还是很罕见的吧！中国的监狱内控外防、互相监督、分区管理、内外有别，可以说管理机制是全世界最先进的。就连前些年发生的呼和浩特‘10·17’越狱事件，还有哈尔滨延寿县看守所越狱案件，也不过就是三四个人，二十多人那是什么概念？国际社会都会被震惊吧。”

“这事情不妥善解决，没法向党和人民交代。”萧闻天收拾好了公文包，对着客厅的穿衣镜，整理了他二级警监的警服领口，准备换鞋。即便事情紧急，但是他还是觉得很欣慰。看来儿子萧望在刑警学院四年，阅读了很多案例资料，对新中国历史上的案例，滚瓜烂熟；对我国公安工作的机制、方法、策略也是驾轻就熟。不管怎么说，虽然公安是一项实践性很强的工作，但前辈的探索和心血，依旧是现代公安工作最好的基石。

“爸，没有时间看看我的报告吗？”萧望说，“我发现的这件事情，也不是简单的事情。”

“改时间吧。”萧闻天又看了眼挂钟。

“可是，这些婴幼儿被盗案，很蹊跷。”萧望用最快的语速说，“而且是绝对性的系列作案，从 1995 年就开始了，我清理了一下，光我们省，就有 31 名孩童被盗。如果他们都还活着的话，最大的，今年年纪比我还大。”

“凡事都有轻重缓急。”萧闻天说，“我们现在面临的，是比这拐卖儿童严重一百倍的犯罪行为。”

“我不这样认为。”萧望说，“31 名孩童的背后，是 31 个家庭。暂不说这系列案件是不是拐卖儿童案件，就算是，我觉得拐卖儿童就是最恶劣的犯罪行为之一。他们危害了 31 个家庭！这些家庭，可能这数十年，依旧天天以泪洗面。此案不破，我们怎么和老百姓交代？”

虽然萧望驳斥了萧闻天的观点，但是萧闻天依旧对萧望的一身正气而感到欣慰。他拍了拍儿子的肩膀。

儿子已经长大了，甚至比他还高出两指。但是儿子继承了妻子傅如熙的基因，虽然身体比他要瘦弱，但是逻辑思维和心思缜密都是他望尘莫及的。

萧闻天打开大门，说：“儿子，放心，我和全市 5000 名民警，无时无刻不在倾尽心血。虽然我们的破案率还不能达到百姓们的期盼，但是我们每年要侦破两三万起刑事案件和处置数十万起治安案件，还有许许多多其他防控工作。我们可以说是问心无愧！公安队伍需要你这样的孩子，我也希望长江后浪推前浪，为百姓做更多的事情，让更多的百姓信任我们、爱戴我们。现在，已经五点四十了，距离看守所发现越狱事件已经过去了半个小时，可能案犯们已经拥有三四个小时的逃离时间，刻不容缓！我知道，这 31 个家庭都期待着我们能够破案，但是，如果这二十多个案犯流窜到百姓中间，可能会对多少家庭造成危害呢？会让多少人民感到恐慌呢？你说，孰轻孰重，孰缓孰急？”

萧望后面的话被萧闻天的一席话全部堵了回去，但是也被这一席话感动、激励。他点了点头，说：“爸爸，注意安全。”

每个家庭，父子之间的互相嘘寒问暖都很多样，只有警察家庭的父子，几乎都只有这么一句：“注意安全。”

萧闻天盯着儿子点了点头。

虽然看守所那边让他焦急万分，但是此时他却非常温暖。自己的儿子正直、硬气，满身的正能量，这是他最期待的。再过上十年，自己就要退休了，那时候，有儿子接过自己手中的枪，他也可以彻底放心了。

突然间，他非常理解自己的岳父的心情。岳父傅元曼是老一代的刑侦名人，而独女如熙却坚持要去学生物技术。虽然后来如熙仍然加入了警察队伍，但是毕竟只是在DNA检验这样的技术岗位做一个幕后英雄。因此，从萧闻天和傅如熙一见钟情的那一天开始，傅元曼就对萧闻天非常用心。他很看重萧闻天事业的发展，对他扶持、教诲。即便他们两人经历了那件谁也不想去回忆的事情，但是最终定职在南安市公安局的萧闻天，依旧依靠自己的扎实基础慢慢地爬到了局长之位。定职之前的工作，是他积累沉淀的平台，但是他不想去回忆，就连组织的名字，他都不敢去回忆。一想到，就会心疼。

他知道岳父这一生，完完整整地献给了公安事业。但岳父在退休的那一天，却是笑着的，笑得由衷。怎么说呢，那就是一种有人继承的感觉。

父亲关上大门，萧望却一直愣在门厅里。

以他的经验看，这么大的一起越狱案件，肯定要动用全市所有能抽得开的警力以及武警。那么，这系列婴幼儿被盗案，暂时也就不可能被提上日程了。

如果能有个特种部门，拥有最高权限，拥有警界最顶尖人才，专门处置一些疑难案件，那就好了。不用占用过多的警力资源，却能做更多的光辉伟业。

即便是有这种部门，又怎么会听从他这个最基层派出所实习警察的建议呢？

萧望苦笑着摇了摇头，拍了拍鞋柜上的材料。他从口袋里掏出一支笔，把这个看似很幼稚的想法，工工整整地写在了报告的最后面。

“望望。”傅如熙穿着睡衣，站在二楼楼梯口。

“妈妈。”萧望微笑着看着母亲。

傅如熙快步下楼，走到儿子面前，仰面看着儿子，爱怜地伸手捧着儿子的脸庞，说：“望望，你这两天去哪儿了？”

“哦，所里有个案子，蛮复杂的，所长要求我们都加班。”萧望摸了摸母亲的手。

“两天两夜没睡觉？”傅如熙抚摸了萧望的黑眼圈，说，“你还这么年轻，怎么可以这么不爱惜自己的身体？”

“没事的，我整理了一些材料，颇见成效。”萧望拍了拍那一摞材料，说，“这些都准备给爸爸看的，不过他有别的案子了。”

“唉，出大事了。”傅如熙显然也知道了越狱大案，“这些天，你也小心点儿。”

“没事的，妈妈。”萧望又拍了拍傅如熙的手背，以示安慰，“对了，妈妈，你们 DNA 实验室，是不是也有打拐任务？”

“是啊。我们专门有一条检验流水线，是做打拐案件数据库的。”

“那，你们的工作流程都是什么呢？”萧望好奇地问。

“你先赶紧去睡觉！”傅如熙命令道，“年轻的时候熬夜，年纪大了就受罪。”

“你先告诉我，我就去睡觉。”萧望坏笑道。

傅如熙摇了摇头，笑着说：“真拿你没办法。实验室工作流程不复杂。首先，各个派出所和刑警队，在发现一些可疑被拐卖孩童，比如乞讨儿童、走失儿童什么的，就会采血，送来进行 DNA 检验。同时，在家属对孩子报失踪后，其父母也会被采血送检。你知道的，孩子的 DNA 来源于父母 DNA 的结合，从 DNA 数据上，可以计算孩子和父母的亲缘关系比率。孩子的 DNA 和父母的 DNA 都被用纯数字的形式，录入打拐数据库。数据库会对庞大的数据进行自动比对，然后计算出一些亲缘比例高的，再进行人工比对。最后，我们会以一个概率数字的形式，出具鉴定报告。”

“也就是说，只要孩子和父母的 DNA 都录入了系统，就有希望被发现？”萧望问。

傅如熙点点头，说：“肯定被发现。我们实验室每年也会比对上不少失散亲人。”

“那，我们所……”

“你们所辖区前天的那起案件，我记得没错的话，父母分别叫作赵健和李晓红对吧？”傅如熙神秘一笑，“昨天上午我们就入库了。”

“不过，孩子没有被民警发现，还是不行。”萧望低着头，说，“如果民警发现的是一具孩子的尸体，也会进库比对吗？”

“都会比对的。”

既然这么多年，从来没有比对上萧望总结的这些案件的 DNA，说明这些案件的受害人，要么从来没有现身过，要么就被害且没有被发现尸体。

看来越来越蹊跷了，这么多人，都哪里去了？

萧望在心里又问了自己一遍。

“对了，小朗终于肯回家了。”傅如熙一脸满足的表情，“其实这一年来，我天天做你爸的工作。有一个儿子当警察不就可以了吗？小朗在别的岗位上，也一定可以做得和望望你一样好。”

萧望点点头，笑着说：“那臭小子，古灵精怪的。”

“但你爸你也了解，一张老脸，就是不愿意自己放下。”傅如熙说，“好在小朗这次表现不错，没有刺儿头。再加上铛铛铺的台阶好，两个人就这样握手言和了。”

“铛铛也是冰雪聪明啊。”萧望说，“等眼下这两件事过去了，我们也请唐叔叔一家吃个饭。”

傅如熙点了点头。一家人的再次团聚，让她的心里感觉到无比温馨。

“不知道爸爸什么时候能回家。”萧望看了看一摞材料，说，“爸爸回来后，最先进去的，应该是书房吧？”

“那间房间就是你爸的宝地。”傅如熙扑哧一笑，“哪天回来，不先去看看他那一屋子的宝贝书？好了，望望，不准再熬了，必须马上睡觉！”

萧望顺从地点了点头，抱起材料上楼走进了书房。

他小心翼翼地把材料一份份地按顺序整理好，摆放在书房的大书桌上，然后把他写的综合报告，放在书桌中央最显眼的地方。不放心似的回头看了几眼后，萧望离开了书房，毕竟自己的母亲一直在背后监督着他。

傅如熙让萧望喝了杯牛奶，吃了些饼干，盯着他钻进被窝后，看着他打起细细的鼾声，才悄悄地关掉了他的手机，带上了他的房门。

忙忙碌碌地做了些饭菜，傅如熙在客厅给自己两个心爱的儿子留了张纸条，告诉他们她做了他俩最爱的饭菜，在冰箱里，自己热热就可以吃。弟弟不准贪吃哥哥的那份儿。

眼看要迟到了，傅如熙赶紧穿好警服，开门下楼的时候，却发现自己的父亲正背着手站在门口。

“爸，你怎么来了？”

傅元曼一头白发，但红光满面，精神矍铄。七十多岁的人了，老傅站在那里依旧挺拔，依旧可以轻松走上十公里也不气喘。

“上班啊？”傅元曼干咳了一声，“闻天去看守所了？”

“你都知道啦，爸爸？”傅如熙面露愁容，“这么大事情，估计有他累的了。”

“我就是来看看我的两个外孙儿。”傅元曼掩饰了一下自己的尴尬。

傅如熙知道，一年未见的萧朗，在他家里住了两天，就回家了，这让老傅仿佛望梅止渴，更加思孙心切。所以老傅才一大早就跑到家里来看外孙，但又不好意思敲门。不知道为什么，相对于继承了他和萧闻天衣钵的萧望，老傅却更加喜欢那个整天没个正形儿的萧朗。

“他俩都在睡觉。”傅如熙做了个嘘的手势，说，“望望两天两夜熬着没睡，刚躺下。小朗的习惯，中午之前是不会起床的。”

傅元曼点了点头，指着家里，说：“我也不会打扰他俩。那我，去闻天的书房看看书？”

傅如熙侧身把父亲让进了门，说：“那正好，两个小子起床，爸爸您帮忙给他们热个饭。现在的90后啊，自己啥也不会干。”

傅元曼换好了鞋子，右手按在左胸前，略微欠身，说：“乐意效劳。”

自己的父亲这么大岁数，依旧童心未泯，让小跑着下楼的傅如熙不禁哑然失笑。

傅元曼径直走到书房里，靠在软绵绵的靠椅上闭目养神，准备等两个孙子起床后，和他们好好聊一聊，好好地享受一下天伦之乐。

无意间，他瞥见了书桌上整齐摆放着的材料，好奇心驱使着他拿起综合报告看了起来。没想到，萧望那条理清晰的分析以及文采飞扬的叙述，很快吸引了他。他一边看着报告，一边翻阅各个卷宗的复印件。

傅元曼是刑侦界的名人，一辈子都献给了那个荣耀而又神秘的组织，却从来没有在各级公安机关刑警部门工作过，所以，对这些卷宗都很陌生。

这些案件不仅吸引了傅元曼的注意，更是让傅元曼对自己的外孙儿刮目相看。真是后生可畏，萧望简直天生就是一块当刑警的料！

案件分析报告让傅元曼重新回到了刑侦的天地，更是重新激起了他潜藏在心底多年的热血。

尤其是报告最后那一行苍劲有力的钢笔字："是否可以向省厅、公安部报告，成立专门处置特大、疑难、涉密案件的行动小组。集精英人才及警界优势资源为一体，高效工作。既可节约警力，又可攻坚克难。"

这一行字，引得老傅鼻子酸酸的，要不是自己极力控制，他恐怕是要在这个灯光昏暗的书房里，一个人老泪纵横了。

他对着那行字，自言自语："乖孙儿，你当然不知道，曾经有那么个组织，无恶不摧、攻无不克、战功赫赫！然而，这个纵横警界几十年的秘密组织，却在我，你们的外公手上，葬送了！"

傅元曼重新靠在椅子上，闭起了含泪的双眼。

时光仿佛回到了五十多年前，他的举荐人带着他，走进了地处南安市的某个秘密角落。虽然南安市只是个二线省会城市，却从建国开始，一直都是组织的大本营所在。

傅元曼记得，1966年，当时二十出头的他走进大门时，压抑不住自己内心的激动。

那是一间红砖小楼，从外面看，完全不会知道这是公安部下属最精锐队伍的大本营，甚至都不知道，这栋小楼和公安机关究竟有着什么样的关系。

小楼的门脸不大，也没有警徽国徽，没有门牌号码，更没有单位招牌。只有在门口的墙壁上，挂着一个圆形的标志。嗯，现在这个时代，应该把那种玩意叫作“logo”吧。

这是一个圆环状的标志，设计得非常简洁。标志的中间，是一颗稳固的六角星，六条白色的线条从星星的中央伸展开来，支撑着整个圆环，闪闪发亮。

傅元曼记得，整栋红砖小楼里，并没有当时公安机关必须张贴的“为人民服务”“坦白从宽、抗拒从严”等标语，只有在楼内的门厅里，一面雪白的墙壁上，有着三个大字：**“守”“夜”“者”**。

傅元曼记得，当时守夜者组织的头儿，老郑，见到他和与他一起加入组织的董连和，第一句话就是：“你们知道，我们的标志是什么含义吗？”

他和董连和一齐摇了摇头。

“星星就是我们。”老郑义正词严，“我们是万家灯火的守护者，是可以让老百姓们安稳睡觉的守夜者。”

傅元曼记得，老郑和他俩深入地谈了一次，和他俩讲述了守夜者十几年的历史，讲述了守夜者为何而建，建了为何。谈话中，他被建国前夕那起“九头命案”所吸引，被守夜者组织的三位祖师爷的能力深深折服。

傅元曼记得，当他从老郑的手里接过那身绿色警服的时候，是何等神圣。当时公安部门刚刚换发66式警服，这和军服类似的警服，承载了多少年轻人的热血。警服领口鲜红的红领章和帽子上闪闪放光的五角星，激起了傅元曼的万丈豪情。

傅元曼记得，他披荆斩棘二十年，终于坐在了老郑留下的位置上。可是他大展拳脚不足十年，这一切理想戛然而止，甚至，他的理想都无法被继承下去……

傅元曼不忍再回忆，从书架上拿下一本海岩的小说《长安盗》，慢慢地读了起来。

2

刘安平副局长的轿车风驰电掣。

当萧闻天走进看守所会议室的时候，时针指向五点四十五。

会议室里，几乎坐满了人。

看守所所长王小明见萧闻天走进了会议室，赶紧起身，为萧闻天拉开座椅，招呼手下给萧局长倒茶。

“倒个屁！”萧闻天压抑不住自己内心的愤恨，“滚回你的座位去。”

王小明灰溜溜回到自己的座位，一脸无辜的样子。

“怎么回事？谁来汇报？”萧闻天重重地把公文包摔在会议桌上。

所有人都看向秦兆国。

秦兆国低着头，沙哑地说：“我来向局党委汇报我们的重大失职。今天凌晨一点半左右，我所东墙遭一辆蓝色重型卡车撞击。撞击后，民警全部到前门集合，准备应对突发状况。在哨岗哨兵、各监区民警和卡车对峙十分钟后，增援特警赶到。经过对卡车的全面搜索，并没有发现人和爆炸物。”

“两个问题。”萧闻天打断了秦兆国的话，“一、谁让监区民警参与应对任务？有一个排的武警还不够？二、车上的人哪里去了？”

“是王所长命令各监区民警到前门增援的。”秦兆国说，“经过现场搜索，特警队认为卡车是在无人驾驶的情况下，从看守所东面斜坡上开始下滑，由于惯性加速度，最后撞击我所院墙。”

“胡闹！”萧闻天吼道，“你不懂不会问吗？”

“我这个决定，是充分征求了秦所长的意见的。”王小明弱弱地说。

秦兆国抬眼看了王小明一眼，没有反驳，接着说：“卡车被拖走后，指挥中心一直在寻找卡车司机。大约在三点半，联系上了卡车司机，发现该辆卡车系当晚被盗。指挥中心当时和我联系了，但是我想到，撞击事件发生后，我就立即到总控室看了监控，并没有发生异常，所以我当时简单地认为这是一起意外事件。这件事件，是我疏忽了，我应该负全责。”

“谁负责不是你能决定的，该是你的责任你跑不了！”萧闻天怒道。

“后来我睡得迷迷糊糊的时候，突然觉得很不对劲。”秦兆国说，“大概四点半的样子，就立即去总控室调取各监室的内部监控。发现第六监区的 22 名犯人不翼而飞。后来我带着武警冲进了监区，发现在第六监区民警办公室的角落里，有两名民警。一名已经牺牲了，另一名，因为遭受重度机械性窒息，目前还处于昏迷状态。”

“怎么可能？各监区通道，都有监控，人怎么走的？”萧闻天问道。

“目前我还没有想清楚是怎么回事。”秦兆国说，“但是，有个问题，我，我还是得提一下。”

“说。”

“在对前门进行防守应对的时候，我发现通道闸门的管理民警，是总控室的民警。”秦兆国说，“也就是说，车辆撞击院墙后，总控室的两名民警就转移到通道闸门进行防守，总控室在这个阶段没有人。”

“什么？天方夜谭吧！为什么两个岗位，只有一组民警？”

“王所长说是要定职定编，对一些繁冗的职位要进行合并。他认为晚间，通道闸门没有人进出，所以通道闸门无须派人值守。”秦兆国说，“于是，这两个职位就合并了。”

“混账！”萧闻天忍着没有骂出脏话，“谁让你们这么做的？和局党委汇报过吗？”

说完，萧闻天责怪地看了一眼分管监管业务的方卫国副局长。当初，萧闻天是十分反对政工干部不经锻炼，就直接出任一线执法部门的主官的，但是方卫国极力保荐王小明，在局党委会上更是慷慨其词，最后少数服从多数地把王小明直接推到了看守所所长这个非常重要的位置上。萧闻天曾经预料到可能会出事，但完全没有想到会出这么大的事。

“定职定岗是大势所趋，是和党中央保持一致。”王小明说，“这也是我们看守所领导班子共同的决定。”

“我反正不知道这事。”秦兆国忍不住反驳了一句。

“你，你怎么不知道？啊，对了，你是不是那天请假了？私事儿吧？”王小明站起身来指着秦兆国说。

“通道闸门可打开过？”萧闻天瞪了王小明一眼，王小明缩着头坐回原位。

“打开过。”秦兆国说，“在特警队对外围现场进行搜索完毕，收队后，王所长下令所有监区民警和值守武警，到看守所外的院墙进行检查。检查完毕后，民警们又陆续返回。”

“进出的都只有民警吗？”萧闻天问。

“那是肯定的。”秦兆国说，“大家都穿着警服。虽然晚上看不真切，但我想不可能出去的都是犯人吧？哦，更何况后来大家都又回来了呢。”

“监控呢？监控录像有没有人在看？”萧闻天说。

“昨天下午六点，嫌疑犯们最后一次点卯后，就各自回到监区。我们现在从六点开始，正在着人看第六监区以及六监区附近关键通道的监控。现在正在看。”方卫国说。

“第六监区关押的都是什么人？”

“一共 22 人，全部脱逃。”秦兆国说，“其中不乏一些重刑犯。我看了所有犯人的档案，有七个是涉嫌恶势力团伙犯罪的嫌疑人，还有几个涉嫌故意杀人和故意伤害的犯罪嫌疑人，还有一个涉嫌强奸的、一个涉嫌纵火的。哦，还有几个涉嫌过失致人死亡、盗窃罪的。”

“盗窃？”萧闻天说，“这么轻的罪名，也会脱逃？他不知道逃出去犯的就是大罪？”

“这事情我们也很纳闷。”秦兆国说，“一般不可能做到二十几个不同来源的犯罪嫌疑人勾结在一起越狱，因为人心哪有那么齐的？一个人泄密，这些人都完蛋。所以，这事情实在很蹊跷。我怀疑最有可能是那七个黑社会的人唆使，因为这些人中，有两个是黑社会头目，在黑道有一些名气。他们用这个来压人，即便罪行再轻，也不敢违背他们的意愿，跟着他们一起越狱。”

“拿看守所的结构图。”萧闻天命令道。

一张巨大的看守所结构图被投影在一面墙壁上。萧闻天走近墙壁，仔细地看着，眉头紧锁。

“马上调取当天晚上打开通道闸门时候的监控影像。”萧闻天说。

很快，投影仪开始播放当天通道闸门打开时的影像。一大拨民警松松散散地通过闸门走出看守所。萧闻天默念着数字。

不一会儿，投影仪又开始播放民警们返回看守所的影像。萧闻天仍在默念数字。

“我们有十七个监区，每天晚上每个监区有两名看守民警。”萧闻天说，“刚才我数了，从闸门出去的，确实有三十四个民警。但是，回来的时候，只有三十二个。”

“啊？”所有人感叹了一声。

“这个，这个不怪我啊！”王小明叫道，“这些社会的渣滓，预谋好的！我没有责任！我不可能有责任啊！”

“有没有责任，不是你说了算！”萧闻天说，“监控谁在看？”

“检察院主办，我局督察部门配合。”刘局长在一旁低声说。

“在他们看完监控前，让我来告诉你们这些嫌疑人都是怎么逃离的。”

萧闻天怒气冲冲，“打开看守所结构图。”

负责播放幻灯片的民警吓得赶紧切换图片。

“两名民警被伤害，一死一伤。而出监区的，却一人不少，结合回来的人少了两人，说明混在这三十几名民警中间的，有两个犯人。”萧闻天说，“我想知道，为什么有两个犯人混在你们中间，你们没有一个人知道？”

“当时的所有照明设备都在指向院外，所以大院里很昏暗。”一名监区民警说，“而且，说老实话，我们这么多监区，每个监区都相对独立，所以互相也有不认识的同事。在人群中看到几个面生的，也没有人会当回事。”

“好，那我就接着说。”萧闻天说，“为什么从大门出去了两个犯人，同监区的其他二十个人怎么也就没了呢？不可能是他们两个把所有人藏在口袋里带走的吧？”

大家都木然摇头。

萧闻天说：“在车辆撞击院墙之前，两名凶手就已经在六监区民警办公室了。因为总控室的监控显示的是各个关键通道，所以对民警办公室并无实时监控。一是因为看守所守则明确规定晚间收监后，是不允许任何人带犯人出来的。二是总控民警一般不愿意窥探各民警的隐私。但有的时候，有的民警就是急功近利，只要犯人号称自己有问题要交代，无论什么时间，都会私自提审。甚至有些民警得了好处，在提审时都不按规定给犯人戴戒具！明令禁止了多少次，还是死性不改！”

几个民警羞愧地低着头。

萧闻天说：“在撞击发生前，两名民警都遭到了两名被提审人的袭击。最后在办公室监控死角里，拿出了民警的钥匙，换了放在衣柜里的警服。撞击发生后，通过对讲机，犯人知道所有民警都要到前院集合。趁乱，他们打开了六监区三个监室的房门，然后冒充民警到了前院，并且从前院离开。为什么要这样策划？”

几个人摇了摇头。

“这些犯人如果想从这天罗地网的监区里逃出去，唯一的路，就是下水道！”萧闻天说，“看守所所有的下水道都有防护措施。怎么防护呢？我知道！所内的部分，有三道栅栏。为了方便清理，监区民警都有钥匙。但为了防止有内外勾结的可能，这些下水道通往所外的出口，也有一道栅栏密闭，这道门，只有监管支队领导有钥匙。栅栏封住外口，下水道极为狭窄，从下水道内侧，是不可能有方法去破坏的。就是看守所民警，也无法从下水道里逃离看守所。”

大家都沉默着。

萧闻天接着说：“那么，这两个穿着警服混出门的犯人，其目的，就是到下水道外口，破坏栅栏，好让通过下水道出所的人，回到自由天地。”

所有人都一脸诧异的表情，点头想：确实，这是唯一可以说得通的办法。但是这种办法，各个环节都很危险，每个环节都必须严丝合缝，而且要冒着被总控发现的危险。

“从撞墙事件发生，到总控室恢复看守，多长时间？”萧闻天问。

“撞墙后，大约十分钟，特警到。大约十五分钟后，特警收队。”秦兆国看了看自己的笔记本，显然他对整个过程梳理了一个详细的记录，“特警收队后，大家就收到命令，要求出所搜查。这时候，我发现打开闸门的民警是总控民警，就立即奔往总控室。此时，一切已经恢复正常。这个时间，大概两分钟。加在一起，二十五分钟左右。”

“这个时间，完全足够一个充分预谋的越狱计划开展实施了。”萧闻天说，“毕竟这二十五分钟只需要全部人进入下水道，并且关闭下水道口。足够了。”

“那么，这起事件的责任……”方卫国有种泥菩萨过江的感觉。

萧闻天说：“如果总控一直有人，那么不可能让这么多人在摄像头的注视下，进入下水道。如果监区民警不被调出所，两个犯人就不会混出去，从外面打开栅栏，那么下水道里面的犯人们，是不可能逃出那个栅栏的。为什么总控没人？为什么犯人可以混出去？这两个环节的责任人是谁，该对整个事件负责的人就是谁！另外，民警不遵规定，深夜提审，所有的所领导该负领导责任。我因为用人失察，也该负领导责任。”

会议室里鸦雀无声。

不一会儿，会议室的大门被打开了。

两名穿着检察官制服和两名胸前挂着督察标志的警察一起走进了会议室。

“根据调取监控和调查情况，”一名检察官说，“看守所两名当值所长，王小明、秦兆国，因涉嫌渎职罪、玩忽职守罪，经南安市人民检察院审批，现对两人予以刑事拘留，这是拘留证。”

王小明一下子瘫软在椅子上。秦兆国满脸愧疚，站起身来，在拘留证上签字，并主动伸出两个手腕。

秦兆国对萧闻天说：“萧局长，我对不起您的栽培，对不起人民，对不起警徽。”

萧闻天看都没看他一眼，对全场说：“分管监管工作的方局长，负领导责任，就地停职，接受调查。我的处分，我等省厅、市委下达。在处分下达前，暂由我指挥本案侦破。一旦我被停职，由刘安平副局长接任专案组组长职务。”

3

专案组很快由刑侦、特警、武警等部门负责人组成。

投影仪上正在播放着当晚的监控录像。

和萧闻天推测的一模一样。晚上十二点的时候，六监区两名民警带着两名犯罪嫌疑人，通过监区通道，走到民警的办公室里。在办公室里，两名犯罪嫌疑人坐在审讯椅上，一直在和民警说着什么。到十二点半的时候，可能是犯罪嫌疑人的要求，一名民警打开了两人的手铐。凌晨一点的时候，正在对话的犯罪嫌疑人突然发难，袭击民警，然后将民警逼到了监控死角。

大约十分钟后，两名犯罪嫌疑人在办公室衣柜里拿出了警服并换上，重新走进监控死角。大约凌晨一点半的时候，应该是对讲机响起王小明的命令。两人迅速离开办公室，经过监区通道，打开三个监室的房门。

此时，所有犯罪嫌疑人都已经在各监室门口等候，显然早已预谋得当。

大门打开后，所有人从那两名犯罪嫌疑人手中接过钥匙，来到下水道入口，逐一打开栅栏。秩序井然地，二十名犯罪嫌疑人逐一进入下水道，并且从内部关闭了栅栏。

整个过程，只用了十二分钟。

至此，一片安静。直到凌晨四点四十五分，秦兆国带着武警冲进了第六监区。

“看完以后，我非常疑惑。”萧闻天说，“所有这些漏洞，都是王小明临时错误指挥导致的。那么，这些犯罪嫌疑人，又是如何预知王小明的错误呢？”

“不得不怀疑，王小明可能和这些犯人有一些勾当。”刘局长说。

萧闻天摇了摇头，说：“王小明这个人我还是了解的。虽然通过此事可以看出是草包一个，但是这么罪大恶极的罪行，他是不敢干的。而且，这件事情一发案，所有人都会去怀疑他，他又不是傻子，做这么明显的罪行。”

“可是，召集看守，让看守出所、总控室没人，这些都是未知的啊。”

刘局长说。

萧闻天皱起眉头，说："总控室在紧急状态下会没人，这在制度被私自修改后，可能会被很多人知道。如果知道看守所所谓的定职定编，就知道在紧急状态下，总控民警会去守通道闸门，那么监控就没人看了。"

"这个可以解释。"刘局长说，"我们的民警，了解内部情况的犯人，都可能会知道。但是召集看守出所呢？"

"召集不召集看守，对他们这次越狱计划没有影响。"萧闻天说，"六监区就两个民警，都被伤害了。其他监区民警也不会过来。如果王小明没有下令立即出所，他们也是有机会在天亮的时候，或者找其他借口混出所去。毕竟，只要所有人都走下水道进去了，就可以在里面等着。一旦这两人混出去，就能立即逃离。"

"从监控看。"刘局长说，"两个凶手躲在监控死角，似乎就是在等王小明的命令。说明他们很有可能知道有卡车要撞墙来制造混乱。"

"这个是肯定的。"萧闻天说，"这么巧合的事情，必然是预谋。里应外合的伎俩。"

"可是，我们查了，这 22 个人，从进看守所后，就没有任何一个人和外界有过不正常的联系。"技术部门的负责人说，"也就是说，总策划者，可能从进来之前，就预谋好了。"

"这一点，就不好理解了。"萧闻天说，"一般人可能不知道会进来，即便知道会进来，也不至于之前就和外面接应的人说好，哪一天什么点儿开始越狱计划。这实在无法解释。"

"所以这案件还是有很多蹊跷的地方的。"刘局长点上一根烟，深深地吸了一口。

"还有一个我想不通的地方。"萧闻天说，"这些人中间，有个别可能会被判死刑，但是绝大多数的罪名都不至于会重判。七个涉嫌恶势力犯罪的，我们推测也就 5 ~ 10 年的刑期，那几个故意伤害的，最重也就 7 年吧，有两个甚至可能是缓刑。强奸罪的，也就 5 ~ 10 年，盗窃的就更轻了。这些人应该知道，组织越狱或者暴力越狱罪，都是重罪。他们为什么要铤而走险？”

“唯一的可能，就是这起越狱案的策划者很会洗脑。”刘局长说，“从二十几个人都可以沆瀣一气来看，这个人的心理战功夫可不浅。”

“从形式上看，最有可能是策划者的，就是那两个杀害民警的人。”萧闻天说，“不是策划者，应该不会那么容易被利用去杀人。而这两个人，很出乎意料，并不是那两个可能会被判死刑的！”

“啊？不会吧？”刘局长把民警办公室视频截图放大，看得清面孔。

“如果我没有看错的话，这两个人应该是涉嫌恶势力犯罪的胡大和胡二。”萧闻天说，“金刚饭店的老总，今年因为涉嫌恶势力犯罪，被抓进来。这两个人虽然欺压百姓，有很多犯罪行为，但目前还没有查到明确的杀人、贩毒等重罪的证据。”

“既然他们不会重判，为何又要去杀人，还是杀值守民警？”刘局长痛心道。

“可能是暴发户不懂法，以为自己要被判死刑，所以孤注一掷。”萧闻天说，“他们是有组织犯罪，很有可能会具有洗脑的能力，再加上他们的恶名头，其他人不敢不从。”

“这是唯一可以解释全部的了。”刘局长说，“他们关进来多久了？”

一名看守所的民警说：“最长的两个月，最短的也就俩礼拜。”

“这么短的时间，就能被洗脑，也真是匪夷所思。”刘局长说，“这两个黑老大，是不是有可能在被抓前，就留后招？比如被抓后一个月的晚上用重卡撞院墙什么的。而且，还得考虑我们的民警内部有问题。”

“这个还真的不能排除。”萧闻天说，“以后指挥部的指令，只有今天在场的人能够知道，尤其是涉密指令，一定要注意！”

全场都沉默着。

“还有一个问题，想不明白。”萧闻天说，“黑老大自己混出去不就得了？就算是要救自己剩下的五个兄弟，也不至于把全监区的人都忽悠走吧？人越多，风险越大，而且还要给他们洗脑，有这个必要吗？他放出这么多犯人的目的是什么？发展队伍？”

全场还是沉默着。

“案件理不清的问题太多了。总结起来，就是如何里应外合，如何了解看守所内部漏洞，如何给全部人洗脑，为何放出所有人。”萧闻天捶了一下桌子，说，“现在我命令：一、全市特警支队、武警支队抽调精干力量，调集 2000 人，对看守所附近进行全面布控、搜查。二、刑警支队调集各责任区中队精干力量，对这 22 人的详细情况进行摸底，并且对他们可能藏匿的地点进行排查。三、技术中队全员上线，对下水道、卡车、栅栏进行全面勘查，寻找到尽可能多的指纹和 DNA，以备下一步提供法庭证据支持公诉。四、其他技术力量，动用全市交警、城管等所有可用监控，对涉案 22 人的人像进行寻找甄别。总之，全力抓捕涉案 22 人！总体原则是从重刑犯开始，从策划者开始，从社会危害性大的开始。限期，三个月！”

萧闻天也知道，三个月的时间确实短了点儿。然而此时，军令状不得不立。他补充道：“为了方便所有专案组成员认清每一个犯人，现在后勤组马上把 22 个人的照片以及每个人的资料做成链接，发至每名民警的警务通手机。人数太多，不好辨别，我们现在给每个犯人进行编号。冒充警察混出所外的胡大和胡二，分别编成 A 犯和 B 犯。其他犯人，根据进入下水道的顺序，依次编号为 C 犯至 V 犯。这样的称呼，简单易辨，不易混淆。这项工作立即完成，刻不容缓。我马上去向省厅、市委、公安部汇报。三个月内不破案，不抓获所有犯罪嫌疑人，我们在座所有人引咎辞职，并且根据责任自请处分。”

军令状一下，所有人四散离去，都在抓紧这珍贵的时间。

萧闻天坐在椅子上，此时已经过了中午，自己却全然不知道饥饿。他不知道他这个专案总指挥怎么样才能够发挥最大的作用。

刚才，市局指挥中心打来电话，逐一读了公安部、省厅和市委市政府领导发来的批示。可以说，一个比一个说得重。萧闻天知道，很快，省委、中央的批示也就会接踵而至。他知道此事重大，处理不好，可能有很多的人会遭殃。更严重的是，会让老百姓人心惶惶。所以，他确定只能给自己三个月的时间，多一天都不行。

作为局长，萧闻天不能去抓捕前线，也无法身先士卒冲在调查的第一线。他想来想去，现在自己能做的，除了在专案组坐镇指挥，还能去看一看刑事技术部门的工作。

主意拿定，他邀上刘局长一起，赶往现场。

为了防止再有意外发生，看守所加大了防范的力度。武装警察部队南安市支队增派了一个连的武警进驻看守所。同时，所有看守所民警两班倒，每天监区的看守多了两倍。

然而这亡羊补牢的做法，对 22 名案犯的抓捕工作，丝毫没有用处。

“22 名案犯的指纹和 DNA 在收监的时候就已经提取了。”一名法医说，“我们现在要做的，就是在整个逃跑路线上，寻找到所有 22 人的可以鉴定的痕迹物证和生物检材。这样的话，就可以通过证据固定 22 人的罪行，为以后的起诉审判提供依据。”

萧闻天点了点头，指着犯人逃离的下水道口，说：“这三道栅栏都是用钥匙打开的吗？”

一名痕迹检验员点点头，说：“没有任何撬压痕迹，很显然，都是用钥匙打开的。周围可能被擦蹭的地方，我们都提取了 DNA。”

“这些钥匙，一般放在哪里呢？”

一名看守所民警说：“值班交班的时候，会有一串钥匙，跟着值班民警走。这一串钥匙包括各个监室的钥匙、办公室钥匙、通道钥匙和下水道钥匙。有十把左右。”

“也就是说，必须对每把钥匙都很了解，才能知道哪把钥匙对应哪把锁？”

“也不是。只要了解每个锁的形态，根据大小和种类，就能分清哪把钥匙开哪种锁。”

萧闻天点了点头，把这一切都记在了笔记本上。

随后，萧闻天来到了民警的办公室。

办公室里，审讯椅还摆放在原位，民警坐的两把凳子被胡乱地掀翻在地。因为两名民警都是被用勒颈的方式致伤的，所以现场并没有留下什么血迹。

法医上前介绍道：“一名民警死亡，死因是勒颈所致的机械系窒息。另一名民警昏迷，也是勒颈所致机械性窒息，大脑长期缺氧所致。致伤工具是他们自己的领带。”

99 式警服的春秋长袖外衬，按规定是要扎领带的。而凶手就是突然袭击，用民警系在颈部的领带作为工具。

“这两个民警就没有挣扎吗？”萧闻天说，“从监控看，行凶是在监控死角，凶手很了解哪里是监控死角。也知道我们的总控，平时只实时监控通道。”

“从现场痕迹来看，因为事发突然，两名民警完全没有想到这两个并不会判多重的犯人会行凶杀人。”法医说，“所以，几乎没有抵抗。不过从实施杀人现场旁边粘附的指纹来看，凶手就是胡大和胡二无疑。”

“也正常。”萧闻天说，“只有这两个人同时声称有线索交代，才会被一起带出来。不同案件的不同嫌疑人，同时声称有线索，民警也不会放在一起审。”

“还有，凶手杀完人后，就直接取了钥匙和警服。”法医说，“没有多余的动作。也就是说，这一切都不会是临时起意，而是早就预谋好的。”

“这一点，更让我坚信策划者就是这两个人了。”萧闻天说，“可惜了两个民警，唉。我们现在去看看下水道的外口吧。”

萧闻天一行人步行出了看守所，然后沿着看守所后面的崎岖小路，走到了一条小河旁。小河的河床上，有一个带栅栏的下水道口。这就是第六监区通往看守所外的下水道口所在地。此时，下水道口的栅栏已经被打开。

“这个栅栏是怎么开的？”

“其实这个栅栏很坚固。”痕迹检验员说，“人力是不可能打开的。钥匙也在市局监管支队保管。所以，犯人打开这个栅栏着实费了很大的力气。”

萧闻天看到，下水道口的栅栏已经完全变形，铜质的锁芯更是扭曲了。

“至少，这两个逃出来的策划者，没有什么开锁的技术，这完全靠蛮力打开的啊。”痕迹检验员说，“以我们普通人的力量，要撬开这道栅栏，至少也得十分钟的时间。”

“他们有接近半个小时的时间完成整个越狱计划。”萧闻天说，“时间很充裕。想来也是，这两个黑社会大老粗，怎么会那么精细的活儿？不过，既然是大老粗，为什么又有能力完成这么完美、精密的越狱计划？实在是令人费解。”

萧闻天站在下水道口旁边放眼望去，远处一片玉米地，再远处相连的有国道、省道和高速公路组成的三角地带。可以说，只要能渡过这条小河，钻进玉米地，怎么都能逃脱警方的围捕。看来，下一步的撒网围捕工作难度是非常大的了。最大的希望，还是要指望刑警部门的调查和追踪。

“调集所有逃离人员的档案，调集所有看守所内部的监控，调集现在掌握的所有调查和物证材料。”萧闻天说，“要看看下一步，我们怎么从全局来协调这个案子。”

一下午的勘查工作，让早起加之精神高度紧张的萧闻天疲惫不堪。他站在河床上一个踉跄，险些跌入河里，被眼明手快的刘局长一把拉住。

“老萧，你的身体要紧，赶紧回去休息。”刘局长说。

“休息？眼下这个情况，我如何休息？”

“我们还有三个月的时间。”刘局长说，“三个月的连轴转，只要是肉长的身体，都挺不住。所以，我觉得我们要有个分工，这样才能合理地运用自己的身体。”

“你的意思是，我们两个一人一天，24 小时盯着？”

“真不愧是老搭档了。”刘局长笑道，“我想什么你都能知道。这样吧，我年轻，所以今天我先来盯着。”

“不，第一天最关键，我来。”

“老领导，听我的吧！你休息好，明天才有力气接班。”

萧闻天此时觉得自己的脑袋昏昏沉沉，双腿也不停地哆嗦，知道自己这一天的严重焦虑情绪直接导致了他的血糖又低了。

“那好吧，你辛苦了。”萧闻天不再推辞。

一来，他知道自己撑也是撑不下去的。二来，他还有一个坚强的后盾——傅元曼。他想，今天晚上，可以和自己的老泰山好好聊聊，毕竟这个七十多岁的老人，在特种刑侦岗位上干了五十年。

什么样的稀奇古怪事儿没见过？什么样的穷凶极恶人没抓过？有了老泰山的协助，他应该可以捋出一条思路，快刀斩乱麻，把目前混乱的状况整肃清楚，为下一步逐个击破提供先决条件。

想到这里，他的信心似乎增强了不少，他指了指车窗外，对驾驶员说：“快，黄河路 28 号，黄河裕安小区。”

车子一路东钻西绕，很快来到了傅元曼家，可是开门的，却是丈母娘。

“妈，老爹呢？”

“你老爹去你家了，你没见吗？”

“哦，我没有回家。他什么时候去我家的？”

“哈哈，你还不了解他这个死老头子吗？想孙子就是想孙子，还嘴硬。和我说什么你有大案子了，要帮帮你。”

“可能老爹真的就是为了帮我。”萧闻天感激之情油然而生，“不和您说了，妈，我要赶紧回去见老爹。”

“看来你老爹今晚又不回家了！”

“反正我家里也有给您和老爹准备的房间。”萧闻天说，“也有可能，我今晚要和老爹来个促膝长谈。”

“悠着点儿！你老爹七十三了！”

“知道了，妈！”

第三章　第二条路径

一边是平常的现实，一边是美丽的谎言，
你选哪一样呢？

——电影《大鱼》

1

萧闻天打开家里大门的时候，就听见爷孙三人在客厅里大笑。

“爸，跟这俩小子笑什么呢？”萧闻天笑着换鞋。一天的阴郁，被家里温馨的笑声冲淡了不少。

“可不是小子啦。”傅元曼伸出双手摸了摸兄弟两人的后脑勺，“都是大小伙子啦！你看我们能不老吗？”

“不老不老，您还得做好照顾重孙子的准备。”萧朗的嘴巴甜，逗得老傅笑得胡子乱颤。

傅元曼说：“还不老！我这脑筋转得比这两个小子慢多了！老了，真的是不中用了！”

萧闻天走进客厅，见爷孙三人正在玩三国杀，傅元曼被萧朗的阴谋诡计骗得血本无归。

“你们回房间看书去。”萧闻天说，“我和你们姥爷有话说。”

“老萧，能不能别总用命令的口气？”萧朗没大没小地说，“虽然你是局长，但你也管不了我这个考古学家啊，就算你能管得了哥，下达个什么命令，也得经过党委会研究吧？法治社会了，别崇尚人治。”

萧闻天被小儿子说得一愣一愣的，伸手就敲了一下他脑袋，说：“我管你们两个兔崽子还要经过党委会研究？”

萧朗缩着头说：“你是兔子吗？老萧。你是兔子吗？”

“爸，妈妈请了唐叔叔和铛铛晚上来家里吃饭。”萧望解围道。

“哦，好。”萧闻天看了一眼岳父，说，“那，老爹，我们晚上再唠一唠，现在手上有个案子，状况比较复杂。”

老傅仍然眯着眼睛盯着手上的纸牌，头也没抬，嗯了一声。

傅如熙刚把热菜端上桌子，门铃就响了。

“Surprise！”萧朗一开门，唐铛铛拎着保温桶就走了进来，跳着笑道，“如熙阿姨，别做汤了，我专门煮了金针菇炖排骨汤！”

“天哪！你还没按门铃我就闻见味儿了！你是不是只会做这一道菜？”萧朗朝唐铛铛做了个鬼脸。

“还不是因为某人捣乱，我才要重新炖一次的！”唐铛铛护宝一样护着自己的保温桶，笑着瞪一眼萧朗，迈着小碎步跑进了厨房，“如熙阿姨，我来帮你忙啦！”

唐铛铛的父亲唐骏走在后面，手里拎了一些水果。他穿着干净的米白色衬衣，袖口整整齐齐。见到客厅里的傅元曼先是一怔，然后恭恭敬敬地称呼道：“老爹好。”

傅元曼放下纸牌，笑着站起来和唐骏握手：“怎么样，当老师快活得很吧？”

“我就不明白了。”萧朗纳闷，“唐叔叔不会真是我亲叔叔吧？那唐铛铛难道是我表妹？”

“喊你姥爷老爹的人，当年可不止我一个。”唐骏淡淡笑了笑。

“不提也罢，不提也罢。”老傅尴尬地挥挥手，说，“来，坐，好久不见，晚上陪我喝几杯。”

傅如熙做的一桌好菜，似乎只有萧朗和唐铛铛吃得无忧无虑。萧望一直惦记着要跟父亲谈谈那起案子，喝唐铛铛炖的汤时称赞得都有些敷衍。

唐骏、萧闻天、傅元曼三人看起来更是各怀心事，桌上的一瓶白酒，竟然大部分都是萧朗玩闹间喝下去的。

“爸，我早晨和您说的案子？”萧望试探道。

“吃饭不谈工作。”萧闻天此时的心思都在越狱大案上。

“孩子这是一腔热血，不能打击。”傅元曼教训了萧闻天一句，转头对萧望说，“小望，你的报告我看了，写得很不错。等你父亲有空了，看了报告，他会以你为荣的。”

“老爹还是老爹，永远那么操心。”唐骏举起杯子，向傅元曼和萧闻天一敬，“不过老萧，说句不该说的，自从我认识你开始，你就一直连轴转。咱们都不是年轻人了，什么时候你也学学我，当个闲人，什么都不管，反倒自由自在，无忧无虑。”

“人生哪有什么无忧无虑的时候啊，”萧闻天也举起杯子，感慨道，“老唐，就跟你说的一样，每个人有每个人的活法。我大概这辈子就注定当警察了，去哪儿也不如在这个岗位上得心应手。”

唐骏还想说些什么，最终什么都没说，举杯一饮而尽。

饭局终了，萧闻天看了看起身收拾饭桌的傅如熙，对傅元曼说：“老爹，我安徽的同学给我带来两斤上好的猴魁，您是茶道高手了，不如去指点一二？要不，老唐也一起？”

生硬的客套，很容易听出萧闻天是想送客了。此时的萧闻天，满脑子的越狱案件，他思考了近一天，除了常规的抓捕办法，还真的没有什么好办法赶紧让这么多犯人归案。

自己的老丈人，可是刑侦方面的奇才。建国后，要论在刑侦战线上天赋异禀、战功卓越、见多识广，他的老丈人当之无愧。明天可能会有很多信息反馈上来，而在此之前，他必须要做好充分的准备。他希望在这个节骨眼上，退出警坛二十年的老丈人，能狠狠地扶他一把。

“好哇。”傅元曼摸着下巴颏上的胡楂儿，眯着眼睛说，“小唐也是爱茶之人，有好东西，一定要大家分享嘛！小望上幼儿园的时候，就会这样说了。”

傅元曼生生地挡住了萧闻天的送客，他当然知道萧闻天的本意，但是更有自己的打算。

萧闻天深知越狱大案乃高度机密，虽然唐骏也曾经是刑侦战线上的一员干将，但毕竟现在已经退出了公安系统。按照纪律，如此高度机密的事件，自然是不允许他这个外人参与的。老傅是大智若愚还是在耍什么别的花招？毕竟是自己的老丈人，萧闻天动了动嘴唇，没有坚持下去。

“好哇。”唐骏不以为忤，笑道，“太平的猴魁，好久没品了。”

“正好，正好。我最近在玩一个单机电脑游戏，总是过不了那一关。臭小子你是游戏高手，铛铛你也是电脑高手，你们俩联手，肯定能帮我过了关卡。”萧望认为傅元曼会将自己苦心经营一夜的报告呈给萧闻天，赶紧把弟弟妹妹支到自己的房间，给大人们留下空间。

“你还玩游戏？”萧朗做惊讶状，“哥，我可没听错吧？”

“什么游戏呀？萧望哥，他不帮你我帮你。”唐铛铛一脸欣喜，像个小跟班跟着萧望就走。

萧闻天见三个孩子打打闹闹地进了萧望的卧室，引着傅元曼和唐骏走进了自己的书房。

书房的茶桌上，萧闻天把电水壶的电源打开，又在茶壶里放进了几片精致的茶叶。

“老爹，实不相瞒，我碰见难事儿了。”萧闻天看了看唐骏，说，“老唐你也别介意，毕竟你现在不是公安的人了，我还是有顾虑的。”

“你们随便聊。我是两耳不闻窗外事，一心只品上佳茶。”唐骏搓了搓手，熟练地用烧开的水浇热了茶壶。

“既然老爹觉得没事，老唐也不是外人，我就直说了。”萧闻天说。

“跑了多少？”傅元曼漫不经心地端起茶杯，闻了闻茶香，不动声色地打断了萧闻天，说，“嗯！好茶！”

傅元曼的话，让萧闻天一惊：“老爹，您连是什么案件都知道了？”

傅元曼嘬了口茶，说：“我确实是老了，但是我的心不老啊。我确实是脱下了警服，但这里，永远还装着咱们那枚警徽！公安工作的一举一动，我依旧看在眼里，记在心里。”

说完，傅元曼用手掌拍了拍左胸。这一个“咱们”又让萧闻天的心剧烈地震颤了一下，但他很快又恢复了冷静，他说：“一共跑了二十二个嫌疑犯，不过最让我纳闷的是，这些人大部分都不是重罪，这样规模和性质的越狱，实在是罕见得很。”

“不光罕见，还很蹊跷，对吧？”傅元曼插话道，“你不知道该如何下手了，所以来求助于我？”

萧闻天点了点头。

傅元曼笑着说：“时代不同了。现在那些高科技的玩意儿，什么网络啊、手机啊什么的，我已经完全不懂了。我啊，已经快被时代淘汰喽。”

“怎么会呢？”唐骏一边泡茶，一边忍不住插话，“要说别人还行，老爹你老当益壮，哪会被时代淘汰？侦查破案，说到底还不是咱们那时候的三板斧最管用嘛！”

“可不是喽。”傅元曼说，“高智商犯罪，高科技破案，已经成了当今刑侦破案的普遍现象。我吧，原则还能把控得住，具体的细节，已经不能与时俱进喽。”

“您的意思是，您也帮不了我？”萧闻天有些失落。

“何止是我，就连他，现在回到队伍来，也帮不了你了。”傅元曼指了指唐骏，说，“可惜，我看小望很是块料子，不过现在还少了点儿经验。”

“远水解不了近渴。”萧闻天说，“把这二十二个人全部抓回来，实属难事。我最担心的是这些人会继续危害人间，那我真的是罪过大了。”

“责任不在你。”傅元曼显然对事件经过很了解。

“我用人失察，责任无可推卸。”萧闻天斩钉截铁地说。

“你别着急，不如先来看看这个。”傅元曼将书房桌上的一大摞材料递给萧闻天，说，“这就是你那个亲生‘远水’写的东西，看完以后，再来和我说说你的想法。”

材料的封面上，整整齐齐地打印着：

《关于系列婴幼儿盗窃案的总结、思考和下一步侦查建议》。

“小望清早的时候就告诉我了，不过，老爹，我现在真的无法分出精力来办理这个案件。”萧闻天简单翻了翻材料，说，“局里也倾尽全力在越狱案件上了，我们真的只有把它放一放。”

“放一放是可以的。”傅元曼抱着茶杯，跷起二郎腿，“不过现在也有时间，我建议你还是认真看一看。”

三十年来，萧闻天一直对傅元曼言听计从。所以他没说什么，从报告的开头，慢慢地往下看去。没想到，这一看，心思就看了进去。

“不错，这小子的能力，完全超出了我的预计。”萧闻天很欣慰，“看来四年大学，不仅培养了他的警察素质，还让他通过翻阅案例，积累了大量的资料分析经验，这对他今后的工作，大有好处。”

“这就是你看完这所有材料后的感想？”傅元曼盯着萧闻天。

“老爹，小望写得确实有理有据，也对下一步侦查工作部署得当。”萧闻天说，“我承诺，这件越狱大案结束之后，我会举全局之力，侦破这一起婴幼儿系列盗窃案件。毕竟小望也总结出来案犯一年作案一次的规律，我们有信心在案犯下次作案之前，一举破案。不过，我现在的心思，全部在越狱大案之上。”

“比起越狱大案，你不觉得偷孩子的案件更加蹊跷吗？”傅元曼说，“说不定，这起系列偷盗婴幼儿案件的背后，隐藏着更大、更危险、更有挑战性的阴谋呢？”

“即便是这样，我也无暇顾及了。”萧闻天说。

“作为一个地方公安机关的主官，你应该从全局来考虑。”傅元曼说，“不论什么时候，不论面前有多大的困难，警觉一定不能丢。我的直觉告诉我，这起系列偷盗婴幼儿案件，可能更加事关重大，只是我也还没有找到头绪。当然，我也不是强迫你从越狱大案上撤下来。你说得对，事有轻重缓急。你现在全心攻破越狱大案是正确的。但是，既然你来求助于我，我就有理由认为你现在并没有好的办法。”

萧闻天点了点头，此时他确实还没有想好明天的工作部署如何才是最妥当的。

“既然没有好的办法，为何不试一试小望的建议？”

“小望的建议？”萧闻天努力回忆自己在清晨时分和萧望的对话。

傅元曼指了指报告的最后一行手写字体：“是否可以向省厅、公安部报告，成立专门处置特大、疑难、涉密案件的行动小组。集精英人才及警界资源为一体，高效工作。既可节约警力，又可攻坚克难”。

刚才看报告的时候，对这行像是程式性的建议，萧闻天只是一掠而过，并没有像傅元曼那样看进了心坎里。此时对于傅元曼的提示，萧闻天一惊：“老爹，您，您是想，是想？”

傅元曼微笑着点了点头。

萧闻天心里一紧，转头看了看正在品茶的唐骏。唐骏显然也有一丝微微的震撼之色，但很快恢复了平静。看起来，这个自称无忧无虑的心理学教授，也不止一次思考过这样的问题。而傅元曼隐忍了二十年，终于找了个合适的时机，把他们心底的热血又泼洒了出来。

萧闻天靠在椅子上，慢慢地仰起头，闭上了眼睛。

过去的回忆像是洪水决堤，野兽一般地冲进了他的脑海。二十年来，萧闻天选择性失忆，拒绝自己回忆往事，慢慢地，仿佛已经成了习惯。今天，老爹的一席话，萧望的一行字，把他无情地拖进了痛苦的回忆当中。

二十多岁的萧闻天，站在“守夜者”三个大字之下，由傅元曼亲自捧给了他一套崭新的“八三式”警服。军绿色的制服、鲜红的领章还有光彩熠熠的肩章放到他的手上之时，他的心里涌出了万般神圣的感觉。

“这是公安部授予的特别行政徽章。”傅元曼扬了扬手中的一个证件说，“各地警方见到此徽章，必须精诚协作，给你们提供应有的方便。”

证件上，是一枚闪闪发亮的六角星徽章。

加入守夜者组织的十年，是萧闻天的黄金十年。和其他守夜者组织的成员一样，他们奔波在全国各地，接触各类大案、要案和疑难案件。亲手破获了无数奇案，亲手抓获了无数穷凶极恶之人。他们意气风发，享受着各地同行的羡慕之情，沐浴着百姓们感激的目光。

可是，就在那不知不觉之中，守夜者组织的内部出现了问题。对于法制进程的加速，不同观念的人们发生了分歧。

噩梦是在飞机上开始的。

飞机的剧烈颠簸，灯光的闪烁，萧闻天拼命地捶打着卫生间大门，空姐们瞠目结舌的表情……这些年，萧闻天努力去忘记的这些散碎片段，此刻，毫不留情地捶打着萧闻天的心。

那时候发生的一切，不仅浇灭了萧闻天心中的一腔热血，更是在此刻，促使他的眼泪夺眶而出。

“我知道你当初受了很多委屈。”傅元曼倾身拍了拍女婿的肩膀，说，“但是，一切为了社会的稳定，为了天下的太平，这点儿委屈又算什么？”

“也不是委屈。”萧闻天尴尬地擦了擦眼角，“只是，太久没有提起这个名字了。太久了。”

“所以，我现在正式向你们俩提出我的想法。”傅元曼努力压抑着内心的涌动，他双颊微红，下巴微颤，终于说出那几个字，“我要重新启动守夜者组织。”

“现在最大的问题就是，部里会不会同意。”唐骏理智地提出顾虑。

“二十年了，虽然组织里的人，离开的离开，失踪的失踪，调离的调离，退休的退休。组织基地荒废，组织职能无人执行。”傅元曼说，“但部里从来就没有下发过文件，说是解散组织或者让我卸任。”

“那是因为组织一直是保密的。”萧闻天说，“只有各地警方的主官，才对组织概况有知情权。”

“不。”傅元曼自信地笑着说，“那是因为部里的领导深谋远虑，他们认为，总有一天，守夜者的徽章，会重新散发出光芒。真的庆幸，今天终于有了同仇敌忾的机会。如果再这样荒废十年，守夜者组织，就真的要在人间消失了。”

“可是，怎么才能重启？”唐骏说，“就凭我们这三个老家伙？即便是召集齐当年的同僚，大家也都老了，一样不具备战斗力了。”

“这就是我之前说了那么多的原因。”傅元曼说，“我们都老了，身体素质是一方面原因，更重要的，是我们已经失去了适应当今社会的能力。

现在的社会，是年轻人的社会。我们必须要发展一批身正、行正、有天赋、有能力的年轻人，作为守夜者组织断档二十年后重启之力量。”

“还是那句话。”萧闻天说，“我现在被越狱大案纠缠，新的守夜者，也是远水解不了近渴。”

“说不定，望梅也可以止渴。”傅元曼说，“我是这样考虑的，用侦破越狱大案，作为新建守夜者筛选成员的条件。一方面可以支持南安警方破案，一方面可以选拔、锻炼新人。”

“确实是上策。”唐骏赞许道。

萧闻天见傅元曼和唐骏的目光齐刷刷地盯着他，显然是在征求他的意见。这场茶会，不知不觉就变成了守夜者高层的决策会议。

事到如今，也只有赌一把了。

萧闻天点了点头。在他的心中，也没有更好的办法，只有死马当活马医了。

“既然大家都同意了这个观点，”傅元曼说，“明天一早，我就向部里报告，重启守夜者组织的职能。大本营，还设立在南安市守夜者组织基地；人员，我请求部里给我三个月的时间，我们精选出一批年轻力量。最重要的，这三个月是我们全面侦破越狱大案的时间。”

傅元曼连萧闻天“三个月期限”的军令状都了如指掌，这让萧闻天十分惊讶和感动。惊讶在傅元曼年过七旬依旧心系公安事业，感动在于傅元曼的这一决策，就是为了萧闻天可以在自己规定的期限内，最大程度地提高破案概率。

“部里对越狱案肯定是高度关注，所以我不担心部里是否支持咱们想法的问题。”唐骏说，“老爹，我关心的是，您说的候选年轻人，从哪里来。”

“我想，这么多年来，重立守夜者的大旗，不会只是我一个人的想法吧？”傅元曼神秘地笑着说，“我就不相信你唐骏没有暗地里发展自己的接班人。”

唐骏哈哈一笑：“您的意思是说，让组织里的老成员们，推荐人选？”

傅元曼微微点头，说：“这就是交给你小唐的任务。两天之内，你通知所有能找得到的老同事，要求他们在三天之后，带着自己推荐的接班人，到组织基地报到。每个人，必须推荐一至三人！我自己的推荐人选已经想好了，就是我的宝贝外孙——萧望！”

“喂，老爹！你这就抢了萧望，那我呢！”萧闻天心中的苦楚，似乎已经被组织重启的激奋冲淡，笑着说道。

“你不是有两个儿子吗？这还用担心？”唐骏起身朝书房门外走去小解。

开门的时候，一阵清香扑面，唐铛铛随着打开的房门扑进了书房。

“铛铛？你在这儿干吗？”唐骏一脸惊讶。

“我……我正好经过，准备问你什么时候回家。”唐铛铛满脸通红，低头尴尬地说。

“唐大小姐，你不是说能修改游戏属性吗？怎么还是就这么点儿血？”萧朗的声音从卧室里传出来。

“明明还在玩儿，怎么会想着回家？”唐骏有些担忧地板起脸，“铛铛，偷听别人谈事可不是什么好事。”

“没，没，我什么都没听见。”唐铛铛赶紧摆手，“啊，不对不对，我真的没在偷听。”

唐铛铛的窘态逗得屋内的傅元曼和萧闻天哈哈大笑。

“自己家孩子怕什么。”傅元曼说，“说不定，她以后也是我们的一员呢。”

2

“喂，老萧，我刚回到家，又没犯什么错，没必要这么晚了还要训话吧？”萧朗半躺在电脑椅中，打着哈欠说。

“你睡到中午才起床，现在又困了，你有多少觉要睡？你要有你哥一半，我就心满意足了。”萧闻天忍不住说道。

1992年，一直被傅元曼倚重的萧闻天，和傅如熙在傅元曼的家中一见钟情，并很快结婚。对萧闻天来说，傅元曼既是自己的恩师和领导，又是自己的岳父和亲人。既然傅元曼下了指令，每个老成员至少推荐一名人选，萧闻天不得不认真考虑这个问题。事实上，他的确有想过接班人的事。只不过，他想的是让儿子继承自己的衣钵，做个优秀的公安局长，踏踏实实为本地的老百姓带来福祉。

可惜两个儿子，萧望勤勉好学，却体弱多病。萧朗身体素质极好，却压根儿不想当警察。他第一次看到小儿子在阳台上观察几条大街外的行人时，就觉得他是个好苗子。没想到这么多年来，小儿子非但对警察事业毫无兴趣，甚至为了跟自己对着干，还学了一个什么考古专业，也是快二十岁的人了，依然对自己的人生毫无规划。萧闻天恨铁不成钢，却也无计可施。

现在，时间紧迫，老爹推举了萧望。自己眼下唯一能想到的人选就是萧朗了。但萧朗真能被赶鸭子上架吗？萧闻天暗想，无论如何，自己也要试着往前推一把。吊儿郎当的小儿子，人生才刚刚开始，借这个机会，让他见识更为广阔的世界，或许能让他早日成长起来。

想到这里，他看着坐在自己眼前的两个儿子。送走客人后，他来到哥俩的书房，关上门，打算将计就计。

“听说过守夜者吗？”萧闻天问。

萧望认真地摇了摇头，萧朗盘腿坐下，玩着自己的指甲，懒懒说了个“没”字。

“守夜者组织，诞生在建国前。”萧闻天徐徐道来，“当时全中国解放在即，人民都沉浸在欢天喜地的气氛当中。可是，却发生了一件骇人听闻的大案。当时公安部还在筹建，罗部长当机立断，要求其下属，从野战军调来的锄奸干将蔡顺礼，迅速查清此案，消除人心惶惶的情绪，保证人民群众的安全。”

“这些事儿，我怎么没在公安历史上看到过？”萧望说，“不过这些前辈的大名倒是有所耳闻。”

萧闻天微微一笑，说：“毕竟那个时候，公安部门的人都是军队调任的，对于案件侦查什么的，都很陌生。蔡局长出了一奇招，从社会上找了一个说书的、一个算命的和一个打更的人来破案。这让很多人大跌眼镜，当时也是热议一时。”

“最后破案了？”不知何时，萧朗已经被故事所吸引。

萧闻天点了点头，说：“当时，就是在我们南安市抓住了凶手。这个案件的破获，里面有很多值得借鉴的地方，影响深远。就是到现在，刑警部门的案件侦查工作，还能从当年这起案件得到启发。不仅如此，这起案件的侦破，震慑了犯罪分子，保障了平安，更是让中华人民共和国公安部能在建国后不久，带着荣誉，正式宣告成立。”

“这三个人，有这么大能耐？”萧朗将信将疑，“他们是怎么破案的？”

“这些故事，都是秘密，我不能告诉你这个公安系统外的人。”萧闻天说，“为了纪念这起里程碑似的案件，公安部在成立后，立即组建了‘守夜者组织’，大本营就设在我们南安市。这个组织，专门协助各地公安机关，侦办比较有特殊意义的疑难、重大命案。”

“守夜者？这名字和魔兽世界里的一个任务一样嘛。”萧朗打岔。

萧望用胳膊肘捅了萧朗一下，让他闭嘴。他转向父亲："为什么我从来没在任何记载上看到过这个名字？难道它现在还存在着？"

"没听过很正常。一来，因为种种原因，这个组织已经有二十余年没有实质意义上的工作了。"萧闻天语带遗憾，"二来，这个组织属于秘密单位，只有各地高级警官才知晓一二。"

"哦，我明白了。所以姥爷就是这个什么'守夜者'的头儿吧？你们神神秘秘聊了这么久，就是关于这个组织的事吧？哈，唐叔叔肯定也是这个组织的吧？"萧朗像是猜到了谜底的孩子一样得意起来。

"你猜得没错。"萧闻天说，"现在，公安部准备要恢复守夜者组织的职能，并且要求我们这些老成员，重新组建一支年富力强的特种刑侦队伍。我和你们姥爷商量过了，现在有个决定。"

"等等等等，老萧，你先别开口。"萧朗跳起来，说，"这一定是个坑，我才不跳，跳下去就得被埋。"

"我没说要你去啊。"萧闻天呵呵一乐，"守夜者的候选人，可不是随随便便就可以推荐的。没有足够的能力和胆识，做不了守夜者。我们的决定，是让萧望参加。"

"谢谢爸，我愿意参加。"萧望眼睛发亮，苍白的双颊都有些泛红。

"我今天把你俩都叫进来说的原因，是希望萧朗也能知道萧望的去向。"萧闻天说，"进入了组织，很有可能很久都不能回家了。我是组织的教官，要和萧望一起进驻组织，所以，这件事情萧朗必须知道。"

"嗯。"萧朗闷声答道。

"刚才我们在议论这事情的时候，铛铛在门口偷听。"萧闻天说，"我没有估计错的话，你们唐叔叔应该会推荐铛铛加入这个组织，这样她也会和我们朝夕相处。"

"铛铛也去？"萧朗沉不住气了，"等会儿，铛铛一个弱不禁风的小姑娘，你们要让她去干刑侦，不合适吧老萧？”

萧闻天淡定道：“铛铛是个小姑娘，但她也是个计算机高手，守夜者里正需要这样的人才。”

“可是铛铛她……”

“萧朗，你不会是喜欢铛铛吧？”萧闻天打断道。

“啊？没有没有。”萧朗顿时有点儿心慌，他飞快看了一眼哥哥，说，“铛铛嘛，那么熟了，说什么喜欢不喜欢的，她是咱家邻居，也是咱家妹妹嘛。”

“那我就没有什么可担心的了。”萧闻天说，“守夜者里的成员，都是像你哥这样优秀有能力的孩子。铛铛进了守夜者之后，如果一切顺利，她会和大家一起封闭训练几年。女孩子在这个年龄，是很容易对身边朝夕相处的人产生好感的。尤其是身边还有那么多优秀的同龄人在。我本来还担心这会影响你和铛铛的关系，现在没有什么好顾虑了。对吧，萧朗？”

萧朗舔了舔嘴唇。

“当然，你也别太有情绪，毕竟守夜者这边选择的人选，都必须是有足够的胆量和能力的。”萧闻天继续往下说，“这次推荐的人选，也未必都能最终被选上。虽然我的确有那么一个富余的推荐名额，本来的确也想过推荐你试试，但鉴于你对这事儿没有什么兴趣，要是真去了，看到铛铛他们都过考核了，你自己又没考核上，怕你太没面子……”

“老萧，你这话我就不爱听了。”萧朗别扭道，“你怎么断定我要是去了就一定会被刷下来？我虽然不是我哥那样的学霸，但我也没那么不堪吧！”

“那你愿不愿意跟我打个赌？”萧闻天静静地看着儿子。

“赌什么？”萧朗问。

“赌你能不能通过守夜者的考核。”萧闻天静静说道。

“如果我通过了呢？”萧朗反问。

“报考警校这件事上，你一直觉得我对你太严厉，对吧？如果你真的能通过守夜者的考核，你想考古也好，想摄影也好，想整天躺在家里打游戏也好，混日子也好，我绝对不会多说一个字。”

“真的？”萧朗眉毛一扬，“那要是过不了呢？”

“如果过不了考核，你就老老实实收心，首先从那个你自己都搞不清楚的考古学院退学，然后复读一次，好好报考警察学院。不要浪费你的天赋。”

萧朗没吭声，半晌他抬起头来：“爸，你说话算话吧？如果我通过了，我就完全自由，哪怕我立刻就从守夜者退出你也没意见？”

“君子一言。”萧闻天站起来，伸出一只手。

“驷马难追。”萧朗重重握在了父亲的手掌上。

一直旁观着这一幕的萧望，愣了一会儿，若有所悟，忍不住低头微笑起来。

唐铛铛一进家门，就跟在唐骏身后问道：“爸，你们说的那个守夜者，那个候选人，究竟是干什么的啊？”

“还说没偷听！”唐骏无奈地摇摇头。

“我就是想知道，如果萧望哥和萧朗都去的话，我能不能去啊……萧朗的姥爷都说了，我也有机会成为这个什么守夜者的一员嘛。”唐铛铛讨好地笑着，“爸，你会让我去的吧？”

“唉。”唐骏叹了口气，拍了拍身边的沙发让女儿坐下来，温声解释道，“既然你也听到了，这个守夜者组织，实际上就是公安部的一个下属机构。换句话说，参加守夜者组织，是要当警察的。不是爸爸不信任你，你从来没有经过训练，就这么去当警察，太危险了。何况，这还不是一般的警察，是要执行特种任务的。你如果真有什么闪失，你说我要怎么跟你妈妈交代？”

“可是，爸，”唐铛铛坚持，“我听萧望哥说过，现在警方也很需要精通计算机技术的人啊，尤其是这种特种任务什么的，有个懂技术的人在，萧望哥他们就会得到更多的支持。你老觉得我学黑客技术不好，可如果我拿我的技术去帮警察做事，那不是正好变成科技强警了？”

“再科技强警，面对穷凶极恶的歹徒，警察还是需要顶上去的。”唐骏说，“不管以后科技发展到什么程度，警察永远都是需要真刀真枪、打打杀杀的。”

“真打起来我也不怕，我可以跟着萧望哥他们学打架呀。”

“不是你怕不怕的问题。”唐骏摇头，“你妈如果还在世，我想她也会支持我的决定。我不希望我的女儿有任何接触危险的机会。这个问题就到此为止。你好好休息。”

唐铛铛还想说些什么，唐骏已经站起身来，走进了书房。书房门被关上的那一霎，唐铛铛委屈的眼泪还在眼眶里打转。

就这样把宝贝女儿撂在了客厅，唐骏有些不忍。他独自坐在电脑面前，漫不经心地点着鼠标，不知不觉，又打开了那个文件夹。

文件夹里，只有那么一张孤零零的照片。

照片是从远处拍的，一个头发凌乱的少年被围在一群混混的中央。为了能拍清楚少年的脸，他调整了焦距，却因为匆忙，拍得有点儿模糊不清。

尽管如此，少年的脸被放在屏幕上，依然有种让人震撼的神采。

即使身处险境之中，他的脸上依然没有一丝的惊惶失措，而是凝神盯着这群人中的某一个。唐骏知道，拍下这张照片后的下一个瞬间，这个少年就已经冲出重围，挟住了这群混混中的某一个——并不是看上去像老大的那个，而是真正拥有话语权的那个。

他清晰地记得那一次偶遇的每个细节。

老爹说得没错，他的确在暗自培养自己的接班人。当他第一次见到凌漠的时候，他就认定凌漠拥有所有他希望找到的潜质。

但他真的可以信任这个少年吗？

3

唐铛铛默默从客厅回到自己的房间，趴在写字桌上，有点儿想哭。两个从小到大的玩伴，眼看都要消失了，而她，却不能和他们一起。不知道为什么父亲就不能像萧伯伯那样力挺自己的孩子加入警察队伍，反而千方百计地阻挠。

看到父亲今天晚上的态度，唐铛铛知道，想说服自己的父亲让她去参加守夜者已经是不可能实现的事情了。那么，还有没有别的方法呢？对，不要哭，很早她就知道，哭是没有用的。眼泪不会让时光倒流的，她早就试过了，在知道母亲去世的时候就试过了。如果第一条路径走不通，一定还有第二条路径。冷静下来，冷静下来想想，就像小时候那样。那时候父亲还在学校加班，晚上她一个人在家，所有的代码就是她的伙伴，她可以在一行又一行的数据中敏锐地捕捉到漏洞，然后一次又一次地突破陌生人的防火墙，就算突破后什么都不干，这种快感也足以让她忘记孤独。

如果现在，她试着入侵父亲的电脑呢？

每个人的电脑里都会有一些秘密。父亲会有什么样的秘密？那些秘密，会不会成为她的第二条路径？

唐铛铛发现，父亲电脑上的防护系统，比她想象的要复杂。

她从不知道，父亲何时偷偷自学了这么多的技术。她破解过很多电脑高手设置的防火墙，却从没想过近在咫尺的父亲也是一个高手。挡在前面的障碍越多，唐铛铛越感到兴奋。父亲一定藏着什么秘密吧。她一边攻城略地，一边小心地不留下任何痕迹。

终于，最后一道关卡被打开了。

一个隐藏加密的文件夹出现在唐铛铛的视野里。让人惊讶的是，父亲花费了这么多的心血设置重重阻碍，最后这个文件夹的名字，居然就叫“唐诗宋词”。

天哪，用这招来掩藏秘密，也太老土了吧。

唐铛铛开始想象，自己好不容易攻破的秘密文件夹，说不定只是装了一大堆的成人电影——想到平时一派儒雅的父亲，也会有这样的小秘密，她忍不住偷笑起来。

破解第一层文件夹的密码不难。但打开之后，唐铛铛发现下面足足有四个子文件夹，每一个都加了密。她好不容易打开了第一个，却发现里面只有一张图片。

那是一张拍得略微有些模糊的照片。照片的中央是一个少年，看起来似乎比自己大一些，因为拍摄的角度问题，只能看到他的侧脸。远远看去，他似乎也是个棱角分明的小帅哥，但一放大图片，唐铛铛就轻轻“啊”了一声。这个少年的脸颊上，有着好长一道伤疤。虽然远看不明显，但放大一看，那道伤疤似乎从他的嘴角一直划到了耳边——这个照片中的少年究竟经历了什么？

唐铛铛几乎忘记了自己最初破解父亲电脑的初衷，她继续向着第二个文件夹出发。这个文件夹里放的是一个 word 文档。文档里记载了一些图片和文字信息，旁边还有红色的批注。好奇心促使唐铛铛继续看了下去。

第一张图片，是一份户籍资料的截图。

凌漠，男，1995年1月1日出生。红字批注：经了解，户籍补报，生辰日期不详，出生年份为补报户籍时，根据骨龄估算。

2004年1月4日，在南安市南口派出所补录户籍。红字批注：经调阅户籍原始登记资料，补录原因为“收养”。因原户籍是否存在、状态如何无法查实，考虑是否存在超生黑户，出生时未登记户口的可能。当时估算当事人年龄为9周岁。

父亲，凌云志，1965年生，工厂工人。母亲，赵翠花，1965年生，无业。姐姐，凌潇潇，1990年生，无业，已婚。红字批注：经对亲属周围邻居、同事了解，未能获取凌漠的任何有关资料。凌漠的存在太过于平凡又或是太过于神秘。

第二张图片，是一份学籍资料截图。

凌漠9岁的时候，补录户口后，上了南安市南口小学。小学毕业后，上了南安市第二十七中学的初中部。红字批注：经查阅该中学高中部的资料，存在矛盾，班级分配名单，出现凌漠，但是详细学籍资料查阅不到。分析此人在初中升高中这一阶段辍学。

第三张图片，是主人公为凌漠的“违法犯罪人员前科目录”。这张图片很长，登记了从2008年以来，凌漠的数十次违法记录。唐铛铛从头到尾仔细看了一遍，基本都是小偷小摸或者聚众斗殴。“违法”确实是很多，“犯罪”倒是没有。每次都是被治安拘留几天后或者罚款几百块结束。

所以，这就是那个伤疤少年的资料吗？

从他的经历看，他似乎是个小混混。唐铛铛想，父亲为什么要收集他的资料呢？难道这是父亲的心理学研究课题？可如果要研究的话，也不至于藏着掖着吧？

怀着疑惑，唐铛铛打开了第三份文件。

这份文件，看起来是一个详细的日程记录。主人公，还是凌漠，不过这次，凌漠换了个身份，助教。

唐铛铛简直不敢相信自己的眼睛，那个小混混，竟然成了父亲的助教！

日程记录分为三块：体能训练情况、技能训练情况和日常工作情况。这让唐铛铛顿时摸不着头脑，一个心理学的助教，还要体能训练？还要有法医学、痕迹检验学、电子数据学什么的技能训练干什么？这个初中辍学生，能学得会这么多高深的理论？看起来，这样的日程记录，已经经历了近两年的时间。从对凌漠的技能记录来看，这个小混混似乎还真不是一般人，他进步飞快，甚至超过了父亲手下所有的学霸。就连记录里，父亲都惊讶地描述道：记忆力惊人，应激能力惊人，适应能力惊人。

这个评价，从很少夸奖人的父亲口中说出，可以说是非常非常不易了。

唐铛铛想来想去，想到了晚上父亲他们的谈话。接班人，接班人，对！接班人！难道这就是父亲的秘密接班人？他竟然宁可去培养一个外人，也不愿意给自己的亲生女儿机会……唐铛铛心里一阵醋意，顺势就去破解第四个文件夹。

没想到，刚开始破解第四个文件夹，唐铛铛就发现自己大意了。第四个文件夹的密码里竟然藏着一个陷阱。只要有人对这个文件夹使用常规的破解手段，就会启动文件夹里隐藏着的一个木马病毒，而这个木马病毒不但会迅速发出警报，关闭唐铛铛入侵的所有路径，还会将唐铛铛的地址完全暴露。

唐铛铛想弥补，已经来不及了。她感觉笔记本的摄像头一闪。一张自己在电脑前惊慌失措的照片已经被迅速拍下，并自动回传到了父亲的电脑上。她吓得立即合上笔记本，门口已经传来了父亲的脚步声。

“唐铛铛！”父亲推开门，一向儒雅淡定的脸上此刻全是震惊。被直呼全名，唐铛铛感受到了暴风雨来临前的恐惧。

“我，我不是故意……”

唐骏强压着自己的怒气：“你，被关禁闭了。这个暑假，你哪儿都不能去，也不能上网，在家好好面壁思过。”

“可是……”唐铛铛被这前所未有的严厉处罚吓得脸色发白，但她仍然撑着胆子，反问道，“爸，这个凌漠是谁？你是不是因为他，才不推荐我去守夜者的？”

唐骏脸色异常难看，他深深地吸了一口气，又重重地吐了出来。半晌，他说：“铛铛，你知道，你是我活下去的唯一寄托，我不希望有任何一丁点儿的意外发生在你的身上。”

“嗯。”

“我知道，我不可能一辈子都在你身边保护你。”唐骏叹了口气，“是，我需要找一个接班人，但不是为了取代你。我想的是，如果哪天我真的不在了……”

“爸！”唐铛铛打断父亲的话，“我不去了。如果你不放心，我不去就是了，我陪着你。”她像小时候那样紧紧拥住父亲的脖子，不希望他接下去再说出什么话来。

唐骏轻轻抚摸着唐铛铛的头发，又轻轻叹口气：“不，你应该去。刚才，是我不够冷静，其实，你能破解我的电脑系统，说明你已经比我想象的还要强大了。或许，我应该给你一次机会，让你学会保护自己。铛铛，你可以保护你自己吗？”

唐铛铛说不出话来，用力点了点头。

这一天晚上，南安市的楼宇之间，灯光温柔闪烁。有人正在接电话，有人已经开始打包行李。这些年轻人还不知道，他们的命运即将悄然改变。

第四章　危机四伏

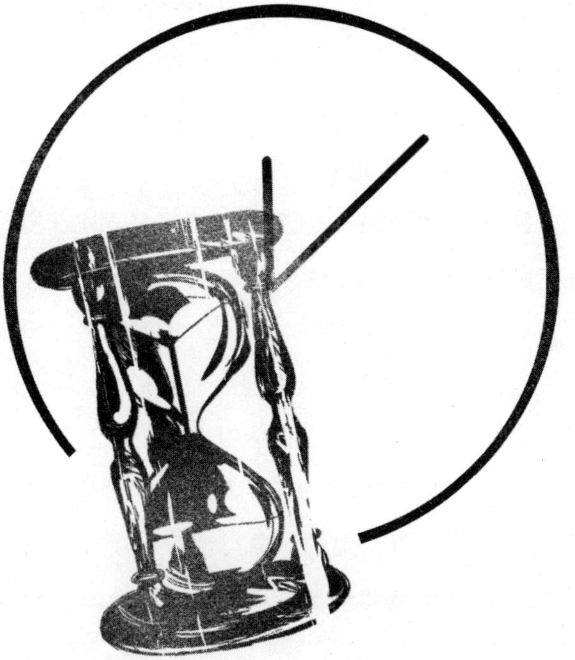

最大的危险是无所行动。

——（美）肯尼迪

1

萧家两兄弟和唐铛铛一起坐着萧闻天的轿车，向南安市西边郊区驶去。三个人虽然都穿着便装，胸口却都佩戴了一枚黑色的胸章。胸章上，六角星闪闪发光。胸章的下缘，五个金色大字十分惹眼——守夜者学员。三个人一路上聊着天，显得格外兴奋。

轿车驶出了繁华的街道，离城区越来越远。

三个人聊得累了，静静地看着窗外的风景。萧望不自觉地抚摸着胸前的徽章，感觉自己就像做梦一样。他迫不及待想知道未来将发生什么。新的环境如何？新同事都是怎样的人？能学到哪些过人的本领？能接触到什么样千奇百怪的大案？自己惦念的偷窃幼儿案是否会被提上议程……这一切疑问，盘旋在萧望的脑海里，让他苍白的脸上有了无限的活力。

唐铛铛坐在副驾驶座上，她悄悄地注视着后视镜里的萧望，想到未来的三个月里，要和萧望哥朝夕相处，她的酒窝里都可以渗出蜜来。想到父亲临行前的那次交谈，她又有点儿失神。既然来了，她就不能让父亲失望。

萧朗没有想那么多，出发时的兴奋已经渐渐在长途行车的过程中化成了困意，他枕着哥哥的肩膀，不知不觉就睡着了。直到萧望摇醒他，他才发现，他们已经到了一片荒郊的深山之中。

不远处，几幢红砖楼正等着他们。

中央的建筑物上，挂着一枚军队的徽章。显然，这是一片军管区。因为守夜者组织成立的历史悠久，而刚建国那会儿，公安是属于军队的，所以守夜者组织设在军管区旁边也是理所应当了。萧闻天驾车绕着军管区绿色的围墙，开到了北侧的一个大门楼处，大门楼里还是古老的铁栅栏门。萧闻天悄然停车。

“到了。”萧闻天指了指车外。

眼前的门楼是红砖砌成的，门楼上有一根锈迹斑斑的旗杆，可见这栋建筑物悠久的历史。大门是敞开的，栅栏上闪烁着银白色新刷的油漆，门内静悄悄的。

“我们来得有点儿早。”萧闻天揉了揉自己的太阳穴，叹了口气，“二十多年没回来了，还和当初一样。”

萧朗不知道为什么父亲来到故地会是这么消极的态度，他暗想，说不定，接下来的三个月，自己就要面对魔鬼式的训练了，再往坏处想，说不定，自己上了“贼”船就下不来了，那可就得不偿失了。不过，即便是警察，也不会绑着人家不让离开吧？

萧朗胡思乱想间，四个人已经悉数下车，走进了大门。院内迎面是一栋红砖三层小楼，外墙生满了青苔，但走进小楼，里面却是一尘不染。所有的木门都被刷上了新鲜的油漆，桌椅板凳整齐摆放，虽然陈旧但是洁净。显然，这两天里，傅元曼着人好好地把这栋弃用了二十多年的小楼打扫、修葺了一番。

“我去教官室看看以前的老战友，你们随便参观一下，九点钟准时在一楼大会议室集合。”萧闻天指了指一扇红色的大门，然后抬腕看了看手表，说，“你们还有一个小时的时间。”

获得了自由的时间，可以参观这神秘的处所，这让三个人更加兴奋。三个人欢快地在一楼门厅转悠了起来。

门厅的照壁上，挂着一枚巨大的徽章。图案和他们胸章上的一样，只是五个大字变成了三个：

“守”“夜”“者”。

徽章虽然已经被人细心擦拭过，却仍能看出岁月在上面留下的斑驳痕迹。它静静地挂在这里，目睹过多少历史事件的发生？见证过多少荣誉和风雨？

三个人怔怔地站在徽章面前，一时间竟然都没有说话。这徽章里散发出一种说不出的肃穆之感，竟让几个少年的心里也泛起了一记静谧的回响。

离开门厅，一楼除了大会议室，还有两间教官室，都是大门紧闭。三个人并没有窥秘的欲望，于是沿着门厅侧面的小木门，走出了红砖小楼。

这是一种豁然开朗的感觉。

小楼的背侧，原来是一片广阔的操场，但是操场并不和一般的学校操场相似。操场周围有这个年代很难见到的由煤渣铺成的跑道，中间则是分区域的越野障碍区，每个障碍区都有许多高高低低、形态不同但都被重新刷过漆的障碍设备。

看到这片操场，萧朗最先来了兴趣。他跑进了操场，先从“体能训练区”开始，翻墙、跳远、跨栏，不用三分钟，就跑了一个来回，甚至连粗气都不喘一口。

“这没啥嘛，对我来说就是小菜一碟。”萧朗做了做扩胸运动，说。

“好厉害，好厉害。”唐铛铛跳着鼓掌。

萧望一脸羡慕，心想要是自己也有弟弟这么过硬的体格，就真的是如虎添翼了。

萧朗并没有停下来，他又来到了第二块场地，是“拓展训练区”，虽然这块场地的训练设备要险了许多，行动平面都离地面有一定的距离，最高处甚至达到了两米，但这没丝毫没有影响萧朗的脚步。他爬网墙、钻铁网、走独木、跳木桩，也就五六分钟的时间，就完成了全程。

此时已经陆陆续续有一些守夜者组织学员的候选人来到了场地一侧，看到萧朗一蹴而就地完成这么困难的越野训练，现场稀稀拉拉地响起了一阵掌声。

萧望看这些人鼓励自己的弟弟，心中也不自禁涌起一股自豪感。他顺着掌声的方向看去，一个身高大约一米八的魁梧男人，正在微笑着鼓掌。这男人，面容白净，穿着一身裁剪得体的休闲西装，一头短发微微有些天然卷，看上去十足成熟大叔的味道。鼓掌的动作隐约有些别扭，面色却极为温和。

萧望有心多结识一些新朋友，于是主动走过去，伸出右手："前辈好，我叫萧望，南安市大学城派出所的见习民警，中国刑警学院刑事侦查系毕业的。"

男人并没有因为萧望来自最基层的派出所而感到惊讶或者轻蔑，他也热情地伸出右手，和萧望相握："客气了。聂之轩，法医，也是警院毕业的，算起来，你应该是我的学弟呢。"

双手相握的那一瞬间，萧望打了个激灵，因为他感觉自己并没有握到一只宽阔温暖的手掌，聂之轩的右手冰凉而死板，没有一丝弹性，生硬得就像是僵尸。加之他"法医"的自我介绍，让萧望着实吓了一跳。

聂之轩显然是看出了萧望的异样，不以为忤，反而笑了："见笑，我这只胳膊是假肢。"

这个回答更是让萧望大吃一惊："您受过伤？"

聂之轩点头，很自然地将衬衣的袖口挽起，与一般的仿真假肢不同，除了模拟人类皮肤的手掌部分，他的手臂全是裸露的机械结构。他笑笑：

“看起来还不赖吧。五年前，年轻气盛，出一个非正常死亡事件的现场，明明怀疑死者是死于电击，我却大意地没有做任何防护措施。翻动尸体的时候，身体的右侧面接触到了高压电，产生了极高的焦耳热，右侧肢体瞬间被高温灼毁，我也顿时晕厥。好在旁边的同事及时救助，我才捡回来一条小命，不过，右侧胳膊和腿的大部分，因为组织坏死没有康复的可能，所以就只能截肢了。”

“啊？”萧望忍不住看了一眼聂之轩的右腿。

聂之轩观察到了萧望的目光，于是应景地轻松跳了两下，笑道：“截肢的位置不算高，膝盖以下是假腿。好在现在技术发达，机械腿也不算什么黑科技了。”

“真是不幸中的万幸。”尽管聂之轩轻描淡写地一笔带过，但从小久经病痛的萧望，完全想象得出来这过程有多艰难。

“是啊。”聂之轩说，“好在不是低压电，电流也没有经过心脏，如果电流经过心脏，就会作用于心脏传导系统，引起心律失常，心室纤颤甚至心跳骤停。要么，也会麻痹呼吸肌导致窒息死亡。高压电嘛，因为可以瞬间在人体形成高电阻，不至于影响心脏，只是极高的焦耳热，一般都会造成重度残疾。我这个，算好的了。”

一连串的专业名词，聂之轩说起来津津有味，感觉他这个法医真是当之无愧。萧望虽然没有听明白这些专业术语具体是什么意思，但是他可以确认，聂之轩能加入守夜者的候选人队伍，一定和他强大的专业储备有关。

因为是同门师兄弟，又或许是两个气场相似的男人之间的惺惺相惜，萧望和聂之轩有一种一见如故的感觉。他们边走边聊，来到场地旁边的单双杠边，远望着陆陆续续到来的新人们。

“师兄，那你的手……会影响尸检吗？”萧望迟疑了下，还是问出了心中的好奇。

“还行吧，”聂之轩一笑，“一开始我试过训练自己变成左撇子。后来习惯了，两只手就没有太大差别了。”

“心中有刀，用什么都是刀。”萧望说。

聂之轩哈哈大笑起来：“这是我学弟写进《尸语者》里的话。”

“你是说秦明吗？他的《尸语者》在我们学校的图书馆里有，我看过他的书，也听过他的讲座，蛮有收获的。”萧望说道。

聂之轩点点头，说：“他也是我们刑警学院的学弟。虽然我比他高了好几届，但在工作里也有过交集，共事过几次，挺有意思的一个人。”

“是啊。所以我觉得你们法医真不容易。”萧望说，“不管是工作环境还是工作对象，都不是一般人可以承受的。更别说，还有这么多的职业风险了。师兄，你又是怎么坚持下来的呢？”

“坚持？”聂之轩望向远方，脸上浮出了微笑，“我觉得，长期勉强自己去做不喜欢的事，才叫坚持。法医，是让人着迷的东西。对我来说，没有坚持，只有上瘾吧。”

上瘾啊。

萧望默默回味着这字眼，聂之轩的话深深刺中了他心中的某些东西。

在操场上，萧朗已经领着唐铛铛来到第三块场地边。看了萧朗的两轮炫技，唐铛铛早已跟着兴奋起来，萧朗四下一看，挠挠头发，坏笑道：“铛铛，要不你试试？我看萧望哥在那边一直看着咱们呢，你要不要表现表现？当然啦，你一个小姑娘，要是跑不下来嘛，也不算丢人，毕竟不是每个人都像我一样……”

话还没说完，唐铛铛已经一口气冲出去了。

她憋着一口气，从起点处起跑，上台阶、过独木、钻墙洞，虽然感觉这个场地要比之前萧朗跑的场地狭窄了不少，动作也比萧朗慢了许多，但最后还是咬咬牙，一口气冲到了终点，又得意地杀回了起点处。

“怎么样？”唐铛铛一边喘着气，一边扬着下巴，冲着萧朗嘚瑟，“别小看女孩子，这对我来说，也是小菜一碟！”

没想到萧朗扑哧一声笑了出来，甚至笑得捂着肚子坐到了地上。

“你干吗？喂，萧朗！干吗笑成那样啊？吃错药了吗？”唐铛铛一脸茫然。

“啊哈哈哈，你，你，你笑死我了，你，你真是……”萧朗指着场地远处杵着的一块小牌子，笑得说不出话来。

唐铛铛顺着萧朗的手指看去，牌子很远、很小，看不真切，她只有靠近了一段距离，才看得清这块场地的名牌上，赫然写着：“警犬训练区”。

“萧朗！我恨死你了！”唐铛铛见操场旁还有其他围观的男生，气得满脸通红，跑回来用脚去踢笑得满地打滚的萧朗，“你视力好就了不起吗！太欺负人了！我要告诉萧望哥，看萧望哥怎么教训你！”

“未经许可，不准进入训练场！中间的两个人，马上退出训练场！”操场边一个厚重的男声响起。

唐铛铛吓了一跳，赶紧退了出来。

这是一个挂着三级警监警衔的中年男人，看不清楚年纪，但体形非常挺拔健硕。他戴着一个警用作训帽，整齐的帽檐下方，是一副深色的墨镜，遮去了半边脸。从镜框旁边露出的皱纹，可以看出他年龄不小了。男人穿着合身、笔挺的黑色警用作训服，作训服的背后有三个大大的字母：“T.B.M”，警衔上的麦穗闪闪发亮。他的腰间扎着一条警用武装带，皮带上有一圈诸如手铐、警用甩棍、手枪、警用手电筒、警务刺激性喷射器之类的警用装备。他的裤脚扎在一双擦得发亮的特警专用高帮皮靴内，看起来干净利索。虽然男人不算太高，和一米八五的萧朗比起来更是矮了一个头。但他背手站在操场边，小小的个子却威风凛凛、气势压人。

唐铛铛吐了吐舌头，从他的身边快速绕过，而他却动也没动，一直盯着还在训练场上的萧朗。

萧朗正乐不可支，没注意什么号令，拍了拍身上的灰尘，嘴角还挂着笑。

“退出训练场！动作快一点儿！”男人大声喝道。

萧朗只得一脸不情愿地走向男人。

“立正！”在萧朗走到训练场旁边的时候，男人挡住了萧朗的去路，说道，“在守夜者组织里，执行此类命令，只有十秒钟的完成时间，而你，一共用了三十三秒。”

萧朗尴尬地挠了挠头，心想你又没有用计时器，难道你自带秒表功能？

“按我们的纪律，晚一秒，十个俯卧撑，所以你要做两百三十个。”男人说，“刚才的女生，晚了三秒，做三十个。”

“别别别，惩罚我就行了，我替她做还不行吗？”萧朗立即叫道。

“在守夜者组织里，只有互相帮助的精神，没有替代惩罚的规矩。”男人说，“少废话，快做！”

这个下马威，让周围围观的学员们瞬间安静了下来。萧望和聂之轩闻讯也赶紧跑了过来。

“我说，这位大叔，不，教官，老师，”萧朗眼看情势不妙，立刻摆出一脸驯服的模样，一边往男人身边凑，一边求情道，“你看这件事，都是因我而起的，要不是我忽悠她，她也不会闯进训练场。这事绝对，肯定，必然是我的不对，你要惩罚我，我心服口服！但她真是被我给骗进去的，我替她受罚，也是应该的，你说对不……嗷！”

男人见萧朗越凑越近，快贴近自己身边时，直接一个擒拿动作，把萧朗来了个过肩摔，按在了地上。整个动作迅雷不及掩耳，没用到一秒钟。

这一突如其来的动作，让周围的围观学员一片惊呼。

男人说："这一下子是告诉你，在守夜者组织里，只有纪律，没有求情。"

萧朗从小就喜欢和人打架，也从来没吃过亏，这样的奇耻大辱如何能忍？可是他万万没想到，这个小个子大叔随随便便的一个动作，就能把他直接放倒，而且让他丝毫动弹不得。

"哎哎哎，这位大叔，咱们好好说着话，你这突然袭击算什么？"萧朗火冒三丈，飞快瞄了一眼这个人的警衔，虽然比老萧少了一颗星，但显然也是高级警官。看来这人得是守夜者组织的领导。那又怎么样，领导也不能欺负人啊！他想挣扎，却被压得死死的，只好叫道："要打架是吧？别趁人不备啊，有本事，咱们公平决斗！"

男人冷笑了一声，放开了手，说："行啊。有胆魄，有志气。那我再给你一次机会，公平对决，你赢了，二百六十个俯卧撑全免，输了，你们俩都加倍。"

"你说的啊，可不能赖账啊。"萧朗站起身来，心想自己好歹也是从小摸爬滚打出来的，再加上年龄的优势、身材的优势，面对面的交锋，自己未必会输。即便输了，也不至于像刚才那么难看。

萧朗学着拳击手那样抖了抖胳膊、揉了揉拳头，跳来跳去地说："大叔，我话可说在前头啊，真打起架来，我是不会手下留情的，到时候你要是输了，可别说我不尊重前辈！"

男人面无表情地说："可以开始了吗？"

"开始！……哎？嗷！"

又是一个迅雷不及掩耳之势，周围的人甚至都没有看清楚男人用了什么样的手法，萧朗就再次倒地，被男人勒住了脖子，锁住了双手。

"刚才不算！我还没准备好……再来！"萧朗被压在下面，依然嘴硬。

然而就算萧朗凝神屏气，第二次他依然被同样的姿势给压住了。这一次，那人似乎为了让他吃到点儿苦头，在手上更加了点儿力气。萧朗脖子被勒，脸涨得通红，只好憋着气喊："……大叔……松手，再不松手就，就挂了……"

男人不说话。唐铛铛急得想冲上去帮他，却苦于不知如何下手。她恼怒自己出门前怎么没有在网络搜索一点儿关于劝架的攻略。这时候，满脸通红的萧朗，牙缝里终于吐出了那几个字："我，我认输……"

说出"认输"两个字之后，萧朗感到脖颈一松。一股新鲜的空气涌进胸口。他大口呼吸着，感觉自己从鬼门关走了一趟。唐铛铛松了口气，过去扶他起来。萧朗摸了摸自己的喉咙，确认它还没有被勒碎。

"现在离开会还有二十分钟，你们的俯卧撑，在此之前，做完。"男人拍拍手直起身子，指了指地面，淡淡地说道。

萧朗输得心服口服，只好和唐铛铛一起，老老实实地趴在地上，开始做俯卧撑。萧望和聂之轩在一旁哑然失笑，在两人身边找了个地方坐下，帮他们计数。而那个可怕的小个子男人，则站在十米开外，依旧背着手保持着跨立的姿势，监视着他们。

"铛铛……"萧朗满是歉疚，刚想说点儿什么，便被唐铛铛打断了："别说了，省点儿力气吧。"唐铛铛咬着唇，勉强完成着动作，却明显一次比一次更慢，很快，酒窝边便垂落下汗珠来。对萧朗来说不算什么的俯卧撑，对她一个从未经受过训练的女孩子，的确有点儿强人所难。

"臭小子……"萧望一边计数，一边感叹，"你啊，什么时候能改改这冲动好胜的臭脾气就好了。你知道那个人背后的字母是什么意思吗，就敢对他单挑决斗。"

"那……是什么意思？"闷头做俯卧撑的唐铛铛反而先好奇起来，她回想了一下，那三个字母似乎是 TBM，这也不像是守夜者的缩写啊。

“什么意思？”萧朗一手支撑身体，一手挠了挠头，“啊，不会是‘特别猛’的缩写吧？这大叔也太狂妄了，至于让全世界都知道他特别猛吗！”

唐铛铛忍不住扑哧一声笑了出来，一口气没憋住，趴在了地上。

“这个不算。”男人在远处喊道。

唐铛铛只好重新支起上身，再次艰难起身，轻声嘀咕道：“我恨死你了，萧朗！”

听到这句熟悉的吐槽，萧朗知道唐铛铛已经不再生自己的气了。他的动作也轻快起来，听哥哥继续解释道：“什么‘特别猛’啊，TBM 是 Training base ministry 的缩写，意思是‘公安部警务战术技能训练基地’。这个机构是专门培养警务技能顶尖教官的，这个机构出来的，都是顶尖厉害的人物。我一直很向往这里，可惜身体素质过不了关。刚才那个人，能进守夜者组织，还挂这么高的警衔，又穿着 TBM 的警服，估计他是 TBM 里面的高级教官吧。连 TBM 的高级教官都敢挑衅，你小子可真是吃了熊心豹子胆了。”

“嗯，难怪他动手那么快。我看哪，他不是 TBM 的，而是 MSN 的。”萧朗说。

“MSN？”萧望一头雾水。

“猛死你。”萧朗学着吊死鬼吐出舌头。

唐铛铛又一次趴在了地上。

2

用 TBM 长官的话说，部队里身体好的士兵，有的可以连续做两千多个俯卧撑，部队比武时，也是以五百个标准俯卧撑作为考核指标。四百多俯卧撑，对于守夜者组织里的某些成员来说，应该只是个达标数字。

这一番话，让艰难完成各自任务的萧朗和唐铛铛大吃一惊。好在唐铛铛又听说，这位 TBM 长官只是负责某一方向的人才培养，到时候每个人都会根据各自的特长，往不同的方向进行深度培训。唐铛铛略微安下心来。毕竟，要说计算机方向的话，自己的把握可就大多了。

还没开始新的旅程，就先被当成反面典型惩罚了一番，这让萧朗和唐铛铛很是郁闷。聂之轩不知道从什么地方给他们俩买了水回来，和哥哥一样，萧朗和唐铛铛瞬间对聂之轩充满了好感。比起刚才的郁闷，此时此刻，他们更多的是对未来的好奇。眼看大会的时间就要到了，两个人跟着萧望和聂之轩，一起走进了位于红楼一楼的大会议室。

这个修建于建国初期的大会议室，后期肯定被翻修过。阶梯状的弧形排列座位的会议室和桌椅虽然老旧，但是整体结构像是巨幕电影院，而且所有的座位都是带机械部件的。座位可以像高铁座椅一样调整前后距离和靠背角度，座位的侧面还有折叠小桌板。会议室可以同时容纳五十人开会，会场分为几块座位区，最中央的一块座位区显然是他们即将入座的地方，每个座位靠背上都已经被贴上了名条，显得整齐划一。

座位都被悉心打扫过，一尘不染。会议室前端的黑板被拆卸了，刚刚卸下的螺丝钉孔还很新鲜，原有的黑板轮廓也依稀可见，取而代之的是一块很大的 LED 显示屏。

萧望他们走进会议室的时候，中央的座位区里已经零零散散坐了些人。几个人一边沿着会议室的阶梯向下，一边张望着寻找自己的名条。

萧朗眼尖，最先发现了萧家兄弟和唐铛铛三个人的名条位于中间第二排的正中央。聂之轩的则在第三排，他打了个招呼，先过去了。

“借过，借过。”萧朗开路，他个子高大，在座位中间穿梭显得有点儿拥挤，一不小心，手里没拧好瓶盖的水已经洒在了前排某个男生的脖子上。

那个男生回过头来。萧朗正想开口道歉，却倒抽了一口冷气。

他看见那人脸上有一道诡异至极的疤痕，从嘴角一直划到了耳边。虽然疤痕有些年头了，一般人看过去不会太明显，但萧朗太过出色的视觉分辨力反而让他自己都吓了一跳。他张口结舌，一时间说不出话来。

那个男生反而像是对这种事情司空见惯了，冷冷地看了他一眼，用手微微拂去了肩膀上的水渍。

“刚才不好意思，我叫萧望。”萧望替弟弟解围，友好地打了招呼。

那男生看了看三人，眼神稍微在唐铛铛脸上停留了几秒，却并没有接话，兀自转回头去了。

“好奇怪的人。”萧朗小声嘀咕着，坐到了自己的位置上。

“等等……”唐铛铛喃喃，“我好像见过这个人……对了！”她轻轻地拍了拍前排那个男生的肩膀，友好地问道，“你是凌漠，对不对？我叫唐铛铛，我爸是唐骏，你是我爸推荐来的吗？”

那个男生被这一拍，肩膀微微一动，却并没有回过头来。他微微点了点头算是默认，似乎并没有要结识唐铛铛的打算。

“我去……多说一句话会死吗？这人真有意思。”萧朗忍不住道，“他不会是哑巴吧？”

唐铛铛并没有往这方面想，一脸茫然。萧望则为弟弟的唐突感到尴尬，用胳膊肘捅了他一下，暗示他不要瞎说。

这时，凌漠回过头来。他看了看唐铛铛，又看了看萧朗，说道：“不说话不会死，多说一句话，倒是会害死人。唐铛铛对吧？如果你想少做几个俯卧撑，建议你还是离说话多的人远一点儿。”

萧朗猛地站起，捏紧了拳头：“你什么意思？”

“坐下！”萧望沉声道，“还想惹多少麻烦，第一天就想被淘汰？”

萧朗气鼓鼓地坐回原位，跷着二郎腿，掏出手机刷着微博。凌漠说完话便转回头去，似乎刚才的一切对话都不曾发生过一样。唐铛铛看着凌漠的后脑勺，心中充满了疑惑：父亲的安排究竟是什么用意呢？

不一会儿，会场里贴名条的座位区就全部坐满了。萧望数了数，一共二十四个人，十八个男生，六个女生。除了聂之轩，大部分人都是二十来岁的模样，因为都穿着自己的便服，所以每个人的风格十分明显。有看起来就嫩生生的，也有少年老成的；有看起来体格健硕的，也有看起来弱不禁风的；有穿得规规矩矩格外保守的，也有嚼着口香糖染着发的。看起来这里不像是一个警界精英的培训基地，倒更像是大学里的社团。想到这里，萧望不禁笑了，作为警察，不以貌取人是他学的第一课，他眼前这些形形色色的人，说不定个个身怀绝技呢。

九点整，会议室的前厅大门打开，一个白发苍苍的老人走上讲台。他虽然年迈，一双眼睛却熠熠生辉。老人正是傅元曼。

傅元曼扫视一周，眼神中充满了自信。当他的目光扫过两个外孙时，他的脸上更是露出了一丝慈爱和期许的笑容。

打记事起，这还是萧家兄弟第一次看到穿着二级警监警衔制服的外公。萧望顿感眼前一亮。萧朗也忘记了刚才与凌漠对峙的不愉快，他感觉自己回到了家，有些紧张的心情顿时放松了下来。

傅元曼轻轻动了一下讲台上的鼠标，身后的大屏立即亮了起来。屏幕上，是一个巨大的守夜者组织徽章。

“你们每个人都发到了这样一枚徽章。知道这枚徽章有什么寓意吗？”傅元曼洪亮的声音在会议室里回荡，“繁星点点，闪烁在夜空。我们就是其中最平凡、最普通的几颗星星，但我们却守护着万家灯火，不让黑暗侵蚀夜晚的安宁。这就是‘守夜者组织’名称的由来。我叫傅元曼，是守夜者组织的现任总负责人。你们可以叫我傅老师，也可以和以前的成员一样喊我老爹。当然，对你们来说，可能叫爷爷更合适了。”傅元曼微微一笑，看着大家年轻的脸庞，他的神情又变得肃穆起来。

“守夜者组织，和祖国同岁，历史悠久，却道路坎坷。不瞒大家，我们守夜者组织的老成员们，即使比我年轻的，也都已经年过半百。我们经历过风风雨雨，也经历过长达二十年的冷冻期，在这段时期里，我们散落在各行各业，却依然怀着同一个愿望，那就是重建‘守夜者’，让守夜者组织再次恢复往日的辉煌！

“今天，这个愿望实现了前一半。而后一半，则需要靠在座的你们，帮我们去实现。廉颇老矣，尚能饭否？饭，我还是能吃的，但是想吃得精彩，已是不易。”

下面一片轻笑声。萧朗早已习惯了外公的冷笑话，他一边听着，一边舒服地靠在椅子上，顺手把玩着座椅扶手处的机械手柄。

“在座的二十四位年轻人，都是守夜者组织的老成员们推荐的人选。大家都有自己的独特天赋，但在这里，光有天赋还远远不够，如果你不懂如何运用自己的天赋，你依然可能会被淘汰出局。”傅元曼慢慢说道，“我相信，能来到这里的孩子们，都有满腔的热血，也有自己的远大抱负。留下，你们可以享受一个与众不同的人生；离开，你们也会有一段难以忘怀的回忆。但是，守夜者组织毕竟还是一个秘密的机构。这段人生或是回忆，咱们都要把它奉为机密，是我们之间的机密，好吗？”

说完，傅元曼用征求意见似的目光盯着下方。学员们纷纷点头，表示应允。还有几声青涩的“好”字从几名学员口中迸出。

萧朗一边点头，一边漫不经心地扳动着机械手柄，想把自己的座位调得更舒服一点儿。没想到，老旧的手柄发出咯吱一声，萧朗座位左侧的一个精壮汉子毫无准备地应声仰面倒下。

“对不起，对不起，我以为我扳的是我的。”萧朗见扳错了手柄，连忙对一脸惊怒却又不知所措的精壮汉子道歉。

学员们笑成一片。

“按规矩，上课开小差的，两百个俯卧撑。”傅元曼收起慈爱，正色道，“萧朗到讲台来，两百个俯卧撑。”

“姥爷！又做？我，我……”萧朗揉着胳膊，急了。

“这里没有姥爷。”傅元曼说，“你不是初犯了是吧？那就三百个。”

萧朗没有办法，只好在众目睽睽之下，走上了讲台。他看到唐铛铛在捂着嘴偷乐，正要咧嘴，又瞥见前排的凌漠一脸冷淡的神色，笑意顿时收了回去，一声不吭做起俯卧撑来。

“守夜者组织的重启，是建立在我们南安市一起集体越狱事件上。”傅元曼没有理会萧朗，继续说道，“我们没有时间做日常的集训，所以，只好以案代训。所谓的以案代训，就是我们在场的所有人，要实际地参与到这起越狱事件的处置上，全程参与。警方的任务，是在三个月内，将 22 个人全部抓回来。这也同样是我们的目标。”

下面开始有一些议论声。

“当然，我们要与警方密切配合。”傅元曼接着说，“南安市公安局现在动用了两千多警力侦破此案，而我们，则要成为老虎的翅膀、鹰的眼睛，帮助警方及时破案。这 22 个逃犯，至少要有一部分人，是通过我们的推断，直接找到的。”

议论声开始慢慢增大。

“当然，为了让大家更好地进入状态，发挥自己的潜力，在破案的同时，我们也会安排严密的培训课程，帮助大部分没有实践办案经验的学员，尽快进入角色。我相信，在压力之下，人会发挥出自己最大的潜能。

所以，三个月的考核期里，每周，都可能会有一个人被淘汰出局。也就是说，现在在座的人里，至少会有一半的人离开这个教室。”

议论声变成了倒抽一口冷气的惊叹。

“散会之后，在座的二十四人，根据个人意愿，自动分为两个大组，各自推选组长，然后把小组的名单交到我这里。明天开始，我会发给大家一份课表。每天上午，所有人都要接受培训。每周七天，前三天培训公共基础课程，后四天根据大家的特长方向，接受不同的特训。每天下午，两个小组分别在两个小会议室进行越狱案的抓捕分析和讨论。”

“傅……傅老爹？”有个女孩唰地举起手来。她就是之前萧望看到的嚼口香糖的女孩。她身穿一条牛仔背带裙，里面是件露肩的条纹衫，脖子上悬一条锁骨链，头发短得出奇，微微还挑染了一点儿灰色。萧望觉得，她应该出现在音乐节现场，而不是这里。

“什么？”傅元曼很有耐心。

“那个，我想知道，如果一周上七天课的话，那我们还有假期吗？”

傅元曼深深叹一口气，这些孩子要走的路还有很长。

“只要逃犯还在外面，就永远有人不敢入睡。在我们抓到所有的逃犯之前，没有假期。”

“那我们要怎么抓他们呢？”灰短发女孩不甘心地继续问。

“你们的工作，就是搜集尽可能多的信息，做出分析和推理，给警方的抓捕提供方向。我们不指望你们每周都可以抓到一个逃犯，但我们会对你们每周的工作进展做出综合评价和考核。每周我们都会选出一个优胜组，优胜组的成员可以成功晋级到下一周，而另一个小组的成员则需要淘汰一人。淘汰的人选，将结合小组内部投票和导师的意见，淘汰的学员将会被遣回到原来的单位或者学校，守夜者将会成为他们永久的回忆。”

“那哪组若是输了，就会少一个人，少一分力量。这样，总体实力就会削弱。如果再不幸继续输掉的话，岂不是会像多米诺骨牌效应一样，恶性循环，一直输到底？”一直认真听着的聂之轩，这时候忽然举手问道。

傅元曼点点头，说：“不排除这种可能，所以这个游戏，需要大家都提起精神。三个月，将近十二周，或许会淘汰十二个人，或许还会更多，有可能其中的一组会全军覆没。身处逆境之中，如何反击，也是你们需要经受的考验。不过，我们的导师，不仅仅是你们的考官，还会分组协助你们分析，警方也会承担最关键的排查和抓捕职能。我想提醒一下大家，因为你们都是学员，还没有执法权，所以所有的行动，必须向守夜者组织的负责人、组长，也就是向我报告，我会帮助你们协调警力，和你们一起参与行动。

“现在，我连你们的名字都还叫不全。但是我相信，三个月后，最终能留下来的人，以后一定会是警界的精英，会是守夜者组织的星星之火。组织将会根据每个人的特长和天赋进行后续更多的训练，把你们培养成某一领域的佼佼者。这些留下来的人，将会接受公安部的面试考核和政治审查，最终以特别录取的名义，加入警籍，成为守夜者的正式成员，真真正正地为百姓守夜。你们准备好了吗？”

“准备好了！”学员们异口同声，这淘汰的机制果然激起了他们强烈的斗志。

“姥爷，你从哪里学来的游戏规则啊，比我想象的要好玩多了。”萧朗在傅元曼的背后起起伏伏，嘴还不闲着。

傅元曼没有理会萧朗，接着说道：“你们每个学员的座位底下，都放着一台笔记本电脑，里面有南安市看守所脱逃事件到目前为止所搜集到的所有资料。”大家纷纷开始拿出电脑开机，傅元曼继续说道，“电脑里，不仅有南安市看守所脱逃事件的整个前因后果，以及看守所的周边地形图，还有看守所里近期的生活、活动监控影像。另外，还有一些已经查实了的嫌疑犯的背景资料。你们需要通过对这些材料进行完整的阅读，从而掌握案件的梗概信息，然后每组再根据你们的想法，确定你们要抓捕的目标。脱逃的二十二个人，大部分人的资料这里都有。还有几个人，在收监的时候，还没有确认身份。警方对掌握身份信息的人正在进行进一步调查，调查结果会及时反馈更新。一旦反馈到我这里，我就会通过内部网络发送给你们每一个人。”

“也就是说，我们每组选择的目标，是自己决定的？”萧望举手问道。

傅元曼点点头，说：“你们有完整的自主权。”

“把这么大一起案件交到我们这些人手里，组织上放心吗？”

唐铛铛也举起手来。

傅元曼微微一笑，说：“这只是对你们的考核。我们虽然对你们寄予很高的期望，但并不会只在你们这一棵树上吊死。别忘了，还有我们这些老家伙。现在，我就来给你们介绍一下包括我在内的我们守夜者组织刚刚召回来的十名老成员，当然，他们也是你们的推荐人。”

说完，萧闻天、唐骏、TBM 和其他几位教官列成一列纵队，走进了会议室，依次坐在傅元曼身边的主席台位置上。

这些教官看起来年纪都已经不小，即便不是白发苍苍，也已经年过不惑。学员们中间忍不住发出了议论声。

“在跟大家介绍导师们之前，我先向大家介绍一下守夜者的组成机制。守夜者内部，由各位资深前辈组成的决策层是大脑，在大脑的指挥之下，还有两类组织类型。一类是天眼小组，相当于组织的感官。天眼小组作为保障组织获取情报、证据、线索的机构，主要由法医、痕检、物证分析等传统技术人员组成的‘寻迹者’和由网络黑客技术、电子物证技术等现代技术人员组成的‘觅踪者’组合而成。这位，就是我们曾经的天眼小组的‘觅踪者’，国内著名的网络黑客：冯建国老师。他也会负责培训你们的网络觅踪、黑客攻击等技术。”

唐铛铛一脸仰慕地望过去。

“另一类组织，称之为狩猎小组。一般来说，守夜者内部会有两到三个狩猎小组。狩猎小组的全员都必须有过硬的身体素质和格斗、射击、查缉能力，而且需要一个综合素质极强的组长，会被称为‘策划者’。他需要同时拥有统筹力和判断力，负责统筹协调、策划指挥具体的特种行动。就像你们都认识的萧闻天萧局长，以前就是我手下最好的‘策划者’。”

萧闻天起身敬礼。萧朗和萧望心中都是一荡。

“每个狩猎小组里，还有负责前期调查、收集线索和潜伏任务的‘捕风者’；负责心理分析、行为分析和审讯谈判的‘读心者’；以及负责追踪围捕、保护救援，个体战斗力最强的‘伏击者’。小组内的四人都是行动精英，也各有特长，能够集体围捕，也能够单独涉险。比如文质彬彬的唐骏教授，他就是我们曾经最好的‘读心者’。”

唐骏微微一笑，鞠了个躬。他的目光，与台下的凌漠交会了一下。凌漠微微颔首，比起其他人，他对这位导师似乎拥有着更多的敬意。唐铛铛捧着脸，一脸期待地一会儿看看父亲，一会儿又看看台上的其他人。

傅元曼正在继续介绍：“而这位 TBM 的高级教官，司徒霸老师，则是守夜者组织成立后，最好的‘伏击者’。”

各位教官逐一起身敬礼或者鞠躬。

司徒霸上台时，看到萧朗还在讲台边做着俯卧撑，顿时来了兴趣。敬完礼之后，他转身蹲到萧朗的旁边，低声说：“小子哎，你还真是到哪儿都爱出风头啊，还剩多少？”

“十五个。”萧朗说。

“我来给你加把火。”司徒霸笑起来，把一只手搭在了萧朗的背上。

萧朗瞬间感觉自己被一座大山压住了，直接趴在了地上。他很不服气，拼命地想重新支撑起身体，涨红了脸，青筋迸出，双臂不停地颤抖。

“还不错，有潜力。”司徒霸笑着拿开了手掌，“做我的继承人吧。你肯定能当一个很好的伏击者。”

“当 MT[1]？才不干。”萧朗顿时觉得松快了许多，迅速做完最后几个俯卧撑，跳下了讲台。

此时，台下已是议论纷纷。学员们讨论着即将到来的淘汰，又充满忧虑地看着台上的导师们。这些年过半百的老人，真能承担起一起大案的侦办重担？除了萧闻天、唐骏和司徒霸还算是中年男人，其余的诸位老师，真的都已经老态毕露。那个曾经做过卧底的“捕风者”应和平，甚至是坐在轮椅上被人推进会场的；还有那个天眼小组的“寻迹者”朱力山，从上台开始，手就抖个不停，感觉已经是帕金森病人了，还能教给大家法医的操作和物证的检验吗？

传说中的神秘组织，居然只剩下这一群老弱病残了吗？

这样的几个人，能让青黄不接的守夜者组织重新崛起吗？能让这些精干的年轻人心服口服吗？能把犯罪分子绳之以法吗？

傅元曼显然是预料到了这种状况的出现。

他淡然一笑，拍了拍手掌，说：“安静。看来我刚才说得没错，我知道你们肯定是在怀疑我们这帮老廉颇，究竟还能不能吃饭。现在请你们仔细阅读电脑里的资料，了解一下越狱案的大体梗概。然后，我们这帮老头，聚餐给你们看。”

---

1 MT，游戏里的一种角色。在战斗团队中，负责吸引敌人火力，为整个团队扛住敌人的打击。

3

即便是对这帮老人充满疑虑，但越狱案本身带来的强烈吸引力，还是让会场很快安静了下来。每个人的脸都沉浸在电脑屏幕的反光之中。就连萧朗也忍不住自己的好奇，迅速打开案件梗概浏览起来。

十分钟后，会场中央的显示屏重新亮了。屏幕上出现了从 A 到 V 的二十二个英文字母，每个字母下面各有一个简单的人名和简介。

“为了方便侦查，我们把脱逃的二十二名嫌疑犯分别按照脱逃顺序编号。”傅元曼说，“第一步，你们就是要牢记这二十二个人的基本资料。”

萧望努力地去背诵这么多资料，他侧眼看见萧朗又开始把玩座椅手柄，便用手肘戳了一下萧朗，说：“快背，你想第一轮就被淘汰吗？”

“这么多怎么背？可以做小抄吗？”萧朗说。

凌漠的脸上没有一丝表情，似乎完全没有把这个问题放在心上。当所有人都在紧张地看着屏幕时，他轻轻地拿出随身的水杯，不紧不慢地喝起水来。

唐骏在讲台上微微点头。

萧望看一眼凌漠从容淡定的样子，心中暗自惊讶。唐铛铛正埋头做笔记，一边记一边问旁边眼力好的萧朗：“第三排左边第二个是什么罪名来着？”

“姜成渝，南安市人，男，32 岁，涉嫌故意伤害致死罪。预计得判十年以上有期徒刑。”

萧朗还没抬头看，凌漠低声提示。唐铛铛一惊，本能地又问：“那最后一排倒数第三个呢？”

“陆大易，南平县人，男，28 岁，涉嫌贩卖毒品罪。证据确凿的话，可能会判死刑。”凌漠喝着水，连头都没有抬过。

“什么？”萧朗看到唐铛铛一脸崇拜的样子，忍不住吐槽，“你是不是之前就看过这些档案啊？”

“这些都是保密档案，一般人没有权限，是不可能提前看过的。”萧望解释，“每个人都有自己的记忆办法，你要是多花点儿心思，也不难背下来。”

“是啊，不难。”身后的聂之轩说，“如果还能附上照片，应该就更好背了。”

萧望知道聂之轩说得由衷，长年的法医工作经验，让聂之轩对人体相貌极为敏感，他相信，任何一张人脸，都会让聂之轩过目不忘。而凌漠，在那么短的时间里就能将这些信息过目不忘，这才是他真正的隐藏实力。

“二十二个人，因涉嫌不同罪名被关押。有的身份清楚，有的身份不清。有的证据确凿，有的还在侦查阶段。”傅元曼说，“他们重到杀人越货，轻到小偷小摸，没有什么共同点，唯一的共同点，就是在一次行动中，全部脱逃。”

“盗窃罪，也越狱？”之前提问的灰短发女孩嘀咕了一句。

傅元曼的目光立即被她所吸引，说：“对，问得好。你叫什么名字？”

“程子墨！”灰短发女孩咧嘴。

傅元曼颔首：“程子墨说得对。这就是这个案子最大的疑点所在。不过，说老实话，即便是我们这帮老家伙，也没有想出什么合理的解释。我们寄希望于抓获一名犯罪嫌疑人，从而通过口供，对脱逃动机予以分析。”

“这，是不是要先逮重刑犯啊？比如那些快挂的、领头逃跑的。”萧朗说。

萧望摇摇头，说：“如果是我，会从轻刑犯开始，比如盗窃犯。这样的人更容易抓获、更容易审讯。如果可以轻而易举从这些人身上挖掘出越狱策划者煽动逃脱行动的动机和方法，可能有助于下一步部署更大范围、更精准的行动。”

“说得好。”傅元曼说，“很多时候，做事情并不一定直来直去，有的时候，曲线救国可能会收获更意外的惊喜。我们确定的第一个目标，就是一个故意伤害犯。除了萧望刚才说的理由，还有第三个理由。就是做一个示范，好让你们进行难度更大的考核。既然这样，我们就从几个罪行较轻的人开始。我们现在要分析的，是几名故意伤害案件的嫌疑人之一，N。N 是三周前因为纠纷，致使一人轻伤害的犯罪嫌疑人。如果他的罪名成立，他的刑期，最高也就三年。”

屏幕上出现了 N 的基本资料和几张照片。照片是 N 在被看守所关押的时候拍摄的标准化信息采集照片。一个白净青嫩的三十岁上下的男人端着一个名牌，站在刻度尺前，拍摄了正面和两个侧面的照片。

“长得挺帅的。”唐铛铛小声说。

“即便是关进看守所，依旧把胡须剔除得很干净，头发也很整齐干净。”萧望说，“这个人很讲究啊。”

“同意。”坐在萧望后面的聂之轩点头赞同，“白衬衫的衣领也很整洁。”

傅元曼的眼神被萧望和聂之轩吸引，赞许地点了点头，说：“下面是看守所内部的监控录像节选。”

屏幕上出现了彩色的但比较模糊的监控录像。视频里，套着看守所黄色马甲的 N，每次出现在监控视野中时，就会被一个红圈圈出。整段视频是由很多不同场景的视频片段组成的，有的是在操场放风，有的是在食堂吃饭，有的是监区内部的监控。

“我希望大家可以反复看清楚这些被我们从二十几台监控设备，总计两万个小时的影像资料里节选出来的有价值的片段。”“觅踪者”冯建国说，“看看有什么特殊之处。”

会场鸦雀无声，大家都在皱着眉头仔细观看监控录像。

“吃饭最慢。”萧朗看了一半，飞快得出了结论。

虽然没有听到声音，萧朗还是本能感觉到凌漠嘴角动了一下，他忍不住瞪了一眼凌漠的后脑勺。

“为什么慢？”傅元曼问。

萧朗感觉得到了姥爷的认可，连忙回答说：“看动作，他入狱前几天不吃饭，后来开始吃饭了，但是好像吃的动作少，勺子在饭盆里扒拉的动作多。这说明，这人挑食啊。”

会场上响起了更多窃笑声。

“没什么好笑的。其实，我们最先发现的，也是这个问题。”轮椅上的“捕风者”应和平微微一笑，回应着老搭档冯建国，“这个动作有可能会提示一些问题，但是提示什么问题呢？接着看。”

萧朗的观点被专家赞同了，他感觉很是受用，直了直身子。

接下来的录像，因为是被节选出来的，所以问题很容易就会被发现。穿着黄马甲的 N，每到一个地方或者睡觉前，都会用抹布反复擦拭座椅板凳。虽然每天听令起床，他都是最后一个起来的，但是，起床后，他也会不计时间紧急，在第一时间把床褥整理整齐。

“这人生活习惯良好。”萧望说，“很讲究卫生。”

“可以这样理解。”分析师唐骏开始说话，“但是我们可以观察 N 擦拭座椅的动作，我可以用反反复复、恶狠狠地，来形容吧。这样的行为，我认为是一种过分追求清洁的癖性和强迫症状，也就是我们常说的洁癖。”

“啊，这我也有。”唐铛铛被父亲这么一说，立刻响应。

“对啊，很多人都有，这有什么关系呢？”萧望疑惑道。

“再看一段监控，然后再说。”冯建国慢条斯理地说。

看监控视频的时间，正是越狱案件发生的当晚。虽然是晚上，但是下水道口所在的走廊灯火通明。很快，镜头里就出现了一队蹑手蹑脚的犯人，有的穿着黄马甲，有的没有。和 A、B 两犯短暂交流，并拿过下水道口锁钥后，一队人按秩序，陆续钻入下水道。而这个 N，好像是穿着一件齐踝的军绿色大衣。

“穿大衣？冷吗？”有学员问道。

应和平摇摇头，说：“我们仔细看了细节，这并不是一件大衣，而是看守所床铺上的床单。”

“裹床单？为什么裹床单？不是累赘吗？”有学员问道。

大家议论声再起，各种猜测。

“很简单，”唐骏说，“下水道比较肮脏，这个床单就是为了抵御肮脏用的。那么，这可以说明两个问题。第一，之前 N 吃饭慢，是因为他认为饭菜里有不洁的东西，又不能总不吃，所以从饭盆里挑出了那些他认为不洁的食物。加之不惜带着累赘，裹床单逃脱，说明这个人有着较为严重的强迫症。洁癖本来就是强迫症的一种，较轻的洁癖仅仅是一种不良习惯，而较重的洁癖则属于心理疾病。通过他的种种行为，说明 N 患有严重的洁癖。第二，即便他患有严重的洁癖，而且罪行很轻，但是仍坚持逃离。这说明他逃离的愿望非常坚定，甚至可以克服他的强迫症。”

“我知道姥爷他们为什么先抓他了。”萧朗小声对萧望说，“这人的愿望这么坚定，最容易挖掘出煽动行为如何实施。”

萧望点点头。

“不过，分析出他有严重的洁癖，对抓捕他又有什么用处呢？”唐铛铛抱着胳膊，皱着眉头说道。

“现在我们看看这一幅图。”“伏击者”司徒霸接过话茬儿。

大屏幕上出现了一张卫星地图。

“红点处，便是逃脱下水道的出口处。”司徒霸说，“如果你们是逃犯，在不了解当地地形情况的状况下，该如何做选择？”

仅仅是依靠一张大致的地形图就做出推断，实在是一件不可思议的事情，所有的学员都缄口不言。只有凌漠在观察地图五分钟后，开口了：“可以看出，从下水道口出来后，面前应该是一条小河。站在小河边，应该有两种选择：第一，沿着往看守所的反方向跑。但这一路都是一条村村通公路，周围都是广阔的荒地，并不利于藏身。第二，渡河，对面则是一大片绿色的田地。根据地域习惯结合卫星图来看，应该是玉米地、小树林。这片地域非常之大，又没有监控，有利于藏身，不利于围捕。所以进了对面的区域，即便是警方有天罗地网，依旧有机会逃离。更何况，警方发现异常已经是几个小时之后了。所以，如果是我，第一反应就是渡河。不过，这条小河容易渡吗？”

司徒霸笑了：“小子不错，对地形把握能力很强。这条小河，一看就知道是水深齐腰的浅河。”

说完，司徒霸放出一张照片，是下水道口旁边小河的照片。照片中的河水很污浊，但从河面露出的石块来看，河水很浅。

“所以前期大部分警力都是布置在河对面玉米地和小树林周围。很可惜，这季节玉米秆很高，该地域跨度极大，案发时间又错过了抓捕的黄金期，所以这给围捕工作带来了很多麻烦。”应和平说，“不过，我们第一时间就在玉米地附近发现了几件黄色的马甲，可以确定我们推断得不错，嫌疑犯们应该渡河了。因此，从围捕工作的部署来看，对村村通公路这边的警力部署更是不够。如果有犯人从这边逃离，就凭那一点儿警力，是不足以布控的。”

“我明白了。”萧望说，“之前分析的洁癖，这里就可以用上了。因为N患有严重的洁癖，所以即便他可以裹床单钻下水道，但绝对不可能把自己的身体置入这么污浊的河水当中。所以即便是所有嫌疑犯都渡河逃离，他也不会从众。”

“对了，就是这样。”唐骏补充，“集体犯罪，从众的心理会非常强烈。不过，这种从众的心理不足以压倒多年来的强迫症心理。”

“可是，从地图上看，这条村村通，也有许许多多的岔路。”凌漠说，“而且案发已经两天了，即便我们的推断是正确的，恐怕也寻不见N的身影了吧？”

“这是我用计算机模拟出的村村通公路图，以及一个正常体能人徒步行走的能力范围。”冯建国说完，打开了一张GIF动图。

“这条路是水泥路，但那些岔路，则会是一些石子路或者土路。”司徒霸解说道，“案发前两天下了雨，除了这条村村通公路的主路，其他岔路都会非常泥泞。从一个严重洁癖患者的角度来看，他不可能选择那些很‘脏’的路。所以我们分析认为，他会沿着村村通公路一路前行。”

“可是这条路很长啊，他总要找地方休息吧？”萧朗说。

“我们认为，这样一个严重洁癖的人，是不会在路边或者荒地里和衣而睡的。”唐骏说，“所以我们测算，他应该至少连续花了二十个小时，徒步到了一个镇子上。”

“也就是前天晚上。”萧朗掰着指头算着。

“可是到了镇子上，就融入了人群。如果没有及时在路上抓获，应该就比较难找得到他了吧？”凌漠说。

“在今后的工作中，我希望你们要把握一个所有嫌疑犯都具备的特征。”傅元曼静静地看着师生们的交谈，插话说，“就是，这些人身上，没有钱。”

唐骏接着说：“N也有一个特有的特征，就是他在经历了钻臭气熏天的下水道、徒步行走在灰尘漫天的村村通后，第一时间，会找水。免费的水。然后，在徒步二十几个小时之后，他会寻找可以休息的整洁的地方，免费的地方。”

“镇子里，会有这样的条件吗？”萧望兴奋地问道。

“人家啊。”应和平说，“经过我们的初步调查分析，这就是一个普通的镇子。所以N想获取免费的水和休息的地方，就只有利用他本地人的口音以及他斯文标致的外表，到一个人家借宿。”

“也就是说，他随便找一个人家，就可以隐藏起来了。”萧望说。

“并不是这样。”唐骏说，“洁癖分为肉体洁癖、行为洁癖和精神洁癖。从我们对N的分析来看，他的洁癖是在精神洁癖层次上的。也就是说，他会对一切不清洁的东西不齿。那么，如果我们是他，会让自己灰头土脸地去找人借宿吗？而且，他很挑剔，要找也会找一个门脸看上去非常整洁的人家。”

“那还是这个问题，没有免费的可以洗澡的水源。”萧望说。

“所以，我们研究了镇子上的结构。”应和平说，“我们发现，进入镇子后，在一个三岔路口处，有一个工厂，而这个工厂的门口，就写着澡堂两字，非常醒目，这说明工厂的澡堂是对外营业的。N到达镇子的时候，虽然是晚上，但渴求洗漱的他，依旧可以轻而易举地发现这个招牌。而这个澡堂的招牌告诉我们，它的营业时间只到晚上六点。晚上，这个澡堂没有任何防护措施，只需要翻过工厂大院的围墙，就可以去里面洗免费澡了。”

“这，又有什么价值呢？”萧朗不解。

“一旦进了这个工厂大院，就可以看到，澡堂后面的宿舍楼里，有很多空着的床铺。”司徒霸说，“我们可以通过工厂大门和围墙上的监控，确定N是否进入了这个工厂，再确定他有没有出来。如果没有出来，他肯定就在宿舍里找了个床，用他的床单铺垫睡觉。如果出来了，也可以根据工厂的摄像头明确他逃离的方向，从而寻找他可能借宿的人家。”

“可是，现在都过去这么久了，还有希望抓得到吗？”聂之轩问。

“昨天上午，公安部同意我们重启守夜者后，我们一方面找人翻修大本营，另一方面，我们这些老人就开始了研究。”傅元曼说，“昨天下午，我们就向警方反馈了结果。”

“可是，即便是昨天下午，那离N进镇子也已经十几二十个小时了。”

“之前我们说过。”唐骏说，“N每天都是最晚、最不情愿起床的。我们认为他有睡懒觉的习惯。加之二十几个小时的徒步行走，N如果找到地方睡觉了，肯定会睡很长时间。等他醒来的时候，大白天的，他如何离开？即便离开，也会等到昨天晚上。所以，我觉得我们来得及。”

下面，是一片将信将疑的声音。

“当然，N只是我们寻找目标中的一个。”傅元曼说，“同时，我们还锁定了两个嫌疑犯，推理过程会比较简单一些。之所以挑简单的，是因为我们要把困难的留给你们。犯罪嫌疑人O，是一个盗窃犯，从他的基本资料来看，这个人不仅偶尔偷鸡摸狗，更突出的特征是好色。”

萧朗伸手戳了戳唐铛铛。

“干吗？”唐铛铛正听得起劲，转头问。

“把耳朵捂起来。”萧朗一脸坏笑。

“为什么？”

“下面的内容少儿不宜。”萧朗说。

“你才是少儿呢！”唐铛铛红了脸。

“从他经常调戏女学生、经常光顾暗娼店，就可以看出。”傅元曼接着说，“但是，这个人生性胆小，从来没有过一次强奸的前科劣迹。因此，我们分析，他逃出后，会首先窃取钱财，在最近的窑子里消费。毕竟，他被关押了三周。而从调查看，此前，他每周都有两三天要去逛窑子。对于这个性欲旺盛的犯罪嫌疑人，我们的侦查方向，就是距离现场最近的暗娼店。”

“让你捂耳朵你不听。”萧朗说。

傅元曼瞪了萧朗一眼，吓得萧朗赶紧闭嘴。长了这么大，他从来没有这么畏惧姥爷，就是那三百个俯卧撑闹的，也可能是姥爷身上突然生出的那一股正气。

“第三个犯罪嫌疑人P，是一起聚众斗殴，故意伤害致死的犯罪嫌疑人。”傅元曼说，“通过我们对看守所监控的观察，这个人有个非常频繁出现的习惯，就是扒开自己的衣服，朝自己的胸口看。这一动作引起了我们的注意。后来经过对入所检查记录的翻阅，我们发现P的随身物品只有一个项链，项链吊坠打开，是他女朋友的照片。通过照片发现，他胸口文着两个字母，也是他女朋友的名字缩写。因为入所时，所有的随身物品都要被扣押，那么这个对自己女友过度钟爱的P，只有通过看文身来聊解相思之情了。”

“所以他逃脱后，首先会去他女友家。”萧望说。

傅元曼点点头，低头看了一眼手表，说：“昨天下午，这三条信息我们一起反馈给了警方，按约定，警方是时候要派人来给我们通报情况了。”

话刚落音，会场大门被打开了，一名佩戴一级警督肩章的警察走进了会场，朝萧闻天看了看，像是征求他的意见。

萧闻天指了指讲台，让一级警督走了上去，说：“刘局长，你把昨天的行动情况和在座各位介绍一下吧。”

刘局长有些拘束地咳了两声，简短地说：“根据各位前辈的分析，我们出动了三个大队的警力，分别在立新镇肥皂厂的宿舍、九里镇的某美容院和嫌疑人P的女友家中，将涉案的三名犯罪嫌疑人N、O、P全部抓获归案。”

会场顿时爆出一片赞叹声，学员们忍不住鼓起掌来。

“不过，我也得和各位前辈汇报一下。”刘局长说，“对于各位前辈关心的越狱动机问题，我们非常惭愧，并没有从三人口中获知。”

这连傅元曼也大感意外：“什么？三个人都不交代？”

“看上去不像是不交代。”刘局长说，“三个人对自己的越狱行为都深感悔恨，对逃离的过程也表述得很清楚，对越狱罪行供认不讳。但是他们都声称自己不知道中了什么邪，当时坚定地要听从嫌疑人A、B的号令，在A、B穿着警服去看守所大院后，坚定地跟着嫌疑人C钻下水道离开。离开后就有些后悔，但是为时已晚。”

“中邪？”萧闻天沉吟道。

“看来之前你们认定A、B是策划人的想法一点儿不错。这两个黑社会头子，肯定有更多更严重的罪行还没有被挖出，所以要跑。”傅元曼说，“但是这些人为什么会跟他俩逃离，实在让人不能理解，现在审讯的结果就更让人不能理解了。这一定有什么蹊跷在里面，不要紧，我们按照既定方针，继续追捕其余案犯，谜底总有揭开的一天。”

第五章　致命偏差

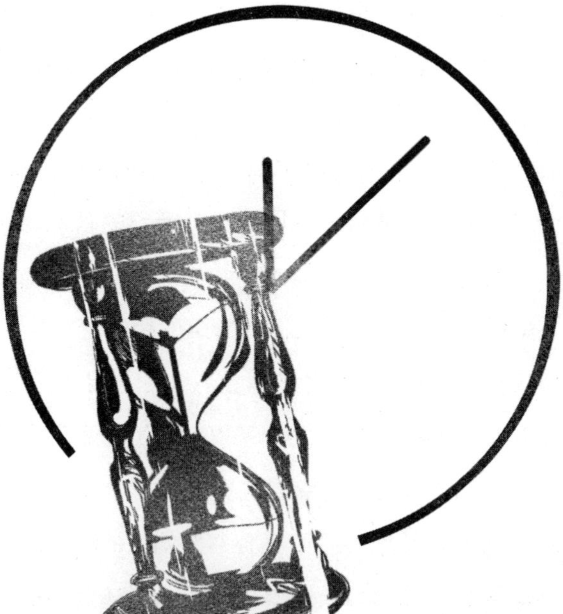

你看到的世界，不是真实的，更何况是别人要你看的。

——S. J. 沃森

1

2016年7月16日，星期六。

守夜者组织重建计划正式启动。被推荐的二十四名学员，开始进入角色，正式加入了“2016.7.13南安市看守所特大脱逃事件”的调查团队。同时，学员们的内部竞争也正式拉开帷幕。

两个大组完全由学员们自行组合。萧家两兄弟、唐铛铛和聂之轩志趣相投，自然分在了一组，萧朗主动给小组取了一个霸气的名字，叫作战鹰组。因为这一组里，只有萧望是国字号警察学院毕业，并且学的是侦查学，所以在聂之轩等人的推举下，由萧望担任战鹰组的组长。

唐铛铛对凌漠充满好奇，也希望能将凌漠拉入自己的小组，但是这个提议立即被萧朗否决了。之前那个灰短发妹子程子墨倒是主动过来喊凌漠加入另一个小组——火狐组，凌漠对分组显得无所谓，自然而然就入了火狐组。火狐组里还有之前被萧朗玩手柄不小心“放倒”的精壮汉子，韩柱。听他说，他是司徒霸推荐来的继承人。组里的人大多还对司徒霸教训萧朗的样子心有余悸，听到这个，立即把韩柱推到了组长的位置上。这样一来，两个小组的组长也就都定完了。

按照傅元曼制定的规则，守夜者的工作模式是兼容式，即上午进行培训和学习，下午分组进行材料审阅和分析推理。如果任何一组得出了分析结论，可以根据分析结论进行下一步的相关调查工作或现场勘查工作，一旦时机成熟，便可以抓捕。不过调查、勘查和抓捕工作，必须在当地警方配合下进行。准确说，他们在调查、勘查和抓捕工作中，只能作为一个旁观者，最多起到协助作用，警方才是主力。

前三天的上午是公共课程的学习，后四天的上午则是根据自己的专业特长进行的选修课程。学习课程是不分组的，而行动则分组进行。

守夜者导师们认为，作为一个警察，最重要的是应该拥有保护自己的能力。所以第一周的公共课程，安排的便是射击、擒拿格斗和查缉战术这三门警察体育课程，这也能使得这些大多不在公安岗位上的学员，最先掌握一些防身本领。

作为特种警察部门，守夜者组织享受了其他警察不能享受的政策，就是只要能通过导师的考核，便可以立即颁发持枪证，并且配发一把九二式手枪。一旦被守夜者组织淘汰，也可以立即回收持枪证和手枪。

守夜者总部的地下室，便是一个很大的靶场，有二十多个靶位。在用塑料枪进行了模拟学习后，第一天上午，司徒霸便给每个学员发了枪，进行实弹操作。

作为刑警学院精英级的毕业生，射击对于萧望来说是基本功了，从枪声响起的那一刻，他的子弹就没有出过九环的圈圈。虽然是第一次摸枪，但是萧朗在运动上的天赋也很快显现，因为好奇心强烈，他进步神速。他在打出十发子弹后，所有的子弹都开始上靶；打出三十发子弹后，成绩已经开始和萧望不相上下。这样的进步让司徒霸频频点头赞许。萧朗和萧望，也成为第一节课就被确定获得持枪证和手枪的学员。

但隔壁靶位的聂之轩和唐铛铛就没那么顺利了。聂之轩虽然在刑警学院时也有过持枪的训练，但因为现在右手是假肢，持枪姿势需要适应，一开始只能使用单手持枪，枪支的稳定性下降了不少。而从没碰过枪的唐铛铛，打了第一枪后，被后坐力震了个措手不及，跟着耳鸣发作，简直不敢再扣动扳机。无奈在司徒霸的威逼下，她还是勉勉强强地连续打了十几发子弹，手被震得瑟瑟发抖，根本无法瞄准目标。

“你们俩这枪打的，也太那啥了吧！”萧朗掀起唐铛铛的耳罩，说，“你俩的环数加起来，比我和我哥打的一半还少啊！等等，哪有一半，开个根号也比你们多嘛！”

“别说风凉话，”萧望笑道，“你有这个工夫，好好指导指导铛铛吧。”

萧朗冲着哥哥咧嘴一笑。他向远处看去，正好看到凌漠在靶场的另一端。凌漠似乎没有跟人有任何交流，只是默默地一发接一发地开枪。不知道他开枪的成绩如何，萧朗想，记忆力再强，和开枪还是两码事。

第一堂射击课的结果很快公布。萧家兄弟稳居第一，紧随其后的居然是程子墨。成绩一公布，很远就听到她得意地吹起了口哨。至于凌漠，成绩不上不下，和他的人一样难以捉摸。

如果说，萧朗在射击课上顺风顺水的话，那么擒拿格斗课就是他的噩梦。

导师司徒霸的眼中，仿佛只有萧朗这么一个人。即便是他自己推荐的韩柱，司徒霸在课堂上也不多看他一眼，更没有给予他更多的照顾和机会。

示范动作的时候司徒霸选萧朗做靶子，实战搏击的时候司徒霸选萧朗做对手，甚至练习过肩摔的皮人也不用了，司徒霸直接来摔萧朗。

一堂课下来，萧朗这么棒的体格，也是感觉精疲力尽、浑身酸痛。

“他是不是看上你了？”课间休息的时候，唐铛铛喝了口水，笑道。

“你是说这大叔是弯的？”萧朗瞪大了眼睛，“吓死宝宝了。”

“什么弯的直的，我说他是想培养你。”唐铛铛捶了萧朗一下，“你脑子里都是些什么啊！”

虽然大多数时候，萧朗只是个靶子，但是在他被反复放倒的过程中，他觉得自己仿佛是被醍醐灌顶了一番，对于擒拿格斗有了更深一层的理解。这个成果最直接的表达，就是他在实战模拟中，和司徒霸对阵，已经从一招之内被制服，发展到了司徒霸十几招也不能制服他。

“司徒大叔，你看我进步怎么样？”在结束了擒拿课，去查缉战术场地的路上，萧朗凑到司徒霸身边问。

“不错，不过还差得远。”司徒霸把眼神藏在墨镜后面，看不到表情，“再摔个几次，我看会好点儿。”

“别啊别啊。”萧朗赶紧摆手，切入正题，“司徒大叔，不，司徒老师，古人云，薅羊毛不能逮着一头羊薅，对吧？我这也不是金刚不坏之身，您下回示范的时候可以让其他学员们也雨露均沾吗？”

“什么乱七八糟的，哪个古人这么云过？”司徒霸说，“这样吧。以后你就来参加我的选修课，把主修方向选成‘伏击者’，我就答应你的条件。”

萧朗愣了愣，他本来的计划是每样选修课都去听一听，混一混，随便学一点儿，只要不被刷下去就行。但自己如果真的主修了“伏击者”，成了这位司徒大叔的继承人，可能就真的“上了贼船下不去了”。到那个时候，不仅有他那个一心让他当警察的爹要留他，又得多一个“师父”留他。他只想好好地混完这三个月，就彻底自由了，哪需要这么多节外生枝啊？于是萧朗悻悻地说：“那您还是继续摔我吧，大叔。”

查缉战术训练馆是在一栋独立的小楼里，这幢小楼被分割成很多不同的区域，每个区域都被模拟成不同的场景，有宾馆的房间、有街区、有商场、有火车站。现在很多警校都设有和这个场馆类似的查缉战术的专用训练馆。所以，虽然小楼里的这些装修都显得非常陈旧，而且过时，但是在几十年前的守夜者组织里，就引进了这么先进的训练模式，也是让人惊叹。

司徒霸把队伍带到场馆中央的大厅，指着身后的各种场景，开始了训话。

“不同的场景下，搜查、抓捕工作的方法也是不尽相同的。”司徒霸说，“在狭小的环境中，如何保护自己不受伤害；繁华的环境中，如何在不能开枪的状态下抓捕犯罪分子；在封闭的环境中，如何才能进入抓捕现场。犯罪分子独自一人怎么抓捕，两人以上怎么抓捕，犯罪分子有藏匿行为怎么抓捕，怎么趁人不备地去抓捕，犯罪分子手上有人质怎么抓捕。这些都是学问。当然，简单的教学是远远不够的，这需要你们有查缉工作的天赋，还得有随机应变的能力和果断处置的能力。”

大家伙一边听司徒霸介绍，一边好奇地东张西望。

“如果仅仅靠理论，是不可能成为查缉战术的专家的。”司徒霸说，“真正的查缉战术专家，都是在无数次真实的抓捕行动中，无数种不同环境中抓捕而锻炼出来的。我们查缉战术课的教学，也是基于实践。现在，我们就来模拟一个抓捕现场。

“今天我们要模拟的，是在一个院落场景中，匪徒挟持了人质，在这种情况下，我们如何进行查缉抓捕工作。

“当然，根据被挟持人类型的不同，我们的营救方式也有不同。如果被挟持的人是我们的同事，那我们的机会就会大很多，可以制服匪徒或者找准时机将其击毙。我先简单示范一下。”

说完，司徒霸的眼神扫射过面前整整齐齐的四列方队，像是在挑选学员。

“完了完了，又得是我。”萧朗小声说了一句。

“萧朗出列！”话音未落，司徒霸就喝道。

司徒霸一手将橡胶手枪架在萧朗的脖子上，一手勒住萧朗的脖子，边说边演示："这时候，我是绑匪，我挟持着萧朗。看上去是我掌握了主动权，但实际上，主动权掌握在萧朗的手里。当我对萧朗的挟持力量稍微有所放松的时候，萧朗你就可以大喝一声……"

"喝！"司徒霸话还没说完，萧朗就大吼了一句。众学员都咯咯笑了起来。

司徒霸用枪托拍了拍萧朗的脑袋："当萧朗大喝的同时，他需要蹲下或者侧身避开，这样他身后的匪徒就会露出脑袋、胸膛。作为解救人质一方的你们，就应该提前对匪徒的身位进行预判和瞄准，当萧朗大喝一声时，你们就要迅速对着案犯的脑袋或者胸膛开枪。这个过程你们一会儿都要认真练习，关键时刻不要忘了！"

"是！"众学员齐声答应。

"但如果被挟持的是普通的群众，情况就比较复杂了。当我们实施营救时，不到万不得已，没有十足把握，是绝对不能开枪的。这就需要大家随机应变了。"司徒霸继续扫视着学员们，然后点了点头，"唐铛铛，萧望，凌漠，出列。"

三个人应声出列。

司徒霸拿出一把彩弹枪，放在身边的萧朗手里，对着四人说道："现在，我们来模拟匪徒挟持一对平民母子的情况。萧朗，你模拟匪徒。萧望、唐铛铛，你们俩模拟被挟持的母子，凌漠，你模拟参与营救的民警。大家仔细观察，在局势比较复杂的情况下，我们有哪些机会可以成功营救人质。"

萧朗拿着橡胶手枪，走到唐铛铛和萧望背后，轻轻勒住了唐铛铛的脖子，笑道："铛铛啊，现在，您就是我哥的妈了，那也就是我的妈。妈，得罪了。"

唐铛铛忍俊不禁。

凌漠也接过演示用的彩弹枪。

他迟疑了一下，慢步走到对面，犹豫着将手枪慢慢举起，用韦佛式持枪姿势，端好枪站定。

演习开始。

萧朗躲在萧望和唐铛铛的背后，用手枪一会儿指着唐铛铛的脑袋，一会儿指着萧望的脑袋，忙得不亦乐乎。他见唐铛铛和萧望都没有太多反应，忙小声提醒道："哎，铛铛妈，你得进入角色啊。"

唐铛铛愣了一下："啊？我要怎么演？"

"我哥现在就是你儿子了，你得保护儿子。"萧朗一边小声提醒着，一边对凌漠大喊，"喂喂！那边的，别过来，你过来我就毙了他俩！"

唐铛铛见萧朗演得投入，也放开了胆量，开始大声呼救："救命啊！救救我儿子！"

唐铛铛一张娃娃脸，喊出这样的台词，学员们都忍不住乐起来。

萧望看唐铛铛脸红耳赤，知道这时最好的安慰就是跟着她一起浮夸表演，于是他也跟着喊："妈妈救我！警察叔叔救我！"

萧朗入戏更深了："别动，再动毙了你们啊！对面的警察听着，快把枪放下，给我找一架直升机，要阿帕奇那种！不然，我就毙了人质！"

所有的学员边笑边看得入迷，有了萧家兄弟的配合，唐铛铛没再觉得羞耻了，她这才意识到，自己离萧望哥这么近，近到可以听到他的心跳。她呼吸紧促，感觉自己的心脏快要跳出来了。

然而，没有一个人注意到，站在三人对面的凌漠，整个人已经全然不同了。

当萧朗在那边大呼小叫的时候，凌漠一向平静无澜的脸上，竟有了翻天覆地的变化。他的嘴角抽动，脸色逐渐变得惨白，牙关紧咬，竟然说不出一句话。

萧朗以为凌漠怯了场，不禁对自己完美的站位和劫持姿势感到万分得意，表演也更是浮夸起来：“喂，那边的！再不把枪放下，我就先把小孩给毙了啊！听着，三！二……”

“砰！”

凌漠手里的彩弹枪爆了。

萧朗一惊。本能地用手去遮脸，但他什么都没有摸到。

身边的唐铛铛吃痛地叫了一声。

他转头看去，凌漠的这一枪打偏了。彩弹在萧望和唐铛铛之间炸开，两人的脸上都沾满了颜料。唐铛铛几乎睁不开眼睛了。

所有人都吃了一惊。司徒霸也没料到凌漠这一枪开得如此突然。

“你这是干吗啊？对着人脸开枪，很危险你知道吗？”萧朗看到唐铛铛的窘迫，顿时气不打一处来，松开铛铛就往凌漠身上扑去，拎起他的衣领，重重将他按在墙上，“你有病吧？！”

凌漠的枪落在地上。他整个人像是死了一样。任凭萧朗如何摇晃，逼迫，都没有任何响应。半晌，他的脸色才渐渐回温，挣开萧朗的双臂，走到唐铛铛身边，嗫嚅了一句“抱歉”，然后头也不回地向场地之外走去。萧朗还想跟上去，被萧望按住了手臂。

“算了。今天上午的课程就到此结束。”司徒霸忧心忡忡，看着凌漠远去的背影，“凌漠应该也不是故意的。我回头向他问清楚情况。所有学员，不准报复、私斗，否则立即开除。解散。”

安静的场馆内响起了一声整齐的拍掌声，大家各自散去的时候，都在低声地议论着这一场突如其来的变故，都在议论着凌漠的反常表现。

“你们说那个刀疤脸什么毛病，哪根神经搭错了？”萧朗说，“我刚才没说错什么话吧？他怎么反应那么大？”

“这的确不怪你。他是很奇怪。不过，别人的事情，咱们也不了解，所以包容一下他吧。”萧望一边用毛巾擦着脸，一边朝着唐铛铛笑，“就是委屈铛铛了，当警察第一天，就栽在了自己人手上。”

铛铛扑哧乐了，刚才萧望替她擦掉自己漏掉的颜料时，她感觉心里甜滋滋的。什么事情都没有这件事更重要。

萧朗后面的抱怨，她一个字也没听进耳朵里。

“自己人？哼，我可从来没把那个家伙当自己人。”萧朗说。

2

分组讨论，是在小会议室里进行的。小会议室和大会议室不同，是圆桌设计，每个小会议室可以容纳二十多人同时开会。上半天课的时间里，傅元曼着人为两个小会议室也安装上了 LED 显示屏，方便讨论分析的进行。

“有一个原则，不知道大家赞同不赞同。”作为组长的萧望，在小会议室的 LED 显示屏前来回走着，说，“为了彻底搞清楚整个案子的前因后果、犯罪动机、策划方式等，我们应该尽量先抓捕策划者，或者是了解整个策划方案的人，对吗？”

“擒贼先擒王是不错，但是谈何容易呢？”聂之轩说，“之前制定的方针，就是先捉住几个人，然后挖掘出策划方案。结果呢？三个人都熟知整个逃脱方案，但是都否认参与策划，甚至对自己为什么要逃脱，都没有一个合理的解释。”

“是啊，说是自己不知道为什么会坚定不移地跟着 A、B 逃脱。”萧朗说，“依我说，咱们就应该去抓捕策划者，A 或者 B，其他人都不带劲。”

“整个越狱案件的侦破，大部分警力都是围绕抓捕 A、B 来进行的。”聂之轩说，“那么多警察，还有咱们守夜者组织的导师们，最近的心血都是在抓他俩，都没有丝毫进展。就凭我们几个人，不太现实吧？”

“不过，现在认定 A 和 B 是策划者，肯定是对的吗？”萧望说。

“我觉得没有问题。”萧朗说，“一来是这两个人杀警察、抢钥匙；二来他俩穿着警服混出去撬开下水道栏杆；三来被抓获的三个坏蛋都说是他俩策划的；四来这两人是黑老大啊，那手腕，杠杠的。如果不是策划者，他们有必要冒这么大的风险吗？傻吗？”

“分析得有理有据、条理清晰。”聂之轩赞许。

萧朗微笑着挺了挺胸膛。

萧望摇摇头，说：“冒大险这个事情说不通，因为每个人都冒着很大的风险，包括一些罪行很轻微的人。这个案子的动机很蹊跷，不能用常理来分析。我是这样想的，如果 A 和 B 是策划者，他俩有隐藏罪行不得不逃脱的话，只需要杀人后换警服就可以自行逃脱了。拿钥匙救出其他人，无疑是扩大了目标，无疑是增加了整个计划的难度，无疑是让整个计划增加了暴露的风险，是得不偿失的一件事情。”

“仗义呗。”萧朗跷起了二郎腿，“《古惑仔》上都说了：黑老大能混得开，首要前提就是要讲义气。”

“萧望说得不错，确实有疑点。”聂之轩说，“不过他们的真实用意也有可能是利用其他人来分散警察的精力，从而给自己逃脱争取时间。”

“事实上看，这两人逃脱后行踪诡异，让警方完全摸不到头脑。”萧望说，“他们冒险放其他人，并未对他们有所裨益。”

“那你的意思？”聂之轩问。

萧望打开 LED 显示屏，指着上面的几张截图说：“这是我昨天晚上观看监控录像的时候截取下来的。这里面有一个身份不清的犯罪嫌疑人，编号为V。他是在公交车上盗窃，被抓了现行，经过审查，他拒不交代自己的真实身份，前科人员DNA数据库也没有比中前科劣迹人员。这个人在监所中时，尤其是在事发之前，总是歪头向一个方向去看。你们看，这些截图，都是他在向监所墙壁上方看的动作。”

“看什么呢？”聂之轩问。

“我查了看守所的内部结构图，这个方向上的墙壁上，挂了一个时钟。”萧望说，“也就是说，和其他人不一样，事发之前，他一直在关注时间。”

“关注时间怎么了，我现在还看表呢。”萧朗举了举手臂，说。

“我觉得，这个案子的策划，可以说是非常巧妙。”萧望说，“然而，最关键的部分，就是里应外合的时间点的把握。策划者在入监之前，肯定和外面策应的人，有时间上的约定。而这个时间的把握，决定了整个策划的成功与否。这是我主要的论断。另外，V坚持不暴露自己的身份，也是个很大的疑点。”

“因为看时间，就确定他才是隐藏着的策划者，这太武断了。”聂之轩说，“这个人仅仅是个盗窃犯，还没有前科劣迹，他更没有任何必要策划这么大的一起越狱案。而且，既然编号是V，说明他是最后一个进入下水道逃离的。如果是他利用A和B杀人，然后救他出去，那么他应该最先逃离吧？而且，A和B这样号称‘叱咤风云’的人，怎么会听他一个小盗窃犯的话？对于不交代身份的问题，这个不应该成为疑点。实际办案中，很多盗窃犯都不交代身份，想逃避打击。而且，逃脱的22个人中，也不止他一个人没有查清身份。”

“这些，我都没有想好。”萧望说，“我昨晚也研究了V的相关行为，也没有发现什么可以突破的关键点。”

“哥，你不要告诉我们，你还没有确定我们这周的追捕目标？”萧朗问。

萧望点点头，说："开始我准备分析策划抓捕V的，但确实并没有什么进展。"

"不管策划者是谁，我们还是首先要去追捕一些有迹可循的人的。"聂之轩说，"第一周最为关键，我们不能输。"

"既然谁是策划者咱们还有争议，那么，我们只有从重刑犯开始。"萧望说，"因为重刑犯的社会危害性大，我们有责任将他们尽快抓捕归案。我的精力都被V吸引去了，没有深入研究其他犯人，各位同僚，不知道大家可有什么高见？"

会场顿时冷场了。

"都没有吗？"萧望有些失望。

聂之轩笑了笑，说："我做刑事技术这些年了，我的感觉就是，分析案件的时候，很容易出现'新手怕老手，老手怕高手，高手怕失手'的情况。现在需要一个抛砖引玉的人。"

"那我来拍砖。"萧朗站了起来。

"是抛砖！笨死了。"唐铛铛掩口笑道。

这让萧望惊喜万分。他的这个弟弟，整天没个正形儿，也从来没有对任何一件事情真正地投入身心、专心一意。在这个他并不感兴趣的职业里，他居然能率先发言，实属不易。萧望向萧朗投去赞赏的目光，抬了抬下巴，示意他可以发言。

"其实，其实我昨天也没有准备，我就是瞎说啊，你们就一听，别太当回事。我就是刚才在看我哥播放几个片段的时候，发现一个小细节。"萧朗说，"好像，几个镜头里，都可以看到一个人，在纸上画画。"

会场顿时有一些暗笑的声音。

“在纸上涂涂画画很正常吧？”萧望犹豫着重播了刚才截取的一些片段。果然，总能在画面的一个小角落里，看到一个身穿 06 号囚服马甲的人，孤独地在涂写着什么。萧望暗自佩服萧朗的观察力。

“我觉得，现在都是什么时代了？”萧朗说，“即便是不去上网，不去运动，没有手机刷微博，那也应该是看看报什么的吧。在纸上涂画，最大的可能就是写信。但是也不能总是写信啊，他当自己是信鸽啊？这些片段都是来自不同的日期，那么，这个人不会是在写信，肯定是在画画。”

“信鸽又不写信。”唐铛铛仍然在笑。

“现场勘查资料里，好像没有发现有绘画什么的。”萧望翻了翻桌子上的资料，“不过如果这个人每次画完就丢弃的话，就不会在现场勘查中被发现。”

“分析得非常有道理。”聂之轩说，“你们不要笑了，我觉得这是一个重大发现。我们肯定能在各个监控里，发现更多的关于他正在涂写的视频。”

“如果知道他在涂写什么，估计就有重大线索了。”萧望兴奋地拍了拍桌子，不仅是因为他们抓住了一个重要线索，更因为他弟弟真的不仅仅是一个有勇无谋的愣头青了，弟弟这么出众的观察能力，让他格外兴奋。

“有什么办法知道他在涂写什么吗？”萧朗对公安业务一窍不通。

聂之轩说：“现在最便捷的方法就是模糊图像处理技术，从视频监控中，寻找画面比较大的帧，然后处理出清晰的画面。寻找倒是容易，大家都可以上手。但是这项技术倒是极为专业，很难，不知道能不能找得到这方面的专家协助我们。”

“难吗？”捧着脸蛋在旁听的唐铛铛冒了一句，引得所有人都看向她。

她的脸唰的一下红了。

“大小姐，你会吗？”萧朗问。

唐铛铛点点头，说："听说过，倒是没真的操作过。不过应该不会太难吧？我以前看美剧的时候，研究过一点儿这种技术的理论。其实就是用一些傅里叶的变换法……"她看大家的脸上都写满了迷茫，立刻换了种简单易懂的说法，"总之，给我点儿时间，我觉得我可以写一个小程序，把图像处理好。"

"太好了！这样吧，我们今天下午和晚上，给每一名同志分配任务。两天的视频量。"萧望说，"每个人要看完自己分配到的那两天的所有监控。截取这个人所有涂写的画面，然后交给唐铛铛进行处理。看看能不能处理出一些线索。"

"嗯，我再补充一下，"聂之轩翻着案犯资料，插了一句，说，"这名犯人，编号为 H，是建筑工程大学的大四学生。"

"大学生？"萧朗好奇，"他犯了什么事儿？"

"夜伏女厕，强奸杀人。"聂之轩念着档案上的记录。

唐铛铛瞪大了眼睛。

"真是个穷凶极恶之徒！"萧望说，"这种人逃脱出去，社会危害性太大，我们要尽全部努力，尽快将他抓获归案。现在分头干活！"

已经是周一晚上了。唐铛铛为了早点儿找出线索，接连向司徒霸请了几堂课的假，整天埋头在笔记本电脑里。

大家截取的三千多张截图，大部分是她不满意的。有的比较清楚，但是画面太远，把 H 手边的白纸放大，就啥也看不清楚了。有的虽然画面比较近，但是很不清楚，这让唐铛铛不得不按照视频截图的时间，自己去找，然后自己想方设法截取更清楚的图帧。

萧望和其他队员也不闲着，利用唐铛铛进行图像处理的间隙，寻找下一个更有希望发现线索的目标。这样统筹安排，可以保证他们持续取得优势。

时间不知不觉就过去了，黑眼圈也爬上了唐铛铛的面庞。萧朗一边开玩笑说她像熊猫，一边还是偷偷找了借口跑来给她送这送那。唐铛铛的电脑桌边，堆满了萧朗处心积虑找到的零食和水果。可这些东西，唐铛铛一动都没动。

直到晚上八点，唐铛铛猛地拍了一下桌子。

从三千多张图片中，唐铛铛找出了七八张能看清白纸的图片，然后用复杂的模糊图像处理技术，将这七八张图片尽可能地清晰化。白纸的中央，要么能看得清圆圆的弧线，要么能看得清方方的棱角。这些图案到底是什么意思，唐铛铛一直摸不着头脑。直到刚才，她灵光一闪，想起 H 是个建筑大学的学生！这些东西，分明就是建筑物啊！

不过，唐铛铛转念一想，还是不对。H 在他拘禁待审的时期，居然还有心思去设计建筑物？要知道，他百分之九十九点九九的可能，是被判处极刑。如果是在临死前想留下些什么的话，为什么每次画完，都会盯着白纸愣上一阵，然后揉成一团扔掉呢？

唐铛铛一时想不出线索，她呆呆地看着屏幕，直到思绪被一阵敲门声打断。

站在宿舍门口的，是凌漠。

“你……你怎么来了？”唐铛铛有些意外。

凌漠的手里拎着一袋橙子，他一进门，就看到唐铛铛桌上满满堆着的水果，一向淡漠的脸上居然有了一些不太好意思的神色。他迟疑了一下，站在门口说道：“那天，实在抱歉。有些情绪失控了。你后来……没事吧？”

这是认识凌漠后，唐铛铛听见凌漠对自己说的最长的一句话了。凌漠虽然一张扑克脸，但此时此刻，他那双漆黑的眼睛里，似乎真有那么一丝真诚温柔的神色。

唐铛铛心软了，接过他手里的橙子，笑了笑："没关系，我已经好了。"

凌漠"嗯"了一声，似乎不知道如何接下去。两人尴尬地在宿舍门口站了一会儿。

唐铛铛说："要不……你进来坐一会儿？"

"嗯，不太方便吧。"凌漠说，"不过，我们倒是可以出去走走。"

唐铛铛见时间还早，自己的分析又还没什么头绪，凌漠虽然不善言辞，但他也不像个坏人，又是专程来道歉的，于是不假思索就点了点头。

两个人肩并着肩，在皎洁的月光下，绕着守夜者组织的操场漫步。凌漠的确惜字如金。唐铛铛怕气氛尴尬，把自己能想到的都说了一遍。她东拉西扯，从鸡毛蒜皮说到这几天的训练，又扯到自己的父亲唐骏的身上。唐铛铛想知道，凌漠作为父亲的助教，究竟都需要做些什么。但凌漠接过话题之后，只是淡淡地一句带过了。

"没有什么特别的，就是一般大学助教干的事。"

走着走着，唐铛铛就累了。他们来到操场旁边的台阶上，找了地方坐下。夜色如水，远远看去，操场的角落里还有星星点点的火光，似乎是别的组员因为压力大而出来放风抽烟了。

唐铛铛垂着脑袋，远远望着那火光，叹一口气："唉，感觉好些年，都没有像这两天一样费脑筋了。"

"哦？"凌漠问，"所以，刚才你埋头在那一堆吃的里面，却一点儿没吃，是因为案子的事？"

"没办法啊，大家都指望着我呢。"唐铛铛揉着自己的头发。

"指望你？用电脑查案吗？"凌漠好奇。

“当然。”唐铛铛突然想起，凌漠并不和自己一组，欲言又止。

凌漠仿佛一眼就看穿了她的心思，微微笑了一笑。从来没见过他笑，唐铛铛发现，原来他脸上的刀疤，在这样的一笑中都似乎看不见了。凌漠淡淡说道：“其实你应该知道我为什么来这里。唐教授相信你有能力照顾自己，但他也希望我可以在你身后看不到的地方，帮你避开危险。”说到这里，他自嘲地一笑，“当然，看到我不但没有保护你，还伤到了你，我想，唐教授应该后悔他的选择了吧。”

“别那么说，”唐铛铛急忙说道，“我也没有受多大的伤，这不是……意外吗？”

凌漠摇摇头：“不说这个了。我们虽然不在同一个组，但两个组不代表我们就要相互为敌。现在两组的目标已定，也不会互相抢夺目标，我没必要瞒你。我们组发现了一犯人，G，这个家伙，是黑恶势力团伙的一员。在他被抓进来后没到三天，他突然像是发了疯一样，撕心裂肺地哭喊，几名管教干部都看不住他。他还一会儿撞墙、一会儿打自己，把自己弄得遍体鳞伤。后来还是管教干部耗费心力才把他劝得好了一些。因为有很多人在刚进看守所的时候都有自伤的行为，所以管教们司空见惯，也没有特别注意。但是我们通过对监控的观察，发现在他被抓进来后的第二天，他的家属，也就是他的姐姐来探监。这是例行探监，而且姐弟俩并没有说什么奇怪的事情。不过，我们发现，从他姐姐离开以后，他的表情就非常不自然，总觉得心事重重的。然后就突然开始自伤了。看起来这并没有什么线索可言。但是我突然想起，我在看G的生平调查材料的时候，好像反映出G之前的性格。往年他从来没有错过任何一个应该去给父亲上坟的时间。清明、冬至、春节、忌日，每年如此。这些调查，隐藏在几百页纸的笔录当中，并不醒目，好在我还记得。通过这些材料，可以认定他是一个非常孝顺的人。依照这个线索，我们调查了他的家庭状况，发现他的母亲正是在他被抓进来后，因为心情沮丧而突然离世了。她的姐姐一边处理母亲的后事，一边来例行探监，并且对G隐瞒了。我们分析，虽然她的姐姐言语含糊，但是毕竟是亲姐弟，肯定是G后来回想姐姐的诸多不正常的表现，断定他的母亲已经死了。一个格外孝顺的人，猜疑自己的母亲是不是被自己气死，他肯定会在自认为安全的时候，冒险去他们家的祖坟上求证。所以控制G老家的祖坟，是抓捕他的最好方法。这些想法，我们已经和警方反馈了，我们的组长韩柱也赶去蹲守了。"

"你们进展得好快啊！好厉害……"唐铛铛一脸羡慕，她见凌漠坦诚相待，也便开口道，"既然你不瞒我，我也不瞒你。我们寻找到一个学建筑学的学生，发现他总是画一些稀奇古怪的建筑物，但这些建筑物究竟是什么，我到现在也没查出来，所以，我才在那里纠结郁闷呢。"

"那些建筑物长什么样？"凌漠问。

唐铛铛拿出手机，打开记事本用手指画起来，边画边说："有很多，总体感觉都不是普通的建筑物，外形都蛮奇怪的。有一个长成这样，大概是两个平行摆放的三角形模样，嗯，就这样。"

凌漠看了看，没有吱声，默默地拿出了自己的手机，摆弄着什么。

唐铛铛以为凌漠对此事兴趣不大，叹了口气，继续晃着双腿，看着月亮。

不一会儿，凌漠递过手机。手机上是一张照片，照片的主角是只脏兮兮的流浪狗，但唐铛铛一眼就看见，流浪狗身后的建筑物和她画出的建筑物如出一辙。虽然不知道是不是拍摄角度的原因，狗和建筑物的比例有些失调，但真真切切的是，那个建筑物就是H画出来的！

"啊！就是这个就是这个！"唐铛铛跳了起来，"你在哪里找到的？"

"我印象中，好像上网的时候见过这个建筑物照片。所以刚才凭着记忆，在百度里找了找，果然找到了。”凌漠收起手机，说，“不过这张照片并没有说明是在什么地方拍的。但如果我没记错，这个建筑物的后方背景，应该是在东林学院的图书馆。我小时候，我妈妈带我去过东林学院，那个图书馆我印象深刻。我建议你们赶去东林市东林学院看看，说不定就可以寻找到犯人的踪迹了。”

“你是说，他画出这个奇怪的建筑，是因为想去看看？”唐铛铛茅塞顿开，“这是临死之前的执念，因为无法实现，所以才自己画了出来！”

“对。你们可以查找下东林学院附近的可以落脚的地方。比如黑宾馆什么的，不用身份证登记，就不会被警方第一时间发现。但我想，他要躲藏的话，肯定就在那附近。”

“谢谢你，凌漠！”唐铛铛眼睛发光，要不是因为彼此还不算太熟，真想一口亲在凌漠的额头上，“对了，如果我们组赢了，你……不会有被淘汰的危险吧？”

“不用担心我。”凌漠淡淡一笑。

唐铛铛狠狠地点了点头，告别了凌漠就往宿舍跑，一边跑一边给萧望打了个电话。

小会议室里。

“其实模糊图像处理技术的原理也很简单。摄像头之所以拍得模糊，主要有三个原因，一是对焦不准，二是压缩比例高，三是光线不足。针对不同的问题，我们有不同的解决办法。”唐铛铛指着 LED 屏幕中的图片说。

“大小姐，大晚上的，你是叫我们起来上课吗？”萧朗打着哈欠说。

“挑重点说吧。”萧望微笑着看着唐铛铛。

“重点？哦，对，重点。”唐铛铛笑得酒窝荡漾，“重点来了！我发现，

H 是在临判决前，有一个深深的执念，就是要去一些他没有研究过的建筑物之地。因为从诸多图片中，我发现了一处特征性建筑和东林市东林学院旁边的建筑很吻合。”

“也就是说，按照心理学分析，H 逃脱后，肯定会去研究这个特征性建筑，所以，他现在应该在东林学院附近？”萧望问。

“我很肯定。”唐铛铛说。

“那就事不宜迟，连夜向警方报告。”萧望说，“我、萧朗、聂之轩和唐铛铛一起，随警方立即赶赴东林市。”

3

一辆有“特警”标志的十七座运兵车，拉着十多个民警，荷枪实弹，在凌晨赶到了东林市，立即和当地警方接头，一方面开始大范围排查东林学院附近的宾馆，一方面去东林学院附近寻找相似的建筑物。

一夜未睡的萧望、萧朗两兄弟和聂之轩、唐铛铛，来到东林学院后，虽然看到了那个类似于手机图片中模糊背景里的图书馆，但发现这个学校周围，居然都是荒地，哪里有什么特征性的建筑物？他们有人驾车在周围兜圈，有人进入学校寻找，从清晨找到了中午，居然没找到那个建筑在哪里。

着了急的唐铛铛开始拨打凌漠的手机，却是一直处于无人接听的状态。最后唐铛铛还是打电话委托唐骏迅速寻找凌漠。唐骏在电话里询问完事情的前因后果之后，告诉唐铛铛，凌漠已经跟着小队离开了组织大本营，去执行抓捕和审讯任务了。唐骏建议唐铛铛重新审视自己的推断，究竟错误在哪里。

“既然有错，肯定是铛铛被凌漠那小子给骗了。”萧朗在一旁听完唐铛铛在电话中向唐骏叙述的经过，恍然大悟地说。

“这事儿怪我，急功近利，其实我们应该在出发之前，再审一下铛铛做出的全部推理过程。”萧望说，“而且我直接报告外公和爸爸，说是我们有了确凿证据，却没有向他们详细汇报发现的内容，就自以为是地直接要求调遣警方行动了。如果搞清楚来龙去脉再行动，就不会出这样的岔子了。看来萧朗说得不错，我觉得铛铛之前的推理都没错，而应该是凌漠提供的方向有误。”

“通知警方撤销排查任务吧。”聂之轩说，“既然确定 H 会到建筑物所在地去，而这里并没有这个建筑物，说明 H 绝对不会在这里出现。”

“回南安吧，一路上我们再想想对策。”萧望挥手收队。

“可是凌漠他明明从手机上给我看了那一模一样的建筑物！建筑物的后面，真的就是图书馆！”唐铛铛眼泪都快下来了。

“如果他有心骗你，又知道这个建筑物具体的名称和位置，他只需要在百度上找出来就好了，然后再编一个有类似背景的地点。”萧朗咬牙切齿地说，“啊，这个刀疤脸骗子！这混蛋肯定是为了赢我们，故意把我们引到别的地方去，这一来一回一查探，就得花个一天时间。还有，大半夜的，他一个男生叫你出去，你就真出去了，万一出点儿什么事可怎么办？铛铛，你怎么都没想到叫我一声呢？”

唐铛铛仍然不相信那个看似真诚的大男孩，居然有如此心机。她抿紧嘴唇，面对萧朗的质问，一声不吭。

“好像有一个建筑设计发烧友的论坛。”聂之轩坐在摇晃的车上，摆弄着手机，说，“不过，像是必须有内部的拓展码才能通过注册验证，才能进得去看。”

“一个正经的论坛，干吗搞得和黄色网站一样？”萧朗斜靠在座椅上打瞌睡。

“可能是为了保证论坛成员的纯洁性吧，防止外行人进来吐槽什么的。”萧望说，“联系网监部门，不知道能不能进得去。”

“来不及了，我现在就开手机热点，攻破他们的防火墙。”一声不吭的唐铛铛，正憋着一股劲儿，说话间就打开了随身携带的笔记本电脑。

好消息是，在车辆回到守夜者组织门口的时候，唐铛铛攻破了论坛关卡。坏消息是，论坛里的各类建筑物照片、设计图，不下于百万张。

为了弥补贻误战机的错误，唐铛铛拍胸口保证，自己会在一晚上的时间之内，找出那个建筑物。如果顺利的话，他们明天就可以再行抓捕行动。这次，唐铛铛不会相信任何人，只会相信她自己。

唐铛铛早在车上就想好了办法，她用了三个小时的时间，编了一个网络对比软件。用自己手绘的图案，去比对网络上那百万张图片，寻找类似的图片。这应该是最事半功倍、最有希望在短时间内发现线索的办法了。

软件开始飞快运行的时候，唐铛铛趴在桌子上昏昏沉沉地睡着了。

当唐铛铛被软件的提示音惊醒的时候，天色已经发白。

电脑屏幕定格在一张图片上，这张图片，和前天晚上凌漠出示的图片大概结构非常相似，就是这个建筑物！

唐铛铛根据这张照片，找到了原帖：

“南安市建筑工程研究院里有一个实验区域，这个区域内，都是一些很有观赏、研究价值的建筑物的模拟样板。不过这个实验区域设立在南安市南口区一个偏僻的地点，所以很多人都不知道。现在博主就来贴一些实验区域里的经典建筑物吧。”

帖子是这样写的。接下来的，就是各种奇形怪状的建筑物。从比例来看，这些建筑物的确不是真正的建筑物，而是超大的模型。最高的建筑物大概也只有两个人高。

“原来是个建筑模型的区域。东林学院图书馆的模型，也被收纳其中，而且目标建筑和图书馆模型一前一后坐落。怪不得凌漠出示的那张图片的背景，会有东林学院图书馆的造型，是凌漠也被误导了？”唐铛铛疑惑地想着，不过最让她兴奋的是：她发现图片中好几种建筑物，都和她模糊图像处理出来的H所画的图案有一定程度的吻合。

也就是说，H每天涂写的，是这个实验区域里的各种建筑物。他的执念，就是要去参观、研究这个实验区域里的建筑物。既然是研究这么多建筑，肯定不是三两天能够完成的。说不定，这个H此时就住在这个实验区域的某个建筑物里呢！

这次绝对不会再错了！唐铛铛兴奋地再次拨通了萧望的电话。

特警运兵车悄无声息地在南安市南口区某偏僻的地段停车。十几个荷枪实弹的特警，端着枪，慢慢地把这一片荒草丛生的区域包围，包围圈逐渐地缩小。

“里面有人的话立即出来，你已经被包围了！”

沉寂。

特警逐一进入这个看起来已经废弃了很久的院落，然后用标准的查缉战术搜查每一个建筑物的周围和内部。

“原来，查缉战术是这样用的。”萧朗像是受到了很大的启发，“果然是三百六十度无死角啊！有意思！”

“当警察有意思吗？”萧望端着枪，和萧朗守在院落的门口。

“没意思。”萧朗见院落里的搜查一无所获，得意扬扬地收起手枪，抱着胳膊靠在院墙上，“再厉害，不还是没抓到人吗？”

“有发现！”负责外围搜索的一组特警突然叫了起来。

萧朗下意识地又掏出手枪，和守夜者学员“战鹰”组的人一起朝声音的源头奔去。

几个特警已经把端在手上的微型冲锋枪反背到了背后，正围成一圈看着什么。

“这什么啊？”萧朗从特警的肩膀后探头看了一眼，地面上一片黑乎乎的东西，仿佛是燃烧的灰烬，甚至灰烬周围方圆一米的土地上，小草都被烧焦了。

“尸体。”聂之轩说。

“尸体？哪有尸体？”从来没见过尸体的萧朗，好奇心被勾了起来，于是又瞥了一眼。果然，灰烬中有发白的物体，显然是人的骨头。

“烧得够厉害的啊。”萧望蹲了下来。

“还好，虽然四肢损坏比较严重，躯干、头颅还大部分保存，具备检验价值。”聂之轩说，“叫市局法医吧。看来我们来晚了一步。”

“来晚了一步？什么意思？”唐铛铛吓得躲在萧朗背后，怯怯地说，“你是说，这具尸体，是 H 的？”

“很有可能。”聂之轩说，“一来，这堆灰烬好像还有一些气味，应该是在昨天晚上烧起来的。二来，灰烬里有一些紫色的碎片，应该和材料中，H 穿着紫色的裤子逃脱比较吻合。但是，最终还是需要取肋软骨做 DNA 检验才能确证。”

“H 畏罪自杀了？”萧朗说，“不会吧！DNA 要多久才能做出来啊？等做出来，我们组是不是绝对就输了啊？”

“你怎么知道是自杀？”唐铛铛问。

“一没钱，二没色，三没女朋友，出来也不敢告诉别人，仇家也不会找得到他。”萧朗说，“心愿也达成了，那不就一死了之喽？”

“话糙理不糙。”萧望说，“不过这一切，还都得由法医来说了算。至于 DNA，别忘了，有咱妈呢！”

说话间，聂之轩已经用纱布蘸取了死者体内的一点儿快干涸的血液，说：“先用血做吧，三个小时估计就出来了。不放心的话，最后再取肋软骨进行确认。血液是 DNA 检验最快的检材。”

一名守夜者组织学员和一名特警用物证袋装了血纱布，火速离去。

“如果我没有犯错，昨天晚上他死之前，我们就可以找到他了。”唐铛铛有些难过。

“过去的事情就过去了，现在我们也不见得输啊！”萧朗安慰道。

“就是！若不是你的发现，我们怎么会找得到他呢？你啊，功远远大于过了！”萧望说。

说话间，一辆闪着警灯的现场勘查车风驰电掣一般开到了现场旁边。车上跳下来几个人，一边围警戒带，一边照相。一名法医拿着手术刀和止血钳走到了尸体的旁边。

聂之轩显然和南安市的法医是老相识了，热情地打着招呼。

“现场周围的植物除了被烧毁的一小部分，其他都没有受损，说明现场没有搏斗痕迹，这个可以确定。”法医说，“死者全身焚烧的程度比较符合自然状态，周围植被均匀地烧毁，并没有显得杂乱无章。也就是说，起火前以及起火的时候，死者好像没有明显的搏斗、挣扎迹象。”

“死后焚尸？”萧望说。

萧朗心里一沉，突然觉得法医学真的还是很有讲究的，这尸体都没动，就得出了这么多的结论。而且，看这架势有推翻他结论的可能。看来以后是不能随便乱说了。

因为是野外现场，附近没有围观群众，而且事情紧急，聂之轩决定就在现场对尸体进行简单的解剖检验。两人在一旁的空地上垫上了一块大塑料布，然后把烧得只剩躯干头颅的尸体抬到了塑料布上。

让萧望完全想不到的是，聂之轩的那只机械右手，居然可以如此灵活。聂之轩卷起了袖子，露出了右侧的机械胳膊，银白色的不锈钢在阳光下闪闪发光。随着聂之轩的动作，机械胳膊里的模拟肌腱上上下下地运动着，每次都是恰到好处，让机械手的手指可以随心所欲地屈伸。当聂之轩左手拿刀的时候，机械手可以把止血钳灵活地运用；当机械手拿刀的时候，那柄同样颜色的手术刀也可以精准地落在尸体的某一部位。这一只机械手，使得聂之轩和市局的法医两个人娴熟地配合，很快就暴露了死者的气管，显现出气管里黑乎乎的烟灰炭末。聂之轩用戴着手套的左手手指擦去烟灰，发现气管壁高度充血，而且有些部分还有白色的假膜[1]。

"热呼吸道综合征明确。"聂之轩说了一个陌生的专业术语，继而进行了解释，"起火的时候，死者有正常的呼吸，所以呼吸道有很多阳性反应。也就是说，死者是生前烧死。"

"耶！"萧朗暗自欢呼了一声，为自己的准确判断而感到高兴。

"应该是畏罪自杀。"法医说，"尸体损坏严重，肯定有汽油助燃。如果是别人用浇油点火这种方式杀人的话，死者会有明确的反抗、挣扎。死者又没有外伤，现场附近又没有搏斗痕迹，最有可能，是死者自杀。"

"这个需要进行毒物化验，排除药物致昏迷，就基本可以确定是自杀了。"聂之轩对法医说，"师兄，你先进一步检验尸体，我去看看尸体下方的灰烬。"

大局已定。不出意外的话，目标嫌疑人就是眼前的这具尸体。虽然人死了，但好歹在一周时间内，战鹰组的工作有了明显的战果，这还是让人欢欣鼓舞的。

唐铛铛突然放松下来，困意袭脑，她拉着萧望的衣角，说："望哥，我想去睡一会儿，你要不要也睡一会儿？"

1　假膜，气管因为发生热反应，气管壁外面形成的一层膜状物质。

萧望摸了摸她的后脑勺，说：“去睡吧，我和萧朗在车上陪你。”

唐铛铛点了点头，爬上运兵车，靠在座椅上睡了起来。

时间很快过去。

有了傅如熙的帮忙，检验工作果然顺利很多。三个小时一到，傅如熙便打来了电话：“对上了，儿子，死者就是 H。你们很棒！”

虽然这个结果早在预料之中，但萧望两兄弟还是开心地击掌庆贺。

“聂哥，结果对上了，我们的任务基本完成。”萧望下车对聂之轩说，“我们赶紧收队吧，回去复命！看看和 B 组究竟谁更厉害。”

聂之轩并没有挪动他的身体。

萧望走到聂之轩背后问：“怎么了？”

“我总觉得不对头。”聂之轩说，“我清理了死者身下的灰烬，然后逐层拨开泥土，居然发现尸体下方的一大块泥土里，都浸润了血迹，而且浸润得很深。”

“死者的四肢都烧没了，流出很多血，这很正常吧？”萧望说。

聂之轩摇摇头，说：“首先，死者四肢被高温焚毁的同时，体内的血液就会被迅速蒸发，不会流出大量血液的。我取 DNA，也就是在死者腹腔内发现了很少量的血迹。其次，这些血迹浸润对应的地方，是死者的下半身。刚才我又看了尸体，死者的小腹下方有整齐的裂口，不像是燃烧造成的皮肤撕裂，而像是金属锐器形成的切割伤。”

“那很正常啊。”萧朗说，“他是强奸杀人犯，肯定恨自己的小弟弟，于是在死之前，挥刀自宫。”

“我觉得切割生殖器，可能和死者生前性侵行为有关。”聂之轩说，“但说是自己动手，这个实在有些匪夷所思。”

“你觉得，有可能是他杀？”萧望说，“可我们南安市是全国最安全的城市，每年命案不超过十起。这么偶然地，发生了一个命案，被害人就正好是逃脱的犯人？而且你们刚才也说了，死者并没有挣扎、抵抗啊。”

“是啊。这就是我的疑惑所在。”聂之轩说，“死者并没有精神疾患，又是大学生。畏罪自焚倒是可以解释，但是在那种准备自杀的心理情况下，自残完全没有必要啊。而且有个最为关键的问题就是，现场并没有发现凶器和汽油桶。”

聂之轩这最后一句，让萧望打了个冷战。他怎么就没有想到这一点呢？如果是死者自残后自焚的话，汽油桶可以因为高温燃烧完全熔到找不到痕迹，但金属锐器不会被焚毁，怎么可能在现场寻找不到？

只有一种可能。H是被人割掉生殖器后生前焚烧致死，然后凶手带走了作案工具。

“这，这无法反驳。那，问题来了，究竟会是个什么人，来杀一个逃犯？他的动机在哪里？”萧望说。

“有三种可能。”聂之轩举起他的假肢，假手正好处于三指伸直两指屈曲的状态，“第一，H强奸并杀害的那个女孩的亲属朋友得知H逃脱，找到他并且杀了他。第二，这完全是一个偶然案件，和H逃犯身份无关。第三，有人知道我们的计划，提前一步来杀人，想让我们输掉比赛。”他最后一条显然是开了玩笑。但萧朗忙不迭地点头应和，显然对凌漠很是不满。

萧望摇摇头，说：“我觉得一条都不像。先说最不可能的第三点，如果是为了比赛，如果真的是凌漠干的，从前天他给铛铛提供了假信息，我就注意他了。他昨天随队去办案，绝对没有作案时间。所以萧朗你也别多想了，没有人会那么无聊，为了赢一场比赛去杀人。再说说那两点，第一，根据死者的生殖器被切割，凶手还是很有可能是这种动机的，但是问题出在那起案件的被害人亲属怎么会比我们更早地找到凶手？第二，如果是偶然案件，难道H又去干坏事了？不然怎么会割他生殖器？但从我们目前对死者生前执念的分析来看，他的注意力全放在这些建筑物上，并没有想要再度犯罪的迹象，所以也不像。”

“这就是我一时摸不到头脑的原因。不过，这起命案和我们追捕逃犯比赛关系不大。”聂之轩苦笑着摇摇头，说，“所以队长，你领队回去复命，我请假配合南安警方再调查一天看看，不管能不能发现什么端倪。”

“好吧，我们走了。”萧望看见远处开始不断有记者的采访车聚集，于是当机立断，挥手收队。

第六章 残酷淘汰

其实人跟树是一样的，越是向往高处的阳光，它的根就越要伸向地底的黑暗。

——（德）尼采

1

回到守夜者组织后，萧望让大伙儿都回去抓紧休息，以备下一轮竞赛。而自己，只身前往指挥部复命。

组织基地里熙熙攘攘的，“火狐”组成员们显然也回来了，从他们欢天喜地的表情中不难看出，他们的任务完成得也很出色，甚至可能超过了“战鹰”组。

唐铛铛很是不服，如果不是自己轻信了连凌漠自己都没有把握的判断，他们完全有可能更早发现 H 犯的活动轨迹和藏身地点。不仅仅是在时间上超越“火狐”组，更是可以抓个活的，获取更大的荣誉。就这样想着，想着，唐铛铛在宿舍里翻来覆去，无法入眠。真的是因为目标建筑物和东林学院图书馆的样板在一起，才让凌漠也错误判断了地区吗？可是凌漠又是怎么从百度上找到那张照片的呢？她想来想去，突然想起，她在父亲的电脑里看过凌漠的资料。凌漠明明就是南安市南口区人，而那个建筑物样板群就在南口区！难道凌漠知道这个建筑物样板群，而故意误导她吗？她实在不敢相信这个自己父亲带出来的学生居然如此卑鄙地利用她去获取利益。凌漠的记忆力超群是有目共睹的，连他自己都从不避讳。不管上什么课，几乎老师说一遍，凌漠就可以立即背下来，这还让萧望哥狠狠地羡慕了一把。如果他真的记得东林学院图书馆，那他也应该记得附近全是荒地而根本没有其他建筑啊！唐铛铛实在是胸闷难平，最终，她还是决定起身前往男生寝室，去找凌漠质询。

前两天晚上的谈话，让唐铛铛心中的凌漠形象并不差。说夸张一点儿，凌漠那一张白净的脸、那神秘的刀疤还有淡淡的语气，甚至给唐铛铛带来不少好感。

唐铛铛的内心还是认为凌漠应该不会是故意骗她，一定是样板房的重叠同样也误导了凌漠，而且，凌漠现在一定对她很是负疚。就这样，唐铛铛焦急地在宿舍楼下等待着。守夜者组织并没有女生不能进男生寝室之说，但唐铛铛依旧矜持地选择了在操场见面。

凌漠出现在她的视野的时候，和以往一样面色平静。连一丝一毫的愧疚之色也没有。

“凌漠，你为什么要骗我？”看到凌漠没事儿人似的，唐铛铛顿时暗暗有些恼火。她不想藏着掖着，于是开门见山地问道。

“怎么了？”凌漠茫然。

“你说那个建筑是在东林市东林学院附近，结果呢，那明明就是我们南安市南口区的！”唐铛铛越说越委屈，“你害得我们南辕北辙，耽误了时间，而且因为我们晚到了一天，案犯被人杀了！”

“什么？不可能吧！可那背景应该就是东林学院的图书馆啊。”凌漠脸上乍现的惊讶，看上去并不像是在表演。

“确实，我们最后找到的，是一片建筑物样板区域。目标建筑物的后面，就是图书馆建筑的样板。”唐铛铛一时不知道该怎么“审讯”凌漠，“你是怎么在手机里找到这张照片的？”

“我，我只记得曾经好像看过那张图片，对流浪狗印象深刻，所以还能从百度里找到。”凌漠一脸真诚地解释，但是并没有拿出有力的证据去证明自己，“因为图片里是模型，所以这才误导我以为那个建筑是在真实的图书馆建筑的附近。”

“你不是到现在都以记忆力超群自居吗？”唐铛铛脸蛋涨得通红，“难道你就记得图书馆的样子，却不记得图书馆的周围都是荒地，没有建筑？”

凌漠说：“我是小时候去过东林学院，那时候确实周围都是荒地。但是我以为是后来才在图书馆旁边又盖了这个建筑，毕竟这么多年了。”

唐铛铛一时不知道该如何再将对话深入下去，只得说：“那你也应该告诉我疑点，而不是言之凿凿地说肯定是在东林学院附近！而且，而且，我搜过你的资料，你根本就没去过东林市对不对？你……你是不是为了赢，才故意骗我的？”

凌漠一脸无奈：“我不知道怎么解释，但我没有骗你。”

唐铛铛脑子一片混乱，她越说越急，眼眶里甚至闪起了泪花：“如果你没有骗我，你……你有什么证据证明吗？”

凌漠看她急了，反而冷静下来。他静静地看着唐铛铛，沉默了一会儿，然后说：“我不能证明。不管你相信也好，不相信也好，我没有骗你。如果没有别的事的话，你还是先回去冷静下吧。我先走了。”

“不准走！”唐铛铛喊。

凌漠已经转身，渐渐消失在男生寝室楼道的那一片阴影之中。

唐铛铛的眼泪在眼眶里打转，她一时不知道该如何是好。难道自己真的冤枉了凌漠？不然，他怎么可以做到如此理直气壮？

前往指挥部汇报情况的萧望，在指挥部的门口，就听见“火狐”组组长韩柱正在向指挥部汇报的情况。“火狐”组本次任务，简单明了、一气呵成。凌漠虽然在第一天的查缉战术课上突发异常，甚至伤了唐铛铛，而且在事后并没有对这一举动做出合理解释，但是他却在后面的分析研究中，最先利用自己超群的记忆力，发现了犯罪嫌疑人 G 的性格特征，根据这些性格特征明确指出了G的下一步走向。以至于在抓捕过程中，警队采用守株待兔的形式，就轻而易举地抓获了G。

美中不足的是，原本以为同属恶势力犯罪团伙成员的G，却对其首领如何策划、煽动本次逃脱计划一无所知。数名审讯专家经过一上午的审讯，也没能让G开口。甚至最后专案组动用了测谎技术，没想到测谎技术得出的结果，居然是G对逃脱策划不知情。

这让整个逃脱事件变得扑朔迷离。如果说之前的案犯只是盲从的话，这个策划者原先的马仔，绝对不应该不知道策划的方案和源头。

虽然源头还并没有被守夜者们发掘出来，但是因为G的特殊身份，让守夜者们对策划者A、B的追捕工作有了新线索。

根据G的交代，案犯A很疼爱自己的弟弟B，也非常迷信。据说他无论大事小事，只要难以决断了，就会去找一个叫聪慧道长的道士给算算。社团的人们心里都很清楚，这个道长不过就是个江湖骗子，因为每次他都能从A那里获取不少好处，而出的主意经常会是一些骇人听闻、胡扯八道的东西。比如有个极端的邪术，说是要用喝阳刚之人的血来治疗阳痿、用活吞蚯蚓来治疗便秘什么的。不过，A一直一意孤行、刚愎自用，没人敢和A谏言。A对这个聪慧道长已经到了极其依赖的地步了。至于聪慧道长的具体信息或者联系方式，倒是没人知晓，大家都觉得他神神秘秘，但也都可以理解。毕竟，这就是江湖骗子的作风。

案犯B也有个很重要的特征。他其实是一个血管性阳痿的患者，如果要维持正常性生活，就必须长期服药。但是这个线索，也只有像G犯这样比较亲近的人才会知道，毕竟是一个伤害男人自尊的疾病。而且，B犯不信西医，偏信中医，吃药的话只吃一些常见的调理中药。虽然他的病情一直在加重，但是目前还能靠中医勉强维持性生活。B也表示，在中药失效之后，他将试一试聪慧道长的办法。虽然A果真是吞过几次蚯蚓，引得周围人恶心好几天，但好在取人大量的血必须要杀人，A 也不会轻易为弟弟去犯大罪。

A 和 B 只是恶势力的头领，下属们虽然都不认为他们身上背负有命案，但也不敢完全否认。要是他们真的有命案在身，却因为死者家属没有报案或是尸体被掩藏了，而一直没有案发，这也不是没有可能的事。如果真的存在这种情况，就可以解释他们策划逃脱的初始动机了。但对他俩为何不单独逃脱，而是要策划这么大规模的越狱行动，还是不能完美解释。

守夜者导师们一致认为这些线索非常有用，必须拿出来给两个组共享。但是他们一致不建议两组学员开展对 A 和 B 的调查。不管他们之前有没有命案在身，毕竟，这两个人杀害了民警，策划了逃脱，是穷凶极恶之人，很有可能对学员们的安全造成威胁。导师们决定建议警方抽调精干力量，组成特别行动队，专门沿上述线索，对两名案犯的行踪进行追踪。

萧望听得认真、思考入迷，甚至韩柱出门后拍了拍他的肩膀，他都没有反应过来。

萧望整理了自己的衣服，清了清嗓子，挺直胸膛走进了指挥部。守夜者的老成员们在讲台上坐成一排，各自在自己的笔记本上刷刷地写着什么。

从外公和父亲的表情中，萧望已经猜到了最终的结果。但是他没有马上气馁，仍然声音洪亮地把“战鹰”组整个分析、抓捕过程绘声绘色地描述了出来。

“虽然前期分析结果准确无误，并且精彩异常，但由于我的失察，未能在采取抓捕行动前核实各个环节，急于求成，最终因为抓捕时间被耽搁而导致犯罪嫌疑人被其他人提前杀死的结果。我对本次任务没有完美完成负责。”萧朗总结了一句。

“为何会判断失误地点？”萧闻天问。

“是因为我的指挥和判断失误。”萧望隐藏了凌漠误导的这一细节。

“所以，结果你知道了？”萧闻天的声音里尽是惋惜。

萧望点点头，说：“与‘火狐’组相比，我们任务过程存在瑕疵，结果未能尽善尽美。我们输了。”

“既然你对结果没有争议，那么请你归队，按照游戏规则，小组内部先对本轮淘汰的学员进行投票。”萧闻天说，“今天天黑之前，上报你们的淘汰决定。”

“我们已经决定了。”萧望说，“本轮我们淘汰的学员是，我。”

“什么？”傅元曼和萧闻天一脸愕然。

“你确定，你们首轮淘汰的就是队长？”司徒霸也很惊愕。

“对。”萧望斩钉截铁。

“为什么？”萧闻天的声音猛地高了，眼神里充满了失望之色。

“我觉得，即便是淘汰，铛铛也应该在你之前。据我所知，是因为铛铛的武断，才指错了方向。”唐骏对萧闻天的心情感同身受，不同的是，因为唐铛铛之前的求助，唐骏清楚地知道，本轮“战鹰”组失败的原因究竟是什么。萧望既然有意保护唐铛铛和凌漠，他也不好点破。当然，他说此番话也有自己的私心，毕竟他还是舍不得自己的宝贝女儿在组织里吃苦。

萧望给了唐骏一个坚定的眼神，意思是告诉他，不要拆穿整件事情。

“至少，萧朗也应该淘汰在你之前。”萧闻天补充道，“他这轮有成绩吗？”

“不。我刚才已经说了，本组的失败，是因为我指挥失策。”萧望淡淡地说，“萧朗在本轮中起最关键作用，因为他发现了案犯的特殊行为特征。唐铛铛在本轮中起到决定性作用，因为她的技术破解了最后的难题。他俩是功臣。”

“那其他人呢？”冯建国说。

“其他人虽然没有功劳，但是也并无过错。”萧望毅然决然。

“我觉得，用长远的眼光考虑，你才是这个组最有潜力的学员，你不可逞一时之气，最后让‘战鹰’组一败涂地。”萧闻天不依不饶地挽留。

萧望自嘲似的笑了一下，说：“从整个任务的过程来看，我并没有发挥任何作用。所以我有负您的重托和期望，没能表现出‘最有潜力’的样子。我觉得萧朗和铛铛，才是‘战鹰’组的骄傲。”

“我觉得你还是回去征求组员的意见比较好，我们需要的是民主的结论。”傅元曼默默地说。

“我觉得既然是游戏，就要有游戏的规则，我无功有过，当然是我被淘汰。”萧望说，“如果老师们因为亲情或者是其他的原因，让我去淘汰其他学员，那才是破坏游戏的规则。没有了规则，这个竞赛还有意义吗？”

萧闻天张了张嘴，还想再说些什么，被傅元曼挥手制止。傅元曼知道，萧望刚才的一番话有理有据，如果自己再坚持，便有不公之嫌。而且，他已经看出，萧望去意已决，执意挽留毫无意义。

“好。尊重你的决定。”傅元曼说，“十分钟后，张榜公布。萧望收拾行装，下午之前，交回徽章、手枪等一应物品，退学。”

说到“退学”两个字的时候，老人的声音竟在发抖。

萧望关切地看了外公一眼。

指挥部里的气氛很是沉闷，其他几个导师收拾好自己的记录本，纷纷离开，只留下萧闻天和傅元曼。他们知道，这两个守夜者组织的老组长需要空间，来和他们认为的重点培养对象好好谈谈。

“为何如此决绝？”见其他人纷纷离去，萧闻天默默地说。

萧望蹲在父亲的身边，右手搭在他的后背上，安慰似的说：“爸，不在守夜者，我也会是好警察，不对吗？”

“可是你知道吗？你是我和你外公共同的期许！”萧闻天的眼角有些

湿润，“我们希望你能够继承我们的衣钵，我们希望你能挑起组织复兴的重担。”

“萧朗也是！”萧望说。

“他？他愿意当警察吗？他来这里是我连哄带骗弄来的！三个月后，三个月后，谁知道他会做出什么决定！”萧闻天痛慨。

“永远不要用固定的眼光看待萧朗。”萧望安慰情绪失控的父亲，“至少，这一轮他的表现，让我刮目相看。”

萧闻天没有吱声。

还是傅元曼先想开了点儿，他笑着说：“回去好好干，以后还是有重进守夜者的希望嘛。”

“嗯！一定！姥爷。不管在什么岗位，小望都不会让您失望。”萧望说。

根本睡不着觉的萧朗在操场上跑完几圈后，一身是汗地回到了宿舍，见萧望正在给行李打包。

“怎么了，哥？又有任务要出差？”萧朗一边擦汗，一边说。

“你真的不想当警察吗？”萧望岔开话题，说。

“怎么又问这个问题？”萧朗脱下汗透的背心，光着脊梁，说，“我还是更渴望无忧无虑的生活吧。咱们家啊，有你这个‘策划者’的继承人继承家业就可以了，哈哈。”

“没人比咱俩更亲、更相似了，咱俩是一脉相承啊。”萧望慈爱地盯着弟弟。

“那我就是基因变异？”萧朗不知为何萧望郁郁寡欢，觍着脸想把哥哥逗笑，“或者，我是妈充话费送的？”

“以你的才智，可以把我们萧家的荣誉继承下去。”萧望没笑。

“喂，老大，今儿是咋啦？别搞得和临终遗言一样好不好！”萧朗说，

“咱们家有你！你是老大，你去继承。”

话音刚落，宿舍门猛地被人推开，门口站着气喘吁吁的唐铛铛。萧朗猛地看到唐铛铛，赶紧从床上抓起衣服挡住赤裸的胸膛，叫道：“喂！大小姐！你干什么！男女授受不亲！你你你，你别过来啊！”

唐铛铛完全没有理睬萧朗，拽住萧望正在往箱子里放的衣服，声音都带着哭腔：“为什么淘汰的是你？”

“啊？”萧朗恍然大悟，“这帮老头不是扯吗！凭什么淘汰你？这一轮是凌漠使诈，该淘汰的是他！”

“我更愿意相信凌漠不是有意使诈，这件事情我也没有和导师说。而且，淘汰我，是我自己的决定。”萧望拍了拍萧朗的肩膀，说，“愿赌服输。”

“那你也不能被淘汰。”唐铛铛说，“我走就是了，反正我爸爸也不同意我当警察。”

“你俩都别客气，我走。”萧朗把衣服重新扔在床上。

“你们俩是功臣，哪有功臣被淘汰的道理？再说了，你们俩就这么走了，是不是就这么跟凌漠认输了？说的就是你呢，萧朗，你不是总不服气那小子吗？”萧望暖暖一笑，“又不是生离死别，你们俩至于吗？你们啊，好好代替我去表现，争取最终击败‘火狐’组。”

“可是萧望哥，我真的不想……不想要你走！”唐铛铛的眼睛已经红了。

萧望拉着弟弟妹妹坐到床边，低声说：“其实，我离开并不一定是坏事。还记得那个案犯V吗？我一直在怀疑他才是策划者。所以，即便离开守夜者，这三个月的长假，我也不会回单位去销，我要利用这三个月的时间，抓住V。如果我所料不错，我肯定是要立功的，既然立功了，还怕守夜者组织不召回我？所以啊，如果你俩还想和我共事，就好好地表现，别被淘汰了，等着我回来。”

萧朗和唐铛铛听萧望这么一说，才稍感安慰。

萧朗问：“可是那个V，在入狱的时候连身份都没有查清，那么你怎么去找他啊？”

“我这几天，抽空找辖区派出所民警问了。”萧望说，“这个V当初因为在公交车上盗窃被抓现行后，在派出所一顿胡侃，但是就是不透露自己的真实身份。这个人口音里有明确的东北口音，而且是沈阳附近区域的。”

“所以你就去东北找他？”萧朗学着东北话说，“那旮旯几千万人口，怎么找？”

“我自然有我自己的办法。”萧望神秘一笑，“你们就不用管了，我会经常来电话抽查你们俩的学习情况哦！给我好好表现。”

两人微微点头。

“还有，萧朗你要答应我。”萧望说，“铛铛就像是咱们的亲妹妹，毕竟这里是战斗在一线的组织，随时都会有危险。我要求你，萧朗，尽自己的全力保护铛铛的周全，等我们再相聚的时候，她若是少了一根头发，我拿你是问！”

“放心吧，少不了。”萧朗即便是心情阴郁的时候，依旧改不了自己爱闹的本色，“不过你得先数清楚她有多少根头发。”

萧望哈哈大笑，唐铛铛紧紧抿着嘴，又怕萧望笑话，硬是把自己的眼泪给憋了回去：“萧望哥，你要早点儿回来啊！”

萧望又安慰了两人几句，提起行李箱走出了宿舍。

宿舍门口，九个组员默默地列成一队，像是为萧望送行，就连留在市局帮助解剖尸体的聂之轩也闻讯赶回基地，默默地站在队尾。萧望大为感动，上前和每个组员拥抱。虽然只有一周相处的时间，但是他们已经建立起了非常深厚的感情。

在和聂之轩拥抱的时候，萧望悄悄地说：“帮我好好照顾弟弟妹妹。”

聂之轩坚定地点点头。

2

萧望慢慢地走到了守夜者组织大厅门口，走到了那颗巨大的守夜者组织徽章的下方。他慢慢地伸出右手，摸了摸陈旧却仍在闪耀的守夜者组织徽章，他仰头看着墙壁上的“守夜者”三个大字，一脸的依依不舍。许久，萧望像是下定了决心，头也不回地走出了大门。

唐铛铛默默注视着萧望的背影，直到萧朗过来拍了拍她的肩。

萧朗和唐铛铛一起来到操场边的石墩旁，并肩坐下。

“好啦，铛铛，这不是还有我吗？”萧朗拍了拍唐铛铛的后背。

“都怪我，我可能毁了望哥一生的志向。”

“没那么夸张。”萧朗说，“我哥牛啊，只要在警界，就会一直发光。说不定还能组建个守日者、守月者什么的。”

“我还是觉得我太傻了。”唐铛铛用胳膊戳了萧朗一下，怪他不该在这个时候还没个正形儿。

“你这不是傻，是单纯。”萧朗说，“和谁都能交心。只能怪凌漠那小子太卑鄙了，连你这么单纯的女孩子都骗。”

“可是，凌漠说他找到的是模型的照片，而自己记得的是建筑实物，所以他说他也是被误导的。”唐铛铛说，“当时他给我看的是一只流浪狗的照片，流浪狗就在建筑模板群旁边。他说他记得流浪狗，所以能找出这张图片，但是并不知道这张照片的背景是模板群而不是真实的建筑物。”

“你还信他？”萧朗说，“这家伙就没一句真话！他一定明知那个南口区的建筑物模板群的历史，才可以从百度里找到！通过一只狗能找得到照片？骗谁呢？”

“对啊！你不说，我怎么都忘了！”唐铛铛突然记起了什么，说，“凌漠这个人，户籍就在南口区！而且他九岁就来南口了！他肯定知道那个模板群的所在啊！”

“你，你怎么知道他几岁来的？”萧朗疑惑。

唐铛铛没有回答萧朗，一个劲儿地说：“我真傻！我真傻！他从九岁就来了南口，然后在初中的时候就辍学了！他还和我说，他小时候去过东林市！资料里根本就没有记载！”

“初中生来当警察？”萧朗瞪大了眼睛，“没搞错吧？”

“因为他现在的身份是我爸爸的助教。”唐铛铛说，“这个人以前劣迹斑斑，就是一个市井混混。”

“你爸爸怎么会看上这么一个渣滓？”

唐铛铛摇了摇头。

萧朗试探着问：“不过，你对凌漠怎么这么了解呢？”

唐铛铛低着头，沉思良久，说：“我黑进了我爸的电脑，看到一个文件夹，很此地无银地写着什么唐诗宋词，还隐藏着。文件夹是加锁的，里面就是凌漠的资料。说来也很奇怪，就连我爸爸那么神通广大的人，也没有查清楚凌漠的身世。除了户籍上只言片语的记载，就没有其他线索了。我不知道爸爸为什么对凌漠那么感兴趣，但从记录上看起来，我爸是用心去调查凌漠了，只是他也没查出眉目。”

“他是你爸爸的助教，你爸爸就没问过他吗？”

“肯定问过，但看起来，他对我爸也隐瞒了身世。”唐铛铛说，“总之，这个人奇怪得很。我爸可能就喜欢这种神秘感吧，还秘密地对他进行培训训练，还有训练记录呢！”

“那他是高手吗？我倒是想领教领教。”萧朗捏了捏拳头，说，“作为导师，你爸爸开诚布公地去调查他就是了，为什么还要秘密进行？”

唐铛铛摇了摇头，朝着早已没有了萧望背影的大门远眺。

“说来也是，你和凌漠算是同门，结果却被他出卖。”萧朗说，“看来这小子很会把握人心啊。”

唐铛铛使劲点点头，说：“我开始是防着他的，不准备告诉他我当时研究的进展，还有下一步侦查工作的苦恼的。结果他很温柔地说，他们组已经明确了目标，还把分析过程都告诉我了。而且他是因为在上课时伤了我，专门来找我道歉的。我看他说得真诚，而且先告诉我他们组的进展了，所以我也就病急乱投医，想顺便让他帮我想想办法。”

“这小子真够心机的。”萧朗咬着牙说，“他，温柔？就那张刀疤脸也能温柔？难道他是学表演的吗？”

唐铛铛此刻又想起了萧望，说：“咱们至少三个月都见不到望哥了！望哥不在这儿，咱俩能学得好不？”

看似大咧咧的萧朗，回想起萧望离别的一幕，莫名地感觉到胸中有一股压抑着的不快。加之眼前唐铛铛的楚楚可怜，一股热血涌上了萧朗的胸膛。他捏着拳头，默默地把唐铛铛送回了宿舍，自己则径直去了凌漠的宿舍。

凌漠躺在床上看案卷资料，同舍的韩柱正在絮絮叨叨地跟凌漠说着什么，凌漠有一声没一声地敷衍着。

萧朗猛地推开宿舍门，冲了进去，一把抓住凌漠的领口，把凌漠从床上拎了起来，直接一个过肩摔，凌漠趴在地上半天没有起来。

“站起来！”萧朗红着眼睛，低声怒吼，“是个男人，就站起来！”

韩柱跑过来想拦住萧朗，被萧朗一个恶狠狠的眼神给吓了回去，他见形势不妙，侧着身就从萧朗身边溜出了门外。

凌漠被这一摔给摔蒙了，在地上趴了一分钟，才摇摇晃晃地站起身来，依旧是一脸的冷漠。

萧朗又上前去抓凌漠，凌漠一个倒退、一个格挡躲过了一招。没想到萧朗紧接着一个扫堂腿，直接踢在凌漠的小腿肚子上，凌漠一个踉跄，他的脸正好迎上了萧朗的一记重拳。凌漠仰面摔倒，鼻孔鲜血直流。

又是许久，凌漠再次爬起身来，他的身形不算太稳，却果断地向萧朗反扑过来。在萧朗躲闪的一瞬，凌漠猛一个加速，想从萧朗身边逃出宿舍。没想到，在掠过萧朗的一霎，萧朗又是一记摆拳，再中凌漠面门。凌漠扑倒在床上，雪白的床单被口、鼻涌出的鲜血染红。

“卑鄙小人，亏唐铛铛那傻姑娘那么相信你。”萧朗一边说着，一边举脚向依偎在床边的凌漠踹去。

“住手！”

宿舍外一声怒吼，让萧朗的腿抬在半空。

“三招制敌，不错啊。”司徒霸坏笑着说。刚才的怒吼显然不是来自于他。

跟在司徒霸背后的，是守夜者组织的“策划者”，萧朗的父亲，萧闻天。此时的萧闻天还没有从大儿子主动请辞的阴郁中走出来，小儿子就又出了这档子事。他气得全身颤抖，一把拽过萧朗，一巴掌就打了上去。

没想到萧朗一个急退，居然躲过了这巴掌。萧闻天抡起胳膊再打的时候，被司徒霸拦住：“萧组长，公事不宜私刑。”

“混账东西！”萧闻天怒道，“我留你在这儿就是丢人现眼的？看来我是错了！要是把你留下，我这个守夜者的名声，早晚要给你败了！”

“不过这小子刚才那三招，使得还是很漂亮的。”司徒霸眯着眼睛笑着说。

“依照守夜者组织规程，学员内部私斗，除名！”萧闻天的脸涨得通红，“萧朗，你赌输了！按照赌约，以后无条件服从我！回去准备复读，明年报考警察学校！还想自由自在、花天酒地吗？没门！”

萧朗梗着脖子，不说话。

司徒霸指着躲在身后的韩柱，说：“四十几年前，我还在上小学的时候，就最讨厌爱打小报告的同学。你不试图制止殴斗，反而去打小报告，有违我司徒霸的风格。现在我收回对你的推荐，你收拾收拾铺盖，滚蛋吧！”

刚才还一脸邀功表情的韩柱顿时蒙了。

“这不行！他举报学员违规行为没有错！”萧闻天说。

“我本来是想让他继承我的‘伏击者’的，当一个‘伏击者’，不，还是一个学员小组的组长，遇到这种情况，不敢动手制止，只敢打小报告？快丢死我这张老脸吧！我撤回推荐，取消他的资格，也没有错吧？”司徒霸坚持起来也是不留情面，“还不收拾？等着过年呢？”

韩柱红着脸，开始收拾行装。

司徒霸转过脸，忽然笑眯眯地对萧朗说：“上课的时候，我看你俩关系不是挺好的吗？萧朗，你把我教给你的东西，和你的好朋友切磋，是不错。但是，总也要分时间地点啊。这里施展不开手脚，那样的切磋不公平，对吧，凌漠，不公平。”

萧闻天知道司徒霸是看中了萧朗的潜质，在为萧朗找借口开脱。但是，萧闻天更知道萧朗是自己的儿子，所以自己就更应该铁面无私。他打断了司徒霸的话，说：“没有规矩不成方圆。萧朗，交回徽章和手枪，退学！”

萧朗气鼓鼓地转身就走。

凌漠突然一把抓住萧朗的胳膊，说：“萧朗，这次我输了，等我练练，咱俩再切磋。”

凌漠这一举动，让萧朗着实吃了一惊。

司徒霸见凌漠应承了他的借口，满足地笑着说：“老萧，你看，你看，我就说嘛，这俩人在温习我给布置的功课呢。”

萧闻天怒气未减，说：“胡扯！切磋能打得一脸血？切磋能在宿舍里？你就这样对待自己的生死兄弟？你们不要为他开脱！”

“萧老师，我们真的是在切磋。”凌漠站直身体，一脸诚恳地说，“练习格斗技术，不算违规吧？我这就是点儿皮外伤，也是因为宿舍地方小，我自己不小心摔的。”

萧闻天一时不知道如何应答。萧朗更是一脸茫然。这个刚刚被自己狠狠教训了一顿的人，此时居然在为自己说话。凌漠绝对不是一个以德报怨的人，他能用卑鄙的手段对待铛铛，就能用更卑鄙的手段对待自己！眼前这变化来得太快，萧朗一时还没反应过来是怎么回事，难道凌漠又要耍什么招数害自己？不会啊，这个时候只要他不说话，自己肯定是被除名了，这难道不是最严厉的报复吗？

“那，那我呢？”韩柱弱弱地问了一句，打破了尴尬的局面。

“你？你还等着让我帮你收拾行李呢？”司徒霸反问。

凌漠显然也对韩柱没有什么感情，并没有站出来帮他说话。

韩柱左右看看，一脸委屈地背起包，悻悻地离开。

“萧组长，你看，这事情都查清楚了，要不，就这样？”司徒霸来打圆场，“你们别光练身体，脑子更重要！去去去，快去干活儿去！还有十几个犯人没抓回来呢。”

萧闻天看下坡的台阶已经铺好，于是就坡下驴，甩了甩衣袖，哼了一声，转身离去。司徒霸跟着把门带上。

房间里，就剩下萧朗和凌漠两人。

萧朗回头看了看正坐在床沿擦鼻血的凌漠，问：“你什么意思？”

凌漠的脸上又恢复了冷漠，他对萧朗的问话置若罔闻。

此时的萧朗，对自己刚才的行为产生了后悔。倒不是因为凌漠为他遮掩过错而心存感激，他知道，自己从一开始就对这个脸上带着刀疤的人毫无好感。他后悔，是因为他的耳边突然响起了哥哥的声音。半个小时之前，哥哥在临走的时候，还语重心长地要求他努力做事、好好表现，而且哥哥那一番问话，似乎寄托了整个家族的期望。他知道，哥哥回来的那一天，就是他解放的那一天。但是为了哥哥的嘱托，他也应该在守夜者组织里表现优异，而不是胡作非为。哥哥不在组织里了，萧家的荣誉也就自然而然承载在了他的身上。

凌漠的误导让哥哥被淘汰，让唐铛铛被伤害，所以萧朗才会如此怒不可遏。一时冲动，差点儿让他面临退学的危险，那哥哥对他的殷切期许，他又该如何回应？哥哥让他好好照顾铛铛，他又该如何复命？

想到这里，萧朗惊出了一身冷汗。这一回，真是大难不死，看来以后自己这个暴脾气，是该改一改了。他看了一眼凌漠，凌漠还是一脸无动于衷的模样。似乎刚才的一切从未发生过。萧朗不吱声，站起来，不辞而别。

晚上，“战鹰”组在会议室里开会。

“虽然我们第一局输了，但是萧朗歪打正着，倒是让火狐组也折了组长。”聂之轩说，“看起来，他们并没有占着便宜。”

“可是我们的组长其实更优秀。”组员们有些沮丧。

“所以现在，我们急需一个有能力领头的人。”聂之轩说，“群龙无首可不行。”

大家你看看我，我看看你，谁也没有信心去当这个组长。

聂之轩环视大家，说：“我推举萧朗。”

萧朗正在用指甲钳磨着自己的指甲，听聂之轩这么一说，吓得一哆嗦：“别逗了！我哪有那本事，我觉得轩叔你挺合适的。”

“我适合出谋划策，不适合当组长。”聂之轩笑笑，“而且第一周里，我们这些人都没有做出实质的贡献，只有你和铛铛表现突出。”

“对，我支持。”

“对，我支持。”

“对，我支持。”

一片支持声，让萧朗很是不自在，说：“其实我和哥几个也不藏着掖着，掏个心窝子。我来这里就是混的，混过三个月，我去享受我的花花世界。”

“不管以后怎么样，你有能力，有点子，所以现在，大家都需要你。”聂之轩说。

“别啊，你们这是病急乱投医，”萧朗赶紧摆手，“我从小就不爱当官，小组长、中队长什么的都从来没当过，你们就放过我吧！”

会场的气氛顿时冷了下来，大家一时不知道如何是好。

“刚才我问了问‘火狐’组的程子墨，她说他们刚选了凌漠当新的组长。”唐铛铛这时候忽然开口。

萧朗一时顿住了。过了几十秒，他站起身来，说：“好，既然这样，我就不客气了。我来当组长。”

大伙儿都愣了一下，然后暗笑着纷纷鼓起掌来。

聂之轩扑哧一声笑了出来，朝坐在角落里的唐铛铛竖了竖大拇指。看来，还是这个从小在一起摸爬滚打、青梅竹马的小伙伴，才最了解萧朗，才能一击即中。

见聂之轩忍俊不禁，萧朗有些尴尬。他站到讲台上，清了清嗓子，学着领导的口气说："上一轮，'火狐'组用了卑鄙的手段侥幸获胜。然而从分析过程来看，他们的难度和我们的比简直就是天差地别。总之，我们的整体实力远超'火狐'，灭了他们也就是分分钟的事情。现在，我们来看看，新的一轮，我们从哪里开始。"

"我有个主意。"聂之轩收起笑容，举起他的假肢。

3

萧朗以队长的姿态站在讲台上，身影比萧望更加高大魁梧，可是却少了一分萧望的沉着和自然。

聂之轩究竟说了些什么，唐铛铛几乎没有听进去。她的脑子里回放着萧望离开守夜者时那些细微动作。他摸了摸徽章，他注视着招牌，他头也不回地离开。她无法控制自己不断地回想这些细节。一同涌来的还有这短暂的一周里，她和萧望哥难得的共处。她曾经那么近地听过他的心跳声，而现在，一切都变得如此遥远。

台上的萧朗并不是没有注意到唐铛铛的恍惚，但此时此刻，他的心里只有一个念头：要赢。对，绝不能输给那家伙。萧朗的斗志熊熊燃烧，他很快就被聂之轩接下来的推理所吸引。

聂之轩说："你们说，这些人逃出去，最重要的事情是什么？"

"藏身。"有学员说。

“我倒觉得应该是谋生。”聂之轩说，“能够藏身的前提条件是活下去。这些人跑了出去，不敢去银行支取存款，身上又没有现金，那么他们如何活下去才是最重要的。尤其是现在已经逃脱一个多礼拜了，如果他们没有被饿死，那么他们就是各自有谋生手段。”

“谋生不难吧？”萧朗说，“找朋友借钱，偷钱，都有可能。”

“是啊，我的主意就是，我们要分析他们可能存在的谋生手段，然后从这些手段入手，看能不能寻找到一些可以突破的方法。”聂之轩说完，顿了一顿，见大伙儿都在思考，于是接着说，“我也不卖关子，这两天我一直在思考这些问题。我觉得吧，这些人的谋生手段主要有几种：一，他们继续实施盗窃、诈骗或者抢劫等其他侵财类犯罪；二，获取狐朋狗友、亲属的经济资助；三，隐藏身份，以短平快的方式劳动挣钱。是不是只有这三种呢？”

“也不排除这些人会冒险去银行获取存款。”有学员说。

“对于这些人的银行账户，警方早已予以冻结并标记。”萧朗说，“前两天上课老师还说了呢。只要他们敢去银行，一是取不到钱，二是会自动报警。我觉得他们的谋生手段，无外乎轩叔说的三种。”

“其实不然，还有第四种。”聂之轩说，“有没有考虑过，智能手机的支付功能？”

“那不也是和银行绑定的吗？”

“如果是支付平台里有余额呢？而且支付平台的账号是隐秘的，并不被警方掌握。”聂之轩说，“那么，只要他们获取一台智能手机，就可以拥有支付能力了。在这个信息化的时代，做什么不行呢？”

“哦，这也是一个思路。”萧朗说，“然后呢？”

“据我所知，案犯 M 的犯罪，就与这个有关。”聂之轩打开投影仪，播放出 M 的资料，说，“案犯 M 在入狱前，是一个微商。不过，他是一个不正经的商人。他售卖的物品，经常会有质量问题，因此，他也有不少微信号。他的犯罪过程是这样的，一个客户，因为购买了存在质量问题的商品，在微信上和他发生了对骂。然后，这个客户居然找上了他的门，和他发生了激烈口角。这个M还真不是善茬，他小时候被父母送去少林寺练武，可以说是一身好武艺吧。所以，当时他因为一时气愤，用玻璃烟灰缸打向客户的头部。很不巧，这一击，击中了客户的翼点，导致翼点部位颅骨骨折，其下的脑膜中动脉破裂，造成大量颅内出血而死亡。这个M也因为涉嫌故意伤害致死罪，入狱了。”

“什么翼点？什么脑膜？轩叔请说普通话。”萧朗一脸茫然。

“就是打中了太阳穴。”聂之轩微微一笑，说，“既然一个客户都能找得到M，我们为什么找不到呢？”

“可是，如何去找？”萧朗问。

“很简单。”聂之轩说，“如果M微信支付平台里有余额，他会以此为生存手段。如果没有，那么他很有可能继续使用微信来售卖他的库存。我查了警方资料，因为M并不构成经济犯罪，所以对于其经商行为以及库存具体情况，并没有进行核查。”

“即便是这样，也很难找得出他啊。”萧朗说。

“我觉得，利用一张警方调查案件时的微信对话截图，可以获知M的微信号。然后根据这一个微信号，寻找其关联的其他微信号。从理论上看，这个想法应该是可以实现的。”聂之轩说，“但是从技术上怎么样，我就不知道了。不过大家别忘了，我们有一个计算机高手，唐铛铛。”

唐铛铛听见自己的名字，从思绪中被硬生生地拔了出来：“啊？什么？”

聂之轩理解唐铛铛的走神儿，所以又重复了一遍。唐铛铛点头表示，这个想法从技术上也不难实现。

“如果我们获取了M使用余额或者进行售卖的微信号，即便是不能申请定位，也可以根据他以前或者现在的发货地址来判断他存货仓库的所在，或者直接获知他的藏身所在。”聂之轩说，“甚至还可以通过化装侦查来直接把他钓出来。”

“这次，我们一定要赢‘火狐’组。”萧朗暗自捏了捏拳头，对唐铛铛说，“关键部分，还是要看铛铛的了。”

天色已晚，萧朗到唐铛铛的宿舍门口，把她叫了出来。

两个人坐在宿舍门口的台阶上，萧朗之前从基地门口唯一的自动售卖机上买了两罐可乐，递给唐铛铛一罐，被她推却了。萧朗也不在意，自己打开喝了一口，然后夸张地“啊”了一声。

唐铛铛却依旧一脸失落，无精打采。

“我最担心的就是你这样。”萧朗说，“没你，咱们可抓不到人。”

唐铛铛低着头不说话。

“你知道上一个案子，为什么大家都没有察觉，但是我却能发现案犯的那些个动作是在画画？”萧朗眼珠一转，跳了话题。

唐铛铛摇了摇头。

“你知道的，我从小就喜欢画画。”萧朗说，“可是，你不知道吧，在我考取考古专业之前，我还参加了艺术考试。因为我当时的理想，是当一个画家。不过，可惜了，那次艺术考试，我没能考上及格线。”

唐铛铛似乎略微精神了一点儿，说：“是你画得太难看了吧？”

“才不是，我画画还是很不错的。”萧朗说，“不过，参加艺考的那一天，我因为前一天和人家打架，被老萧狠狠教训了一顿，所以很颓丧，提不起精神。在考试的时候，我一不小心出了一点儿小差错。”

“什么小差错？”

“一个教室的同学，都按照考试的要求，画一个模特，模特坐在我们教室前面的角落里。”萧朗说，“我当时因为精力不集中，所以也没太在意，于是和大家一起画完了。画得不比人家差，却得了零分。”

“为什么？”唐铛铛惊讶道。

“因为大家都画的是模特，但是我画的是监考老师。”萧朗耸了耸肩。

唐铛铛扑哧一声笑了出来：“这还是小差错吗？你哪是一不小心，你那是没长心啊！”

“其实我挺冤枉的，这事儿还真不怪我，全怪老师。”萧朗故作一脸委屈，说，“你说，哪有监考老师在监考的全过程中都一动不动的？”

唐铛铛笑：“萧朗，你得了吧，哪有什么艺术考试啊，别拿老段子来逗我了。”

“我可不是来逗你开心的。”萧朗一脸认真，“你看，我只是想告诉你一个道理，不管做什么事情，都要专心，不然肯定会失败。”

“好啦，我知道啦。”唐铛铛心情好了不少，她看看萧朗，点点头，“你说的我都懂。给我一晚上时间，我一定不辜负大家的期望。”

第二天中午，天色阴沉，暴风雨仿佛就要来临。

乔鸿小区里，多了一些陌生的面孔。

“这马上就要十二点了，唐铛铛的测算准不准？”一名化装成遛狗人的学员说，“我们已经等了四个小时了。”

“相信铛铛的实力，上一起案件，不就是她的出色发挥吗？这个比上次的来得简单。”聂之轩蹲在地上摆弄着一辆被拆开的电动车，低声说道。

“她本人要是来了就好了，是不是可以更精确地定位？”学员说，“你说会不会是我们来的有点儿晚，快递已经来拿过货，走了？”

聂之轩摇摇头，说：“唐铛铛连续熬夜，需要休息。而且导师不都说了吗，天眼小组是幕后，铛铛以后肯定是最优秀的‘觅踪者’。至于时间，虽然铛铛凌晨四点就做出了判断，但快递是上午九点到十二点取货，我们没有必要来那么早。”

“来了七拨快递，但是接触的人都不是案犯 M。”萧朗穿着一身保安服，满头是汗地走到聂之轩旁边，说，“这就要十二点了，不会又出什么幺蛾子吧？”

聂之轩没有吱声，抬腕看了看表。

“我觉得有点儿不对劲。”萧朗说，“会不会是消息走漏了？跑了？”

“行动规划只有我们组的学员还有导师知道。”聂之轩说，“这一队便衣刑警都是临时抽调的，去干吗都不知道，怎么会走漏消息？萧朗，这些快递员，你们跟了吗？”

萧朗拿出本子，说：“都跟了，七家快递都是到各个单元投件。有四家是在小区不同位置收了件，两家投完件就离开了，还有一家是在八号楼一楼车库前面转悠了一圈，打了两个电话后离开的。”

聂之轩眼睛亮了一下。

萧朗一拍脑袋说：“难道他就是没联系上案犯 M 的快递员？那 M 此刻应该在八号楼车库的某一间里，如果他没有闻风而逃的话。”

说完，萧朗拎起自己的衣服领口，对着隐藏在衣领下方的麦克风说了几句话，散落在整个小区各个角落的一些人，开始向八号楼集中。

“车库用作仓库还是比较多见的。”聂之轩说，“如果警方不掌握 M 的这个仓库，他住在这里的话，一边可以藏身，一边还可以经营获利。”

“我们咋没有想到呢。”萧朗已经接近车库，从腰带里掏出手枪。

周围几个遛狗的大妈见保安居然掏出了手枪，吓了一跳，纷纷避让。

“大妈，你们知道这七个车库，哪个被租了当仓库或者是里面住着人？”聂之轩灵机一动，拦住了几名大妈，从口袋里掏出了警用徽章。好在有聂之轩这个编制内的警察，不然学员们连个证件都没有。

“住没住人我不知道，但中间那个没停过车。”一名大妈说。

“好像是仓库，以前没见怎么用，昨天好像有人进出。”另一名大妈说。

聂之轩匆忙道谢，跟着队员和警察们，向中间的仓库缓慢靠近。

车库是一排蓝色的卷闸门，中间的那一间，仿佛门的下缘间隙比较大，如果不仔细观察，还真是看不出来。看起来，M 正是藏身于此了，并且他没有关好门。这给抓捕工作带来了极大的方便，没必要花时间和力气去破门了。

萧朗蹑手蹑脚地走到车库门旁，蹲下身去，猛地用力提起卷闸门。蓝色的卷闸门就像按了收起按钮的卷尺一样，迅速向上打开。

而当大门完全打开的时候，所有人都傻眼了。一具尸体悬挂在卷闸门内侧，此时，这具尸体和萧朗之间仅有几厘米的距离。

死者不是别人，正是案犯 M。

M 比萧朗矮了十几公分，而此时他的脚离地面也恰好十几公分。所以，尸体和萧朗处于一种面对面的状态，几乎鼻唇相触。

萧朗着实给吓了一跳，手里的手枪没有端起来，倒是掉在了地上。他连忙后退了几步，蹲下捡起了枪。

仓库里几乎堆满了货。主要都是成箱的清洁用品，还有一些用塑料袋包装的服饰和装饰物。物品码放得很整齐，旁边有一张行军床。行军床上散落着一些衣物、计算器、手机等物品，但是散落得很正常，并没有明显的搏斗痕迹。

货物和床占满了仓库，而且仓库不过是一间独立的空间，周围也没有管道什么的可以拴绳子的地方，所以选择卷闸门内侧顶部的框架作为缢吊点也算是再正常不过的了。

吊着尸体的绳子就是捆绑清洁用品箱子的塑料绳，也并未发现什么特殊的疑点。

“又是畏罪自杀？”萧朗挠了挠头，尴尬地说，“唉？我为什么要加个‘又’字？我是想说，难道他和 H 一样，被人杀了？不对啊，咱们的消息不可能外泄，怎么会又有人赶在我们之前来杀人？应该还是自杀的可能性大吧！”

“疑点在于，为何 M 做着好好的生意，却突然要选择自杀呢？”聂之轩围着尸体绕了一周，说，“不过，现场的状况看，你说得不错，自杀可能性大。”

“我知道，我知道。”萧朗抢着说，“法医课老师说了，勒死和缢死是要区别对待的。勒死是均匀受力，所以索沟在颈部一圈都能看到；缢死是下垂点着力，所以索沟最下方深，往高处提空。如果是勒死，则他杀的可能性大；如果是缢死，则自杀的可能性大。”

“你不错啊。”聂之轩刮目相看，“要说是凌漠，记忆力那么好就算了。你萧朗，居然也能听得进、记得下这么枯燥的法医课？真是士别三日，刮目相看啊！这样说吧，我看死者的项部后面有提空，应该属于缢死。”

萧朗还是有些抵触把他的名字和凌漠的名字放在一起比，他没有接话。

说完，聂之轩和萧朗一起合力把尸体放了下来。

“尸体的尸僵才刚刚在小关节形成。”聂之轩说，“角膜也不过是中度浑浊。说明，死者也就是在天蒙蒙亮的那阵子死亡的。”

“真是倒霉，抓一个，死一个，这明摆着让我们输啊。”萧朗垂头丧气，“早知道铛铛推理出范围后，我们立即来查就好了。”

“铛铛的推断，只是破解微信经商的关键信息，然后获取快递的信息，最后根据快递的交接来确定 M 的位置。也就是说，她的推断是建立在跟踪快递的基础之上。就算是你凌晨四点就到了这里，你能找得到 M 是在哪一间吗？连个询问的人都没有。”聂之轩笑了笑，说，“而且，我们未必就会输。因为我们出发行动的时候，火狐组还在开会研究，说明这次他们的进度比我们慢。即便是我们的目标自杀了，我们也能赢。”

萧朗的眼睛里立即开始放起了光芒，说：“好好，你是主检法医师，可以独立尸检，别等警方法医来了，你先看看，有什么结果，然后我们赶紧回去复命。”

聂之轩抬头朝萧朗笑了笑，示意他少安毋躁。然后按照尸表检验的顺序，逐一查看尸体状况。

“面部青紫，睑球结合膜出血点，舌尖顶于牙列[1]之间，口唇青紫，十指甲青紫。”聂之轩一边看，一边念叨着。

“来点关键的，来点关键的。”萧朗嫌聂之轩太磨叽，在旁边跳着脚说。

“这都是一些窒息征象，对于诊断死因非常重要，这些就是关键的。”聂之轩说，“不过，这颈部索沟有点问题啊。”

萧朗听有异样，蹲在聂之轩旁边观察。

聂之轩指着死者项部提空的索沟，说：“你看，似乎隐约可以看到两条提空的索沟，并没有完全重合。”

“会不会是挣扎所致的？”

“不会。”聂之轩摇摇头，“缢死过程中挣扎也是有的，但是只会在原来索沟周围形成擦伤。因为自身的重力把颈部紧紧压在绳子上，很难因为挣扎而完全改变绳子缢吊的方向。”

“那你是什么意思？”萧朗惊了一下。

聂之轩蹲在原地不动弹，若有所思了一阵子，突然用假肢配合真手熟练地脱去了死者的上衣，暴露出死者的后背皮肤。

“果然如此。”聂之轩倒吸了一口凉气。

---

1 牙列，也称牙弓，指牙齿按照一定的顺序、方向和位置排列成弓形。

“这是损伤？”萧朗指着尸体背后淡红色尸斑中央的一块青紫区域说。

聂之轩点了点头，说：“缢死和勒死的区别就是绳索受力不均匀，绳索不闭合。但是他杀缢死中有一种方法，就是用膝盖顶住死者的后背，然后向上方提拉绳索，导致死者像是缢死，其实是勒死。”

“人死后，再把人吊起来，冒充成缢死。”萧朗说，“所以，才会有两条不重合的那什么沟，才会有后背这一处损伤？天哪！居然和 H 一样，是被杀的！”

“小声点儿。”聂之轩从半闭的卷闸门看见外面已经聚集了大量的记者，派出所民警正在劝说他们离开。

“两个人都是被杀死的，被袭击时都没有反抗，都被伪装成自杀，凶手都是在我们行动之前提前行动，取得了先机。”萧朗一身冷汗，“怎么说，这些都不是巧合吧！”

“确实，这明显不是巧合。”聂之轩说，“可是凶手的作案动机是什么呢？还有，为什么死者都不做反抗？种种这些，实在让人费解。”

“凶手是在挑衅警方吗？”萧朗说完随即又摇摇头，说，“不会啊！如果是挑衅，直接杀了不就完了？为什么还要伪装现场？伪装得还这么不娴熟？”

聂之轩笑得很欣慰：“不管怎么样，以萧朗你现在的思维，当‘战鹰’组的组长已是当之无愧！”

萧朗尴尬地笑了笑，说：“谁当组长都一样，对了，你说会不会是凌漠通风报信？”

“肯定不是。”聂之轩说，“从昨天晚上开始，到今天上午我们出发行动，凌漠一直都在组织基地。只要他在基地，任何往外通风报信的行为，都会被监控。”

“这个凶手的行为，还真是让人费解啊！”萧朗怕聂之轩等人觉得自己小肚鸡肠，所以又把话题拉了回去。

“好在小区有监控，可以逐个人进行分析。”聂之轩说。

“围墙这么矮，想绕过大门口的监控，很容易吧。”萧朗指了指车库正对面的小区围墙，说。

“警方会对所有的围墙进行勘查，看看有没有新鲜的攀爬痕迹。”聂之轩说，“但我觉得，如果凶手在杀人前，不能准确定位 M 的位置，应该不会徒步进入这么大的小区内进行寻找的。”

“何以见得？”萧朗说。

聂之轩说：“上一起案件，你们撤回来之后，我们又对现场进行了复勘。虽然现场处理得很干净，完全找不到能够认定或者指向凶手的痕迹，完全没有提取到可疑的 DNA，但是我们还是发现很多地方的小草都有被新鲜碾压的痕迹，而且痕迹有明显的连续性。凶手并不是徒步进入现场附近的，而是有一辆摩托车或者是电动两轮车。”

“也就是说，如果这起命案的凶手和上一起是一个人的话，且如果凶手不明确 M 的位置，也要进小区寻找的话，他就不如骑着车进来，可以提高效率。”萧朗点着头说。

“咱们还需要继续我们的任务。”聂之轩说，“所以，观察视频的事情，就交给警方去做吧，我们回去静待佳音。”

“喂，你在做什么？再拍我削你啊！”萧朗的眼睛尖，发现一个记者绕到了车库大门附近，藏在灌木里，于是连忙过去要求他离开。

“你应该说，‘未经许可进入命案现场警戒带内，是要承担法律责任的！’”聂之轩指正道。

第七章　黑暗猎杀

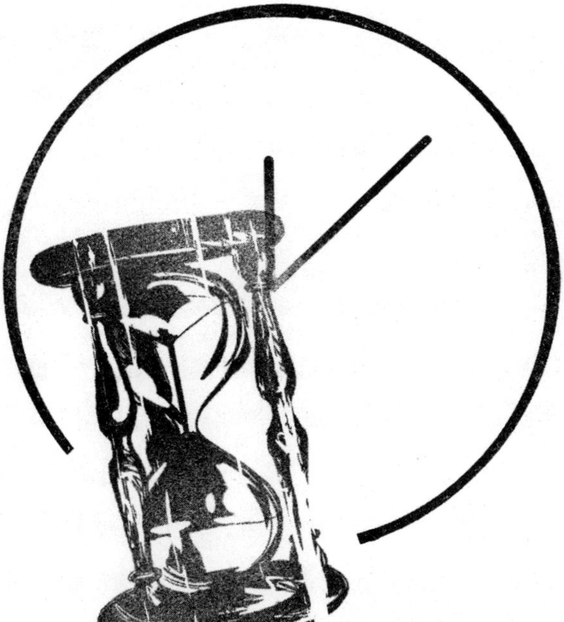

一旦死去，就再也不会失去什么了，这就是死亡的起点。

——（日）村上春树

1

凌漠已经将近一周时间没有怎么正儿八经地睡过好觉了，但是此刻，他精神抖擞。

三天前，当他们把分析结果上报给守夜者导师，并请求警方支援的时候，他们却被导师们狠狠地浇了一瓢凉水。几乎和上一起抓捕行动一模一样、照搬照抄、以逸待劳的办法，在导师这一关就被直接推翻了。

这一周，火狐组选定的目标是案犯S。至于为什么会选择他，还得从这个案犯犯罪之前的时候说起。

S是一个普普通通的工厂司机，他最大的特点就是老实。准确说，应该算是一个胆小怕事、好好先生形象的人。在警方提供的所有问话笔录里，可以看出，S一直生活得很平凡，在单位严格遵守领导指派的任何任务，对待同事唯唯诺诺、有求必应。不论同事之间发生任何矛盾，他也都是充当和事佬的角色，要么甚至缩头不出。总之，他的人生准则就是，宁愿被欺千百次，也不得罪一个人。除了在单位，S的日常生活也非常规律，准点上班，准点买菜，准点回家。

在厂里，很多同事都把S当成逗乐取笑的对象，即便是一些过分的恶意玩笑，S也都一笑置之，从来没有追究过。

正是因为这样，当S涉嫌过失致人死亡罪的那起案件发生的时候，几乎所有的领导和同事都大吃了一惊。在他们的心中，这个连狠话都从来没有放过一句的人，这个行事万分小心谨慎的人，怎么会如此冒失，导致一个人死亡？实在令人费解。

S的犯罪过程很简单。S和被害人林永是同一部门的司机，平时除了驾驶车辆以外，还负责对工厂那几辆破旧卡车和面包车的维修保养。一次，工厂的小卡车出现了故障，工厂老板依旧像往常一样，为了节省开支，指示S和林永两人对车辆进行维修。维修当时，车间里只有S和林永两人。

据S交代，因为车间没有专门维修汽车使用的起重机或者下陷槽，所以只能由修理工钻到卡车下方进行维修。因为S是维修班的工人，而林永是副班长，所以理所当然地，先是由S探身车底，对车辆进行基本的维修。但是维修工作似乎没有进展，所以林永又替换了S，进入车底，进行进一步维修。据S交代，他应林永的要求，进入车辆的驾驶室，想在空挡的状态下对车辆进行发动，测试维修结果。可是没想到，车辆原本就挂在行车挡上。出现故障的车辆，此时却突然恢复正常，猛地向前冲了一截。即便S迅速踩下刹车，但车轮仍无情地碾过林永的脑袋。林永当场死亡。

当然，这些都是S的一面之词，警方也是半信半疑。但经过调查走访，一来修车指令确实是由工厂老板发出的，车辆出现故障需要维修以及维修成功都是未知且随机发生的事件；二来S和林永关系交好，从未有过明显的矛盾；三来S性格温和，不存在杀人的动机和心理特征；四来经过现场勘查，林永确实是自己主动钻入车底的，不存在别人强迫、胁迫的迹象；五来车辆猛然往前行驶之后，S确实有明显的刹车动作。

综合以上几点，警方判断，S的供词应该是客观、可信的。

公安机关经过前期调查认为，S不存在杀人的主观故意，但是他应该预料到有人在车底进行维修作业而自己仍发动车辆是存在危险的，可是他并没有预料到此类后果，导致林永死亡的危害结果发生。S的行为已经涉嫌了因疏忽大意而引发的过失致人死亡的犯罪行为。所以，在特大逃脱案案发之前，S 正被关押在看守所候审。

不过，这并不是凌漠他们分析的关键。

在审查 S 入狱后的探视情况后，火狐组组员们发现，S 是被探视最多的一名嫌疑犯，而且每次探监，都是他的妻子。从探监的监控视频来看，S 和他的妻子非常恩爱，每次见面都会隔窗痛哭。

这就引起了凌漠的注意。上一个案犯 G，正是凌漠在茫茫卷宗之中找到了一条关于他孝道理念的线索，所以才引发了接下来对 G 家庭的调查，才发现了 G 的母亲已经逝世，才在特殊时间、特殊场合把他抓获。如果 S 的爱妻行为也可以成为一种执念，那么是不是就可以复制上一起案件的成功呢？

凌漠很擅长混迹于市井，于是他利用一天化装侦查，走访了 S 之前的邻居、朋友。果不其然，在 S 所居住的小区里，几乎人人都知道他们俩是一对模范夫妻，老年人对自己儿女的教育甚至都用 S 夫妻两人作为范例。

虽然 S 的妻子现在依旧在家里，但是凌漠经过一天的蹲守，却没有发现 S 在周围出现。即便是这样，凌漠依旧认为自己掌握了很重要的线索，于是及时赶回基地进行报告。

凌漠认为，只需要对 S 的住处进行布控蹲守，对 S 的妻子进行全时监控，很快 S 就会露出马脚，并且被抓捕归案。不过，这一瓢凉水，就浇在这里。

唐骏在听取完凌漠的报告后，冷静地告诉他，有的时候成功就是运气，而同样的方法可以复制，同样的运气却很难被复制。其实，警方早已经注意到凌漠发现的这一点，并且在一周前就对 S 的妻子进行了全时监控。时至今日，S 并没有出现，一点儿音讯也没有。从这一点看，这种分析模式是不可能继续下去的。

这对凌漠是不小的打击，他辛辛苦苦花了半周的时间去研究的结果，居然就这么被全盘否定了。如果重新开启新的分析线，时间上是来不及了。好在凌漠的记忆力超群，他躺在床上，脑子里就可以飞快地重复着之前看过的监控录像。可不可以从监控里发现一些线索呢？想着想着，凌漠想起有那么几个镜头，貌似有一些异常，但是奇怪在哪里，凌漠一时也想不清楚。

为了验证自己所记无误，接下来的时间，凌漠都花在了验证监控录像上。

虽然火狐组也有十一个人，但是监控录像的时间跨度更长。十一个人闭门不出，天天在会议室里用各自的电脑快速播放着各个不同机位的监控录像。其实在竞赛开始的阶段，几乎每一段监控录像大家都看过，只是没有这么深入地研究。如今，有了重点的目标，重新观看起来倒也不显得那么枯燥。

一天深夜，凌漠终于通过监控证实了自己的记忆和怀疑。

监控里显示的是一天中午，号房里所有的人都去了操场放风，只有S留在号房里做内务工作。在S打扫号房内的厕所的时候，他有一个明显的东张西望的动作，然后从洗漱台上拿了一个什么东西，放在马桶里转了一下，又重新放回了原位。

这是一个很敏捷的动作，在加速播放的过程中，如果不仔细看，还真是容易被漏掉。倒不是S打扫卫生的动作吸引了凌漠，而是他那个探头探脑的动作引起了凌漠的警觉。

凌漠把播放速度减慢，一帧一帧地播放着，关键时候进行了截图，并且放大。

因为是在白天，光线好，监控像素也就高。从凌漠截取的图片中可以看出，S是从洗漱台上拿了一把牙刷，刷了马桶，再把牙刷放回了原处。

发现这个细节的时候，让凌漠恶心了一下。

可是，这一切，又是为什么呢？S为了省事，用别人的牙刷刷马桶？说不过去啊。作为对内务要求很高的看守所，怎么可能不配马桶刷呢？

抱着怀疑的态度，凌漠快进到当天早晨的视频。根据牙刷的大概位置所在，发现那把牙刷应该是属于案犯A的，也就是那个著名的恶霸的。抱着好奇心的凌漠，还把视频快进到了第二天早晨，A刷牙刷得津津有味，并没有发现什么异常。

那么，难道是恶霸和S结下了什么梁子？不太可能啊，一个老实巴交的小人物，怎么敢、怎么会和一个“名震江湖”的恶霸发生什么矛盾？这个推断准确吗？

凌漠重新把周围时间的其他角度监控也调取观看，很快发现了另外一个没有被其他组员发现的细节。在用牙刷刷马桶的前两天，也是中餐的时候，A举起自己的碗，让S去给他添饭（A作为恶霸牢头，让号房其他犯人为其服务也是很正常的一件事）。S在添完一碗稀饭后，转身之前的一瞬间，有一个低头的动作。

经过凌漠的仔细分辨，应该是S向那个碗里吐了一口痰。

凌漠彻底被恶心到了。

这绝对不是巧合，一定是A和S有过节。

然而，又经过一天对所有监控视频的观看，凌漠和他的组员们，都没有发现A和S究竟有过什么明显的肢体接触或者口角。A在支使同号房的犯人们为他干活、为他按摩的时候，也从来没有少过或者多过S，总之一切正常。想来也是，一个如此唯唯诺诺的人，怎么敢和黑老大对着干？

唯一可以作为疑点的是，有一次S在帮A按摩的时候，可能是力道没掌握好，A推了一下S的脑袋。不过当时，S点头哈腰，一副毕恭毕敬的样子。

凌漠觉得，S 心中的芥蒂，很有可能就在此。如果这个假设成立，则说明 S 是一个表面憨厚老实、心胸却非常狭窄的人。假如他是一个睚眦必报的人，又不敢当面翻脸，就只能用这些下三滥的阴招了。虽然没有对 A 造成什么实质性的危害，但至少 S 的心理却被大大安慰了。

不过，即便证明了 S 阴暗的心理，可这又和 S 逃脱后不联系他的爱妻有着什么样的关系呢？

突然，凌漠灵光一闪，理清了一直囤积在他胸中的思路。以他的记忆力，可以清晰地记清楚 S 犯案卷宗里的每一个细节。如果当初林永是因为什么小事情得罪了 S，极其小心眼的 S，会不会就设计了这一场“过失”事故，杀了林永呢？

可是，从调查的情况看，林永和 S 关系很好，至少从外人来看，两个人从来没有过明显的矛盾。但是案发当时，只有 S 和林永两人在车间，完全不能排除这种可能性的存在。

如果存在矛盾，就应该是很小的矛盾，虽然不被周围的人注意，但是狠狠地刺激到 S 自尊心的矛盾。如果这个矛盾，涉及了 S 的爱妻，S 会不会就要先去解决这个问题呢？

不过，导致 S 进牢房的林永，此时尸骨已寒，报复何从说起？他的领导、同事们又在整个调查过程中，说着他的好话，他也不会去报复其他人。

看来，问题还是要从林永和 S 的矛盾，涉及 S 妻子的矛盾中去寻找。

想到此，凌漠决定再熬一个通宵，仔细研究 S 涉嫌过失致人死亡案的所有调查走访的卷宗，那是一摞堆起来有半人高的卷宗。为了防止 S 存在杀人的“主观故意”，警方着实做了大量的工作。

要从这么厚的卷宗里，寻找到林永和 S 之间的点点滴滴，实属不易。

尤其是在天明的时候，战鹰组整队出发，去进行抓捕行动的情景，无疑是对火狐组每个成员心理的又一打击。

凌漠知道，欲速则不达，他控制着自己的情绪，让自己可以在平静的心理状态下审阅卷宗。只有保持头脑的高度清醒，才会在茫茫大海之中，寻找到那一根对他们无比重要的金针。

过目不忘的天赋，这时候就渐渐发挥了真正的作用。在阅读询问笔录的时候，凌漠总是能记得住一些点点滴滴，追寻着这些点点滴滴的线索，凌漠希望能发现到一些他感兴趣的东西。很多询问笔录之中，都记录了一些S和其他人之间的鸡毛蒜皮，很显然，这些鸡毛蒜皮并不算是什么事儿，被询问人对S的表现评价，也都是“他当时只是淡淡的一笑”。同样，这些鸡毛蒜皮也没有引起凌漠的青睐，毕竟任何正常人，在生活中，都少不了这些鸡毛蒜皮。不过，凌漠最终还是找到了一丝希望，所有的卷宗中，就也只有这么一丝丝希望。

这是一份叫作焦祥的人的询问笔录，他的身份是工厂的保安。

焦祥称，S绝对不会和任何人发生矛盾，即便是别人的矛盾，他也总会成为和事佬。如果一定要问有谁得罪过S，或者特指林永什么时候得罪过S的话，那只有一次。那是在林永死亡案件之前半个月左右，一次工厂青年职工聚会的时候，一桌人都喝得有些多。当时林永就开起了玩笑，说S又矮又胖，讨个那么漂亮的老婆，实在是老天不公。怎么说，那么漂亮的媳妇儿也应该配焦祥这么帅的帅哥才对。林永还说，上次聚会，焦祥还和S的老婆眉来眼去的，不如让S把老婆让给焦祥得了。但开完玩笑后，林永也意识到S和妻子十分恩爱，这个玩笑有点过分，立即道歉了。当时，S只淡淡地一笑置之。酒后，林永和S还勾肩搭背地一起回家来着。所以，即便是有这个玩笑存在，但并不能成为S杀害林永的动机。

之所以这一段笔录引起了凌漠的注意，是因为这是唯一和S的爱妻扯上关系的所谓“矛盾”。凌漠认为，如果S心胸狭窄、睚眦必报，如果他记了这个事情的仇，那么，他不仅会设计“误杀”林永，也有可能会在逃脱后想方设法去把那个或许真的和他的爱妻“有染”的焦祥除掉。

这，或许就是半个月来S一直没有归家寻找妻子的原因。

当午时分，凌漠决定，从焦祥入手，追捕S。

因为担心S比他们抢先一步，凌漠化装成一个推销保险的，在征得导师唐骏的同意后，立即赶赴了焦祥家中。因为询问笔录中有焦祥的详细住址和联系方式，所以省去了很多寻找焦祥的工作。

凌漠很是忐忑，怕他会迟到。如果他分析的不错，S真的要来杀焦祥的话，迟了一步就是一条命啊！所以凌漠一路紧赶慢赶，赶在中午时分抵达了焦祥的住处。好在，焦祥此刻正好好地在家中吃着午饭。

毕竟是在市井之间摸爬滚打了十几年，凌漠对自己的伪装能力还是充满了自信的。

虽然上门推销保险的推销员通常会引起别人的反感和警惕，但是凌漠早已在询问笔录里摸清楚了焦祥的性格，再加上他纯熟的演技，凌漠很快就用他那三寸不烂之舌和出色的演技取得了焦祥的信任。焦祥不仅盛情挽留凌漠在家中吃饭，甚至开始和凌漠推心置腹地交谈了起来。

“保安不属于高危职业，你符合购买我们公司最高额人身意外保险的条件，现在的套餐很划算的。”凌漠先做了铺垫，然后别有用心地问道，“对了，我看你身上连个疤痕都没有，是不是从小到大，都没有碰见过什么危险的事情啊？”

“我福大命大。”焦祥嚼着菜，说，“啊，也就昨天晚上那事儿算是有点危险吧。”

凌漠眼睛一亮，强压着心中的兴奋，说：“昨天晚上？危险？能和我说说是怎么回事吗？当然，这绝对不会影响你购买保险的条件。”

“可能是那个人喝多了吧。”焦祥挠了挠脑袋，说，“我看那车开得就很不正常，横冲直撞地就朝我来了。好在我身手敏捷，往旁边一跳，躲在一根电线杆的后面。那车就直接撞电线杆上去了。车子好像撞得并不重，但是对我来说多危险哪，怎么的，也得下来道个歉什么的吧？结果那车里的司机就是不下来，我顿时就恼了，想去敲那车窗的，结果还没等我敲上，那车直接倒车，然后开走了。”

“酒驾吧，万幸。”凌漠故作镇定地说，“那是一辆什么车呢？”

“好像是一辆桑塔纳，还蛮经撞的。”焦祥完全没有察觉出凌漠的异样。

“什么颜色的？”

“黑色的。”

“记住牌照了吗？”

“本市的，具体的就没记了，反正也没对我构成伤害。”

从焦祥家出来，凌漠立即打电话给唐骏，要求唐骏帮忙协调市局指挥中心，查清近几天来丢失的黑色桑塔纳轿车。如果掌握了车辆的车牌号码就更好查了。

S是专职司机，还具备维修汽车的能力，偷一辆桑塔纳行凶，是他的行事风格，而且对他来说并不难。看来，凌漠的这一系列推断，都被事实印证了！

一边等着唐骏的回复，凌漠一边指挥队员们在焦祥家周围撒网寻找那辆车头应该被撞瘪了一块的桑塔纳轿车。

警方也派出了一队特警前来协助搜查。

唐骏是在傍晚时分打来电话的，查询无果，看来是车主还没有发现自己的车子已经被盗了数天。

即便是没有结果的电话，依旧没有让凌漠沮丧。因为火狐组的搜查圈扩大到焦祥家周围五公里范围的时候，他们发现了一处偏僻的水塘。

水塘是在一条村村通公路的旁边，面积不小，周围荒草丛生，但是他们可以看到，塘边的荒草中，正在升起一阵阵青烟。

一种不祥的预感在凌漠的心中升起。他想起一周前战鹰组的战败而归，他想起中午刚刚得知战鹰组的目标再次被人杀死在先。

不出所料，这次，他们的目标也死了，死在这个水塘之中。

2

隐藏在荒草之中的，是一辆黑色桑塔纳的尾部。准确说，应该是一个被撞得完全变形的尾部。甚至，这个被撞毁的尾部，还在往上冒着青烟，看来这一起事故，并没有发生多久。可惜，这条路上几乎没有行人和车辆，所以即便是在白天，也绝对不可能找得到目击者。

车辆的前半部已经全部陷入了水中，看不真切。凌漠心里着急，也顾不上脱掉衣服，直接跳进了这个污浊的水塘，潜到了水下，想看看车里的究竟。

所料不错，通过桑塔纳侧面的车窗，凌漠看见了驾驶室里的一具仿佛被泡白的尸体，即便已经死了，但是从衣着和面貌，可以确定正是案犯S无疑。

凌漠在用完了蓄积在肺部的氧气之后，颓废地爬上了岸。不仅因为火狐组本轮必败，更是因为自己辛辛苦苦分析出来的结果，并没有能够完全得到当事人的确证，当事人就这样悄无声息地死了。究竟S是真的过失致死了林永，还是要故意杀了他，永远不得而知了。

很快，接到指挥中心的调度，交警的事故部门以及刑警的法医都赶来了现场。在特警的帮助下，他们用拖车直接把桑塔纳连同车内的尸体，从水塘里拖了出来。

这真是一个偏僻的地方，警方这么大的动静，甚至都没有吸引来一个围观群众。

桑塔纳里面已经充满了污浊的塘水，尸体因为水的浮力作用，在车子的驾驶室中来回晃悠。随着车子被打捞出水，驾驶室中的积水也逐渐漏出，尸体就那样重重地趴在了方向盘上，车子发出长久的悲鸣。

“他有没有什么致命性损伤？死因如何？”凌漠来不及去问正在对尸体进行尸表检验的法医，转头就问自己同组的搭档，程子墨。程子墨据说原来是个医生，因为觉得跟活人打交道太麻烦，所以主动申请转读法医专业。她本来就懂一些法医知识，这些天的特训后，更是突飞猛进，连一起培训的聂之轩都对她称赞有加。程子墨除了具有先天优势的法医专业，更是对其他物证检验专业学习也进步甚快。朱力山一直认为，程子墨是“寻迹者”最优秀的人选之一，和聂之轩不相上下。但是有些男孩子气的程子墨本人却对一些狩猎小组的课程更感兴趣，在她自己看来，当一个“捕风者”或者“伏击者”都是极好的。

“看起来没有什么明显的损伤。”程子墨一边嚼着口香糖，一边不慌不忙地说，“死者有明显的窒息征象，口鼻腔充满了蕈[1]状泡沫，很显然，他是溺死的。”

“溺死？”凌漠说，“难道这真是一起交通事故？”

“是交通事故的可能性还是比较大的。”负责现场勘查的交警队事故科的民警听见凌漠说的，于是指着地面上的刹车痕说，“路面上有明显的刹车印记，根据轮胎宽度以及轮距，显然不属于这辆桑塔纳，而是一辆大货车的。”

1　蕈，是一种由帽状的菌盖和杆状的菌柄构成的真菌。蕈状泡沫，指形状长得像蕈的泡沫。

“被大货车追尾，然后掉进了水里？”凌漠说，“是意外？”

交警点点头，说，“从痕迹上看，应该是。然后，大货车选择了逃逸。”

“不过，案子还是很有疑点的。”另一边的法医已经结束了尸表检验，走过来说，“首先，桑塔纳的挡位是挂在了空挡上，显然不是一个行驶状态。其次，我们一般见到的追尾，都是导致前车往前行进，而这么长的一条路上，桑塔纳居然被准确无误地顶进了这个小小的水塘里。再次，我们看看驾驶室，没有任何挣扎的迹象，尸体就那么老老实实地坐在座位上，动也不动地等着淹死。最后，也是最关键的一点，汽车的车门并没有落锁，在这种水不深、水压力不大的情况下，死者完全可以打开车门逃生，但是他没有。”

“我也觉得蹊跷。”凌漠说，“根据我们调查组前期的工作情况来看，结合前面被杀的两个逃犯，这第三个逃犯也在我们抓住他之前死掉，而且都有伪装，实在不可用巧合来解释。看来他是在一种昏迷状态下，被大卡车撞进了水塘里。可是，他为什么会昏迷呢？”

在当地警方的普通警员看来，凌漠、萧朗他们，只是市公安局招纳一些年轻人进行培养并组建的一个重大案件调查组，都不知道有守夜者组织之说，所以凌漠也依据守夜者的规矩，对民警称“我们调查组”，而不是说“我们守夜者”，对身份进行了隐瞒。

“能够造成人体昏迷的因素不外乎几种。”法医说，“颅脑外伤、窒息、中毒或者突发疾病。从尸表来看，并没有发现支持这些因素存在的依据。不过，我们会进一步进行尸体解剖检验，从而确证之前的推断。”

程子墨点头认可。

“那么，寻找这一辆大货车，有希望吗？”凌漠转头问交警。

“这边的村村通都没有监控录像。”交警说，“假如凶手熟知附近道路，可以利用监控盲区逃离现场。假如他再具备一些维修功底，修好车辆的撞击面，就真的无迹可寻了。如果真的是法医说的那样，这个凶手为了故意杀人，做得还是很干净利索的。我们会抓紧时间在附近排查可疑车辆，看能不能发现线索。”

这样的结局实在让凌漠很不舒服。他不仅让凶手赶在他之前杀害了S，现在连凶手究竟是用了什么手段杀害S的，都搞不清楚。

不甘心的凌漠，跟着法医一起赶到了位于市殡仪馆内的法医学尸体解剖室，想一探究竟。

第一次观看解剖的凌漠，遭受了巨大的心理震撼。在市井混迹十几年，他自认为见过大风大浪，但是在自己的同类被开肠破肚的场景面前，还是不能直视。程子墨则不然，要不是法医坚称她还没有鉴定资质，她肯定也拿着刀上台子了。

法医在一项一项地排除。排除颅脑损伤和脊髓损伤，排除中毒，排除自身存在致命性或者致昏迷性疾病，排除人为因素导致的机械性窒息。最后的结论，死者可能并不是处于昏迷状态落水的，而是处于一种自愿状态，所以并没有展开自救的行动。或者，死者把车停在路上睡觉，落水的一瞬间因为冷水刺激，导致短暂性意识丧失。

法医也知道，即便是自杀入水，很多人也会下意识地展开自救动作。但是在科学似乎无法解释的情况下，也只有这两种解释了。

这两种解释就代表了两种结论，一种是他杀，一种是意外。法医无法从尸体征象或者现场勘查中发现线索。

尸体解剖结束，已经是深夜了。

凌漠失落地离开，和组员们会合后，返回组织基地复命。

导师们听说凌漠回来，纷纷起床，在会议室听取了火狐组行动的内容，以及最后的结果。虽然本周的行动，火狐组的分析非常精彩，超过了战鹰组，但是和上周一样，导师们不仅要考虑过程，更是要考虑结果。

两组本周的工作结果都是未能成功捕获犯罪分子，但是都寻找到了案犯的下落。不管案犯有没有死，只要活着见到人或者死了见着尸，对于脱逃案的办理，都是可以定论性的结果。所以这一周双方都取得了不错的成绩。

既然结果一致，那么时间就成为论输赢的指标。战鹰组发现 M 的尸体，是在中午十二点左右，而火狐组整整比战鹰组晚了六个小时。

所以，除了唐骏，其他导师一致判定本轮竞赛，战鹰组获胜。根据游戏规则，火狐组应该通过投票或者组长指定的方式，淘汰一名表现最不尽如人意的学员。

凌漠受到唐骏的重托，自然不会像萧望一样牺牲自己，又不好直接指定淘汰某人，所以他决定用投票的方式来淘汰一名学员。投票仪式还没有举行，就有一名学员站了出来。他认为自己在整个行动中甚至连一个意见、一句话都没有说过，所以他就是那名最不尽如人意的学员，他选择了自我请辞。

淘汰工作没有显得那么不近人情，大家都感激地和被淘汰的学员做了拥抱，目送着他收拾行装，消失在夜幕之中。

凌漠此时已经没有精力去悲伤或者不舍，他的脑袋里充满了疑惑。他暗自捏了捏拳头，在自己的心里发誓，一定要把这件事情调查清楚，一定要把杀人凶手绳之以法。虽然这个凶手杀的，并不是什么好人。

第二天一早，当战鹰组的学员们听说他们取得了第二轮的胜利后，没有欢呼雀跃。和凌漠一样，他们每个人的心中都充满了疑惑和担忧。他们完全不知道凶手的杀人动机是什么，完全抓不住凶手的尾巴，他们接下来的工作，又会遇见什么样的情况？

缓解大家情绪的，是两天后萧望的一个电话。

电话打来的时候，萧朗正带着大家在会议室里开会，他见哥哥打来了电话，兴奋异常，赶紧打开了手机免提，让大家都能听得见哥哥的声音。尤其是唐铛铛，最近几天，她好像都瘦了不少，话也不多，但一听到萧望的声音，立即恢复了活泼的本色，久违的酒窝也露了出来。

“你们还好吗？萧朗，听说你当了组长，要好好干哦！”萧望的声音还是那么温和可爱。

“好！”

“好！”

“好！”

学员们争相回答道。

“我现在在东北。”萧望说，“我似乎已经抓住了V的尾巴！”

“你查清他的身份了吗？”

“没有，这个人似乎就是一个没有身份的隐形人。”萧望说，“越是调查，我越觉得他神秘异常。电话里是说不清楚的，等这一阶段我调查结束，就回去告诉你们细节。我基本知道了他的体貌特征，这里有人在案发后见过他。”

“也就是说，他真的是那边的人？”萧朗说。

萧望的声音充满了自信：“不错，我用案犯的体貌特征在他可能出现的区域进行了寻找，没多少天，就发现了端倪。给我提供线索的，是一个洗脚房的技师。这个女孩子之所以对V印象那么深，是因为在给他洗脚的时候，发现他的右脚脚掌有六个脚趾。一般人手上长六个指头不少见，脚上的，她还是第一次见。”

“六趾儿？”萧朗饶有兴趣地说，“不过看守所入所人身检查记录里怎么没有提到？他身份不清，这些都是可以作为个体识别的依据啊。”

萧望很高兴，说：“一周不见，你长进不少啊，臭小子。我可以理解办案人员，他们也会注意这些个体识别特征。但是脚上长六趾的这个特征太隐蔽了，没有发现也很正常。总之，我现在是有一点儿线索了，我会继续追查。你们那边怎么样？”

“我们这边，倒是越来越扑朔迷离了。”萧朗说，“到目前为止，已经有三个倒霉蛋被杀了。夸张的是，我们居然完全抓不住这个凶犯的线索。”

“是吗？这也太不可思议了。”萧望沉吟了一会儿，说，“即便是 V 也被杀了，我也要找到他的尸体。”

“你一个人在外，得注意安全啊，望哥！”唐铛铛甜甜地嘱咐。

“知道啦，铛铛，放心吧！我一身好武艺。”萧望笑着说。

电话一挂，大家都在热烈地讨论着 V 的事情。虽然他只是个名不见经传的小盗窃犯，对案件的整体侦破思路并没有任何影响，但是大家都在热烈地盼望着萧望可以通过一己之力追回一个逃犯，这样大家又可以团聚了。

即便相处只有一周的时间，萧望真的是给大家留下了极其好的印象。

会场里乱哄哄了一阵，因为唐铛铛的一句话而恢复安静。

一直坐在角落里刷着手机的唐铛铛，突然来了一句：“媒体已经开始关注咱们这事儿了。”

“什么？”萧朗吃了一惊。

吃惊的不仅仅是唐铛铛说的信息，更是因为唐铛铛在接到萧望一个电话之后，立即就恢复了斗志。吃惊之内，还夹杂着醋意。

唐铛铛打开电脑，连上投影仪，然后用无线网络连接了微博网页。很快，幕布上出现了一条微博的画面：

南安市看守所出现越狱事件，神秘幽灵人猎杀逃脱案犯。

这是那条微博上显示的新闻标题。点开详情，里面的报道更是详尽。

因为越狱大案之前有过报道，所以这篇文章的笔墨几乎都用在了那个

"神秘幽灵人"的身上。报道称，有一个神秘的幽灵人，总是能够在警方赶到之前，先将逃脱的案犯杀害。采用的手段各异，但是都是极其残忍。比如对于强奸犯，就有割掉其生殖器的动作，这是模仿古时的"宫刑"，用以惩治性犯罪的人。

报道甚至有更深层次的描述，称"神秘幽灵人"一般都会驾驶一辆复古风形状的摩托车，游荡在全市各地，追寻逃脱者的踪迹，一旦发现踪迹，立即将其杀死。古怪的是，只要这个"神秘幽灵人"一出现，逃脱者就不会做出任何反抗，乖乖就范、引颈待戮。可见，这个"神秘幽灵人"很有可能有着某种神奇的力量。

文章的最后，记者还给这个"神秘幽灵人"冠了一个名号，因为他若隐若现，且经常骑着摩托车作案，所以称呼他为"幽灵骑士"。

"真是一篇不辨是非的文章，这不是在做错误的舆论引导吗？"萧朗耸了耸肩膀，说。

"对于警察来说，是一个负面新闻。但是对于这个所谓的'幽灵骑士'，可不算是负面新闻。你看看这篇微博后面的转发和评论。"聂之轩说。

这条微博从发出到现在两个小时的时间，已经有三万多条转发和六万多条评论，甚至还有十几万的点赞。可以说妥妥地稳居热门微博排行榜之首。

然而，这近十万条的转评，居然一边倒地赞美着"幽灵骑士"。

"浑身散发着正义的力量，让邪恶不敢反抗。"

"干得漂亮，对于这些垃圾，就应该及时清除。"

"比警方利索多了。"

"有了幽灵骑士，我顿时感觉好安全。"

"在 wow 中，骑士就是正义的化身，他有个技能叫作'制裁之锤'，还有个技能叫作'忏悔'，都能让对手动弹不得，不能反抗。幽灵骑士不枉这个名号！名字取得好！”

“幽灵骑士加油，全部杀光！”

“宫刑什么的好刺激，建议法律里也加上这条。”

“这样的行刑者能代表我们。”

……

“好嘛，这就成神话英雄了，和蝙蝠侠、蜘蛛侠、超人什么的一样嘛！”萧朗说，“或者是孙悟空？”

“虽然说，这个舆论实在不太好，但是倒是给了我们一个提示，不是吗？”聂之轩看着萧朗说，“我觉得，组长你应该考虑考虑，这些记者，或是这些网民说的有没有道理。比如，‘猎杀’这个用词就很有意思。”

萧朗皱眉低头不语。

“不过，这么详尽的报道，记者的信息是从哪里来的？”唐铛铛说。

“没有不透风的墙。”聂之轩说，“信息化时代了，没有什么可以瞒得住的了。只是，这些涉及办案细节，透露出去，是违反纪律的。”

“那个什么复古的摩托车，是不是杜撰的？”唐铛铛问，“听起来很有画面感的样子，骑着那样的车，披个披风什么的，到处‘行侠仗义’。”

“还真不是空穴来风。”聂之轩说，“上次我们从小区撤离后，警方对小区所有的监控都进行了调阅。在特定的时间段，有很多两轮车的出入。但是，只有一辆摩托车引起了侦查员的注意。倒不是因为它造型独特，走复古风。而是因为骑车的人戴着一个全套式的头盔，行迹有些可疑。很可惜，对周边进行搜索，没有找到这辆摩托车的所在；对视频的分析，也没有找得出任何有价值的线索；因为头盔，更是看不真切嫌疑人的样貌；对摩托车行驶轨迹追踪，发现它总是走没有监控的小路，很快就逃脱了警方的视线。目前，对于这辆摩托车的追踪还在进行当中。”

“这么重要的信息，记者也能掌握？”萧朗说。

“还有就是，被害者确实在遇害前都没有任何反抗。”聂之轩说，“这个应该只有专业人员才知道，但是记者都详细掌握了。”

“不管记者怎么写，咱们得有本事把这个所谓的‘幽灵骑士’给抓回来，那才能有个好交代。”萧朗说，“你还别说，经过网友们的这一点拨，我仿佛对这个‘幽灵骑士’的作案动机，还真是有了一点儿想法。”

“说来听听。”聂之轩笑了笑，说，“看和我想的一样不一样。”

“组长，傅老师召集你一个人去教官会议室。”一名学员从门口进来，插话说，“好像说是开什么紧急会议！”

3

心里忐忑的萧朗推门走进了教官会议室。会议室里只坐着两个人，一个是自己的外公傅元曼，另一个是自己的“对头”凌漠。推门声打断了两人的谈话，两个人都转头看着萧朗。

傅元曼看见了自己的外孙，露出了久违的微笑，下巴上的白色胡须都翘了起来。而凌漠依旧是那一副冷冷的表情，看不出他的喜怒哀乐。灯光下，他脸上的刀疤仿佛有些狰狞。

看见外公的笑容，萧朗的心顿时放了下来，他大大咧咧地走到外公身边坐下，斜靠在椅子上，一副舒服的表情。

“找你们两组的组长来，是想听听你们现在的看法。”傅元曼的开场白。

“姥爷，啊不，傅老爹，您说的看法是指？”萧朗笑着问。

“是指对目前杀害多位逃犯的嫌疑人的作案动机的分析，以及下一步工作的重点。”凌漠插了话。

“我又没问你。”萧朗白了凌漠一眼。

虽然萧朗的心里对这个凌漠依旧不存什么好感，但是不知道为什么，这一次萧朗心里并没有真的生气。他自己也很奇怪，或许，这两周的培训和工作，把他的性情改变了？又或许，凌漠这个装酷的家伙，让他不那么讨厌了？

“凌漠说的不错。”傅元曼笑着说，“我首先想问问，你们对‘幽灵骑士’作案动机的分析。”

这或许是一个表现的机会。两组的组长究竟谁优谁劣，或许是导师组们的一个考核项目。

萧朗绝对不会放过这个机会，他说：“我们侦查课的时候，导师说了，对于系列案件的分析，最重要的是先串并案件。我觉得吧，首先得串并这三起杀人案，是不是一个人做的呢？如果只是巧合，那咱们还分析来分析去，岂不搞笑？”

“我觉得可以串并。”凌漠说，“从针对的目标，对象没有反抗等方面看，肯定具备串并的条件。”

“我觉得也是。”萧朗说，“而且至少有两起案件可以判断凶犯骑了两轮车。”

得到萧朗的赞同，凌漠微微笑了一下。

“我不是认可你啊，你别自作多情，我是就事论事。”萧朗看见了凌漠竟然在微笑，赶紧补充了一句。

“既然可以串并，那他的作案动机又是什么呢？”傅元曼问，“我也给你们交个底。现在的状况是，在导师们中间，对作案动机的判断，也有两种看法。第一，和逃脱案无关的某人，因为得知逃脱案的一些细节，开展的所谓‘行侠仗义’的行动；第二，逃脱案中的策划者，为了灭口，或者为了某种这些逃脱者内部的秘密。”

“对于作案动机的看法。今天微博上炒得很热的那则新闻报道，还是给了我不少提示的。”萧朗说，“新闻报道的题目，用了‘猎杀’二字。其实，从宏观上看这几起杀人案，不就是一场‘猎杀盛宴’吗？‘幽灵骑士’针对的目标是我们追捕的逃犯，但是又不是所有的逃犯。毕竟警方还是抓回来了不少活的案犯。这也能从侧面反映出，凶手并不是灭口。因为掩盖策划越狱的罪行，需要灭口的话，应该一个都不放过。我感觉，他猎杀的目标，是逃犯中的一些重刑犯。他认为他自己才是正义，才是法律，所以想满足自己心中的那种英雄情结，做一些‘替天行道’的事情。”

“也不全是重刑犯吧，我们刚刚追捕的S就不是重刑犯。”凌漠说，“一个过失致人死亡的嫌疑犯，罪名认定了，也就五年以下的刑期。如果你刚才说的‘他只猎杀重刑犯’的这个论断不成立的话，就不能排除是灭口。”

萧朗顿时语塞。

“可是，你不是说，那个S是个极有心计的人吗？”傅元曼插话道，“而且，你还判断，那一场过失致人死亡的事件，其实说不定就是S策划的一起杀人案件。”

“可那只是我的分析。”凌漠说，“从法律角度看，是没有任何证据可以证明S故意杀人的。疑罪从无。”

“你能分析到这一点，‘幽灵骑士’就也有可能分析到这一点。”傅元曼说，“而且，如果萧朗说的不错，‘幽灵骑士’认为自己是在替天行道，解决法律解决不了的问题的话，那么这种十恶不赦，但法律上不能裁判的人，才更应该是‘幽灵骑士’感兴趣的人。”

“是啊。”萧朗见自己的意见被外公支持，而且自己不能解释的问题被外公完美解释了，显得格外高兴，立即附和道，“第一个案犯H是涉嫌强奸罪，且杀了被害人。虽然最终H很有可能被判处死刑，但是现在考虑到人道主义，执行部门都是执行注射死刑。这样的‘人道主义’刑罚，并不能让‘幽灵骑士’得到满足。所以，切割生殖器的这个动作，正是暴露了‘幽灵骑士’的一些内心想法。第二个案犯 M 是涉嫌故意伤害致人死亡罪，这样的罪名，显然很难被判处死刑。‘幽灵骑士’可能认为杀人偿命是必须的，所以也杀死了他。第三个案犯，也就是你们‘火狐’组办的那个 S，就更具备这样的特征了，刚才，姥爷，啊不，傅老爹已经说得很清楚了。”

凌漠不知道是被萧朗说服了，还是原本的想法就和萧朗一致。他并没有反驳，依旧是一副淡淡的表情。

“你俩不错，通过和你们的谈话，我解决了导师们之间都没有解决的争端。”傅元曼说，“尤其是萧朗说的几条，似乎真的有那么些道理。”

“我赞同。”凌漠冷冷地说，“这个所谓的‘幽灵骑士’就是在做一些自认为‘为民除害’的事情。不过真的很惭愧，我们总是慢他一步。”

“很显然，你们也看到了网络上的微博。”傅元曼说，“没有想到，这个人如此恶劣的行为，居然取得了百分之九十网民的支持和拥护。如果我是这个‘幽灵骑士’，就会在网络上获取无比的自豪感和成就感，那么，他接下去依旧会继续作案。”

“您是想说，我们下一步的工作思路？”凌漠说，“既然‘幽灵骑士’肯定还会作案，而且他的作案方向就是逃脱的重刑犯，那么，我们下一步工作思路，是不是要围绕那一些可能被判处死刑的、作案手段残忍的、可能被以‘疑罪从无’的法律精神裁定为无罪的重刑犯来进行？”

萧朗见自己的想法被凌漠抢先说了出来，显得很不服气，舔了舔嘴唇，白了凌漠一眼。

“指导思想，我已经明确了。”凌漠看都没看萧朗一眼，说，“傅老爹请放心，火狐组一定会竭尽全力，赢得此次战役。”

凌漠是一语双关。此次战役有可能是侦破逃脱大案的大局，赢得此次战役的意思就是指最终案犯全部按时抓回。此次战役也有可能是对战鹰组的竞赛，赢得此次战役的意思就是指最终淘汰战鹰组的全部组员。

萧朗如此聪明之人，怎么会听不出他的一语双关，他紧接着说：“战鹰组无论什么时候，都是不可战胜的。”

他的意思就是，他们不会被犯罪分子战胜，同时也不会被火狐组战胜。

傅元曼见两个年轻人斗嘴斗得甚欢，忍不住笑了起来：“好，我喜欢你们俩的雄心壮志。那么，接下来的时间，我不要求你们必须抓捕到人回来，每周胜负的评审，也不以能否抓到人而论。我要求你们全心全意地投入重刑犯的抓捕工作中去，淘汰机制，由导师把控，淘汰人员，由导师综合评价后决定。至于一些犯罪行为轻微的案犯，我们会着警方加大力度去追捕，你们就可以置之不理了。”

傅元曼这样的决定，表面上看起来是给学员们减轻负担，抛开竞赛淘汰的烦恼。实质上，是把所有的重担都压在了学员们的身上。既然警方的大部分精力都集中在了犯罪行为轻微的案犯身上，那么重刑犯不被杀、全被抓这样的任务，自然而然就由学员们独立挑起了。

傅元曼这样的决定，肯定是经过深思熟虑后做出的，甚至可以说这是一场赌博。警方警力有限，把学员们从幕后、游戏竞赛的角色，转变为分析研究的主体，实在是冒着很大的风险。但从傅元曼的角度，他从这两周的考察来看，这些学员身上真的绽放出了远超他预期的风采。他们一个个年富力强、思维开放、与时俱进，具有这帮老家伙不具备的创新精神。而且，他们个个天赋异禀，个个是可塑之才。

总之，傅元曼觉得，可以赌上一赌。

萧朗和凌漠面色凝重，他们似乎从现在开始，就已经感受到了肩膀上的担子。他们迫不及待地赶回各自组里，立即就开展工作。

不过傅元曼慢悠悠的一句话，留住了他们。

傅元曼说："你们俩知道，为什么这次紧急会议，只有我一个人在吗？"

"这是一个很久远的故事。"傅元曼说，"是我们守夜者组织的秘密。"

见傅元曼仿佛要说出一些什么秘密，已经起身准备离开的两人，不约而同地重新坐回了座位，用期待的眼神盯着傅元曼。

傅元曼被两人的表情逗乐了，笑着说："守夜者组织内的秘密，现在还不是告诉你们的时候。只是我们接下来讨论的这个问题，我不想其他导师知道。或许，这些问题会让他们旧伤复发，拾回那些他们都不愿意去回忆的回忆；或许，这些问题会刺激到这帮老家伙敏感的神经。"

"什么问题啊？"萧朗瞪着大眼睛，"这么夸张。"

"别紧张。"傅元曼说，"我就是想知道，对于'幽灵骑士'的做法，你们有什么看法。我是说，你们会觉得，他这样做，对吗？"

两个人完全没有想到傅元曼会问这个问题。为什么会问这个问题？和守夜者组织的"秘密"有什么关系呢？两个人显然都在努力地想通过"幽灵骑士"的所作所为来推测守夜者组织的秘密，纷纷低头不语，搜肠刮肚地寻找着词语来诠释自己内心的想法。

"有个美剧，叫作《嗜血法医》，还有部老的香港电影，叫作《夜叉》，里面的主角，就做着'幽灵骑士'做的事情。"萧朗率先打开了话匣子，"是，我承认，这些剧作很刺激，确实能满足很多人的英雄情结。但我总觉得，他们不是英雄。"

傅元曼眼里的光芒闪了闪。

"很简单。"凌漠淡淡地说，"私刑都能被提倡，要法律做什么？"

萧朗的高谈阔论被凌漠的一句话直接给终结了，显得有些尴尬。

"法律也有很多惩治不了的恶人。"傅元曼说，"刚才我们说的都是例子，还有一些被鉴定为精神疾病的嫌疑犯，还有很多'疑罪从无'的人，还有很多未成年但是作案手段残忍的人，都可以逃脱法律的制裁。有些恶劣的犯罪，也仅仅是注射死刑就结束。”

“‘疑罪从无’的原则，虽然听起来像是对大家不利，其实，对每一个公民来说，这才是真正的保护。”萧朗又重新找到了话题，说，“宁可错放一千，也不错杀一个，这样，每个人心中才会有安全感。另一方面，法律对于证据链要求严格，也是对警察的一个严格要求。要我说，那些‘疑罪从无’处理的案件，要真的有冤情，就不该怪法律，而该怪警察。”

萧朗发表这样言论的时候，已然把自己置身事外了。虽然听起来有些刺耳，但是说的句句是实话。

“这个我赞同。”凌漠说，“至于精神病人和未成年人，之所以法律有相关规定，自然有他的道理。只要我们加强监管，这类案件本身就极少。说到这个‘幽灵骑士’，用 S 的那个案子说吧。即便是我，也只是一个大胆的猜测，说他是故意杀人，而在法律中，显然故意杀人的证据是不充分的。换句话说，S 很大的可能，也就是过失致人死亡。确实，如果他真的是有故意的想法，他确实逃脱了法律的制裁。但这都是极端案例，我们还是相信，人心本善的。我们还是要相信，百分之九十九点九九的刻意，是可以被发现的。至于注射死刑，人道主义也没有什么不对吧？”

“无疑，‘幽灵骑士’的行为是对法律的践踏。”萧朗说，“正义的前提是没有差错。近些年，因为‘疑罪从无’理念的深入人心，在我这个非警人员看起来，冤案还真是没见过多少报道了。单看这一点，就蛮好的。”

“是啊，实质上，我从唐教授代理的案件来看。”凌漠说，“警方侦查能力真的很强，虽然不排除可能存在一些证据不足、‘疑罪从无’的案件，但那绝对是极少数。”

萧朗紧接话题：“有监督、有约束的执法，才是真正的正义。动用私刑，随心所欲，那来源于行刑者内心的阴暗。那所谓的‘正义’，是黑暗的‘正义’。”

“你们俩总结得都很棒！没有想到，你们一直不合，但在这个问题上，却能出奇地一致。”傅元曼笑着说道。

萧朗和凌漠对视了一眼，又同时把眼光挪开。傅元曼的直言，让两个人有一些尴尬。不过就这一眼对视，萧朗突然发现，凌漠脸上的刀疤不那么狰狞了，甚至还有些顺眼。

“希望今天的谈话，仅限于我们三个人之间。”傅元曼说，“即便是导师们，你们也绝对不可以透露一二。”

两个人虽然不明就里，但还是点头应允，在傅元曼的注视下，并肩走出了会议室。

“组长为什么要问我们这些？”凌漠头也不转地对萧朗说。

居然主动找话题和自己搭茬，萧朗有些意外，他也不好意思不做回应，于是头也不转地说：“坚定我们追捕‘幽灵骑士’的决心吧，生怕我们也成了‘幽灵骑士’的脑残粉。不过话说回来，如果没有这两周的学习，我还真说不准进了‘幽灵骑士’的后援团呢。简称幽粉吧，哇哈哈，还挺好听。”

“说不定我也会。”凌漠默默地说。

“我姥爷是多虑了，还搞得那么神秘兮兮的，不懂。”萧朗说，“但是，我认为，‘幽灵骑士’早晚是我的盘中菜，他逃不出我的掌心。”

“也可能先落进了我的掌心。”凌漠波澜不惊地说。

“嘿，我看你是想多了。”萧朗很不服气。

“那不如打个赌？”凌漠冷笑了一声，“我们两人，谁先抓住‘幽灵骑士’，另一个人主动退出守夜者组织。”

“这，这……”萧朗有些犹豫。

“不舍得了？”凌漠用挑衅的眼神盯着萧朗。

“谁不舍得啊？你以为当警察是什么香饽饽啊？只是我和别人有赌约，

三个月不能退出。”萧朗说，“如果三个月之内退出了，我之前的努力全都白费了。要是等到三个月之后，想留爷，爷还不伺候呢。”

“如果你输的话，比我损失小很多了。”凌漠说，“我如果不能在守夜者里留下，说不定出去之后连唐教授的助教也做不了了。你不是很想看我落魄的样子吗？怎么样？敢不敢？”

萧朗听完，顿时笑了，他伸出右手，说：“有什么不敢的，君子一言。”

“驷马难追。”凌漠静静一笑，握住了萧朗的手。

第八章　恐惧灼烧

大部分时候，不管是疯癫还是清醒的人，都在黑暗中跌跌撞撞，伸出双手寻找他们并不知道是否需要的东西。

——（爱尔兰）克莱尔·吉根

1

时光飞逝，岁月如梭，就这样，过去了一个半月。眼看着，期限过了一半。

萧朗和凌漠，这两个学员小组的组长，再次同时出现在了教官会议室里。与上次不同，这次的教官会议室里，教官们无一缺席。

一个半月以来，教官们越来越像是热锅上的蚂蚁，睡觉、休息的时间越来越短，压力却越来越大。虽然在守夜者导师、学员们的支持下，在警方的努力下，每周都有脱逃案犯的落网，在逃人数越来越少，但是剩下的四个重刑犯依旧杳无音讯。甚至连那个嚣张跋扈的“幽灵骑士”也彻底失去了踪迹。即便是守夜者还能够以一周一个的速度来抓获剩下的人，那么把这四个重刑犯、“幽灵骑士”和仍在逃的两个轻刑犯抓齐，也严重超时了。

萧闻天的心情最为焦急，对他来说，自己在属下面前立下的“三个月破案”的军令状，现在看起来难度增大了。“引咎辞职”事小，抹杀了警方的颜面事大。他不知道剩下的几个重刑犯，还有那个策划整个逃脱计划的胡大、胡二，究竟还在不在人世，会不会已经被“幽灵骑士”处决，或者隐藏到了他们无法触及的地方？这些都不得而知。但不管怎么样，他对自己，也对下属们提出了要求，对于这些人，活要见人，死要见尸。

傅元曼的心情也好不到哪里去。逃脱大案本来就是组织上考验“守夜者”能否重启的一个重要标准，没想到，半路杀出一个什么“幽灵骑士”，这无疑是对“守夜者”重启的又一大挑战。如果没有将所有脱逃人员全部抓获，没有将“幽灵骑士”绳之以法，何谈“守夜者”重启之事？面对部领导，他这张老脸又如何拉得下？

其他的导师和学员，也有着类似的心情。万一忙活完了三个月，组织依旧不能重启，不论对谁，这都是对自信心的一次挫败。

教官们本着“重刑犯为主，轻刑犯也不放过”的目标，先是对学员们考核为主，后来，因为时间紧迫，他们甚至完全融合进了学员们的分析工作。这些抓回来的逃脱犯中，有八成，都有“守夜者”组织导师和学员们的功劳。正是因为精诚合作，警方已经抓获了七成的逃犯，所以警方倒也不至于无法交代。

在剩下的时间里，是“守夜者”导师们最忙的时候。一来，要整理、分析剩下重刑犯的资料，以及他们是否在近期有冒头的迹象。二来，要鼓励、支持警方和学员们继续对“幽灵骑士”的行踪进行侦查。三来，剩下的两个轻刑犯也得尽快抓获。三项工作看似类似，却天差地别。虽然前两项工作异常复杂，到萧朗、凌漠再次出现在教官会议室之前，看起来还没有任何眉目，但好在第三项工作的进展顺利，迅速完成的希望还是比较大的。

两名轻刑犯中，有一名已经被警方咬住了尾巴，计划在指定区域内大规模地毯式排查后，自然会落网。而另一名未知身份的轻刑犯 V，早已被离开守夜者组织的萧望盯了许久，抓获的希望也非常大。

萧望每两周都会打来电话，介绍自己对 V 的跟踪情况。显然，这个 V 非常狡猾，即便是已经被萧望寻到了踪迹，但总能逃脱萧望的追捕。据萧望说，这个 V 是个“六趾儿”的结论基本已经可以确定，只是这个二十多岁的盗窃嫌疑人，长相实在过于大众化，没有任何可以作为记忆点让别人一眼就难以忘却的。不过，萧望发现，这个V的一个比较明显的特征就是喜欢洗浴、足疗，即便是被技师们记住，也都说这个人不太讲究卫生。

每每在萧望发现线索并且联络警方后，都会有一系列抓捕行动。但是，这个狡猾的V每次都能逃脱警方的追捕。最近的一次，甚至是V前脚离开足疗店，警察后脚冲了进去。不过正是因为那一次的追捕，在南安市周围广撒布控的警方，再也没有看到V出现在类似的地方。

但萧望相信，一定会有机会再看到他的踪迹，并一举将他拿下。

每半个月萧望打电话来的日子，对于唐铛铛来说，都是节日。萧望的电话，就像是唐铛铛的加油站，一个电话可以鼓励唐铛铛坚持两周，日子也就这样一天一天地过去了。

萧望查出，他去东北的时候，“幽灵骑士”就已经回到了南安市，随后应该就在南安市及周边活动，没有走远。所以，萧望也一直在南安市的某地潜伏，为了行动的保密性，萧望没有告诉他们自己的藏身地点。每次想到望哥还和自己在一个城市里，唐铛铛就感觉无比甜蜜，这是她每天晚上都能按时入睡的精神支柱。

导师们都能注意得到，在前几轮追捕行动中大放异彩的萧朗和凌漠，虽然说好了要对几个重刑犯深入研究，但是他俩在这段时间内仿佛有些消极怠工。

事实上，萧朗和凌漠，是为了那个赌约。

如果导师们知道萧朗和凌漠不仅仅率领组员们在研究重刑犯的同时，没有落下对轻刑犯的追捕，更是利用自己可以空出来的时间正在调查“幽灵骑士”的话，他们一定会非常欣慰的。在警力严重受限的情况下，能把三条线同时开展调查，实属不易。

萧朗和凌漠，就这样秘密地，各自为战。而且，两个人都有了不小的进展。

没有了萧望这个主心骨，萧朗这段时间过得十分忐忑。一向自负的萧朗，也学会了担忧和期待，也体会了心情的起落。好在有唐铛铛的陪伴，这让萧朗的心里踏实了不少。不论工作有多繁忙，萧朗总会想着法儿的逗唐铛铛乐，也不失为一种乐趣。

可让他觉得落寞的是，在唐铛铛的心目中，不在这里的萧望哥，似乎比总在身边的萧朗更让她惦记。每当萧望快来电话的那几天，唐铛铛连走路都会变得轻快起来。萧朗无可奈何，只能埋头继续将追捕“幽灵骑士”作为自己生活中最大的目标。看到唐铛铛因为参与案情讨论而迸发出的那种兴奋认真的劲头，萧朗也不知不觉受到了感染。大部分的时间里，他们都在小组的会议室里，和大家一起讨论着蛛丝马迹。时间就这样一天一天快速而静默地过去了。

萧朗给自己定的方向，就是从那一辆“复古风”形状的摩托车开始调查。

萧朗通过警局的关系，找到了那唯一的视频截图。那是一个可疑男子，驾驶一辆“复古风”形状摩托车，进出乔鸿小区的视频。从时间点上看，很符合杀害脱逃案犯 M 的时间。而且，这么大热天，驾驶人选择了一个全套式的头盔，还有一件明显大于其身材的大衣。显然，他是防止自己的面貌和身材被监控摄像捕捉。警方当初之所以确定他是杀害 M 的犯罪嫌疑人，也正是因为此。

在唐铛铛的帮助下，视频截图里的摩托车被完整地“抠”了出来。经过模糊图像处理，这辆摩托车的外形轮廓基本显现。这辆摩托车比一般的燃油助力车要大，但是销售商为了打擦边球，限制了其排量。所以，这算是一辆体积超大的燃油助力车，看起来比较新，使用时间应该不超过一年。因为对燃油助力车难以管制，所以这辆车和街上大多燃油助力车一样，并没有悬挂牌照。

因为车辆进出小区时具有一定的移动速度，而且距离摄像头较远，所以即便是唐铛铛使出了吃奶的力气，依旧无法看清楚助力车的品牌。不过，样式和颜色倒是弄清楚了。

接下来的工作，仍然是萧朗提需求，唐铛铛给予技术上的支持。

隔行如隔山，一旦深入进行了解，才知道燃油助力车的市场是那么庞大。这种形状和颜色的燃油助力车，居然有七家厂商生产，外形几乎一模一样。即便是有细微的差别，在视频截图那么模糊的情况下，也是不可能辨别的。所以，别无选择的萧朗，没有什么捷径可以走，只有一家一家地查。

萧朗以各个厂家在华北地区的总代理为支点，重点调查各个厂家在南安市及附近几个市的代理商，调查大约一年之内的类似形状、颜色"复古风"形状燃油助力车的销售途径。

不查不知道，一查吓一跳，就是一模一样的车，每个厂家在指定区域都销售了近百辆。这对萧朗来说，实在是一个不小的数字。

数字是一个方面问题，但更大的问题是没有甄别"幽灵骑士"的关键信息。即便是萧朗知道这辆车卖给谁了，但谁才是"幽灵骑士"呢？这个问题让萧朗很是苦恼。

倒是唐铛铛在这个关键的时候，给了萧朗提示。

"他这个头盔，好像很廉价啊。"唐铛铛说。

"是啊，《侦查学》上说了，如果一条线索不能顺利抵达终点，那么我们就要寻找更多的线索。即便每条线索都不能完成目标，但是这么多线索的交叉点，就是离真相最近的地方。"萧朗把《侦查学》上的笼统概念归纳得更为通俗易懂。

于是，萧朗和唐铛铛又开始打起了头盔的主意。用几乎同样的办法，唐铛铛把“幽灵骑士”的头盔概貌还原了出来，然后依据图片中估计的材质以及其样式、颜色，在网络上进行了地毯式搜查。可是，却一无所获。

随着网络搜查工作的进展，萧朗突然萌生了一个大胆的推测。这种头盔虽然是全套式，但是材质非常廉价的头盔，一般都是购买助力车的时候赠送的。尤其是图片里的头盔上若有若无的几个字，更像是营销商印上去的广告。

设置了燃油助力车的生产厂商、设置了销售区域、设置了购买时间，甚至设置了附送物品，以唐铛铛的计算机水平，很快就查出了一家高度吻合的经销商。

在查出经销商后，萧朗马不停蹄地赶赴店里，约见了经理。

听说萧朗需要他回忆过去的一年里，销售出去的“复古风”形状燃油助力车，然后再回忆购买的人都有哪些特征，这让经理大吃了一惊。记忆力再好的人，也不具备清晰回忆过去一年所有细节的能力。更何况，店里也没有监控，即便是有监控，也不可能追溯到一年前。

经理不知道萧朗的身份，对他警觉有加。作为学员的萧朗，又没有什么证件可以让经理乖乖配合。无奈之下，萧朗只有耍起了赖，蹲在店门口大嚷大叫，不仅赶走了欲来看车的顾客，更是让路人频频侧目。

经理被萧朗这一闹，顿时慌了。以前遇见类似情况，可以让店里的销售员动手，但在身材高大、态度蛮横的萧朗面前，经理不得不仔细思考解决的办法，以应付好萧朗，让他早点儿离开。

于是，经理拿出了收藏在柜子里的销售记录。因为销售记录上详细记载了每一辆车的价格，所以这份记录是很机密的。经理也是被逼无奈，才把这本记录交给了萧朗。

不看就算了，这一看，萧朗更是头大。上百份的购买记录，大部分都有购买人的详细信息，即便是没有详细信息，也有具体的联系方式。记录这些，主要是为了帮助客户办理燃油助力车牌照，以及售后服务所需。

这么多人，谁才是“幽灵骑士”呢？萧朗完全摸不着头脑。

萧朗就这样漫无目的地翻看着销售记录，大脑几乎近崩溃的边缘。突然，他的眼前一亮。

这是一年前销售的一辆“复古风”形状燃油助力车的销售记录。和其他销售记录不同的是，登记表上只有一个叫作“魏整义”的名字。其他信息，诸如住址、单位、电话、QQ 什么的，一律空白。这是一个主动放弃售后服务的顾客，这是一个把名字谐音，就能读成“为正义”的顾客。他不是那个自诩为了正义的“幽灵骑士”，那么还能是谁？

就那么一念之间，萧朗感觉“幽灵骑士”就在眼前，就在触手可及的地方。

“快，快，你赶紧给我看看这个人，你还能不能记得起来他长什么样子？”萧朗一把拽过经理，指着销售记录说，“一定要想得起来！”

“没搞错吧！”经理瞪大了眼睛，“这是一年前啊！你当我是神哪！你再这样闹，我就报警了！”

“我就是警察，你报了也白报！”萧朗晃了晃衬衫，露出了腰间的枪柄，“赶紧想，这是个什么人！”

经理看到了露出来的枪柄，着实吓了一跳，心想敢在大庭广众之下拿枪的，不是警察就是坏蛋。于是只有装尿，装模作样地想了起来。

经理没想出个什么眉目，倒是销售员最先来了印象。

“是不是，那个诺基亚？”销售员说。

“哦，好像是的，好像是的。”经理的脑袋点得像是在捣蒜。

“什么诺基亚？”萧朗问。

即便是有记忆片段，销售员也只能记得，那个“魏整义”买车的时候，拿出一个诺基亚手机来打。在这个智能手机遍地都是的年代，一个二十多岁的小伙子还在用老古董，引得销售员多看了两眼，于是就留下了这么个印象。

除了二十多岁、用诺基亚手机以外，经理和销售员实在想不出其他特征了，甚至现在把“幽灵骑士”抓来，他们也不具备辨认的条件。

萧朗见再逼也没用了，便留下一个电话号码离开了。也不算白来，好歹有了新的线索，也就有了努力的方向。

凌漠的方向和萧朗不同。他在赌约生效后，就孤身来到公安局，找到了刘安平局长，并且出示了自己的“守夜者”身份。因为刘局长作为市局高层，知道“守夜者组织”的存在，也在上次赶赴组织基地宣布破案情况的时候见过这个刀疤男，所以给他一路开了绿灯，对桑塔纳轿车被撞案进行了深入了解。

在交警部门的配合下，南安市警方很快就找到了撞击桑塔纳的小货车。这一点倒是出乎了“守夜者组织”导师们的意料。“幽灵骑士”并没有整修那辆车，而是直接抛弃在距离肇事地点二十公里外的一座小山下面。抛弃的理由应该是汽油耗光了。

小货车是一辆没有牌照的破旧车辆，从车辆的车架号上来看，这辆车是被扣押数年无人领取，被交警部门送往报废车厂的车辆。刑事技术部门随即对小货车进行了全面检验，可是没有能够检出指纹和 DNA。看来“幽灵骑士”是盗窃了该车后，给其加油，然后驶离车厂的；在作完案后，“幽灵骑士”细心地处理了车辆，没有留下证据。

非常可惜，车厂大门常年开启，而且没有专门的人员看守。通过车厂大门口的监控，只能看到车辆被开了出去，但看不到“幽灵骑士”是如何进入车厂的。不出意外，他是翻墙入内的。

得知这些信息后，凌漠孤身来到报废车厂，对车厂进行了实地勘验。

车厂荒草丛生，到处都是烂泥，坑坑洼洼，里面堆积着几十辆报废的车辆。凌漠对这些废旧的车辆和遍地都是的车轮印记、人的足迹不感兴趣，因为这些都已经被南安市警方勘查过无数遍了。

其实，凌漠本来也不对车厂留有什么足迹抱有希望。他的脑子里一直想着，“幽灵骑士”是如何给废车加油的，必须自己带着汽油进来？那么拎着一个汽油桶，又如何翻越这两米多高的围墙呢？

所以，凌漠感兴趣的，是在废旧车厂里不应该出现的容器或者包装物。

旧油桶到处都是，没有寻找的价值。但是凌漠很快看到了一个蛇皮袋，白森森的，在一堆荒草里格外醒目。

蛇皮袋很普通，但是上面用塑料绳捆扎两端，就不普通了。显而易见，这是有人专门制作的一个携带工具。可以把任何物体放在蛇皮袋里，然后利用蛇皮袋上简单捆扎的塑料绳背在背上。这样，就方便翻墙入院了。

想到这里，凌漠很是兴奋。

对蛇皮袋周围进行勘查后，凌漠很快找到了那个貌不惊人的汽油桶，更加印证了他的想法。

但这附近最让凌漠感兴趣的，是荒草之中散落的一些物品。有空的红牛饮料罐，有儿童牛奶的纸包装，有塑料饮料瓶，还有一块旧纸板。

这些都是很常见的物品，用这些物品来找人，显然很不切实际。但是，该如何利用这些本不该出现在报废车厂里的东西，推断出“幽灵骑士”的身份呢？

对于其他人，怕是得不出结论。

但是对于混迹于市井之间十几年的凌漠，这个问题很简单。

凌漠认定，“幽灵骑士”是以一个“收破烂”的身份，隐藏在民间的。原因是，那些异常的物件，都是收破烂的人才会收集的东西。

设想，“幽灵骑士”需要一个方便携带汽油桶“飞檐走壁”的包装物，那么他会取一个自己最常用、最好找的物件。如果“幽灵骑士”平时就是一个收破烂的人，那么这个蛇皮袋就是最好的选择，不仅能“装”(容纳)，还能“装”(伪装)。其实它就是收破烂的平时背在身上的口袋，用这个大口袋来装汽油桶自然没问题，只是口袋太大，里面难免会遗留一些平时收破烂残留下来的废物。

当“幽灵骑士”进入偷车现场后，把汽油桶从蛇皮袋里倒出来的时候，袋子里原本残留的一些废物也就被倒进了荒草丛中。

据此，凌漠用了大量的时间，潜入社会底层，对南安市整个收破烂的群体进行了调查和观察。不过，从这个千万级人口城市里找出一个并没有明显特征的收破烂的，仿若大海捞针。凌漠费尽心思，花了一个月的时间去梳理、调查，仍然还没有结果。

但是他坚信，有了这个论断，“幽灵骑士”跑不远、躲不久了。

2

这次，萧朗和凌漠同时约见“守夜者组织”导师，倒不是为了“幽灵骑士”的事情。

他们是同时对剩下的两名重刑逃犯的行踪进行了判断，请求“守夜者组织”导师们协调警方，予以抓捕行动。

剩下四个重刑犯，虽然两个逃脱策划人A和B仍然是杳无音讯，但萧朗和凌漠在这个很紧张的时间段里，分别锁定了另两个重刑犯，对于导师们来说，可以用“久旱逢甘霖”来形容。所以，导师们无一缺席，听取两人的分头报告。

萧朗及他的战鹰组对案犯 K 的锁定，应该是从两天前，萧朗妈妈傅如熙的一个电话开始的。

而关于 K 的故事，还得从发生在一个月前的两起故意伤害案件开始说起。

一个月前，在南安市下辖的安北县，发生了一起故意伤害案件。那天上午，一个住在安北县中医院宿舍区的男子，满脸是血地跑到派出所里，称有人抢劫，要求警方给予其协助。派出所立即派出数名民警和协警，并且要求指挥中心给予特警支持，按照报警男子描述的凶手模样，对案发现场周围进行了布控。

报警男子称，凶手是一个小个子男人，一看就是蓄意来犯罪的，因为大热天的，他还戴个帽子，遮住了大半张脸，那个帽子很显眼，是那种在城市里早已匿迹的毛线鸭嘴帽。凶手穿着一件花格衬衫，手持一把砍刀，见到他迎头就砍。因为他毫无防备，所以头部多处被砍伤，好在并没有造成颅骨骨折和颅脑损伤。

凶手在砍完报警人后，立即逃离现场，无影无踪。

从报警人的描述看，凶手的主要目的是在于砍人，而并没有对其随身物品进行侵犯、抢夺。所以派出所认为，这并不是一起抢劫案件，而应该是一起普通的、因为矛盾引发的故意伤害案件。作为辖区派出所，这样的案件，倒是也不少见。

不过，报警人坚持说自己并不存在什么所谓的矛盾，有人砍他，只有可能是为了抢劫。只是因为他死死护住自己的包，凶手才没有得逞。

民警认为，还有一种可能，就是凶手砍错了人。

在对案发现场周围进行搜索无果后，当天下午，110 指挥中心又接到一起报警，称自己被一名男子砍伤脸部。报警人和凶手进行了短暂的搏斗后，凶手逃离了现场。

虽然斗殴、伤害案件对于一个县城来说，是非常常见的案件，但是在同一天内，连续发生两起没有明显由头的伤害案件，还是引起了指挥中心的注意。所以，即便两起案件发生在两个不同派出所的辖区内，但是指挥中心还是及时把第一手信息调集到了县局。

果不其然，两起案件顺利并案。

第二起伤害案件的报警人对凶手的描述，也是戴个帽子，遮住了大半张脸，那个帽子很显眼，是那种在城市里早已匿迹的毛线鸭嘴帽。凶手穿着一个花格衬衫，手持一把砍刀，见到他迎头就砍。

第二个报警人，更是没有携带任何随身物品。所以，系列当街抢劫的定性，显然是不成立的。

不过，两个报警人的一个突出特征，引起了警方的注意。两个人，都是光头。

有了这一线索，警方初步认为，这是一起因为矛盾引发的系列伤害案件。虽然两个报警人之间并没有任何的社会关系联系，但是光头这个特征提示了一个问题：凶手很有可能和一个光头存在矛盾，或者授意于别人，要砍杀一个光头。但因为特征不明确，所以连续两次砍杀，都侵害错了对象。

有了这一推断，警方立即制订了侦查方案。第一，继续对两起案件的交叉区域进行搜索；第二，在全县范围内进行布控，尤其是有光头男子出现的区域；第三，对各交通要道口进行盘查，寻找戴毛线帽或者穿花格衬衫的男子，并进行盘问。

另一方面，负责询问被害人的民警，通过询问发现了一个细节。第二个被害人，因为毕业于某高校的体育系，所以有比较强的自卫能力。虽然他手无寸铁，但是在和凶手搏斗的过程中，他还是进行了有效的还击。如果不出意外，凶手应该受伤了。

这条消息立即传发给刑事技术部门，县局技术室派出痕迹检验员对被害人被侵害的现场进行了勘查。因为被害人头部多处创口，导致大量流血，所以现场可以见到大范围的血泊，不过这些血迹的意义并不大。顺着凶手逃离的路线，技术员对地面也进行了仔细的勘查，发现逃离路线上，偶尔可以发现一两滴滴落状的血迹，这些血迹延伸至一处小树林附近后，彻底消失。

虽然，从办案的实践经验来看，被害人没有自卫工具，凶手也不太可能存在可以流血的开放性创口，所以这些血迹很有可能是凶手凶器上沾染的血迹，随着凶手的逃离而滴落的。但也不能完全排除凶手有受伤、鼻部流血的可能。为了以防万一，技术室的民警还是对沿途血迹进行了分段采集取证。

同时，县局还派出了血迹追踪犬，沿着途中的滴落血迹进行了追踪。警犬比技术员的肉眼要强很多，它们顺着血迹抵达了小树林，并且带着民警穿过了小树林，径直向大山脚下的一处建筑物附近追踪而去。

警犬在这个没有招牌的大院门口转悠了几圈，停止了追踪。民警却感觉到了压力，因为这个大院，是军管区。

会是军人作案吗?

警方立即和军方保卫部门取得了联系，告知了案件的详细情况，并且把疑虑告知了军方。但是军方保卫部门在和部队首长进行汇报之后，给予警方的答复是：经过对所有指战员的清查，并没有发现任何人于案发时间离开部队，所以不可能是部队内部人员作案。

虽然警方仍然心存疑虑，担心军方保卫部门只是在敷衍警方，但是却不能明说。总不能说，咱们警察宁可相信警犬，也不相信军方的正式答复吧?

无计可施的警方，唯有继续加大对全县范围内的布控，并且死马当成活马医似的把收集的血迹样本送往市局 DNA 实验室进行检验。

此时，正值越狱大案的专案组在全市范围内大规模排查、布控工作全面展开，全市包括安北县的精干警力都投入了越狱大案的侦办工作。

同样，市局 DNA 实验室，甚至周边城市的 DNA 实验室，机器也全部 24 小时连轴转地为越狱大案的侦办工作进行服务，几乎不可能抽开空去检验相对较小案子的检材。这两起故意伤害案件的检材，被排到了一个月以后才能上机进行检验。

两起故意伤害案件的侦办工作，暂时搁浅了。

直到两天前，傅如熙的一个偶然发现，将这两起故意伤害案的侦办工作重新启动了。

在这两起故意伤害案现场勘查血迹中，傅如熙检出了两处和被害人的 DNA 图谱不同的图谱曲线。对 DNA 图谱非常敏感的傅如熙，突然觉得这些曲线非常眼熟，于是立即将其录入了前科人员 DNA 数据库。信息对比进行得很快，仅仅数分钟，对比成功的警报就响了起来。对比的结果让傅如熙大吃了一惊，这两起故意伤害案的犯罪嫌疑人，居然是越狱大案中的案犯 K！

案犯 K 从看守所逃出后，数天之后，居然到了安北县，而且莫名其妙砍了两个光头。这个线索让傅如熙摸不着头脑，于是赶紧将检验情况告知了老公萧闻天和当着组长的儿子萧朗。

正愁着抓不到“幽灵骑士”又找不到重刑犯的萧朗，把这条信息视为珍宝，立即针对案犯 K 进行了情况了解。

首先，萧朗认定，K 不可能是军人，更不可能钻进那个戒备森严的军管区。所以，军队保卫处并没有敷衍警方。凶手并不属于部队，也不可能藏身于此。

那么，K 为何消失于此？为何在后来的一个月中，再也没有出来作案？

一时想不明白，萧朗只有打开案犯 K 的卷宗，收集案犯 K 遗留在看守所内的杂物，慢慢地翻开他的故事。

案犯 K 是一个二十多岁的小伙子，性格内向，言语不多，反应不快，文化不高。通过审讯，发现 K 患有口吃。他从小开始，父母就外出务工，自己被奶奶带大。因为从小缺乏安全感，所以性格懦弱。调查显示，长期以来，他总是被人欺负，逆来顺受。

K 上完初中后，因为家境所迫，加之学习成绩所限，就辍学了。辍学后的 K，为了谋生，在菜市场的一个卖肉的摊位帮人打工。

某一天，一个男人突然冲进了菜市场，对一个女子大打出手。从女人的反应来看，这个男人应该是她的丈夫，这种家暴也是常有发生。周围有人围观，但是并没有人出手制止。夫妻俩的事情，旁人自然是不好干涉的。

意想不到的是，K 一反平时懦弱的状态，拎着砍骨刀冲进了人群。K 一刀就将男子砍倒，并且用刀反复砍击男子的头面部。顿时，血液和脑浆四溅，男子当场死亡。

K 拉起已经吓傻了的女子，逃离了市场。

三个小时后，根据当事女子的电话举报，警方将藏身于一处废弃房屋的 K 抓获。

审讯工作进展得很艰难，K 很难交流，而且也不愿意交流。但是他愿意承认杀害男子的行为，并且交代了想带女子离开的想法。只是这个女子，并不愿意和他一起“私奔”。不仅不“私奔”，还把他的藏身地点报告给了警察。整个过程中，K 都捂着自己的心脏，表达自己无比心寒的心情。警察还担心他有心脏病，请了医生来确定他是正常的。

看似 K 是在“见义勇为”，只是方法过当。但是经过缜密调查，警方发现 K 和当事女子其实是初中同学，而且同桌过一年。虽然没有证据证明 K 和该女子有单线联系，或者有暧昧关系，但是从这一层关系，加之 K 杀害男子的残忍手段来看，这并不是一起故意伤害案件，而是一起没有预谋的激情杀人。

所以警方以 K 涉嫌“故意杀人”，移送至检察院起诉。

案件很简单，但是案件当事人背后的故事，看起来就不那么简单了。萧朗仔细调阅了案件的调查和其他侦查手段的报告，警方做了很多工作，确实能证明当事女子并没有和 K 有染，他们可能就是简简单单的同学关系。

不过，萧朗还是读懂了 K 的故事。

从 K 遗留在看守所的日记里，萧朗读到了中间的几段文字。

“看到她，想起了过去，所有的傻 × 都在欺负我，只有她，能给我安慰。不管被骂被打，只要看到她的笑容，听见她温柔的声音，我感觉什么都无所谓了。”

“她今天来我的摊位了，认出我了。她说她结婚了。我恨自己，不敢说出我的内心所想。”

“她脸上居然有伤！”

“她那个畜生老公又打他。”

“进来两个礼拜了，她从来没来看过我。她不爱我。”

胸有成竹的萧朗，打开 K 涉嫌的“故意杀人案”的现场勘查卷宗。

从血腥的照片中，虽然死者的头面部已经血肉模糊，但不难看出，死者就是一个光头。

事情至此，已经明朗化了。

K 是一个受尽欺辱、自卑懦弱的男生，但是他在他那个温柔善良的女同桌面前，可以得到些许安慰，在那个情窦初开的年纪。所以，他深深地爱上了她，在心底。

辍学后，K 和女同桌离别多年，却在菜市场和她重逢。当他知道自己心里的爱人经常遭受家暴的时候，他愤怒了。所以在女同桌再次被老公殴打的时候，怒火彻底弥漫到了他的全身，因此他一时冲动，挥刀杀害了女同桌的丈夫。

逃离杀人现场后，女同桌不愿意和他一起离开，甚至举报了他的藏身之地，这让K很是不解和失望。尤其是K在入狱后，女同桌显然并没有感受到他的爱，更不会对他感激，甚至都没有来探望过他，这让他的心里无比失落，无比沮丧。

从看守所逃脱后，心灰意冷的K，回到了自己的家乡，也是女同桌的住处所在。根据调查报告，在案发后不久，K的女同桌因为丈夫家属的巨大压力，不得不搬离了安北县城。K可能是回去寻找女同桌，但没有找到。这时候，K才彻底绝望了。他把所有的怨恨都集中在女同桌的丈夫身上。既然他已经死了，那么这些怨恨就只有撒在和他相似的人身上。而这种相似，最明显的，就是那锃亮的光头。

当然，一个百万人口的安北县，不可能只有那两个光头。那么，为什么K在连续做完两起案件后，会突然消失呢？难道是找到了他的女同桌，两人重逢了？

这是最有可能的一种情况。

萧朗得出此结论后，对K的女同桌现状进行了调查。经过调查发现，身为中学语文老师的女同桌，因为自己的丈夫被自己的“单恋追求者”砍杀后，被婆家人排挤逼迫，不得已离开了南安市安北县。此时她住在外省，自己的一个远亲家里，继续在一所中学教授语文课。

萧朗通过自己父亲的旧关系，要求女同桌现在落脚地的辖区民警予以协查，寻找K的踪迹以及K是否近期曾和女同桌联系过。经过侦查，确定在近期，K并没有找过她，她也没有看到过K。

听说，在当地民警调查的时候，女同桌非常抵触民警提到K的名字。

可想而知，现在的女同桌非但没有把 K 当成“踏着七彩祥云来营救她的孙悟空”，反而把 K 当成了破坏她一生幸福的邪恶之徒。

那么，可以围绕女同桌开展工作吗？萧朗觉得不可能实现。毕竟女同桌远离了南安市，而且在南安市内，举目无亲。K 不具备警方的能力，他没有任何信息渠道获知女同桌的去处。那么，有可能是因为过度绝望，在部队后方的大山里畏罪自杀了吗？

这又该如何去寻找？

不甘放弃的萧朗，继续研究 K 留下的那一本厚厚的日记。日记里大多记载着一些鸡毛蒜皮的琐事，对破案毫无意义。但正是在这些毫无文采的日记之中，萧朗找到了一句看似很有意境的描述。

“依山傍水，满目翠华，袅袅炊烟，红砖黑瓦。霞落屋脊，歌声绕家，屋后绿柳，堂前红花。我还清晰地记得这一句话，哪里才能找到这样的地方？”

学过画画的萧朗，瞬间在脑海里浮出了一个美丽的画面。不过显然，这不是一个初中文化、成绩很差的人可以写出的东西。也很显然，这并不是已有的古文诗句，而是一个人的原创。

这段话写在 K 遇见女同桌之后，所以萧朗认为，这很有可能是 K 触景伤情，回忆起了当初女同桌的某些期许或理想。这应该是一个女孩子对将来生存环境的一种梦想，一个充满意境的农家小院，悠闲而华美的画面。很有可能，这就是女同桌心中的世外桃源吧？那么，也会是深爱着女同桌的 K 心中的世外桃源。再想想，女同桌是中文系毕业的。

萧朗灵机一动，让唐铛铛打开谷歌地图，对山脚下的部队所在位置进行了观察。

穿过那一片小树林，便到了军管区大院的门口。如果不是从这个大门进去，而是绕着大院的院墙，就会走到院后的一条小河。渡过小河，便是大山。翻过那高高的山脊，山的背面，翠绿之中，可以看到一些黑色的小片。黑色的小片周围，是一条一条整整齐齐的绿色条带。

如果不出意外，大山的背后，住着一些茶农。

警犬的嗅觉，因为小河的阻断而终止，这让警方认为嗅源消失在部队周围，所以影响了整个追踪行动的进行。其实，K 很有可能越过了小河，进入了大山里。

可能，他起初的目的就是为了藏匿，然后之后来源于外界的刺激，他不再作案。而这种刺激，很有可能就是那句充满意境的词句，在现实中实现了。

萧朗是个多动的孩子，从小就喜欢和同学乱跑。他知道，在南安市附近的大山里，住着一些茶农，而这些貌似脱离现代社会的农家小院，都很美丽，很有意境。至少，从字面上理解，有山有水、红砖黑瓦、翠绿满山、山花烂漫，这些条件绝对可以满足。如果 K 在傍晚逃到此处，看到风吹杨柳，看到晚霞映照农舍，看到炊烟升起，再有甚者，有个茶农在高歌。那 K 一定认为自己到了世外桃源，绝望的心也有可能被突然唤醒，他会认为那是个可以延续生命、有望期待爱情的地方。

这样看，说不定 K 就在茶农的小舍中，生存了下来，等着他的爱人也找到这个美丽的地方。

虽然还没有依据证实萧朗的观点，但是他觉得可以一试，所以他来到导师会议室，申请特警立即对大山背面的村落进行包围，搜寻 K 的踪迹。

3

如果说萧朗是一页一页翻开了 K 的心酸故事的话，那么对于凌漠，他的搜捕对象则是一个老熟人了。

虽然凌漠早已熟知 R 的故事，但是真正让他决心锁定对 R 的追捕任务，还是从两天前他的小伙伴们来找他说起。

凌漠受导师唐骏所托，进入守夜者组织，一方面参与训练，另一方面保护唐铛铛。在接受守夜者组织交给他们的任务之后，凌漠就想到了曾经和自己一起摸爬滚打十几年的小伙伴们。唐骏把凌漠救出虎口的时候，凌漠让这些小伙伴都重新恢复了学业。然而此时，这些小伙伴终于可以发挥出作用了。凌漠在接受守夜者组织任务之后，立即召见了小伙伴们。当时，凌漠给小伙伴们制定的任务，就是探查 R 的下落。这段日子以来，是凌漠压力最大、夜不能寐的两个月。因为充实，这么多时间不知不觉就过去了。不管平时多么累、多么忙，凌漠的心里一直记挂着这个危险的 R。所以，每隔一小段时间，凌漠都会电话催促、指导他的小伙伴们加紧对 R 的线索的搜集，及时更改对小伙伴们的指导方向路线。

开始，凌漠对小伙伴们的要求就是，在一些黄道吉日，尤其是适合于结婚的日子，重点监控结婚的场所；要么，就是根据照片，寻找 R 购买汽油、柴油、酒精等助燃物的线索。后来，凌漠对小伙伴们的要求是，不惜一切代价，根据照片寻找 R 的行踪，尤其是五金店之类的地方。这显然不是一个轻松的任务，但是小伙伴们感激凌漠孤身一人将他们从水火之中救出。即便小伙伴们现在都听从凌漠的命令，都恢复了学籍，是认认真真学习的正常孩子了，但是长久混迹于市井的经验和能力，还是让他们具备搜寻相关线索的能力。这一次，不再是鸡鸣狗盗，而是为警察伸张正义，所以小伙伴们都显得很精神，信誓旦旦地保证，只要 R 一出现，保证第一时间汇报情况。

可是凌漠完全没有想到，不仅小伙伴们在这两个月中没有搜集到任何信息，更是连警方也确认没有相关案件的报警。

R这个变态，真的改邪归正了？

说R是个变态，一点儿也不为过。警察们这样认为，市井的混混们，也都这样认为。R的故事，在南安市市井之间，几乎无人不知。

他的故事，要从十五年前说起。

十五年前，南安市发生了一起火灾，是一起汽车自燃导致两死一伤的重大意外事故。交通事故并没有什么大惊小怪的，但是这一起事故，却引得全市、全省甚至中央各大媒体相继报道。原因是，死者是一对新人，事故发生在接亲的路上。

多吸引眼球啊。

因为是在接亲的路上，而且是在节假日南安市最繁华的街道上，所以目睹这一起事故的人很多。所有人都认为，那是一起超级惨烈的事故。浑身是火的新人在绝望的边缘挣扎，几乎给每一个目睹的人都造成了心理阴影。好在那时候拥有智能手机或者带录像功能的手机不多，互联网也仅仅是刚刚开始普及，不然那么惨烈的现场视频一旦上网，影响自然会是很恶劣的。

经过交警部门的鉴定，接亲用的敞篷跑车，因为车主擅自改装车体结构，导致油路、电路均出现严重隐患。在当时气温较高的情况下，油路、电路同时出现故障，电火花引发了油路自燃，最终导致油箱爆燃。

坐在后排座上的一对新人，正是坐在那个爆燃的“油箱”之上。

汽车爆燃后，大火迅速包围了全车。车主（也就是驾驶员）和新郎在爆燃中直接死亡，长相非常美丽、身材极其火辣的新娘侥幸从敞篷车里跳了出来，全身易燃的婚纱全部烧着，她整个人包裹着大火在柏油路面上滚来滚去。

好心的市民以及迎亲车队的其他人立即赶过来灭火，救了新娘一条性命。不过，那也是在持续治疗大半年后，医生才宣布新娘脱离生命危险的。即便是脱离了生命危险又如何？新娘全身百分之六十Ⅲ度烧伤，剩下的，也都是深Ⅱ度烧伤。现在的新娘，几乎成了一个“疤痕人”，不敢出门，生不如死。

R 是新娘的远房表弟，当年十二岁的 R，目睹了火灾的全部过程。而且，处于性懵懂期的 R，一直把新娘作为自己暗恋的对象，甚至连自慰，都对着新娘和他的合影。

如果这起事件给别人造成了一定程度的心理阴影的话，那么对于 R 的心理，则是毁灭性的打击。不过在当时，R 并没有惊慌失措，并没有惊恐害怕。他感觉他自己因为看到满身是火、满地挣扎的新娘，反而得到了极大的快感。

这是在市井之间的传说。在凌漠可以翻阅逃犯们的卷宗的时候，他发现这些传说都被 R 的问讯笔录给证实了。

在那起惨绝人寰的事故之后，R 就走上了不归路。

十三岁的 R，因为在别人婚礼的时候悄悄跟在新娘后面用打火机点燃新娘婚纱而被送往派出所。因为这个行为并未造成什么后果，而且他也不够刑事处罚的年龄，被派出所诫勉谈话后放回。

十五岁的 R，因为点燃了新人堆放在楼梯口准备搬上车运走的被褥，导致局部失火，造成两万余元的经济损失，因此涉嫌构成“放火罪”被拘捕。在减轻处罚后，判处有期徒刑三年。

十八岁的 R，刚刚从监狱里刑满释放，立即实施了又一次放火行为。这次的行为要恶劣得多。他悄悄潜入了一个不相识人的婚礼现场，躲在迎宾幕布的后面，点燃了幕布。幕布燃烧的时候，竟然没有人发现，直到火势蔓延到了新娘的婚纱之上，整个大厅的人才惊叫了起来。好在火势很快得到了控制，躲在大厅门口的 R 也又一次享受到了数年前那样的快感。因为这次放火行为导致了五万余元的经济损失，且导致新娘轻微伤，R 被法院以“放火罪”判处有期徒刑十年。

今年，获得减刑的R出狱后，就被当成了重点监控的人员。为防万一，辖区派出所甚至安排了一名辅警日夜监视R的居处，防止他再行犯罪行为。虽然R的父亲对他严加看管，但是依旧没有发现R的秘密行为。果不其然，为了追求快感的R，这次甚至购买了汽油，准备向接亲的婚车直接泼洒后点燃。好在他还没来得及去实施更恶劣的犯罪行为的时候，就被民警人赃并获了。刑警部门认为，虽然R的犯罪行为还处于预备阶段就被及时制止，但是他对犯罪客体已经构成了直接的威胁，而且本次行为威胁的可能不仅仅是自然人，甚至是公共安全。所以刑警部门将R关押至看守所，等候法院的庭审。一旦罪名成立，R可能面临更加严厉的刑罚。

换句话说，从那一起惨烈的事故之后，R的这半辈子几乎都是在监狱中度过的。即便是这样，“江湖”中还流传着R的传说。这种“遗臭万年”的传说，让混迹于市井最底层的小混混，都嗤之以鼻。他们甚至给R起了一个外号“火信子”，把他当成茶余饭后的一个笑柄。

当然，这些故事，警方比凌漠更加清楚。所以在越狱事件发生后，警方一直把R当成心腹大患。第一个被“守夜者学员”们追捕的H，因为被人点火烧死之后，警方就不惜花费大力气，对全市及所辖县区的所有加油站都进行了布控。不仅查找“幽灵骑士”的线索，更是对不纵火不罢休的R的各角度各时期照片进行了张贴，防止R潜入加油站买油。

除此之外，警方还对所有可能作为助燃剂的物体销售进行了控制，寻找R的下落。

不过，两个月来，丝毫没有任何关于R的线索。两个月之间数个“结婚日”中，都没有再发生一起放火事件。

所以从警方向指挥部反馈的情况，和小伙伴们为凌漠提供的情况来看，这个R很有可能销声匿迹、不再作案了。要么，就是被“幽灵骑士”

先一步处死以防后患了。从 R 对寻找快感这么执着的心理来看，后一种可能的发生概率更高。

“守夜者组织”指挥部发出的“活的要抓回来，死的要找回尸体”的命令，其实很大的部分，是针对 R 来做出的。

可是，凌漠一直都觉得 R 并没有被“幽灵骑士”杀掉。具体是什么原因，他自己也说不清楚，就是隐隐的直觉。

凌漠除了认为 R 没有被杀掉，甚至认为 R 很有可能在策划一起更加隐蔽、更加危险、成功概率更高的行动。而这两个月的潜伏期，正是他的准备期。

眼看着国庆节将至，结婚的旺季就要来到，凌漠心里暗暗着急，于是也加大了对小伙伴们的鞭策。直到小伙伴们两天前赶来，欣喜地告诉凌漠，通过他们的分头查探，果真在诸多五金店发现了 R 的踪迹。除了欣喜，小伙伴们更是惊讶，凌漠是怎么知道 R 会出现在五金店的，太神了。

凌漠之所以做出如上的判断，是因为他对 R 进行了比警察更加深入的分析。

警察们觉得，R 的犯罪手段是在不断地升级，从用火柴点燃婚纱开始，发展到购买汽油准备烧车。而凌漠觉得，R 的目标自始至终都是一致的，那就是点燃新娘，寻找快感。只是因为年龄的增长，他的选择方法更加成熟。

警察们觉得，既然 R 的犯罪手段已经升级到了几乎是顶级，现在不再犯罪，很有可能是放弃了这方面的执念，改邪归正，专心谋生；要么，就是被“幽灵骑士”杀死了。而凌漠觉得，R 毕竟坐了那么久的牢，天天和一些社会的渣滓混在一起，肯定会增加他的犯罪经验，所以他最后一次选择了汽油作案，只是他没有想到警察早已监视起了他。然而现在的处境不同，R 从明处转移到了暗处，不仅没有警察的监视，更是没有了父亲的管制。他可以随心所欲地策划他的犯罪；或者，他也在等待着国庆节这一结婚高峰动手。

如果是有时间、有空间进行更加精密的筹备，R 会做什么呢？

凌漠于是研究起了 R 坐牢九年的记录，尤其是对和他同一号房的犯人。经过研究，凌漠发现，R 在坐最后一年牢的时候，同号房关押了一名被判处死刑缓期两年执行的犯人。这个犯人是一个精于工程制造的人，因为在隔壁邻居院中实验爆炸装置，导致邻居被炸死。

凌漠立即调取了仅存的一些监控录像，发现 R 和这个犯人走得很近。

R 会不会从放火犯，转变成了爆炸犯？如果 R 准备利用爆炸来引燃婚车，那么他最需要的就是在这两个月中，研究出小威力的爆炸装置。显然，专业的零件他没能力购买，即便购买也会被及时发现，所以，他很有可能去利用一些日常使用的工具零件来制作装置。

而这些零件，五金店里全有。

这就是凌漠让小伙伴们重点巡查五金店的理由。

凌漠很认真地用手机地图软件，按照小伙伴们提供的线索，在 R 光临过的每一家五金店上做了标示。接下来的两天，就是凌漠对这些五金店的地理位置进行研究的日子了。

天生对地形、地理非常敏感的凌漠，很快就研究出了端倪。

R 是一个不能出远门的人，因为关于这二十几个逃犯的红色通缉令贴满了大街小巷。虽然大部分老百姓对于这些人的长相不能完全记住或者引起足够的重视，但是对于越狱逃犯 R，是绝对不敢公然离开藏身之处过远的。

小伙伴们拿着 R 的大幅照片去一一询问五金店老板可就不一样了，不同于对待通缉令上那一排排模糊的黑白照片，对于某一个特定的顾客，老板们肯定能有隐约印象。

如果R不会走远，那么他一定就处于寻访到的各个五金店的地理位置中央。本着这坚定的信心，凌漠在地图上标示出了一块特定的区域，然后在这一块特定的区域里，想寻找适合于R藏身两个多月还不被发现的地方。

很可惜，直至到导师们面前去汇报的时候，凌漠并没有找得到这样的区域。他听说萧朗已经发现了另一名重刑犯的行踪，所以也就不甘示弱地和萧朗同时出现在了“守夜者组织”导师会议室里。

听完两人的汇报，傅元曼的心情百感交集。有惊喜，是因为在这个关键的时间点上，两个人发现了关键的线索，导致现在很有可能可以把逃犯追捕工作推上一个新的台阶；有欣慰，他在萧朗、凌漠的身上，看到了自己年轻时候的影子，有激情、有天赋；有感动，虽然萧望的离开让他百感交集，但他没想到自己能意外收获到更加有探案天赋的萧朗；有期待，他仿佛看见了“守夜者组织”的光明未来；甚至有敬佩，这两个年轻人大胆、缜密的分析，甚至就连他有时也自愧不如。

“傅老爹！我觉得我们战鹰组的分析更加缜密，更加合理，而且圈定的范围更小，所以我申请特警部门先派员包围指定区域。”萧朗说。

凌漠冷冷一笑，说：“傅老爹，我觉得我们火狐组锁定的范围更加利于包围，因为比起野外，巷战更是城市警察擅长的。”

萧朗瞪了凌漠一眼，咬了咬牙。

“别争了，我马上会通知市局指挥中心，调动所有可以调动的警力，分两批，分别对你们两组锁定的区域进行合围。争取在天黑之前，把两名犯罪嫌疑人捉拿归案。这一仗，我们要好好地打响。”傅元曼满面红光地说。

“可是姥爷，”萧朗说，“你不是说过，我们的警力早已过度透支，很难调配出大批的力量吗？”

傅元曼叹了口气说：“是啊。持续这么久的工作，虽然取得了很大的成果，但是我们的民警几乎全部都处于严重超负荷工作的情况。自己的日常工作不能放下，逃脱案的工作还得跟上。大量的蹲点、守候、调查、访问工作，让他们疲于奔命。现在，市局指挥部不得不采用一班一休的办法来缓解民警体力的透支，所以警力也就有所缩减。不过，我觉得这两个案犯的藏身区域的划定，很不错，很精确，而且这两个案犯经过这么久的藏身，警惕性也会有所降低。所以，以我们现有的警力，可以分两组同时进行抓捕工作。”

“如果同时抓到，也是我们赢了。”萧朗抬了抬下巴，说，“我们锁定的区域更精确。”

凌漠冷冷地笑着，没说话。

傅元曼哈哈一笑：“别争了，谁优谁劣，导师们自有分说。现在，集中精力，抓人！”

第九章　双重身份

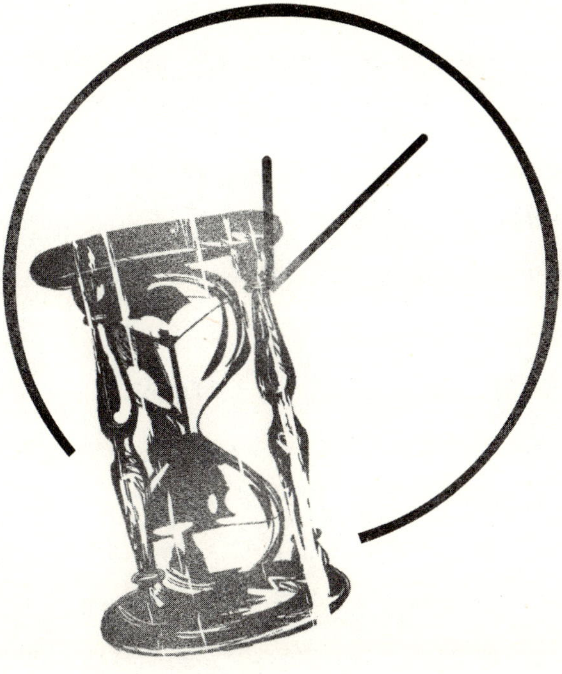

生活中只有两个悲剧：一个是没有得到你想要的，另外一个是得到了你想要的。

——（英）王尔德

1

萧朗带着自己的队员和数十名特警沿着弯弯曲曲的盘山公路驶到了大山的脚下，仰面一片郁郁葱葱。

几十个人武装整齐，沿着山路向位于半山腰的小村进发。远远地，萧朗就看到了满目芳华。夕阳之下，朝霞映红了远处的村庄，黑色的瓦片在映照下闪闪发光。山路两边的翠柳正值季节，柳条随风摇曳。柳树中间培植了不少一串红，在柳绿中泛出点点红色。远远看去，大山的中央还有一个“天池”，是一块面积不小的湖面，在夕阳下波光粼粼。不只是萧朗一个人，所有人都有一种心旷神怡的感觉。

根据辖区派出所的民警反映，这个区域几乎每座大山都有种茶的村子，治安状况极其良好，没有殴斗、没有偷盗。这些村民每家每户除了每年固定日期到山下的集镇处理茶叶、购买必需品以外，几乎过着与世隔绝、自给自足的生活。除了正常的户籍管理，派出所都没有去村子里出过警。

远远地看着村庄，萧朗坚定了自己的信念。当初他看到 K 的日记的时候，脑海中映出的景象和眼前的景象简直就是高度的相似。他自己也完全没有想到，茫茫大山之内，居然真的有这么唯美的地方。

山区的外围和村庄的外围都已经派出人员布控了，K 即便是看到他们浩浩荡荡地开进村庄，也插翅难飞，萧朗对自己的部署很是自信。可是，他没有想到的是，在距离村庄五百米的时候，他那双视力高出正常人很多的眼睛，就看见村口，也是由村里唯一通往外界的道路口，好像站了很多人。除此之外，每个人的身边仿佛都被夕阳映射得闪闪发光。那应该都是一些金属物的反光。

萧朗心里开始打鼓，这些人都是干什么的？从半山腰的村庄确实很容易俯视到山下的情况，他们这么多人一起开进山村，肯定在进入山路的时候就可以被观察到。但是，这些人是干什么的？难道他们以为萧朗等人是“土匪”，所以来反抗？不会啊，因为观察到他们的车队，就应该知道那是警察的车队。

怀着疑惑，萧朗的队伍开到了距离村口五十米的地方停了下来。停下来的原因，是萧朗心中的顾虑成真了。村口站着几十号村民，个个手里持着农具，在看到萧朗诸人后，众人纷纷端起了农具，做出一副誓死抵抗的姿态。

一见这个架势，几名特警也下意识地端起了枪。萧朗赶紧挥手制止，让身边的派出所所长上前沟通。

派出所所长显然和村长熟识，于是上前几步，笑呵呵地对站在对方队伍前面的村长说：“老颜，你们这是干什么？”

村长用浓厚的乡音回击：“你们这是干什么？”

“我们有线索，你们村有逃犯，对你们的安全构成了威胁，所以我们得履行职责。”派出所所长灵机一动，用安慰的语气说道。

“我们村没有逃犯。”村长说。

“不管有没有逃犯，我们都得进去搜查，这是搜查的手续。”特警队长有些不耐烦，抖出一张搜查证。

“那就试试。什么手续在我们这儿也不好使。”村长举了举手中的镰刀。

“我们又不是在旧社会，至于吗，老人家？”萧朗喊道。

村长没有吱声。

“怎么会没有呢？”派出所所长看来还掌握更加确定的情况，说，“你们村得胜前两天在集上碰见我，还说颜三儿收了个儿子。你们看看，是他吗？他叫吴德朝。”

说完，派出所所长拿出一张大幅悬赏通告，指了指通告上K的大头照片，说：“你们看，政府下的通缉令，那能是假的吗？”

村长沉默了一会儿，抬头梗着脖子，理直气壮地说：“他现在叫颜德朝。”

虽然离得老远，村长不可能看清照片上人的长相，但是他的这一句话显然默认了K确实藏身在村里。虽然萧朗的一系列推断最终被证实无误，但是他此时的心情真可谓是惴惴不安。

萧朗趁着派出所所长和村长交谈之际，逐一打量了在村口堵截民警的村民，K并不在内。可见，K不仅藏身在村庄长达一个月，还认了村里的一个老光棍做父亲。甚至在一个多月中，和村民们产生了浓厚的感情。在村民发现有大量警察包围村庄的时候，K自然知道是来抓他的，就告诉了义父颜三儿。而颜三儿“老年得子”，肯定不会轻易就把义子拱手交人，所以煽动了这次村民抵抗的行动。不出意外，K此时此刻正藏身在村内。

萧朗的惴惴不安，并不是担心抓不到K，而是担心这样被村民一耽误，会不会给“幽灵骑士”提供了抢先杀死K的机会。而且，现在村民的注意力都在警察身上，也没有人会注意得到K是不是有危险。自己人在路上紧赶慢赶，抢回来的时间居然这样就被浪费了。

派出所所长对村长的脾气很是熟悉，一直不温不火地做着村长的思想工作。可能是站着乏了，也可能是被派出所所长动之以情晓之以理了，村长的态度开始有了转变，从誓死不让警察进村的态度变成总是向身边的人征求意见。

不用问也知道，村长身边的人就是K认的父亲，颜三儿。

萧朗见村长有了退让，突然记起上山的路上，有一座村民自己搭建的小庙，香火还很盛，知道这个村的村民还是很信佛的。对于信佛的对手，自己又站在正义的一边，这事儿就好办了。萧朗默念了几遍，然后一本正经地说："佛法无边，我们是来让他放下屠刀的，是为了他立地成佛。"

这一句话仿佛彻底瓦解了村长的心理防线，他和颜三儿低语了几句。颜三儿一脸慌张，良久，站出来说："既然是天意，那，那你们就进来找，找……找不到别怪我，天意让你们找不到，你们也别勉强。"

获得了许可，民警们一窝蜂地涌进了村子，一半人搜查颜三儿家，另一半人搜查其他人家。

在萧朗的带领下，民警在颜三儿家里找了一圈，有喜有忧。喜是因为颜三儿家里的三间瓦房有两间里有床铺，这对于这个独居四十多年的老光棍的家来说，肯定是不正常的，这个K肯定定居在颜三儿家里。忧是K现在并不在颜三儿家里。

经过半个多小时的搜索，结果是一无所获。

萧朗的心仿佛掉进了深渊，他害怕"幽灵骑士"已经先他一步处死了K，但是看到颜三儿靠在门边一副扬扬自得的表情，又像是他已经把K藏在妥当的地方。

好在派出所所长的一句低语，让萧朗重燃希望。

他说："找找看可有地窖。"

地窖？非战争年代，还玩地道战吗？萧朗一时想不明白，但是这是唯一的希望。于是他开始在颜三儿的家里左敲敲、右找找，想发现隐藏地穴的踪迹。

一旦对可能的目标集中了精力，很快就能发现线索。在颜三儿家的厨房里，聂之轩很快发现了一处痕迹。这是一处挪动碗橱后在地面上形成的痕迹，碗橱的挪动，使得原来摆放位置的地面暴露出来，明显没有多少灰尘，显然，碗橱是刚刚移动了不久。

萧朗和聂之轩相视一笑，合力把碗橱归为原位，果然在地面上出现了一个被木盖子盖上的地窖入口。

“知道吗？如果你明知他犯罪，还主动藏匿他的话，就构成包庇罪了。”萧朗厉声对慌乱无措的颜三儿说完，掏出手枪和电筒，率先往地窖下面走。

手电筒的光芒照射着地窖四周，很快，萧朗发现一个角落的台子上，仿佛是放了一顶假发。假发？光头？难道K为了模仿女同桌的丈夫，剃了光头？

想到这里，萧朗持着枪向台子走去。走近的那一刻，萧朗才知道那根本不是什么假发，而是K躲在了台子和墙壁之间，只露出头发，而且此时K的手上还拿着一把剁骨刀。

“我投降，我投降。”好在K并没有选择抵抗，而是乖乖地束手就擒。这时，萧朗顿时放下了心：倒不是因为K没有扑上来砍他，而是这次“幽灵骑士”比警方慢了，或者他根本想不到这里还有地窖，总算抓了个活的重刑犯。

虽然还是有很多持械村民的围观，虽然颜三儿在家里撒泼耍赖，但是村长一直沉默不说话，所以在警察押解走K的时候，并没有遭到村民的暴力抵抗。

路上，萧朗饶有兴趣地问所长怎么会知道这个颜三儿家里有地窖。所长告诉萧朗，这一片区域住的都是茶农，而本地的红茶，必须发酵、陈化后才能卖得上价钱。对于红茶的发酵、陈化工艺，一般都是要将采回来的茶放在干燥、通风的仓库当中使之慢慢变化，这样的红茶才能入口绵香且有保健功效，这叫作干仓储存。但是干仓储存的红茶，发酵速度会非常缓慢，有时不能及时供应所需，所以有些茶农为了投机取巧，采取了挖地窖，使茶叶在潮湿环境中加快发酵速度的办法，称为湿仓储存。这种办法速度虽然快了很多倍，但是极易霉化，对人体健康造成危害。为了赚更多的钱，很多茶农家里除了有干仓仓库，也有湿仓地窖。派出所所长熟知此中之道，自然想到了地窖的问题。

K 一路都在自言自语："等不到她了，等不到她了。"

这让萧朗的心里很不舒服，他曾经在书上看到一句话："生活不只是苟且，还有诗和远方。"看来这句话说得不错，这样一个没有什么文化的人，可以为自己心中的爱恋，可以为那一点儿诗情画意而转变性格。不过，痴情的结局居然会是这样，真是不知道情为何物啊。

同样是在下午出发的凌漠，也采取了先包围再搜索的办法。相对于战鹰组的目标，火狐组的目标有优势也有劣势。优势是在城市里，只要封锁住各咽喉要道，便完成了包围；劣势在于，城市人口明显较多，在这么多人中寻找目标 R 并不是一件容易的事情。

为了不让 R 漏网，凌漠还是要求负责包围的特警人手一张 R 的照片，仔细盘查过往要道口的人员，防止 R 趁乱逃脱。在此基础之上，凌漠觉得磨刀不误砍柴工，所以他们一干人等用一张包围圈内的详细地图，花了一个多小时的时间，研究 R 有可能藏身的地方。

这片区域还是比较复杂的，有工厂、商家、公园、荒地，还有零零散散没有被拆迁的农户。不过最让凌漠关注的，还是这片区域中心点位置的那一个荒废的安置小区。负责这片小区建设的开发商，因为资金链断裂，最终卷款逃跑了。政府一边在通缉这个开发商，一边在积极寻找接盘的人。目前这个安置小区还处在一片烂尾楼的状态。

凌漠对这个区域关注是因为：一来这个位置位于区域的正中间，从划分嫌疑区域的原理来说，这个点离 R 出现的各个位置点都比较近，所以是最有可能的藏身点；二来 R 如果制造犯罪装置的话，前提是有一个隐匿的、独立的室内空间，这个有房有门但没有人的区域是最好的选择了。

不过，这个烂尾小区也有十几栋房子，高的十几层，矮的四五层，而且小区没有围墙。如果大张旗鼓地搜索，惊动了 R，R 很容易逃脱这个小区。虽然大区域已经被包围封锁，但是一旦 R 逃脱后再藏匿在某一处隐蔽的地点，再找起来就比较难了。而且，包围街道等于扰民，是不能实施太长时间的。

所以，凌漠决定大家便装进入区域，三人一组，悄无声息地逐栋同时搜查。

下达指令后，几十个人便装持枪，同时进入各栋楼房。

大约半个小时的时间，对讲机里传来火狐组程子墨的声音，在其中一栋高层烂尾楼的五楼，发现了一些五金用具以及一个不明装置，还有一张行军床和一些生活用品。但是经过搜查，这栋楼里并没有人。

这一发现确定了凌漠的推断，R 果然藏身于此，而且这个嗜火如命的家伙，真的在策划一起更加可怕的犯罪。凌漠认为 R 很有可能正好在这个时间离开住处了，于是要求大部分特警悄悄离开小区，在周围潜伏，只留下五六个人到现场所在的楼内隐藏，准备来一个守株待兔。

等待期间，凌漠独自在楼内踱步。一个人，一层一层地游荡。不知不觉，日落西山，凌漠也踱到了顶层。这栋楼虽然封顶了，但是楼顶堆放了大量泥沙，经过前两天的大雨，整个楼顶被泥沙浆覆盖。即便是今天晴了一天，泥沙仍是潮软的状态。

凌漠蹲在进入楼顶的小门前，侧着光看去，眼睛亮了一下。

“子墨，快上来楼顶看看。”凌漠焦急地对着对讲机喊道。

不一会儿，程子墨爬到了楼顶。一口气跑上十层楼，程子墨有些体力透支，叉着腰靠在墙边喘着粗气。

“那是什么痕迹？”凌漠指着远端的地面说。

程子墨蹲下身来，皱起眉头盯了许久，说：“泥浆有踩踏的痕迹，痕迹上面没有被泥沙掩盖，也没有雨水冲流的迹象，这些好像是挺新鲜的踩踏痕迹。”

“R 上来楼顶做什么？会不会是发现我们了，然后在我们包围之前逃跑了？”凌漠很是担心。

“应该不会。”程子墨一边从口袋里掏出口香糖嚼起来，一边说，“我们开到这小区附近的时候，就直接封锁各栋楼的大门了。如果那个时候他还在楼里，肯定就被我们堵到楼里了。”

“对啊。”凌漠说，“总不会被我们逼得跳楼了吧？”

“不会。这么高，如果我们在附近，有人跳下来，肯定能听见响声。”

凌漠缓缓点了点头，但是还是不放心，说：“走，我们去楼下看看。”

“啊？又要下去？”程子墨吹了个泡泡，一脸不高兴。

这栋烂尾楼的楼下，是一堆建筑垃圾，堆积了一米多高。垃圾的中央已经陷了下去，从周围看不出有什么异常。但是一旦登上垃圾堆的边缘，便可以看出，中间的那些废旧砖石块的累积状态，是被一具尸体给破坏了。尸体蜷缩在垃圾堆的中央凹陷区，甚至被一些粉尘覆盖了一部分，周围并没有什么鲜血。

凌漠发现楼下尸体的时候，程子墨还没跟上来，此时的凌漠极端沮丧。临近最后的竞赛，看起来他又要输了。没有抓到“幽灵骑士”，反而被“幽灵骑士”再次抢先一步。火狐组已经没剩下几个人了，接下来的任务该如何进行？

尸体正是 R。

“尸斑刚刚开始出现，尸僵也只有在小关节才有。好可惜，我们仅仅晚到了三个小时。我还在说为什么没有听见坠楼的响声，原来在我们来之前，‘幽灵骑士’就完成了他的任务。”见到尸体之后，程子墨连口香糖也不嚼了。检验尸体，比口香糖更让她感到兴奋百倍。

“在我们部署对这个区域的包围的时候，‘幽灵骑士’就开始下手了。可惜我们只部署了找R，却没有想起来让民警们留个心眼警惕‘幽灵骑士’，这是我的失误。此时，‘幽灵骑士’肯定已经逃离了包围圈。”凌漠说，“我们还是慢了不少。你能看出来，他是怎么死的吗？”

“不解剖都能看得出来，多处假关节形成，皮肤破口出血少，巨大暴力所致瞬间死亡。死者系高坠死亡，没问题的。”程子墨说。

“‘幽灵骑士’的惯用手法，用疑似意外、自杀的手法来杀人。”凌漠说，“是不是他生前也没有反抗？不对！他有反抗！”

凌漠想起了屋顶上泥浆里的那些搏斗痕迹。

“你能不能在排除我们这几个进入现场的人的痕迹后，对‘幽灵骑士’和R的痕迹进行勘查，然后依据勘查结果进行现场重建？”凌漠说，“我是想知道一些细节，就是‘幽灵骑士’如何杀死R的细节，还有为什么R与众不同进行了反抗。”

“可以是可以，但是我需要市局技术部门的配合。”程子墨说。

“那肯定没问题。”凌漠强振精神，说，“这是一起命案，市局才具有直接的管辖和侦办的权力。”

2

“和其他人一样，这个K也是不太清楚自己为什么会越狱。用他自己的话说，那一刻他管不住自己的腿，管不住自己的思想，一心觉得只有越狱了才能见到女同桌，才能和她生活在一起，那么他的杀人行为才具备意义。”萧朗虽然是在导师会议室里陈述审讯工作的失败，但是却显得底气十足、耀武扬威。毕竟，这一轮的竞赛，战鹰组获胜了，而且是抓回了剩下四名重刑犯之一，是活捉。

“这是一个因为逃脱后先藏匿、再绝望、然后杀人垫背，最后因为外界刺激而转而谋生的个案。”傅元曼在念叨着，不过大家都听不懂他在说些什么。

凌漠此时已经重新抖擞了精神，尽管他们火狐组刚刚又淘汰了一人，战斗力再次遭受了重创。凌漠说：“现在剩下的，只有本次逃脱案的策划者 A 和 B，还有一个不知名的盗窃犯 V 了。现在只有两周的时间了，我觉得我们没有必要在这里总结汇报、浪费时间了，还是让我们继续研究 A 和 B 的行为特征吧。只要把他俩抓获，什么都清楚了。”

“别着急，虽然时间不多，但是不瞒你说，对于 A 和 B，我心里已经有谱了。”傅元曼摸了摸下巴颏上的白胡子，说，“我更关心的，还是那个无处不在的‘幽灵骑士’。听说你们掌握了一些关于‘幽灵骑士’的痕迹线索，凌漠你还是不要私存，把它拿出来我们大家分析分析。”

“我才没那个闲工夫私存这些可有可无的信息呢。再说了，市局不也都掌握了吗？”凌漠冷笑了一下，说，“只是我们掌握的这些痕迹，并不能说明任何问题，我觉得没有丝毫意义。”

“集思广益吧。”傅元曼说，“说不定我们能有所突破呢？”

凌漠朝程子墨使了个眼色，程子墨点头应允，一副高冷模样地打开投影仪开始报告她的分析。

对于痕迹检验专业来说，现场所在的地面是提取物证最好的载体。现场地面都是光滑的水泥地面，上面附着了厚厚的一层粉尘，一旦有人踩上去，肯定会留下“灰尘减层足迹[1]”，因为很久没有人进入现场，所以足迹也很少，便于分辨。

看着投影仪上那一枚枚清晰的鞋底花纹，萧朗哈哈一笑：“原来你‘幽灵骑士’也是个普通人啊，你也要双足着地地走路啊，我还以为你用飞的呢。”

根据尸体上的鞋子，程子墨首先明确了 R 的活动轨迹，然后根据现场痕迹，程子墨确定了一直和 R 的鞋印伴行的“幽灵骑士”的鞋底花纹。这也就是确定了 R 确实是被“幽灵骑士”推下了楼，而不是 R 意外或者自裁坠下了楼。

“幽灵骑士”和 R 之间确实发生了搏斗，但是并不是一直在搏斗。从现场的痕迹来看，“幽灵骑士”最先和 R 的接触点正是 R 的藏身地所在，五楼的一间屋内。当时 R 应该正在摆弄着那一堆五金用具，听见“幽灵骑士”的脚步声后，迎到了门口。奇怪的是，此时的 R 并没有直接和“幽灵骑士”发生搏斗，而是两个人一起走到了里屋。从足迹上看，两个人站在 R 的行军床边小范围挪动后，R 应该就就范了。

此时地面上仅有“幽灵骑士”一个人向屋外行走的痕迹，痕迹的后面，是一条有花纹的拖拉痕迹。对于这样的痕迹，程子墨和聂之轩有同样的结论，此时 R 已经被“幽灵骑士”用某种办法击晕，这样的痕迹是“幽灵骑士”背负着 R，向顶楼行走，背上的 R 脚尖拖地留下的痕迹。

“如果是挪动几小步后，就失去了意识，说明‘幽灵骑士’有极强的搏斗能力，两个人的体能差距很大。”萧朗说。

“我唯一感兴趣的是，R 会不会和‘幽灵骑士’认识，不然在门口就该有搏斗了。”凌漠抱着胳膊，闭着眼睛说。

1　灰尘减层足迹，指的是踩在有灰尘的地面上，鞋底花纹抹去地面灰尘所留下的鞋印足迹。

萧朗白了凌漠一眼。

程子墨顺着痕迹继续说。

“幽灵骑士”将 R 背负到楼顶后，可能要对其进行处决，但不知道什么原因，R 突然苏醒，这一点让“幽灵骑士”也始料未及。求生欲很强的 R 在楼顶和“幽灵骑士”发生了剧烈的搏斗，R 也多次倒地。

现场的楼顶地面上覆盖了很厚的沙土、泥巴和水泥粉尘，经过大雨的浸润，这些物质混合成了黏度非常高的泥浆。因为“幽灵骑士”的始料未及或者因为他急于将 R 处死，所以在移动过程中，“幽灵骑士”右脚的鞋子陷入泥浆后脱落了。现场于是出现了一足有鞋子、另一足穿袜子的痕迹。这样的痕迹一直和 R 的鞋印伴行到楼顶的边缘，因为楼顶周围的护栏还没有建好，所以 R 就这样很容易地被“幽灵骑士”弄下了楼。

而此时，火狐组还正在部署对现场外围进行包围。

整个过程完成后，“幽灵骑士”重新走回掉鞋的位置，取出了他陷入泥浆的鞋子、穿好，从容离开现场。

“不知道记者们的信息为什么那么灵通。”唐铛铛坐在角落里说，“现在网上已经公布了‘幽灵骑士’再次作案的消息，又是一片赞美之声。甚至，还有人说他是什么‘灭火者’，说什么‘新娘拯救者’。”

“公布消息的人，对内情很是了解啊。”傅元曼说，“去查一查这个人是怎么知道这些信息的。”

“以前就查过，说是用翻墙软件，在境外网站上看到的。说明有知情人故意在发布消息，我们目前还不能对这些网站布控。”唐骏耸了耸肩，说。

“这些足迹，有循查的可能吗？”萧朗问。

聂之轩咬着嘴唇摇了摇头，说：“不可能，这是最常见的那种解放鞋的鞋底花纹，到处都有的买。”

凌漠点头赞同。

“好不容易留下了一些痕迹，就没有一点儿能够发现端倪的可能吗？太可惜了。”聂之轩说。

“等等。”萧朗突然提高了声音，“上一张照片，放大点儿，放大点儿。”

上一张照片是对现场泥浆上的“幽灵骑士”的袜印进行石膏取模后，恢复他整个脚底板模型的照片。

“1，2，3，4，5，6！”萧朗的眼神总是比别人先一步发现细节，他越数越激动，“‘幽灵骑士’就是Ⅴ！就是Ⅴ！哥哥说的是对的！哥哥的直觉是对的！”

虽然现场足迹是袜印，并不是很清晰，但是经过石膏取模后，脚趾之间的缝隙模模糊糊地显现了出来。这样，现场足迹是个“六趾儿”，也就不难判断了。

唐铛铛的最先反应是拿出了手机，迫不及待地拨打萧望的手机。

“您好，您所拨打的手机暂时无法接通，请稍后再拨。”

拨打了几次，都是一样的状态。

“怎么了，望哥电话怎么打不通？”唐铛铛急得直跺脚。

“正常。”萧朗说，“哥哥只有在主动和我们联系的时候才会打开手机。他现在是专心致志，害怕打扰。尤其是在跟踪的时候，怎么能开手机呢？”

“是啊，铛铛别急。”聂之轩温和地笑着，“萧望来电话一直很有规律，按照两周一次的规律，他应该在大后天和我们联系。那时候我们再告诉他也不迟。‘幽灵骑士’再次出现，我觉得下次他和我们联系的时候，就是告诉我们‘幽灵骑士’被抓获的消息了！”

唐铛铛暂时放下了心：“但愿如此吧。”

战鹰组的人在这边欢呼雀跃、激动万分，火狐组的人在那边一个个面面相觑、不知所云。聂之轩见战友们，也是竞争对手们一脸懵逼，哈哈一笑，把前期掌握的情况低声告诉了坐在他身边的凌漠。

凌漠恍然大悟："这一切都可以解释了，V 进入看守所，就是为了策划这次逃脱计划。而逃脱计划，居然是一场'狩猎行动'的开端。"

"狩猎这个观点，是我们提出的。"萧朗抢着说，"他难道以为他是我们'狩猎小组'的吗？"

傅元曼看了眼萧朗，笑着没说话。这个一直抵触要当警察的小子，如今已经把自己归纳到"狩猎小组"里了。

凌漠淡淡一笑，接着说："'幽灵骑士'入狱的时候，故意隐瞒身份，让警方无迹可查，他放出犯罪嫌疑人们，又一个个地杀掉，为的就是所谓的'正义'？太可怕了，多恐怖的一个计划。不过，这就可以解释刚才的问题了，为什么 R 看到'幽灵骑士'的时候，没有直接搏斗，反而是交谈！他们是狱友啊！"

凌漠把"幽灵骑士"的作案动机慢慢说出，有几个学员都觉得很震惊。但是此时，凌漠和萧朗内心，似乎对傅元曼都很佩服。虽然刚刚才得知"幽灵骑士"的身份和他的计划动机，但是在不久前，傅元曼秘密找萧朗和凌漠的那一场谈话，还曾让两个人丈二和尚摸不着头脑。但是此时，两人终于知道了傅元曼的用意，难道他心中，已经获知了什么他们还不知道的东西？

一直在旁边深思的傅元曼显然也是很吃惊。他独自思考了很长时间，然后看了看身边的萧闻天。而此时，萧闻天也正在看他。岳父和女婿，心也可灵犀。两个人眼神碰撞的时候，仿佛都读懂了对方的心理。而且，两个人此时的内心所想，也应该是完全一致。两个人暗自点了点头，这个动作没有被任何人注意到。

傅元曼清了清嗓子，站起身来，打断了大家的讨论，说：“这是一个重大的发现，也是一次非常好的合作。两个组把各自掌握的信息拿出来，居然就对出了‘幽灵骑士’的身份。现在对‘幽灵骑士’我们也很有把握抓住他了，我们有他的鞋印，也有他入狱的时候获取的DNA，他跑不掉的。但我觉得，当务之急，并不是‘幽灵骑士’，而是得赶紧找到最后两个重刑犯。他们两个一定是‘幽灵骑士’的最终目标，我们不能再让‘幽灵骑士’杀人了。只要我们抓住了A和B，那么‘幽灵骑士’也就不远了。”

“我赞同。”萧闻天说，“我们现在抓捕A和B，不仅仅是因为他俩相对于‘幽灵骑士’更加稳定，更容易抓捕，更是因为，在你们行动的时候，我们依据你们之前的成功经验，也进行了一系列的推理。至少，对于A，我们心里已经有数了。”

傅元曼居然认为暂且搁浅对“幽灵骑士”的抓捕，这一观点显然没有得到萧朗和凌漠的赞同。他们的心里还暗暗地鼓着劲呢，凌漠绝对不愿意被萧朗淘汰出守夜者，萧朗更不愿意这两个多月的受苦在最后功亏一篑。但是，既然萧闻天说了，对于A已经有了具体的抓捕计划，两人倒也都没提出异议。

在征求了傅元曼的同意后，萧闻天站直了身体，整理了一下自己的衣角，朗声说道：“迄今为止，由我们守夜者组织提出推理分析和抓捕方向，成功抓捕的，已经有十四个逃犯了，而其中有九个最为精彩。在你们上次行动的时候，我们导师们就对这九个逃犯的心理轨迹进行了会诊分析。现在，我把我们会诊的情况说给你们听听。”

经过两个多月的角逐，两个组的守夜者学员们已经淘汰了近一半。原本仅仅够坐下二三十名学员的会议室里，此时仅剩下十三名学员，坐得稀稀拉拉的。不过听见萧闻天这么一说，大家顿时来了精神，纷纷坐直了身体，凝心聚神。

萧闻天鹰一样的眼神扫视了一圈，说："所有的抓捕过程，我们大家都已经很熟悉了，我也不想再重复了。我在这里要说的，是心理轨迹的分析。虽然这么多逃犯，每个人性格不同、犯罪不同、条件不同，但是我们发现，他们的心理轨迹还是很有规律性的。最初对三个逃犯 N、O、P 的追捕，因为案发时间短，所以三个人要么慌不择路，要么去自认为最可靠的地方躲避，但其三人的心理，都是为了'逃避'。随着时间的延长，案犯们虽然不再躲避，但是开始反思自己的所作所为，H 和 G，一个是完成心中的执念，一个是去坟头吊唁，说白了，其心理，都是对前景的'绝望'，完成自认为是临终的愿望。在绝望过后，仍未被抓捕，那么，这些逃犯的心理会发生变化，甚至重燃生的希望，那么他们可能要想方法去'谋生'，比如做微商的 M。一旦他们活了下来，他们就会去想办法'解开以前的心结'，这时候他们的行为就会有缜密的预谋了、就会目的性更为明确，比如准备杀死流言对象的 S、继续寻找放火快感的 R，还有寻找到梦中世外桃源的 K。"

萧闻天一边说，大家一边翻着以前的办案笔记。

萧闻天接着说："从'逃避'到'绝望'，再到'谋生'，然后'解开心结'。我们可以看到一个清晰的心理轨迹。那么，一旦以前的心结被解开了，案犯下一步的心理应该是什么样的呢？"

没人说话，大家都在等待着萧闻天回答。

萧闻天嘴角微微上扬，说："我认为，连心结都解开了，他们就看得开了，那么他们会随心所欲地犯罪。"

大家纷纷点头，表示赞同。

"除了'幽灵骑士'，我们还剩下最后两个犯人，也是重刑犯，A 和 B。"萧闻天竖起了食指和中指，说，"他们杀死了狱警，曾经还被我们误认为是策划者。虽然他们为‘幽灵骑士’背了个黑锅，但是因为他们毕竟是‘黑老大’，入狱前的根基很深，所以仍然逍遥法外。他们可能也度过了上述的一个心路历程，但是他们存活下来的条件和所处的环境，自然比其他人要好得多。于是，我们就开始推测，如果他们现在已经开始‘随心所欲’了，会是怎么个随心所欲呢？”

所有的学员都开始皱起了眉头。不过萧闻天的这个关子，并没有难倒萧朗和凌漠。两个人几乎同时说出了两个字：“道士。”

“对。”萧闻天微微一笑，“关键就在这个道士。根据我们之前抓获的涉黑逃犯的供词来看，这个道士并不算是什么正经道士，他完完全全就是披着道士的外衣，做着邪教的事情。他经常会主张用‘喝人血’来治疗疾病，也曾经说过对于B的阳痿的治疗，最好就是饮用大量男性的血液，用男人血液的‘阳气’来冲击B体内过多的‘阴气’。而且，A很照顾他的弟弟，如果他要有什么随心所欲的话，那么肯定就是杀人取血，为他的弟弟治病。”

“所以，下一步寻找有集中发生命案的地方？”有学员问道。

“我们开始也是这样想的，可是通过全国的命案系统查询，越狱案之后，并没有发生集中的命案。”萧闻天说，“毕竟我们的国家是非常安全的国家。”

“那就找集中人口失踪的？”萧朗问。

这两个多月来，萧闻天看到了自己小儿子的成长，看到了他的天赋，为此深感惊讶和欣慰，于是他柔声说：“对，这就是关键。虽然经过协查，我省和周边省份都没有集中人口失踪案件发生，但是我们还是收到了一则情报：海滨城市海城市，在两周前开始，突然失踪了很多流浪汉。这事件是一个派出所民警发现的，开始他以为是收容所的行动，所以也没在意，但看到我们的协查通报后，到收容所验证，发现那群流浪汉不在那里，觉得很蹊跷，于是给了我们回复。不过，毕竟是流浪汉，而且都没有身份，所以无法开展相关调查，只能从民警平时的印象来分析。如果没有记忆偏差，失踪的都是男性的流浪人员，这就很可疑了。”

“可是海城市那么大，如何下手？”萧朗说。

“在发布协查集体死亡、失踪案件的同时，我们还就‘血’的问题进行了协查。”萧闻天说，“有一则回复很有价值。这是在我们邻省阳北市发生的一起案件。五天前，高速出口交警在盘查一辆轿车的时候，遭受了轿车内人员持枪袭击，所幸没有伤亡。在交警堵截和特警围捕过程中，两名犯罪分子持枪拒捕被当场击毙。特警从轿车内查出大量冷冻着的血包，大吃了一惊。经过 DNA 检验，明确这些血包里储存的都是人血，而且来源于不止十个人。但是把这些 DNA 数据输入失踪人口库，并没有比对上任何结果。当时阳北警方认为这并不是什么重大案件，而是以涉嫌‘黑血站’贩卖血浆对此事件进行调查。通过五天的调查，利用车辆和被击毙人员的背景，初步判断这个‘黑血站’有可能设在海城市华慈制药厂。不过，我们应该知道，这显然不是什么‘黑血站’，而是一个恐怖的地狱。所幸他们没有打草惊蛇，他们一直在秘密侦查，制药厂那边还不知道轿车被警方截获。如果不是我们的协查通报，他们也准备这两天就赶赴海城市动手了。”

“我们像是一个反应堆，两个城市的信息一起流到我们这里，神奇地发酵了！看似不相干的信息，串在一起，就直接指向犯罪分子所在了。”凌漠感叹道。

“可见信息化对于办案是有多重要啊。”萧闻天说，“既然明确了方位，我们已经通知特警支队，除去值班人员，倾尽所有警力，今晚赶赴海城市全力抓捕逃犯 A 以及那个假道士，打掉 A 残余的恶势力，并期望可以解救还未死亡的流浪汉。同志们，三个月的期限眼看就要到了，抓捕到所有的逃犯对于警方、对于守夜者都是死命令！而今晚，会是里程碑似的一战，关系到警方的荣耀，关系到守夜者的命运，关系到人民群众的安全！我给大家半个小时的时间吃饭、准备，半个小时后整装出发！”

十一名学员都格外兴奋，起身离开。凌漠则在自己的座位上坐了良久，才缓缓起身离开。萧朗一直等到凌漠和导师们都离开了会场，才说：“姥爷，你等一下，我有一些家事想和你谈谈。”

3

空旷的会议室里，爷孙两人相对而坐。

傅元曼跷着二郎腿，微笑着看着自己的外孙。从他的表情上看，他似乎已经猜测到自己的外孙会和他谈论什么事情。

萧朗低着头思考，组织了一下语言，然后抬头问道：“姥爷，有个一石二鸟的机会，你要不要听一下？”

“哦？”傅元曼看了看手表，说，“即便你不吃晚饭，饿着肚子去行动，也就只剩下半个小时的时间了，为什么不回来再说？”

“事不宜迟啊姥爷。”萧朗也下意识地看了看手表。

“士别三日当刮目相待，这句话说得一点儿也不错。”傅元曼眯着眼睛端详着萧朗，说，“两个多月前，对你来说，这些破案什么的事情，你是不会操一点儿心的对吧？现在都开始急破案之所急了，不容易。”

“不想输给老萧而已。”萧朗故意做出一副漫不经心的样子，说，“那我就说了啊。”

傅元曼仍然是眯着眼睛，点了点头。

萧朗给傅元曼递过去一沓材料，说：“这是我刚才从案卷资料里整理出来的，姥爷您边听边看。我是这样想的，A 既然随心所欲做出这样不小的案子，其用心全部是为了给他的弟弟 B 治病，出于安全考虑，A 和 B 此时可能并不藏在一个地方。在距离海城市有五百公里的阳北市截获轿车，就印证了这一点。而且，截获地点是高速出口。高速出口一般都是到达目的地的必经之路。简单说吧，我认为 B 肯定藏身在阳北市。”

说完，萧朗盯住傅元曼，想看一看姥爷的反应。然而傅元曼则丝毫未动声色，也不说话，更没有夸赞自己的外孙，这让萧朗有些失望。

沉默许久，萧朗终于憋不住了，说：“好吧，姥爷，我知道你是老狐狸了，这种小儿科你肯定也知道。那么问题就来了，您为什么不安排两队人马，同时抓获这两个坏蛋，一石二鸟？”

“我是老猎人，不是老狐狸。”傅元曼虽然知道这个外孙一直没大没小地跟他开玩笑，但还是正色纠正道，“再狡猾的狐狸，依旧逃不出猎人的手掌心。现在我来问你，阳北市方圆四千平方公里，一百多万人口，如何去找 B 的行踪？”

对于这个问题，萧朗成竹在胸。他对傅元曼手里的那一沓材料努了努嘴，说：“这些材料是从 B 入狱之前的调查材料里节选出来的。您刚开始说的时候，说到了逃犯的心理旅程的问题，如果这个观点可靠，我觉得 B 很有可能藏在某一个小区里。在当初查看案犯资料的时候，我注意到一个细节，就是警方刚刚开始对以 A 和 B 为首的恶势力进行调查的时候，曾经在多个地方捕捉到 B 的轿车出没。当时还认为是他在多地跑业务、卖毒品什么的，其中就有阳北市的记录。当时只是个印象，想起来以后，我刚才就翻看了当时的记录，是一个天网监控头捕捉的，是一天傍晚进入一个别墅区，第二天一早开出来的。因为 B 经常跑附近城市，所以这一条信息也没有得到印证。”

“那你怎么印证？”傅元曼饶有兴趣。

"我觉得吧，阳痿什么的，又不是绝症，没必要急着治疗吧？"萧朗说，"除非他很急切地有这方面的需求。"

"我明白了，你是觉得，B 是在这些材料记载的那几个城市里面分别包了几个二奶？"傅元曼说。

"通过调查材料看，无论关系多么近的人，都没有任何人知道 B 为什么会跑这几个城市。"萧朗说，"连自己人都要瞒得严实，显然不是为了逃避警方打击，而是要逃避他家里那只母老虎的打击。"

"家里有母老虎你都知道？"

"从对 B 妻子问话的字里行间，我的直觉可以隐约感觉得到，姥爷你知道我情商很高的嘛。"萧朗很是自信，"所以 B 在逃脱后，躲避到了他自认为最安全的某个二奶家里，也就是材料里调查过的那个别墅区里。"

"好。"傅元曼说道，"我再问你第二个问题，你告诉我，'幽灵骑士'选择目标的招数是什么呢？"

萧朗不知道姥爷是怎么想的，思维怎么突然又发散到了"幽灵骑士"的身上。这一问，让萧朗顿时不知道该如何回答。但是这三个月的训练让他很快可以集中自己的精神思考问题，他细细地思考了一分钟，说："我觉得吧，武侠小说里常说，最厉害的招数就是没有招数。'幽灵骑士'的招数其实就是没有招数。"

"愿闻其详。"傅元曼的眼睛里闪过了一丝光芒。

"很简单。"萧朗说，"每次我们发现被'幽灵骑士'杀死的逃犯，都是因为比'幽灵骑士'慢了一步。难道是'幽灵骑士'每次分析的目标都和我们一致？天下哪里有这么巧的事情？我觉得吧，应该是我们的分析判断的信息，通过某种方式，被泄露给了'幽灵骑士'。因为'幽灵骑士'一个人单兵行动，又不需要什么办案的程序、手续，所以比我们要更加迅速和敏捷，导致了我们每次都慢人一步。"

“很好。”傅元曼的胡须有些颤抖，“你觉得信息泄露这个问题，是警方的责任，还是守夜者的责任？”

萧朗看得到了姥爷的首肯，立即来了精神，说：“第一，警方只是按照我们指出的方向行动，但是并不知道为什么我们会指出这个方向，那么他们即便是知道该往哪里行动、如何行动，也不能精确定位每个案犯可能的藏身之地。第二，目前守夜者里还具备警察身份的只有四个人，您、老萧、那个狠巴巴的司徒霸，还有我们战鹰组的分析者，法医聂之轩。其他人，甚至连导师们都不是警察。不是正规的警察，就缺乏纪律约束。虽然守夜者组织是个神圣的机构，但目前的情况看，暂时还处于鱼龙混杂的状态。所以，我觉得信息泄露的问题自然是出在守夜者组织里。”

“既然是有人意图泄露信息，那么，刚才的会议开完了，组织里的这个内鬼现在会去做什么？”傅元曼引导着萧朗回答。

“您是在说他会去马上通风报信吗？您是要利用这个机会抓住内鬼吗？”萧朗说，“姥爷你别太天真了，既然‘幽灵骑士’作案这么多次，他们的联系方式自然保密得很。而且，现在是信息化时代了，随便动动手指都能向全世界表达出自己的意思和态度。您想通过监控来抓捕内鬼和‘幽灵骑士’是天方夜谭。”

“我知道不容易抓到内鬼。”傅元曼说，“这也是从‘幽灵骑士’出现以来，我一直很担心、很害怕的事情。一粒老鼠屎，可以完完全全地坏掉一锅汤啊！不过，这次我并没有奢望轻易地把内鬼暴露出来，而是要利用他引出‘幽灵骑士’。”

“引蛇出洞啊？”萧朗恍然大悟，“您是想通过这一次行动，不仅抓获A，而且要抓获‘幽灵骑士’？”

“所以在你们回来之前，其实我们已经部署警力赶赴海城市，对相关区域进行布控了。”傅元曼得意地说，“只要‘幽灵骑士’一出现，他肯定已经被抓了。”

“这个钓鱼计划，有多少人知道？”萧朗说。

“我们导师们，还有警方的高层才知道。”傅元曼说。

“如果内鬼就是这些人中的一员呢？”萧朗一脸怀疑，说。

“我觉得这帮老伙计还是靠得住的。”傅元曼若有所思地说，“虽然我们守夜者组织过去出现过一些问题，但是我仍然非常相信他们每一个人的操守。尤其是现在我召回的这十名导师，我都是了解的、信任的、可以托付的。”

萧朗有些不服气，说：“那我还觉得咱们学员这两个组十几个人都很可靠呢！哦，当然得除了那个坏小子凌漠。姥爷啊，现在的世道，人心不古啊！”

萧朗老气横秋地叹息，把傅元曼逗得笑了起来：“哈哈！小鬼头，装什么老成。这样说吧，我已经暗中部署了警方迅速行动，而且当地警方也会全力配合我们。即便是导师内部透露了信息，‘幽灵骑士’也别想抢在我们前面得手。”

“如果内鬼和‘幽灵骑士’知道或者判断出了你的意图，明知自己不可能得手，所以停止行动，或者转移其他目标呢？”萧朗问。

“以‘幽灵骑士’的行事作风，他绝对不会看着我们抓人，而他罢休。转移目标？你是说‘幽灵骑士’会去杀 B？”傅元曼轻蔑地一笑，说，“你都说了，这个‘幽灵骑士’根本就没有招数，我不认为他能够和你一样分析出 B 的具体位置。”

“仅仅因为此，你就不去管 B 了？”萧朗说，“姥爷，您这次会不会轻敌了？事实上，‘幽灵骑士’远比我们料想的要强大！至少他的行动每次都赶在了我们之前！”

傅元曼说：“我给你分析几点：一，‘幽灵骑士’的惯用伎俩是按照我们的思路去实施行动，并没有发现他的主动行为。二，在上一起抓捕行动中，我故意让你们两个组同时行动，看‘幽灵骑士’的行为轨迹。事实上，你们的抓捕对象范围更小，地域更开阔，更容易去侵害，但是‘幽灵骑士’却选择了凌漠的抓捕对象。为什么呢？因为你们的抓捕对象是一个想去杀人垫背，但是转而想重新做人的人；而凌漠的抓捕对象是一个不折不扣的变态。也就是说，在时空条件约束的情况下，‘幽灵骑士’不得不二选一的情况下，他最终选择的目标就是那些更危险的人。”

“A 和 B 藏身两地，相隔五百多公里。这算是一道天堑摆在‘幽灵骑士’面前，他不得不从中选择一个。A 会杀人取血，B 顶多只会饮血，所以 A 的危害大，即便是选择，‘幽灵骑士’也会选择 A。这就是姥爷您的判断，对吗？”萧朗有些着急，“可是，如果‘幽灵骑士’知道你们要钓鱼抓他的计划，他又不傻！他肯定会转去杀 B。”

“还是那句话，我相信这帮老伙计不会透露信息，那么就没有其他人会知道钓鱼计划。”傅元曼说完，停顿了一下，补充道，“同时，我也相信这个‘幽灵骑士’不会舍去更明确位置、不会舍去更加变态可怖的 A 不杀，而去找更难找得到、更懦弱的 B。”

“我总觉得‘幽灵骑士’没有那么简单！”萧朗很不服气，声音也提高了八度。

“他不简单，但也逃不出警方的天罗地网。”傅元曼反驳道。

“为什么不能 A 和 B 两边同时布控？”萧朗拍桌子站了起来。

傅元曼对萧朗的不敬未动声色：“快三个月了，南安警方筋疲力尽。即便是有当地警方的配合，但更了解情况的南安警方才应该是主力军！可惜，我们的警力是极其有限的！而且，各地的治安仍要维持，能抽出来进行专项行动的就那么些。再说了，现场地域那么大，A 很有可能纠集了不少帮凶，甚至有枪！要确保万无一失，需要大量警力围剿。”

“您这是在赌博！”萧朗说。

傅元曼说：“百分之九十的可能性，我觉得还是值得一赌的。不过，我还是会协调阳北市警方派出一部分力量布控你说的这个区域。一方面防止‘幽灵骑士’真的像你说的那样，反其道而行，而且他也真的有那么强的分析能力找得到B；另一方面也防止B通过某种途径闻讯后逃跑，当然，如果B真的像你分析的那样，是在这个区域内的话。虽然，我相信我的宝贝孙子的分析能力，但是现在咱们必须集中精力去抓捕A和‘幽灵骑士’。至于B，他一心躲藏，甚至沉迷于淫欲，他是绝对跑不了的。如果顺利，今晚行动胜利后，明天就是B被抓获归案的日子。那样，我们才算是大获全胜。”

“可是阳北市的警方一点儿也不了解我们的行动大局！”萧朗知道姥爷是在安慰他，但是他丝毫也不领情地说，“不了解情况的布控，到处都是漏点，有啥用？”

“我可以把B的照片给阳北警方，他们应该不会让B逃离包围圈的。”傅元曼说。

“那‘幽灵骑士’呢？那么善于伪装的人，不掌握信息的阳北警方，怎么识别他？”萧朗毫不退让。

“事到如今，也只有这样了。”傅元曼说，“办案面临选择的时候，我们也是要讲概率的。”

“我有异议！”萧朗说。

“有异议没用。”傅元曼摊了摊手，“有异议也要保留，是命令就要执行，这是警察的规矩。”

“我不是警察。”萧朗转身要离开会场。

“如果你违抗命令，就真的永远也不会是了。”傅元曼说，“而且三个月期限未到，你的赌注也就输了。”

这一句话倒是击中了萧朗心里的为难之处，但是天生倔强的萧朗，并没有停下自己的脚步，毅然决然、头也不回地朝会议室的大门外走去。他感觉自己离去的时候，姥爷的眼中，有着复杂的眼神。那是一种欣赏，一种庆幸，或者是一种担忧。

在走到大门的时候，萧朗和一名火狐组的组员迎面撞了上去，强壮的他纹丝未动，而那名组员连续踉跄了几下。

“对不起，对不起。”组员心不在焉地道完歉，直接向仍坐在会议室中央的傅元曼跑去。

萧朗狠狠地瞪了组员一眼，准备离开，却听见组员在向傅元曼急匆匆地汇报：“傅老师，我们组的组长，凌……凌漠，不见了！这还有五分钟要出发了，连整队的人都没有！”

萧朗吃了一惊，站在门口，背对着会议室，听着。

傅元曼沉默了一会儿，深深地叹了口气，说：“去吧，让他去吧。”

萧朗的心里咯噔了一下。

虽然他从刚开始就不喜欢这个装酷而且手段下作的凌漠，而且无论是从守夜者内部的竞争还是他和凌漠私底下的竞争，两个人都是完完全全的对手。但是，从萧朗的内心，从是非对错、正邪黑白这个角度，萧朗从来没有把凌漠和自己真正地去分成两个阵营。毕竟他们都是守夜者组织这一条战壕里的。这时候，萧朗想到了他们的第一次行动，因为凌漠的误导，导致他们晚了一天抓住犯人，而就在这个时间差里，犯人被“幽灵骑士”杀害了。难道他不仅仅是为了自己能赢，而是要去通风报信？

凌漠会是内鬼？

现在，萧朗是真的迷惑了。

第十章　命悬一线

一个人什么东西都能逃避，唯独逃避不了他自己。

——（奥地利）斯蒂芬·茨威格

1

唐铛铛急得快哭了。

在聂之轩出面整队待发的时候，她才知道萧朗失踪了。她躲在队伍的后面，悄悄拨打萧朗的电话，可是提示所拨打的号码已关机。

萧朗是故意失踪的。

她又拨打萧望的电话，一样提示关机了。

唐铛铛心里有说不出的感觉，五味杂陈。这两个和她从小玩到大的好朋友，现在都在她的视线中消失了！尤其是萧朗，经过这三个月的朝夕相处，似乎变得更加沉稳睿智，这是好事。不过，在过去的三个月内，无论萧朗有什么想法，总是会跑来找唐铛铛商量，这让唐铛铛感觉到了无比的认同感和成就感。如今，他就这样不辞而别，而且是在即将出发进行抓捕行动的这个节骨眼上。唐铛铛不知道萧朗的行为算不算是背叛，总之她的心里空落落的。以前她也参加过抓捕行动，但是无论形势有多险恶，萧朗总会站在她的前面，她也就不那么害怕了。这次，虽然也有聂之轩和其他组员在身侧，但她依旧心惊肉跳、慌乱不安。

唐铛铛没有妄加猜测萧朗玩失踪的目的，她知道萧朗已经不是三个月前的那个毛头小子了。在后面的几次行动中，他沉稳大度、指挥有序，给小组带来了不少次胜利。短时间内的大变化，让唐铛铛很不适应，她总是感觉自己在萧朗的身上看见了萧望的内质。准确地说，萧朗的内质甚至已经超越了萧望。尤其是他那种不拘小节、勇往直前的风格，很有男子汉的风度。

唐铛铛从担心萧望，瞬间变成了担心两个人。在唐铛铛看来，这兄弟两个都是只身钻入狼穴。他们俩会有危险吗？虽然她相信萧望和萧朗的应变能力和自救能力，但是看不到他俩，难免会一顿瞎猜、心不在焉。要是能联系上他们就好了，好歹图一个安心。哪怕，哪怕只是联系上望哥，望哥一定会不顾一切地去帮助萧朗的。

导师的命令很清楚，学员们不论以后归“天眼小组”还是“狩猎小组”，为了积累经验，本次行动一概参加。两个小组的人员在组织操场开始集合。

按照聂之轩的口令，唐铛铛机械地向右看齐、向前看、立正、跨立。她的思绪如麻。在她心情低落的时候，萧朗使尽浑身解数逗她开心；萧朗不经意间的幽默；萧朗给她出乎意料的惊喜；萧朗对她的言听计从。还有，萧望的沉稳大度；萧望那只宽厚温暖的大手；萧望在工作时那副专注的模样……总之现在，她的脑海里全都是这兄弟俩。但是，她不知道为什么要想这些。又不是见不着面了！呸呸呸！他俩一定都会没事的！

在几乎是同一时间点，两个学员组的组长同时失踪，这让学员们议论纷纷。有的人猜测是两个人被派出去执行秘密任务了，有的人猜测两个人是畏难退出了，甚至有的人把“幽灵骑士”和两个人都扯上了关系。

虽然少去两名学员，对于行动的本身根本造不成什么影响，但是毕竟两个人分别都是组长，这很有可能会影响整个守夜者组织学员的士气，甚至影响到守夜者组织的荣誉。所以，包括唐骏在内的导师，脸上都写满了大写的“忧心忡忡”。

两个组临时被任命的“代组长”，聂之轩和程子墨机械地整队，即便喊破了喉咙也没有完全制止队伍里的议论之声。

只有傅元曼，一脸坦然。既不对萧朗、凌漠的突然失踪做出评价，也不对学员们的议论纷纷进行禁止。他从容不迫地宣布工作部署以及如何分组搭车、分组与警方融合；哪些人负责围追、哪些人负责堵截、哪些人负责突击，不慌不乱、有条不紊。

围墙之外，萧闻天也在进行同样的部署。南安市特警、武警、刑警部门均派出精干力量参加本次行动。大家都非常不解，不过就是去抓一个恶势力犯罪团伙的老大，为何要如此兴师动众、大张旗鼓。

晚上七点，所有的队伍集结完毕，百余名荷枪实弹的警察乘坐四五辆大巴在几辆警车的引领之下，趁着夜幕还没有完全降临之时，默默地驶出高速收费站，向位于东南方向的海城市进发。

萧朗在翻出院墙的那一瞬间，感觉到了无比轻松。虽然在组织里的三个月也有外出抓捕的机会，但是毕竟是集体行动，束缚手脚。一向崇尚自由、追求自由的萧朗，在那一刻感觉找回了自己。虽然这一次，他不是为了逃出去消遣。

从小到大，姥爷对自己是百依百顺，可是到了真正的工作上，姥爷还是缺乏对他的信任。并不是萧朗有多固执，但他觉得只要有一丝可能，就不能放过。办案，绝对不能赌博。不过，姥爷说得也对，警力限制，难以面面俱到。既然这样，他萧朗就该发挥出守夜者的作用了。他知道他不是美国队长，不是钢铁侠，甚至还不是正式的“伏击者”，只身涉险不一定是对的，前面会是成功或是失败，甚至是死亡，都还不可知。但萧朗就是这么样一个人，绝不会因为畏惧而放弃自己的想法。他觉得，试一试是值得的。

位于南安市西北方向的阳北市，距离南安市有一百五十多公里，交通问题成了萧朗遇见的首要问题。他思索再三，还是觉得回家一趟才是最高效的。

萧朗打车回到了家里，悄悄地开门入室，他看见了正在厨房里忙碌的妈妈的背影。

已经将近三个月没见到妈妈了，萧朗没有想到自己会这么依恋自己的母亲。他很想过去给妈妈一个拥抱，但是他清楚地知道，一旦惊动了妈妈，妈妈是绝对不会放他只身涉险的。他静静地站在门口，偷偷看着妈妈的背影，许久。

傅如熙自己就是警察，也是警嫂，更是警妈，她理解警察的辛苦，也习惯了一个人独处。此时的她，万万没有想到自己的宝贝小儿子站在她的身后。如果不是有新的 DNA 线索，她甚至不会去给自己的丈夫和儿子打一个电话，她怕她会影响到他们，即便她非常地想念他们。

萧朗蹑手蹑脚地绕过厨房，来到了客厅，傅如熙的手提包就随意地扔在沙发上。萧朗了解妈妈的习惯，直接从手提包的夹层里，取出了她的车钥匙。

在离开家门之前，萧朗想给妈妈留个纸条，但是他知道时间不等人，每一分钟可能都是一条生命。他不知道自己为什么会对妈妈、对家这么依依不舍，这一直也不是他的风格。“妈妈我爱你。”萧朗自言自语了一句，悄无声息地关上了房门。

虽然不是老司机，但是从第一天上车，就被教练夸奖为“有赛车手潜质”的萧朗，把车开到了极速。在这个时候，他不再有束缚，不再怕被罚，一切都是以时间为重。

夜幕已经降临，高速上甚至还有团雾，但萧朗即便是钻进了团雾里也丝毫没有减速的意思。他按照手机导航，一路向阳北市开去。

和南安市相比，阳北市要小了很多，但是却有北方城市大开大合的感觉。所有的道路都是正南正北、正东正西的，网格一样连接起城市的每一块。虽然萧朗是第一次来阳北，但也在十分钟之内就搞清楚了城市道路结构以及他的目的地所在。

被萧朗定位的那片别墅区位于城市的西南角，一座小山的脚下。这一片别墅区已经有些残旧，可能建成了有二十年了，而且地处城市郊区，估计房价也不会太贵。但萧朗没有想到的是，小区物业还真是挺负责。纵使萧朗用他那三寸不烂之舌好话说尽，保安坚决不让他把车开进小区。

没有办法，谁要他没有警官证件，没有办案手续呢？为了不惊动可能藏身在小区内的 B，萧朗最终还是放弃了争辩，将车停在小区门口，徒步进入。

别墅区不大不小，但是道路曲折繁杂。仅仅靠两条腿来走，而且不知道具体位置，实在是很困难。

萧朗一边在小区里绕圈，一边想着解决的办法。

和其他别墅小区不同，这个别墅区也有二期工程，是高层建筑，而且整个小区的入住率很高。小区的道路一点儿也不安静，有不少孩童玩耍，不少行人匆匆。

突然，萧朗想到了小区大妈——这一个神奇的、无所不能的群体。

好在此时刚过八点半，是晚间散步的好时候。萧朗很快发现，在小区中央的健身器材处，聚集了不少正在散步、运动、聊天的小区大妈。萧朗赶紧凑了上去。

“大妈，我想问问，这个人住哪一栋楼啊？”萧朗拿着 B 的照片，怯生生地问。

“干吗？”几个大妈都很警惕。

“他是我表哥，我从外地来投靠他，半路上丢了钱包。”萧朗现学现卖他的表演技能，“就剩了表哥的地址和照片了，大妈们帮帮我吧。”

萧朗高高大大，浓眉大眼，一身正气，大妈们都喜欢这样的孩子。加上萧朗一脸无奈可怜的表情，几个大妈顿时放弃了警惕心，轮流眯着眼睛甚至还有人戴起老花镜看照片，争相在自己的记忆中寻找照片中人物的影子。

“这人肯定不是咱小区的。”一个大妈肯定地说。

“这是不是六栋那个小富婆的老公啊？”另一个大妈提了一句，又补充道，“开宝马的小富婆，一年到头见不到她老公来，一两个月前，她老公来的时候，我们还在说，小富婆会不会是二奶什么的？”

萧朗一听，眼睛一亮，顿时来了精神。

几个大妈纷纷点头，表示照片中的人，很有可能是所谓的那个小富婆的老公。

“那具体门牌号是多少呢？”萧朗抑制着自己激动的心情。

“六栋一三零一。”一个大妈指了指北侧的一栋高层，说，“单元大门的门禁坏了，你可以直接进去的。”

“谢谢大妈，谢谢大妈。”萧朗高兴极了，下意识地摸了摸腰间的手枪，向六栋楼跑去。幸亏问了小区大妈，不然潜意识里以为B会住别墅的萧朗，只会一直毫无目的在一期别墅区里寻找，完全没有想到他会藏匿在二期高层之中。

对象位置不明，有无武器不明，有无部下不明，萧朗第一次独自一人进行抓捕行动，就遇见了这么多的困难。赶鸭子上架，如果打110等支援的话，很有可能贻误战机。因为萧朗总隐隐地觉得，“幽灵骑士”应该离他不远。萧朗硬着头皮乘电梯来到十三楼，鼓了鼓勇气，敲响了六栋一三零一室的大门。他在自己的心里暗自想好，他完全可以伪装成一个查水表的或者搞传销的。

毫无动静。

再敲。

仍没有动静。

一股不祥的预感涌上心头，激得萧朗热血攻心。他退后几步，猛地一脚踹开了房门。

一个短发女人，手脚被束缚，嘴巴被胶带封上，趴在地上，正费力地从房间里往外挪，眼神中充满了恐惧。显然，她在求生；显然，萧朗最担心的事情发生了！

萧朗端起手枪，冲进房间，见房间的床上直挺挺地躺着一个人，不是B是谁？

萧朗跪在床上，拍打着B的面颊，B毫无反应。尸斑、尸僵都没有出现，还不能确定死亡，萧朗鼓励着自己。一向沉着的萧朗，此时强行用他颤抖着的手，扒开了B的眼睑。瞳孔散大，没有任何对光反应。

看来B真的已经死亡了。

看来"幽灵骑士"又快了他一步。

看来他是对的，姥爷是错的。

萧朗不知道该骄傲还是该沮丧，他见B的嘴角正在往外流着泡沫，看见床头柜上有一个倒伏的药瓶还有一些散落的药物，他知道B很有可能死于中毒。"幽灵骑士"居然用灌服毒药来杀人，这种杀人手法简直太难了，他是怎么做到的？

萧朗重新回到客厅，一边撕开女人嘴上的封条，一边给女人解开捆绑手脚的绳子，问道："怎么回事？那人是谁？"

女人全身发抖，似乎已经因为过度惊吓而失去了说话的能力。

萧朗耐着性子等待了三十秒，确定女人不可能在短时间内恢复正常，于是把自己的手机一把塞给女人，叫道："我去追他！你快报警！"

从十三楼一路冲下来的萧朗，还是傻了眼。

虽然此时小区走动的人并不多，但是小区太大了。虽然逃犯V，也就是“幽灵骑士”的样貌、体态早已深深地烙印在萧朗的心中，但是在只有昏暗灯光的小区道路上，又如何能认出那相貌平平的“幽灵骑士”？

嘀……嘀嘀……嘀嘀……嘀……嘀……

一阵熟悉的响铃从远方隐隐约约地传进了萧朗的耳朵。

萧朗动了动自己的耳朵，一阵惊喜。他知道自己那超出寻常人的听力，终于发挥出了作用。

此时大脑正在飞快运转的萧朗，迅速地回忆这熟悉的铃声。不错，那是他第一台手机所独有的响铃。他的第一台手机，是一部诺基亚 8310。

诺基亚，“幽灵骑士”，这两者的联系，早已在萧朗的心中根深蒂固。

萧朗屏住一口气，用他那一双鹰眼在昏暗的小区里寻找，循着刚才的响声寻找。光线虽暗，却不能影响到萧朗的超凡视力。远处，一个男子，一个年轻的背影，正在从裤子口袋里掏出一个物件。那个物件，泛着蓝光，在暖色调的小区灯光中格外耀眼。

不错，那是诺基亚 8310 独特的蓝色屏幕光。

萧朗想怒喝一声，但是他忍住了，他知道这么远的距离，一旦惊动了“幽灵骑士”，是很难追得上的。他用尽可能轻声的脚步奔跑着，向着蓝光奔跑着。

不知道是不是“幽灵骑士”的后脑勺也长了眼睛，在萧朗逐渐接近他，接近到还剩最后一百米的时候，“幽灵骑士”居然也开始奔跑了起来。百米只需要十二秒三的萧朗，怎么也没有想到，他居然怎么也无法更加接近“幽灵骑士”，于是只有掏出手枪，大喊大叫：“抓住他！前面的人抓住他！”

在人口密集的地域，不准开枪。这是规程，绝对不能违反。

所有的路人，几乎清一色地扭头惊恐地看着这一前一后狂奔的两个年轻人，却没有一个人伸出援手。

也可以理解。他们根本不知道，谁是正义的，谁是邪恶的。又或者说，事不关己，何必出头呢？

就连那个死也不让萧朗开车进入小区的尽职尽责的保安，此时也缩进了保安室，没有露头。

“幽灵骑士”一路狂奔出小区，在一个阴暗的角落里，跨上了一辆摩托车，迅速发动后，向西南方向风驰电掣般地驶去。

那正是一辆复古风的助力车，只是肯定被改装过。它的发动机发出的轰鸣声，绝对不是一辆普通助力车可以拥有的；他瞬间驶出一大截的加速能力，也绝对不是一辆普通助力车可以比拟的。

萧朗想都没想，钻进他的车，猛踩油门，向西南方向追去。

大约驶出了十分钟的样子，他们都从城乡接合部彻彻底底地进入了郊区农村。萧朗一路狂追，却在乡村小道上慢慢地被助力车甩掉。直到看见那辆复古风助力车倾倒在路边的时候，萧朗才放下了自己悬着的心，急刹、跳下了车。

“幽灵骑士”见无路可逃，便弃车躲避。

“幽灵骑士”是在一个十字胡同口丢弃车的，想借此迷惑追捕他的萧朗。其实，视力和听力都超于常人的萧朗，早就在他弃车之时看清楚了他逃离的大体方向。

萧朗端着手枪，沿着“幽灵骑士”逃离的大体方向向前走了大约两百米，便看见了一间工厂。

这是一家废弃的茶厂，有着一个不大的院落，三四栋厂房。茶厂的后面是一座小山，应该是茶厂栽培茶叶的地方。好在茶厂的围墙很高，厂区和后面的小山并不相连，“幽灵骑士”既然躲进了厂里，就没有办法逃离出去。目前的形势，“幽灵骑士”已经成了瓮中之鳖。

萧朗心里清楚，这么大的厂子，如果依靠他一个人的力量，肯定无法搜索全面。此时的他，只需要把守住工厂内部的咽喉要道就可以了。

萧朗端着手枪挪到工厂中央的大树下面，警惕地东张西望。他不知道那个女人什么时候才能清醒，才会报警；他不知道小区的其他路人会不会报警；他不知道警察会不会找得到距离小区数公里外的废弃工厂。萧朗越想越担心，决定用激将法试一试能不能引出“幽灵骑士”。毕竟，从以往的作案来看，“幽灵骑士”并没有手枪等远程武器，在这一点上，他萧朗占了很大的便宜。

“出来吧！我们早就知道你的身份了！”萧朗喊着，“你化名魏整义，是看守所逃脱案中最后一个逃离现场的。警察不仅仅知道你的样貌和体形，还知道你的右脚有六个脚趾，偏偏还喜欢足浴。你用诺基亚手机，只有那么一辆虽然改装过但是依旧破烂的助力车！你觉得你还能逃多远吗？”

许久没有任何动静。

萧朗仍然端着枪，静静地守候着。

突然，不知道为什么，他感觉自己毛骨悚然，背后像是有什么东西。自恃五官感觉超于常人的萧朗确定自己没有听到脚步声，但是这第六感绝对不会错。萧朗猛地回身，在还没有看清楚身后的影子是什么东西的时候，前臂就遭受了重重的一击。虽然皮糙肉厚的萧朗并没有受伤，但是手里的手枪却应声飞走。

没有了手枪，萧朗也毫不示弱。他立即下意识地打出了几个攻击动作，居然都被对手轻松化解，待萧朗准备进行下一轮攻击的时候，他迎着月光看到了对方的眼睛。

那双眼睛好像出奇地黑，不仅黑，还很空洞。那双眼睛看上去，就像是无尽的宇宙，永远也望不到边际。萧朗居然不自觉地停下来手中的攻击动作。

“对了，看着我的眼睛。”一个厚重的声音，仿佛并不来自眼前这个年轻人的喉咙，“盯着我的眼睛，慢慢地，你困了吗？”

萧朗连退了几步，靠在了树上。他感觉真的很困，四肢无力。慢慢地，他靠着大树，坐到了地上。

在萧朗逐渐失去意识的那几分钟里，他悟出了许多事情。

萧朗仿佛看到“幽灵骑士”是如何在看守所里用他那双黑黑的眼睛催眠了同号房的犯人，又是怎么在犯人们浅睡眠状态下，给他们输入越狱的意志。

他听聂之轩说过催眠术，但是绝对不相信世界上居然还有这么邪门的催眠术。可能是催眠加上挑唆，才能成为犯人们齐心协力越狱的原因吧；可能这也是犯人们被抓获后，一直难以发掘自己越狱心理根源的原因吧。

萧朗仿佛看到“幽灵骑士”是如何将那些逃脱的重刑犯催眠，然后在对方毫无意识、毫无抵抗的情况下一个一个杀死。

这，可能就是所有杀人现场都没有搏斗痕迹，所有尸体都没有抵抗伤的原因吧。

萧朗仿佛看到逃犯 R 在被催眠后，被背上天台。但是 R 突然苏醒，才和“幽灵骑士”有了短暂的肢体接触。

他是怎么苏醒的呢？我该怎么办？

萧朗仿佛看见了妈妈的背影，如果刚才过去拥抱她一下多好！

萧朗仿佛看见了唐铛铛的笑脸，这一次自作主张的行动，都没有告诉她原委。她会怪我吗？她会担心我吗？她会怀念我吗？

萧朗还看见了老萧、望哥……

“其实我真的不想杀你，可是你知道得太多了。”“幽灵骑士”一边戴上手套，一边说，“所有人都会记住你的，你是为了那些所谓的法律光荣牺牲的。别怪我了，兄弟。”

“幽灵骑士”看着斜靠在大树上失去意识的萧朗，慢慢地举起了手中的匕首。

匕首在月光的照射下，闪闪发光。

2

赶到海城市的时候，已经晚上九点多了。

连续奋战数天的守夜者组织成员以及特警们，丝毫没有一点儿困意。他们一个个摩拳擦掌，准备迎接即将面临的战斗。

领导说了，只要这一仗赢了，就会是里程碑似的胜利，这三个月的辛苦就没有白费。对于全面破获这场骇人听闻的逃脱事件工作来说，即将完美地画上句号。

执行任务的警员，无需知道指挥部的部署目的，只要不折不扣地完成任务，就一定可以漂漂亮亮地打赢这场战斗。

现场是在海城市市郊的开发区内。开发区没有住户，全部都是工厂厂房。因为开发区临海，所以有些厂房就是在海边悬崖边构建的。这次要攻击的目标——华慈制药厂就在海边。

开发区虽然很大，但是只有几条大道和城市相连。在守夜者们到达之前，当地警方就已经派出了几组特警把守住了各个咽喉要道。现在的工厂，就是死水一潭。

但是，想做到“连个苍蝇也飞不出去”是不可能的。站在指挥车内的守夜者组织导师们，看着桌子上的厂区地图，深深叹道。唯独傅元曼和萧闻天的表情，仿佛并不对眼前的形势有所担忧，而是有些分神，像是在想些什么其他的事情。

唐骏说得对，虽然只有大路连接城市，但是如果“幽灵骑士”单兵作战，还是可以通过翻越厂房院墙的方式，绕过路口进入厂区。不过，即便他能得逞，也很难在逃跑的时候绕过外围巡逻的特警们。

不得不承认，包围圈还是有漏洞的。不过，目前他们能做的，也就这些了。至少，涉嫌恶势力团伙的 A 及他的同伙们，想集体逃脱，是绝对不可能的。现在需要祈祷的，就是“幽灵骑士”并没有反应那么快，赶在他们的前面下手。如果更理想一些，就是“幽灵骑士”正准备下手的时候，被包围在厂房之中。

唐骏认为，不管怎么样，现在时间才是最重要的。

傅元曼看了看手表，拿起手边的对讲机，说道：“各小组，进攻。”

十一名守夜者组织学员，分成八个小组，跟随着八个小组的特警，从不同方向逼近华慈制药厂厂区的各个大门。在警察们破门冲进厂院的一刹那，所有特警钢盔上的探照灯全部亮起，停在厂区外围、海边悬崖附近的数辆特警运兵车顶部的探照灯也全部亮起。从南安市公安局调集的两架警用直升机滞后出发，此时也恰好抵达现场。两架直升机悬停在海面之上，两束耀眼的探照灯光芒把华慈制药厂脊背后方的悬崖峭壁照得雪亮。

这样的配合真是天衣无缝。

原本在厂区里安心地睡着大觉的人，突然被来自四面八方的光束闪醒，听着来自各个方向的吼声、枪栓声还有直升机的轰鸣声，这是巨大的精神震慑。

虽然 A 带着他信服的聪慧道长，从逃离到这里之后，偷偷聚集了十几个之前的爪牙，甚至还有两把手枪，但是在这样巨大的震慑力之下，所有人都直接放弃了抵抗。

战斗打响之后不到五分钟，警方没有耗费一枪一弹，就大获全胜。

主要犯罪嫌疑人 A 以及聪慧道长，还有十几名恶势力喽啰全部被抓获。十六名被 A 的爪牙们偷偷抓回来的精神病人或流浪汉被解救。据喽啰们交代，其实他们一共抓回来十七个人，另一人因为失血过多已经死亡，尸体被抛进了大海。

喽啰们都说，自己明明知道 A 和聪慧道长那是迷信、是巫术，但是因为 A 一直以他们的家人作为威胁，所以只有乖乖就范。

当然，傅元曼知道，这些人都不是什么好人，只是 A 现在是墙倒众人推了。

傅元曼站在武警的一辆敞篷上，慢慢地驶进厂区。他用手中的手电，照亮面前被两名特警押解着的 A。傅元曼穿着整齐的警服，居高临下，不怒自威。他厉声说："你弟弟在哪儿？"

"阳北市。"

"你为什么越狱？"

"不然也是死。"

"这个人认识不认识？"傅元曼扔过去一张案犯 V，也就是"幽灵骑士"的照片。

A 看了看地上的照片，说："认识，我的军师。"

"你策划的越狱？"

"主意是军师出的，我们都按照他说的办法来部署。"

"为什么信他？"

"他说他是聪慧道长派来救我们的，不然我们都得死。"

"没有！我没有！"聪慧道长在一边鬼哭狼嚎。

"前两个月，我见到你的时候说起这事情，你还承认是你派军师来救我的！"A 一脸惊讶地盯着道长。

"我没有，我骗你的。"聪慧道长说。

傅元曼微微一笑。他知道"幽灵骑士"不可能是眼前这个靠招摇撞骗为生的假道士派去的。只是“幽灵骑士”在进去之前，就已经非常了解 A 的情况了，或者是在他进去后不久，通过某种途径知道这个 A 对聪慧道长言听计从，所以将计就计。在 A 逃脱之后，赶来感谢聪慧道长，这个道长干脆就顺水推舟地卖了个人情。此时被警方擒获，他当然不愿背这个大黑锅。

“你的军师让你越狱，你就越狱，自己不长脑子？”傅元曼打断了 A 对聪慧道长的质问。

“我也不知道为什么就会那么坚定地听从他的。”A 哭了起来，“逃出来以后，我就非常后悔，特别特别后悔。”

“你的军师在逃脱后去哪里了？”

“我本来要带着他走的，结果半道儿上，他说他要回去复命。我以为他是去找聪慧道长了，后来我也找到了聪慧道长，聪慧道长说已经让军师回老家探亲了。”

傅元曼把眼神转向聪慧道长。

眼神相碰的那一霎，聪慧道长顿时瘫软在地上，叫道：“我不认识那个人啊，我冤枉啊，我冤枉啊！”

“他最近在你这里出现过没有？”傅元曼没理聪慧道长。

“没有，绝对没有。我也一直吩咐手下在找他。”

傅元曼身体略一踉跄，被身边的唐骏一把扶住：“组长小心，您累了。”

“怎么阳北市那边还没有动静传过来吗？”傅元曼低声说。

“您的意思是，您安排了人去阳北市？”唐骏关切地问。

唐骏丈二和尚摸不着头脑，他不知道傅元曼是什么意思。而身边的萧闻天，一脸铁青地不说话。

“我这真是在赌博啊！拿自己最爱的人的生命在赌博！”傅元曼的声音里充满了担忧，也掩盖不住自责。

“不，我认为您集中精力攻击这边，是对的。”唐骏不明就里，说，“阳北那边没有明确的目标，那么大的城市如何去找？‘幽灵骑士’也肯定会这样想。按理说，他应该按照规律选择更有把握的A。而且，最关键的，A这边有枪，如果不是我们倾尽全力，制造这么大的震慑力，说不定会有民警在行动中伤亡。”

“小朗去了阳北。”傅元曼想起外孙的笑脸，不仅担心，更是痛心，“目前，阳北警方的搜索，未见成效，我们也赶紧折返阳北市吧！”

唐骏惊讶道：“什么？您安排了萧朗去阳北？这也太危险了！那凌漠呢？他消失的那一刻起，我就一直担心他是内鬼，我对这个街头捡回来的孩子没有充分调查，心里总是不踏实。”

“凌漠不是内鬼。”傅元曼坚定地说，“他消失的目的，和萧朗一样。只是，这并不是我的指示。”

凌漠没有萧朗那么好的条件，他逃出守夜者组织基地的时候，还不知道自己该怎么赶去一百五十公里外的阳北市。

更让他纠结的是，他这么一跑，很有可能会被警方认为是内鬼，如果自己的私自行动成功就罢了，如果失败了，说不定他就会臭名远扬。不过也无所谓，他凌漠本身就是一个地痞流氓，能到今天一步，已经算是非常幸运了。只是，如果他被警方误会了，会不会连累到唐骏？怎么说，还是感觉有些对不起自己的导师。为了保密，他都没有把自己的想法告诉唐骏。

凌漠自己是没有交通工具的，他的小跟班们更不可能有车；打车肯定是找不到的，叫车软件叫了几次也没有一个司机应答。大晚上的，谁也不愿意跑车到一百五十公里之外，还得防空车回来。情急之下，凌漠开出了里程数五倍的价钱，才叫来了一个跑快车的私家车主。

“哥们儿，啥急事儿啊，开这个价。”一个戴着大耳机的年轻车主，看起来是个 95 后，玩世不恭的样子。

凌漠坐上车，眼珠一转，说：“你的技术怎么样？”

“您没搞错吧？居然质疑我的技术！”可能是耳机里的音乐挺大，司机用不协调的声音叫了起来，“我年轻的时候可是飙车的主儿！”

凌漠看着对方一脸稚嫩，忍俊不禁，说：“那就把你年轻时候的劲儿拿出来，用最快的速度赶到阳北市。”

“那可不行，要罚的。”小伙子随着音乐抖了两下。

凌漠神秘兮兮从后座趴到驾驶座靠椅上，亮了一下他的守夜者组织证件，说：“国际刑警组织，你听说过没有？”

可能是凌漠精于演技，所以小伙子没有任何怀疑。他的眼睛突然放出光芒，说：“吓死宝宝了！办案哪？太刺激了！那就是说，我可以不用被罚？得嘞！您请好吧！”

猛地一脚油门，把凌漠重重地摔在座椅的椅背上，凌漠赶紧坐直了身体，系上了安全带。

看着多个监控摄像头的闪光灯闪动，凌漠开始心痛这个小伙子了。看来，已经不是罚款的问题了，按这样开，他得被扣掉不知道多少个十二分。不过，这个小伙子的驾驶陋习太多，开车戴耳机听音乐、不系安全带、不按照规定变道或用灯，这样的驾驶员，早晚是马路杀手，让他吃吃亏也不算过分。凌漠这样安慰自己。

还没有驶上高速，凌漠就开始为下一步的打算犯愁了。

如果“幽灵骑士”真的有获取警方行动的能力，那么他在三四个小时之前就已经获取了。不过，他获取的应该是 A 的信息。按理说，他应该先去找 A。不过，守夜者组织如此倾尽全力去抓 A，显然醉翁之意不仅仅在酒，他们有可能想的是把 A 和“幽灵骑士”一起抓回来。如果“幽灵骑士”猜到了或者是获知了守夜者组织的这个意图，估计就有可能和我一样，要去阳北市来个“反其道而行”。既然是临时获知信息，没有准备，那么“幽灵骑士”应该和我一样，之前没有研究过 B 的特性，也完全不知道 B 究竟会在阳北市的哪个地方。既然选择了 B，就要在数个小时之内完成任务，不然警方很快就会折返回来找 B。那么，如何定位呢？“幽灵骑士”比我获知信息早几个小时，但是他的交通工具不如我，而且希望推理能力不如我，这样，我说不定还来得及。

凌漠的脑子转得飞快。他在想，如果他就是“幽灵骑士”，那么他该如何下手去寻找？如果真的有内应，那么他凌漠掌握的资料，“幽灵骑士”也会掌握。可是那么多资料啊，如何去寻找重点？通话记录？对！通话记录！

看守所有公用的电话，使用比较频繁，虽然有登记，但是并不全面。所以，即便知道通话对象，却不知道主叫究竟是哪一个犯人。但是如果知道被叫或者主叫是阳北市的号码，不用知道是不是 B 的通话，也可以作为重点考虑的对象。

虽然看守所电话有监控，但是 B 既然在羁押期间就起了越狱的预谋，而且越狱后准备躲藏在阳北，那么他很有可能要给预备藏身之地的人打个电话探一下虚实。

试试吧！

想到这里，凌漠先是用手机搜寻到了阳北市的区号，以及所有的手机号段。这是凌漠的强项，他的记忆力超群，对数字更是特别敏感。

然后，凌漠打开了名为“越狱事件前两个月内看守所电话主叫目录”的文件，那大概有上千个号码。凌漠的眼睛以倒叙的方式，飞快地扫视着这些号码，果然在越狱事件前五天的记录里发现了一个阳北的手机号码。虽然通话只有两秒钟，但是凌漠觉得越是短得不合理就越有价值。如果真的说的话多了，早就被警方查了。被警方忽略的，通常是这些看似不可能和越狱有关的线索。

“到阳北了，去哪儿？”小伙子仍然在随着节拍摇摆。

“这么快！”凌漠看了看手表，说，“找个电信营业厅。”

“这么晚了，哪还有营业厅？”小伙子说。

“现在营业厅都是个体承包了，肯定有开门的，快找。”凌漠急不可耐。

可能是运气好吧，果然在他们转悠了几条街道之后，发现了一个正准备关门的电信营业厅。

“等会儿，老板，能帮我查查这个电话号码吗？”凌漠跳下车去，阻止了老板关闭卷闸门。

“我们是国际刑警。”小伙子也下车来，仍然在摇摆。

老板将信将疑地重新打开大门、打开电脑。

“能看得出来号码主人的住址吗？”凌漠见老板的屏幕上出现了一个客户资料。

“你能把你的证件给我看看吗？”老板开始有了警惕性。

而此时，凌漠其实已经看清楚了客户资料里的客户住址，于是微微一笑，说：“谢谢了，老板。”转身离开。

老板愣在座位上许久，跳起来对着两个人的背影，说：“喂，你们是什么人？我要报警了！”

感觉在整个驾驶过程中，小伙子比凌漠更加来劲。在获知具体地址以后，小伙子风驰电掣一般地把车开到了别墅区。在别墅区的门口，车子被保安拦了下来。

“不好意思，非小区业主的车辆，谢绝入内。”保安文质彬彬地说。

“我们是进去办案的。”凌漠还没来得及说话，小伙子就高声叫道。

“请出示您的证件。”保安说。

“出什么证件啊？我们是国际刑警！你要是再不开门，耽误了事情，我们把你抓起来！”小伙子说。

凌漠一脸黑线。

“你是宇宙刑警也得看证件。”保安说。

“你们是不是在找刚才那两个人？”另一名保安从车窗探进头来，看了看后座上的凌漠，说。

“是不是有一个人个子高高的，白白净净的，肩膀很宽？穿着和你们差不多的衣服？”凌漠突然意识到了什么，说。

“是啊是啊，他追着另一个人跑了，我们也不知道是什么事情，不知道是不是人家的私事，所以不好管。”保安好奇地看着这个脸上有个刀疤的年轻男人，说，“真的是大案件啊？还需要国际刑警出面？”

“他们去哪儿了？”凌漠急着问道。

“刚刚跑过去的，一前一后，往那个方向去了。”保安指着前方说。

保安的话还没有落音，凌漠再次被小伙子的猛然加速重重地甩到座椅椅背上。

3

“你神经病啊！我还没问完呢！”凌漠狼狈地爬起身来，重新在座位上坐好。

“警察办案不就是讲究时效吗？一寸光阴一寸金啊！”小伙子打着方向，说。

“你知道这个方向是去哪里吗？你就追？”凌漠摸了摸被撞痛的后脑勺。

“我看了导航，这条路最终是到达一座小山。”小伙子说，“电视里面都是这样放的，只要犯罪分子一逃跑，就会逃去山里。”

说话之间，车子已经开到了一片废弃的厂房，厂房的后面果真是一座小山。

大路已经没有了，只剩下崎岖的小路，如果萧朗追逐“幽灵骑士”到这里的话，只能弃车了，不如就在这里找上一找。

“停车。”凌漠让小伙子在路口停下了车。如果不是凌漠制止，这个小伙子还准备把车子开进狭窄的胡同。如果真的那样的话，车灯很有可能会打草惊蛇。

凌漠跳下了车，从腰间掏出了警用甩棍和强光手电筒。不知道是不是导师唐骏始终对他放不下警惕之心，虽然他通过了所有关于持枪、射击的考核，但是唐骏最终还是没有给他颁发持枪证。和他一样，剩下的这十三名学员，仍有十名没有获得持枪证。这可能是因为部里对他们这支队伍能否继续下去保持怀疑，所以严格了颁发持枪证的标准。

“国际刑警就用棍子？”小伙子坐在驾驶室里笑得前仰后合。

凌漠做了个“嘘”的手势，说：“别废话了，费用我已经支付给你了，你赶紧回去吧。”

“你一个人孤苦伶仃的，我帮你吧。”小伙子下车打开后备厢，拿出一把扳手。

凌漠有点儿感动，从小到大，都是他护着自己的那一帮小伙伴，从来没有人会在他面临危险的时候，帮助他。凌漠觉得这个小伙子是个很热心的人，让他被罚，已经很过意不去了，怎么也不能让他面临生命的危险。

所以，其实很希望能有帮手的凌漠心一软，说：“别废话，这事情和你无关，赶紧回去，不然我翻脸了。”

小伙子见凌漠一脸认真，只有摊了摊手，倒车离开了胡同口。

凌漠一手拿着甩棍，一手拿着警用强光手电筒，沿着胡同慢慢地向小山附近移动。这样的环境，是凌漠从小到大成长的环境，应该算是很熟悉的感觉。可是，此时的凌漠却感到异常紧张，甚至攥住甩棍的手已经冒出了津津的汗珠。

强光手电虽然照射的距离比较远，但是照射的范围却很有限。凌漠只有不断地晃动手电筒来勉强识别远处的物体。可是，巷子很深，想清楚地去识别，仍然是不可能的。

在凌漠走到一间茶厂门口的时候，用电筒照射了一下空旷的厂区大院。大院的中间，仿佛有棵大树的影子，或许是有枝丫正在随风摇曳，不过确实没有任何响动。

在一瞥之间，凌漠感觉前方有个胡同交叉口，好像有个什么东西把他的手电筒光芒给反射了回来。于是他握紧了甩棍，向胡同口慢慢走去。

走得逐渐近了，凌漠看清楚了那是一辆汽车。

这是萧朗的车吗？凌漠犹豫着，站在胡同口用手电筒到处照射，果然发现了不远处倒在地上的两轮车。

凌漠快跑了几步到了两轮车边，果不其然，那是一辆红色的复古风助力车，和之前警方从小区监控上截取的助力车性状一模一样。凌漠用手摸了摸助力车的发动机。发动机还是热的，说明萧朗追着“幽灵骑士”到这里并不久。不过他们现在去哪里了？这里这么安静，别说打斗的声音，怎么连一点点动静都没有呢？

这样的景象，让凌漠更加紧张了起来，他舔了舔嘴唇，握紧了甩棍。凌漠强迫自己冷静下来，仔细思考，两辆车的车头方向其实都是指向他刚才走过来的工厂那边，也就是说，萧朗和“幽灵骑士”最有可能去的地方是那个废弃的工厂。而且，刚才的小伙子也说了，电视上都说了，犯人喜欢往山里跑，而那座工厂的背后，就是一座大山啊。

凌漠转身重新向工厂的方向移动，在距离工厂大门还有二十米的时候，他突然发现另一条胡同里有一个人影。

人影像是一个老人，正背负着一堆纸壳、泡沫之类的东西，慢慢地向远处胡同口移动。看来，这是一个拾荒的老人。拾荒？凌漠的心脏猛然一跳。

“站住！我是警察！”凌漠高声叫道。

人影猛然停了下来，但是没有回头。一个厚重的声音随后传到了凌漠的耳朵里：“警察怎么了？我又没犯法，我什么也没看到，我不过是一个捡破烂的。”

“站那儿别动！”凌漠一边慢慢地向人影靠近，一边高声说道，“你要不是捡破烂的就算了，你既然是捡破烂的，我还真是要好好地查一查你。”

“捡破烂的有什么好查的？”黑影站在那里犹如一棵苍松，丝毫不动。

凌漠没有回答，眼看离黑影越来越近，凌漠的心跳越来越快。

就在凌漠距离黑影只有五米的时候，这个仿佛是后脑勺上长了眼睛的黑影，猛然回过了脸，死死地盯着凌漠。此时，他们只有五米的距离！

那是一张年轻的脸，也就二十四五岁的样子。和其他拾荒者不一样，那是一张白净的脸。显然，他就是那个“幽灵骑士”。

强光电筒照射到“幽灵骑士”的脸上，让这张本就惨白的脸，白得阴森森的。“幽灵骑士”的眼睛直视到强光电筒上，没有眨眼，没有任何躲避。

正常人在黑夜中猛然正视到强光，瞳孔会剧烈收缩，眼部也会立即出现不适。但是“幽灵骑士”显然没有什么不适，甚至可以说，他都没有瞳孔，更不会收缩。黑色而空洞的黑眼珠直直地盯着凌漠，深邃而恐怖，直达人的心底。

“看着我的眼睛！你感觉累吗？困吗？……”“幽灵骑士”故技重施。

凌漠迎着“幽灵骑士”的方向跌跌撞撞走去，在那个充满蛊惑的声音里，他似乎举步维艰。“幽灵骑士”的嘴边滑过一丝微笑，但很快他的微笑变成了惊诧。凌漠半低着头向他走来，抬起头的时候，眼皮却是紧闭着的——在接近“幽灵骑士”的那一霎，他的眼睛忽然睁开，眼瞳里丝毫没有迷惑，只有不带丝毫感情的冷峻。

“说这么多，不累吗？”凌漠的声音幽幽响起的时候，他已经飞起一脚，结结实实地重踹在“幽灵骑士”的肚脐眼上。

“幽灵骑士”被这猛然的一脚，踹出去三四米远，重重地摔在地上。他一脸惊讶，自己屡试不爽的办法，居然被这个毛头小子给轻易破解了。

“你……”

此时凌漠已经举着甩棍冲了过来，当头就往“幽灵骑士”的脑袋上砸去。甩棍是纯钢打造的实心棍棒，如果这一棍能抡上去，这个“幽灵骑士”即便不立即报废，也得失去八成的战斗力。

不过，凌漠低估了“幽灵骑士”的实力。这一棍，不仅没有砸在“幽灵骑士”的头上，反而因为用力过猛，凌漠猛然向前一个踉跄。“幽灵骑士”一个华丽的转身，来了一招后摆式的扫堂腿，不偏不倚正好踢在凌漠的脚后跟。凌漠双脚被同时踢了起来，仰面重重地摔在地上。

毕竟是在守夜者组织里经过了两个多月的魔鬼式训练，凌漠也绝对不是软脚虾，他一个鲤鱼打挺翻身站起，再次举起来手中的甩棍。

凌漠处于防御姿态，在脑子里不断地搜索着这两个多月学到的“一招制敌”的办法。纵使他的记忆力再超群，清晰地记得司徒霸教给他们的一招一式，但是凌漠依旧心里非常清楚，自己根本就不是对方的对手。这不是“会不会格斗”的问题，而是“格斗素质”养成时间的问题。

“幽灵骑士”见凌漠也有两把刷子，于是也不贸然进攻，在接近凌漠的安全区域外慢慢踱着步，观察凌漠的弱点。

“别看他眼睛。”凌漠提醒着自己，专心观察“幽灵骑士”的下三路。

突然，“幽灵骑士”发起了进攻，从凌漠的左边猛然冲了过来。凌漠一个闪躲，躲过了“幽灵骑士”正面的一拳，但是却被“幽灵骑士”随即而来的一个边腿重重地踢在胁部。一阵剧痛袭来，凌漠顿时乱了章法。

本身就技不如人，现在又没了章法，甩棍也在混乱之中被凌漠自己抛了出去。凌漠十几招之内，就被“幽灵骑士”放倒了四五次，全身酸痛，几乎爬不起身来。

“不听命令的下场。”“幽灵骑士”低沉的声音传来的时候，躺在地上的凌漠发现“幽灵骑士”的那双解放鞋也已经挪到了他的头边。只是现在的凌漠，几乎没有爬起来的力气，更别说躲避了。

即便是一直处于被动挨打的局面，但是这句“不听命令的下场”还是牢牢印入了凌漠的脑海。

解放鞋猛然间抬起，然后重重地踢在凌漠的左眉弓上。凌漠顿时感觉眼冒金星、四肢瘫软，眉弓处也裂了个大口子，鲜血呼呼地往外涌出，甚至眯了他的左眼。因为头部过度扭转，可能是颈椎也受了伤，凌漠感觉四肢都是麻木的。他知道自己彻底失去了反抗的能力，接下来就要看“幽灵骑士”怎么处置他了。

自己烂命一条，原本早晚走的就是这条路。希望是遥远的，他凌漠本就不该有那些人生的希望。这一切都是命中注定，纵使再努力、再刻苦，依旧无法逃脱命运的笼罩。

无数记忆碎片重新组合起来。凌漠想到了自己儿时的遭遇，还有关于自己身世的一些故事；那个破旧的院落，妈妈那张苍白而毫无血色的脸，一股脑儿地涌进了凌漠的脑海。妈妈，我来找你了！凌漠又想到了唐骏，似乎是那么回事，唐骏就要拯救凌漠于水火了，凌漠看到了人生的希望；曾几何时，凌漠想通过自己的努力，彻底揭开身世之谜，至少要还父亲一个清白。凌漠还想到了自己的组员，虽然他并不和他们多交流，但是心里已经把他们当成了自己的亲人；在组员们之间，他找到了领袖的感觉，他被鼓励、被鞭策，这才进步神速。虽然不愿意，但在这一刻，凌漠依旧想到了继父继母，儿时的虐待和蔑视，几乎毁掉了他十几年的青春时光；他讨厌他们，在跟随唐骏之后，他还想过以后再也不和他们见面，不过此时他仍然想起了他们。

凌漠绝望地想着，眼睛的余光看着解放鞋再次一步一步地靠近。

在解放鞋重新抬起的时候，凌漠闭上了眼睛，静静地等待着死亡。

解放鞋并没有如期落下，取而代之的，是一声巨大的响声。响声过后，幽灵骑士那颗邪门的脑袋，居然也趴在了凌漠的旁边。

凌漠四肢的麻木缓解了一些，他费劲地抬起胳膊擦了擦眼睛上粘附的黏糊糊的血迹，想尽量看清楚眼前站着的那个黑影。可是，天太黑，他看不清。

直到黑影说："你们城里人真会玩，还会催眠！"

凌漠笑了，这个声音是萧朗发出来的，看来他能活下来了。

萧朗是拎起了路边的一个铁制垃圾桶，直接呼在了"幽灵骑士"的脑袋上的，以萧朗那强壮的体魄，这一击可真是不轻。

凌漠慢慢爬起身来，看见萧朗正骑在"幽灵骑士"的身上，准备用绳子捆绑住他。萧朗一边抖开绳子，一边捂着自己的胸口，看起来实施动作很是费劲。如果不出意外，萧朗也应该是受伤了。这么利索的一个人，动作如此笨拙缓慢，伤应该还不轻。

凌漠这样想着，眯着眼睛，透过夜幕观察受伤的萧朗。果然，他整个左边上衣都被血染了。

凌漠还没来得及帮上萧朗，"幽灵骑士"突然醒了。受了伤的"幽灵骑士”像是疯了一样，直接跳了起来，掀翻了骑在他身上的萧朗。事发突然，吓了凌漠一跳。

“幽灵骑士”怪叫着骑上了萧朗的上半身，用一根手指狠命地戳向萧朗的胸膛。那里，应该是萧朗的受伤所在。坚毅的萧朗，并没有叫出声，而是拼尽全力反抗着。凌漠感觉自己的身体还不是很利索，但赶紧找了一块砖头，摇摇晃晃向“幽灵骑士”袭去。

“幽灵骑士”以一敌二，只有放开萧朗，后退到墙边，慢慢地从腰间掏出了一把匕首。

萧朗起身蹲下，一手撑地，喘着粗气，是在缓解刚才的剧烈疼痛。凌漠感同身受，拍了拍萧朗的肩膀。

“还记得司徒霸教我们的徒手二对一战法吗？”萧朗低声说道。

擒拿格斗课的时候，司徒霸曾经说过，在二对一无武器进行格斗的时候，需要两个人的充分默契。两个人最好能够从两个不同的角度同时发难、同时出招。两人分别和对手连线，两条线的最佳角度是120°。但是这个战法的关键不是角度，而是出手时间，攻击必须同时到位，这样对手就很难应接了。

各种战法早就在凌漠的脑子里过了一遍，当然也少不了这种。凌漠自信地朝萧朗点了点头。

两个人默契地向两边缓缓移动，拉开三人之间的距离和角度。而“幽灵骑士”仍然持着匕首纹丝不动，像是一尊石像。

“啊！”随着萧朗的一声怒喝，萧朗和凌漠同时从两个方向向“幽灵骑士”冲击过去。两个人按照司徒霸教授的办法，用余光瞥着对方，以保证两人能够同时攻击到位。

天上的半轮月亮，光线黯淡，时不时地钻进云层，消失得无影无踪。而在那一霎，月光又重新出现，映出靠在墙壁上的“幽灵骑士”的诡异微笑。

“幽灵骑士”借助墙壁，猛地朝向凌漠跃去，举起了手中的匕首。

这一招果真是歹毒得很，不仅破坏了三个人之间的角度，更是缩短了他和凌漠之间的距离而拉大了他和萧朗之间的距离。凌漠和萧朗“能够同时对他做出攻击动作”的完美计划被轻松化解。

萧朗和凌漠都是一晃神。而这一晃神的当口，“幽灵骑士”的匕首深深地刺进了凌漠的上臂。几乎在一秒钟之内，身体前倾俯倒的“幽灵骑士”迅速拔刀转身，对接踵而至的萧朗也是一刀。这一刀，虽然被萧朗闪过，但刀尖仍然划到了萧朗的腹部，把他的衣服划开了一个大口子。

受伤的凌漠没有放弃，挥动右手的砖块，向“幽灵骑士”的头上砸去。“幽灵骑士”一个急退，退到了十米开外，完美地躲过了一击。

这一回合，“幽灵骑士”大获全胜。

“打不过他，你能跑得动吗？”萧朗一把扶住了失去重心的凌漠，看着凌漠胳膊上冒出的鲜血，说。

“跑不动也得跑啊，不然今天就要命丧荒山了。”凌漠咬着牙，说。

话刚落音，“幽灵骑士”提着匕首再次发动攻击，匕首在月光下，寒光凛凛。萧朗一把拉倒斜靠在胡同墙壁上的一捆竹竿，和凌漠转身就跑。“幽灵骑士”从散乱的竹竿之中脱身之时，见两人已经狂奔出了百米。他嘿嘿一笑，提刀追去。

尾声

所有终点也是起点，只是我们不知道时间。

——美剧《犯罪心理》

1

凌漠捂着胳膊，向前狂奔。不用回头，他也知道背后的脚步声来源于“幽灵骑士”。萧朗刚才说了，要和他分头跑，分散注意力，没有想到，“幽灵骑士”连想都不想，就选择了凌漠。按理说，这个自负的坏蛋，应该选择更有挑战力的萧朗才对。

凌漠从小混迹于市井，也没少被欺负过，被打得遍体鳞伤也是时有发生。不过这次不一样，凌漠不仅受了不轻的伤，还得带着这些伤去逃命。“幽灵骑士”是个穷凶极恶之徒，杀人不眨眼，从刚才的动作就可以看出，招招致命。幸亏人在求生欲望极强的时候，可以激发出无限的潜能。肾上腺素的分泌，让凌漠忘却了伤痛，奔跑的速度甚至超过了平时没有受伤时训练的成绩。

凌漠一路狂奔，绕到小山脚下的另一边。那一边是一片废弃的拆迁瓦房，可以看出，以前这里是一片小村落。瓦房破旧不堪，断壁残垣、满目疮痍，瓦房之间的小胡同，更是羊肠九曲。凌漠的脑子转得飞快，是在对这一片胡同的方位进行分析。天很黑，周围没有任何光源，凌漠的电筒也在搏斗中不知道丢哪里去了，月光又如此惨淡。凌漠没有夜盲症，但是在这个幽黑的胡同里，也发挥不出自己辨别方位的“超能力”。

他只有埋着头往前跑，身后的“幽灵骑士”紧追不舍。

胡同两侧的墙壁在凌漠的两边飞快地向后掠过，而凌漠很快便发现自己拐了一个弯，便逃进了一个死胡同。胡同很快就要到头了，两边有几户敞开的房屋，都已废弃，正前方则是一面高高的围墙。

手臂受伤，翻过前面的围墙是不可能的。“幽灵骑士”紧逼在后，想重新拐刚才那个弯，也是不可能的。

天要绝我吗？凌漠的心如死灰。

现在唯一的救命稻草，就是这几间敞开的废屋了，如果在“幽灵骑士”拐过刚才那个弯之前，凌漠能逃进屋内，屋内恰巧有藏身之地，或许能有一线生机。事已至此，只有死马当活马医了。

在“幽灵骑士”拐过最后一道胡同弯之前，凌漠钻进了其中的一间屋子。

很快，凌漠的心再次跌入谷底。

因为这一片都是等待拆迁的房子，屋内的摆设早已被搬空。凌漠钻进的这间屋子，因为年久失修，屋顶的瓦砾甚至都已经塌陷至地面。屋内除了砖垒的火炕和灶台，还有一屋子的砖石瓦砾，空空如也。

无论凌漠躲在屋内的哪个角落，只要“幽灵骑士”一踏进这座屋门，便会立即发现他。

“今日一劫，算是躲不掉了。”凌漠站在屋子的中心，深深地叹了口气。他环视四周，想找一柄合手的工具，做最后的反抗。他知道，拖延的时间越长，他能够存活下来的概率就越大。即便这个概率再大也大不到哪里去。

黑暗之中，凌漠仿佛看见砖垒的灶台旁边有个什么金属物件，于是走过去探身想拿起来。可没想到，不等触到这个金属物件，突然眼前出现了一个坑洞。坑洞口探出一个脑袋，不是萧朗是谁？

原来凌漠看到的这个金属物件居然是一个暗门的把手，暗门的后面，是一个隐蔽的地下暗室，而萧朗早已藏匿在那里。

萧朗一把拽住凌漠，把他拖进了暗室，关上了暗门。

虽然还没有脱离险境，但是凌漠有了一种重获新生的感觉，心里有些激动，说起话来就有些结巴了。

“你你你，你怎么在这儿？”凌漠低声问道。

“这巷子也太夸张了！住户就是住户，有必要做成迷宫吗？”萧朗擦了擦额头上的汗珠，说，“跑进来我就迷了，自知跑不出去，不如找个地方藏起来。我还在担心你呢，没想到你也跑进来了。‘幽灵骑士’都跑不过你，看来我小觑你了。”

“哪有，跑死总比被捅死强。”凌漠看了看四周，啥也看不见。但是从空旷的声音来看，这里应该是一处封闭的地窖。

“他正在挨个房屋寻找。”萧朗把耳朵贴在暗门的壁上，说。

“不愧是感官超于常人，我服了，我啥也听不见，啥也看不见。”凌漠伸出右手，果真是伸手不见五指，“这么黑，你怎么找到这个暗室的？”

“有目的的话，就好找。”萧朗一边侧耳，一边低声说，“之前我办了个案子，那嫌犯就躲在这种地窖之中。从派出所那边获取的信息，一般这边的茶农，家中都会有这样的地窖。说是为了什么湿仓什么的，就是赚快钱的意思吧。这边的小山是茶山，前面是茶厂，后面住的这些，应该都是茶农吧，所以我觉得这些废旧的屋子里应该有地窖。前面几间我都找了，没有，好在这一间有。”

“厉害。”凌漠竖起了大拇指，想了想，又收了回去。他想，反正黑暗之中，啥也看不见。

“你的大拇指指甲该剪了。”萧朗看出了凌漠的心思，有意炫耀一下自己的感官能力，又说，“再厉害也没这个‘幽灵骑士’厉害。如果我不受伤说不定还能和他打一打，这受伤了，看来是打不过了。”

凌漠呵呵一笑。

萧朗见状，说："不信啊？若不是刚才他用催眠，他也不至于伤了我。"

"没有不信。"凌漠一脸真诚，"我得谢谢你，不然刚才他那一脚就能要了我的命。而且，若不是被你拉进这里，我现在说不定已经命丧他手了。"

"哎呀，那就不用客气了。"萧朗摆摆手，说，"其实你也救了我一命。"

"哦？"

"我被催眠了，但是潜意识还是有的。"萧朗说，"就是全身动弹不得。如果不是幻觉的话，我看他用匕首即将刺到我的心脏的时候，突然有一道白光闪过。估计是他紧张了，所以他刺偏了一点儿，刺到了我的肩膀下面。最关键的是，他没有时间再补我一刀取我的小命了。没有猜错的话，那道白光，是你的吧？"

凌漠会心一笑，心想真是瞎猫碰见个死耗子，说："嗯，那是我的电筒，不过现在电筒也丢了。"

萧朗说："不过想来，也真是邪门。我听聂之轩说，催眠最多是让人说真话。'幽灵骑士'的这个催眠，可真是有些邪门，瞬间让我失去反抗能力。而且，看案情，他还能让所有人在潜意识状态下坚定越狱的决心，太邪门了。"

"很多东西，是科学不能解释的。"凌漠叹了口气，说，"怪我之前没有告诉你，其实我早就怀疑他用的是这个邪术了。我以前在社会上混的时候，就听说有这种催眠术。不过掌握这种催眠术的人，在长相上，尤其是眼睛，和别人不一样。我也请教过我们组的程子墨，她说我形容的那种眼睛，叫作虹膜异色。一个人的眼睛全是黑的，看不到瞳孔，如果盯上一个人，本身就让人发毛。再加上他的语言啊、动作啊什么的，就变成邪门之术了。"

"你听说过？"萧朗挪了挪身子，换了个体位，"怪不得你没被他催眠，有没有什么破解之道？"

凌漠点点头，说："也不算什么破解之道，只要不看他的眼睛，就会好很多了。之前，我也看了'幽灵骑士'入狱之前的信息采集照片，那种半身照是看不清瞳孔具体的情况的，所以也没法印证。不过你刚才说的他直接用催眠术策划逃狱也不太可能，我觉得可能是催眠术加上刺激每个人心中的执念，才顺利得逞。"

萧朗突然伸手捂住了凌漠的嘴，看来他听见"幽灵骑士"进了这间屋子。

凌漠很紧张，他感觉到捂住他的嘴的萧朗的手心里也尽是汗水，说明萧朗和他一样紧张。凌漠是被萧朗的动作弄紧张的，其实他和刚开始一样，什么也听不到，什么也看不到。

过了好一会儿，萧朗松开了手。

"走了？"凌漠低声问道，心里很是激动。

萧朗摇了摇头，说："我感觉他在搬东西。如果没有猜错的话，他有可能是在收集助燃物准备点火烧了我们。"

凌漠的眼神黯淡了下去，说："我们掌握了他那么多信息，甚至已经打了照面，他肯定不会放过我们的。"

"你的手机呢？"萧朗灵机一动。

凌漠的眼睛突然亮了起来，像是醍醐灌顶，连忙从内口袋里掏出了手机，不过，眼神很快又重新黯淡了下去，说："没信号，你的呢。"

"哎，我该想到这里不可能有信号，我的手机刚才给B的二奶了，让她报警。"萧朗说，"不过，那婆娘估计是给吓疯了，看来是指望不上她了。也不知道刚才那个小区里的那些人有没有报警。"

"估计没有，那个小区我也去了，他们都好像没事人一样。"凌漠说，"不知道送我来的那个司机会不会报警。对了，你见到B了吗？"

"我去晚了，被'幽灵骑士'杀了。"萧朗的语气满是挫败感。

"'幽灵骑士'果真有本事，知道警力都去了A那边，他可以高枕无忧地杀B。"凌漠说，"我越来越对我们能逃出去不抱希望了。"

"不管怎么说，姥爷他们完成了海城市的任务，没有发现'幽灵骑士'，肯定会想办法来救我们的。"萧朗说，"不过，前提是，我们能扛到那个时候。唉，想想挺对不起姥爷的，他对我那么慈爱，我却丝毫不听他的劝。我看这次我们不听指令，单独行动，即便能活着回去，也会被开除的吧？"

"现在看，和被开除相比，被'幽灵骑士'杀掉更糟糕。"凌漠沉默了一会儿，慢慢地说，"萧朗，要是一个月前有人告诉我，我会跟你一起被困在这里，我大概会觉得生不如死吧。但现在想想，人生最后一个见到的人是你，好像也不赖。"

"生不如死，哈哈，要是一个月前，我应该比你吐槽得更狠一些。说实话，今晚知道你突然消失的时候，我还以为你就是我们内部的内鬼。毕竟你骗了铛铛一次。不过咱说好啊，即便跑出去，这事儿我也不原谅你。算了，先不挤对你了，毕竟你救了我一命。"萧朗听着凌漠颓丧的声音，反而激起了自己心中活下去的强烈欲望，打断他说，"不过，现在还不是时候发表临终遗言吧？"

"哈哈。"凌漠坦然一笑，"我烂命一条，无所谓生死，不过死之前还是把心里的话都说出来比较好。"

"咱们打个赌，我说我们肯定能逃得出去。"萧朗重新把耳朵贴上了暗门，"所以你那些不吉利的话，暂时先咽进肚子里去吧。"

"我们之前就打过赌，谁抓住'幽灵骑士'，另一个人就退出守夜者组织。"凌漠说，"没想到，我们一起找到了他，却要一起命丧他手。"

萧朗的战斗激情被凌漠的这一句话煽动得更热烈了，说："那个赌现在不作数了，现在咱们重新约定一下，如果我们能活着出去，咱们就去喝酒，做朋友。除了骗铛铛的事儿，其他前嫌不究，怎么样？”

“他就在门口，即便逃出去，我们也打不过他。”凌漠说，“对了，你出来为什么不带上你的枪？”

“刚才你还没有来的时候，就被打掉了。”萧朗说，“‘幽灵骑士’一直没用枪，说明他也没有拿到我的枪，枪应该还在工厂大院中间。”

“你刚才怎么不找！”凌漠说。

“刚才醒过来就看见他要踢爆你的头！”萧朗说，“如果我去找枪了，你也就没命了。”

“也就是说，只要我们能跑得出去，能拿到枪，就可以击毙他！”凌漠心里一暖，说。

“喂，大哥，外面的巷子和迷宫一样，又没有手机地图，就是跑出去，早晚也得再钻进死胡同你信不信？”萧朗说。

“我倒是清清楚楚地记得外面的巷子该怎么走。”一向以记忆力超群、对地形敏感度超群的凌漠自信地说，“不过，外面太黑了，我们的速度发挥不出来，还是会被‘幽灵骑士’追上的。”

萧朗一拍大腿，说：“咱们俩现在的情况，不就是瞎子和瘸子吗？只要我们用好瞎子的腿和瘸子的眼睛，肯定可以逃出去啊！”

“你是说，你背着我跑？”凌漠说。

萧朗说：“我还抱着你呢！想什么呢！我的意思是说，我们俩一起往外跑，我在前面跑，因为我可以看得清楚路；你跟着我跑，不用看路也不会撞壁，那么你就可以利用你的记忆力，指挥我左拐还是右拐！只要能到大院里，我肯定能很快找得到我的手枪。”

“与其等死，不如一试。”凌漠将信将疑地点点头，说，“可是‘幽灵骑士’就在门口，我们怎么逃出去？”

“他在来来回回搬动东西。”萧朗说，“一会儿他返回胡同口搬东西的时候，我们就出去，你把你的手机调一个闹铃，放到对面的屋子里。闹铃一响，‘幽灵骑士’肯定会冲去那个屋子，这样我们就有机会逃跑了。”

“好的。”凌漠对萧朗的鬼点子很是佩服。

萧朗的超人听觉果然不是吹的，在萧朗拉着凌漠走出暗室的时候，凌漠的心里还在打鼓。不过出来一看，果然没有看到“幽灵骑士”，看到的是满屋的枯枝稻草。

按照计划，凌漠把手机调整好闹铃后，放到了距离他们房屋最远的一间屋子里。在凌漠重新回到萧朗身边的时候，凌漠手机丁零零地叫了起来。

在极其安静的夜幕当中，刺耳的手机铃声很快引起了正在胡同口收集助燃物的“幽灵骑士”的注意。他飞一样地冲向最远的那间房屋，同时从腰间拔出了匕首。

见“幽灵骑士”进了圈套，萧朗拉起凌漠向胡同口狂奔。

“到岔口了！”

“左拐。”

“丁字岔口！”

“左拐。”

“靠，五岔胡同口。”

“右前方那个胡同。”

“又是岔口！”

“直行。”

“正前方是墙壁，怎么回事？”

“可以绕过去，左拐后马上右拐。”

“我看到远处的工厂了，最后一个岔口！”

“右拐。”

凌漠在身后精确指导，萧朗像是破冰船一样在前面领路。

“幽灵骑士”知道自己中了调虎离山之计后，立即返身向两个人追去。一路上听见前面两个人的声音一高一低，甚是诧异。不过更让他诧异的是，连他自己都不敢保证在黑夜里能钻出去的胡同，居然被这两个人轻松破解了。

冲出了胡同巷，越过了小山，萧朗看见了大路尽头的茶厂。

一路上，刚才的打斗痕迹和血迹都还在那里，熟悉而后怕。

萧朗头也不回地冲进了茶厂，眼睛扫射在大院的各个角落。不远处，一处杂草丛生的灌木丛中，有一个黑色的金属物件的光芒闪了出来。

“宝贝儿！我找到你了！”萧朗心中一喜，冲到了灌木丛中。纵使灌木无情地擦划着萧朗的胳膊和脸，萧朗还是用最敏捷的动作从草丛里拎出了他的手枪。

“凌漠，我们可以反杀了！”萧朗兴奋至极，一跳三尺高，蹦出了灌木丛，端着枪说。

可是身后的凌漠却不见了。

“凌漠！凌漠！”萧朗高声叫道。

“放下枪，说不定我们还有的一谈。”一个低沉的声音响起，萧朗看见工厂大门的一侧闪出一个人影。

“幽灵骑士”用前臂勒着凌漠的脖子，从工厂大门一侧闪进了萧朗的视野。“幽灵骑士”肯定是经过特殊训练的，他机敏地躲在凌漠的背后，甚至连一根头发都没有露出来。不管萧朗的枪法有多绝妙，都不可能透过凌漠击中“幽灵骑士”。

“幽灵骑士”的臂膀应该是很有力量，凌漠不断扭动身体，却无法挣脱，甚至嗓子眼里都挤不出声音。

“幽灵骑士”的匕首狠狠地抵住凌漠的颈动脉，稍一用力，凌漠必死。

“小朋友，我们谈一谈吧。”“幽灵骑士”故作老成地说，“我们之间没有矛盾，甚至我们的目标都是一样的。”

“谁和你一样！”萧朗反击道。

“怎么不一样？”“幽灵骑士”冷笑了一下，说，“我们都是为了胸中的正义。”

“你那是正义？”萧朗说，“私刑是正义？挟持警察、准备谋杀警察，也是正义？”

“挟持你们、杀你们也是逼不得已。”“幽灵骑士”说，“是你们逼人太甚，为了大业，只有牺牲你们。”

“大业？”萧朗说，“把犯罪称为大业的人，还好意思搁我这儿嘚瑟。”

“张口一个法律，闭口一个法律，法律真的公平吗？真的保障了善良的人吗？真的惩治了恶人吗？你们比我更清楚吧！”

“没有法律，你能确定你保障的一定是善良的人吗？你能确定你惩治的一定是恶人吗？”萧朗毫不退让。

“幽灵骑士”咬了咬牙，对这两个死咬他的年轻人恨之入骨。不过，毕竟萧朗此时手中有枪，他不得不行缓兵之计：“这样吧，我们达成一个协议。你放下枪，我也放下刀。我不杀你们，你们也别抓我。你们可以活命，我也可以离开，岂不是两全其美，何必那么较真？”

“别那么多废话。让你放了他，是我痴心妄想，让我放下枪，是你痴心妄想。”萧朗看似不耐烦地说，其实他的脑袋正在冷静地飞快地转着。

2

面对这样的情景，其实萧朗的心里是很有底气自信的。

司徒霸在查缉战术的课上，专门对挟持人质的情况进行了教学和演练。按照规程，如果案犯挟持了普通群众，不到万不得已，没有十足把握，是绝对不能开枪的。但如果挟持的是本组织的同事，则有制服或者击毙对方的机会。司徒霸说过，遇见这种情况，看似持枪者掌握主动权，实则该由被挟持者掌握指挥权。

司徒霸教给大家的办法，就是要被挟持者控制节奏，在挟持力量稍弱的时候，大喝一声，蹲下或者侧避，让身后的案犯露出脑袋、胸膛。而持枪者应该之前就对案犯的身位进行预判和瞄准，在听到大喝一声的同时，对案犯的脑袋开枪。

这可能就是一种配合吧。

萧朗牢记了这种办法，也练得很熟练。但是此时的他想，“幽灵骑士”的犯罪行为，肯定不止他一人所为。也就是说，“幽灵骑士”的背后还有别人。既然这样，他的口供比任何证据、推理、线索都要有效。所以，他必须留下活口。然而，“幽灵骑士”是何等可怕之人？如果不能一枪就让他丧失攻击能力，凌漠的生命也就面临着极大的危险。想来想去，萧朗握紧了手中的手枪，做出瞄准动作，他预判了“幽灵骑士”的身位，瞄准的则是他的脖子。

萧朗听聂之轩说过，脖子是一个很复杂的部位。重要的血管位于颈部的两侧，只要不打中两侧，不会立即失血死亡。但是颈部后方是颈椎，而颈椎里面是脊髓，如果子弹打中的是脊髓，有可能会导致死亡，但因为厚实的椎体减弱子弹的威力，更大的可能则是高位截瘫。

如果有机会开枪，一定要打中“幽灵骑士”的颈部正中。萧朗和“幽灵骑士”之间有二十多米的距离，要求射击精度这么高，萧朗也没有把握。

突然，萧朗的心底一股失望的情绪涌了上来。因为他突然想起，第一堂查缉战术课的时候，司徒霸就是演练这个情景。但是当时的凌漠，像是发了疯一样，不仅乱开枪，还跑出了场外，甚至伤了唐铛铛。这个神秘的凌漠，心里到底有着什么样的结？是对劫持人质这种事情，有精神厌恶或者过度恐惧吗？

想到这里，萧朗透过夜幕，把眼神挪到了凌漠的脸上。果然不出所料，此时的凌漠脸色苍白，下唇颤抖，就像是心脏病病人发病的前期症状一样。如此状态的凌漠，还记得司徒霸教授的一切吗？

左肩重创的萧朗，几乎已经端不动手枪了，他在坚持着，让手中的手枪不要颤抖。然而，心里的失望更甚，这让他几乎想放弃了。

“啊！”突然，来自凌漠的一声长啸。声音是从他被压闭了的声门处强行挤出来的。与此同时，凌漠的上半身猛然向左偏移。显然，长时间的格斗、追逐，让强大的“幽灵骑士”也体力透支，此时勒住凌漠脖子的手也放松了一些。

而这轻微的放松，却给了凌漠机会。

“砰！”枪声和长啸同时响起。萧朗甚至都不知道自己是怎么就扣动了扳机，这几乎就是下意识的反应。

枪响的同时，萧朗的心也提到了嗓子眼。让他喜悦的是，凌漠居然在强烈的心理阴影之下，依旧记得司徒霸教的一切。让他担心的是，这一枪能打中吗？能不打死“幽灵骑士”吗？能让“幽灵骑士”瞬间失去攻击能力吗？凌漠会被误伤吗？

随着“幽灵骑士”的身躯重重地跌倒在地上，萧朗的心放下了一大半，他立即向凌漠狂奔过去。

凌漠跪在“幽灵骑士”的身边，借着重新出现的月光观察“幽灵骑士”的伤势。虽然“幽灵骑士”还在地面上扭动着，但显然已经完全失去了反抗的能力。从他上翻的眼珠来看，他的意识也逐渐不清楚了。

“打中颈部了！真有你的。”凌漠用手摁住“幽灵骑士”的颈部，急匆匆地说，“好像擦着了静脉，血流得挺厉害，应该不会马上死，但拖久了肯定得丧命。有办法叫救护车吗？”

凌漠居然也想着留下活口，说明他和萧朗又想到了一块。

“我受伤了，不然效果肯定比这个强。”萧朗还是嘴硬，他一边仍然警惕地端着手枪指着躺在地上的“幽灵骑士”，一边说，“没手机，怎么报警？车在外面，你一个人在这里行吗？这家伙不会又爬起来吧？”

话音刚落，工厂外面的小巷里仿佛传来了繁杂的脚步声。

“嗨！”萧朗依旧端着枪指着“幽灵骑士”，头也不回地喊，“我们是南安市公安局的，快来这里！谁能报警？”

脚步开始加快，显得更加杂乱不堪。不一会儿，几道白光齐刷刷地把端枪的萧朗和跪在地上的凌漠照得雪亮。

阳北市公安局特警支队的增援到了。

“奶奶的，拍电影吗？”萧朗说，“都完事儿了你们才来。”

不一会儿，一阵轰鸣声从远至近，把更加强烈的光束送来。南安市公安局空中警察支队的直升机也赶到了。

萧朗和凌漠几乎同时一屁股坐在了地上，然后四仰八叉地躺下。疲劳、失血、伤痛、劫后余生，这一切都可以在他们突然放松之后，让他们分分钟虚脱。

两个人仰面看着天空中的半轮月亮，任由医生在他们的身上检查，也不说话。突然，萧朗笑了，凌漠也跟着笑了，两个人越笑声儿越大，到最后甚至笑得前仰后合。

“幽灵骑士”被加戴手铐、脚镣后抬上了救护车，警察们纷纷侧目看着那一对躺在地上傻笑的年轻人。

沉沉地睡了一觉之后，身上的伤反而疼得厉害了。第二天傍晚，睡了一天一夜之后，按时坐在会场准备开会的萧朗和凌漠，都是这样的感觉。

整个会场洋溢着喜庆的气氛，大家都在高声交谈着，复述着过去这三个月的惊心动魄和艰苦卓绝。萧朗和凌漠已经被视为守夜者组织中的英雄，不仅仅是因为他们仅靠两人之力就找到了 B 的所在，抓获了身手不凡的“幽灵骑士”，更是因为他们查清楚了整个逃脱事件的起因动机和策划手段，更是因为他们光荣地“挂彩”了。

这时候，年轻的守夜者组织成员们终于明白了“疤痕是男人的勋章”这一说法。

守夜者组织的保密性依旧延续，所以外界的媒体记者并不知道有这个组织存在，所以更多的鲜花、掌声和闪光灯都给了作为公安局局长的萧闻天。守夜者组织内部，虽然没有这些，但是萧朗和凌漠依旧受到了不一样的礼遇。组员们都围着两人追问追捕的细节，眼神里已不仅仅是对组长的遵从，更多的是对英雄的景仰。

“我们俩就像离弦的箭一样，从两个方向同时攻击过去，一拳一腿同时送到，没想到‘幽灵骑士’左挡右避居然躲过了一招。说时迟那时快，我们俩的第二招又同时赶到，直接打得‘幽灵骑士’满地找牙啊。”头上和肩上打着厚厚绷带的萧朗，若只看上半身，就像是一个木乃伊。不过他丝毫不闲着，一边侃侃而谈，一边比画着。

凌漠微笑着不说话，摆弄着胳膊上的纱布，侧耳听着萧朗报喜不报忧的夸张说法。

“那你们怎么都受伤了？”聂之轩笑着拆台。

萧朗脖子一梗，说：“那聂兄就不知道了！虽然这个‘幽灵骑士’身手不如我们，但是他有刀啊！我们两个赤手空拳，自然吃了一亏。加之这个‘幽灵骑士’实在狡猾得很，利用我们心软，冷不丁地刺杀我们。我们开始倒是不想伤他性命，没想到他如此不知死活。所以最后，对不起了，我也就不手软了，直接一枪打爆了他的脖子。而且我的枪法就是那么精准，打成了昏迷，但没死！等他醒来，一切都有定论了。”

“按理说，这个‘幽灵骑士’心中也应该有所谓的正义，不应该伤你们性命。可没想到，他如此恶劣，招招致命。”聂之轩当然知道萧朗的描述哪些是真的，哪些是夸张的。

“大小姐，你是不知道当时有多凶险。”萧朗见唐铛铛一个人坐在角落里发呆，便挪到她的身边，说，“那一刀，眼看就要扎我心脏上了，我就这么一个鲤鱼打挺……”

“萧望哥还是联系不上。”唐铛铛打断了萧朗的话，抬起头看着萧朗，萧朗才发现她一副楚楚可怜的样子，顿时把自己的牛皮咽回了肚里。唐铛铛说，“按理说，他昨天就应该和我们联系了。”

萧朗被猛然打断，有些发愣。因为唐铛铛担心萧望而不担心他，他有些心酸，也因为唐铛铛的表情而心碎。于是萧朗故意装着酸里酸气地说：“可能是哥哥在执行什么任务吧？我这小命差点儿就废了，你也不担心担心我。”

“你好好地坐在这儿呢，望哥还联系不上。”唐铛铛没有理睬萧朗的醋意，依旧担心道。

“可能萧望不知道‘幽灵骑士’已被捕，还在秘密侦查，我们也着人正在找他！”萧闻天穿着一身整齐的警察常服走进了会议室，打断了学员们的聊天。

听萧闻天这么一说，唐铛铛的心里稍感安心，她点了点头，默默地摆弄手机，可能是在抉择是否需要再打一个电话。

跟随着萧闻天一起进来的，还有所有守夜者组织的导师。

学员们顿时安静了下来，纷纷回到了自己的座位，挺身坐好。

萧闻天坐在导师讲台的正中间，满脸骄傲和自信。从闪光灯中“全身而退”的萧闻天，此时已经自信心爆棚。导师们整齐地坐在讲台之上，要么神采奕奕，要么看不出表情。比如傅元曼，一脸淡然，完全看不出喜怒哀乐。只有对他非常了解的萧朗，才看得出他并不是淡然，他的眉宇之间、眼神之内，除了心疼萧朗，更加散发着忧心忡忡。

在萧朗看来，姥爷那种表情，不是对他判断失误、指挥失当的内疚，而像是对前途的担忧，一种深深的担忧。可是现在形势一片大好，逃狱案完美解决，“幽灵骑士”重伤被捕，组织上也应该依照承诺恢复守夜者的职权，这种担忧又从何而来呢？

萧闻天清了清嗓子，朗声道：“我现在宣布一下组织上的决定。鉴于预备学员们在南安市看守所逃脱案件中的出色表现，组织上决定，即日起，恢复守夜者组织职权。”

萧闻天当局长当了多年，对于这种领导讲话的方式把握得得心应手。此时，他停顿了一下，给学员们机会，爆发出雷鸣般的掌声。看着守夜者组织这一支光荣的队伍在自己手中，即将重新启动，这让所有的学员都异常激动。

导师们其实更加激动。因为学员们并不知道守夜者组织当年是为什么会中止职权，所以他们也就不知道守夜者组织重启的意义所在。而在导师们看来，他们用自己十多年的心血去挑选了一个个优秀继承者，又用三个月的时间把继承者们一个个塑造成精英，扶持着他们立下了如此赫赫战功。真可谓是春蚕到死丝方尽，蜡炬成灰泪始干。学员们就是他们的希望，也是他们的自豪。

“组织的章程、宗旨和职权范围沿用 1997 年之前的章程、宗旨和职权范围。”萧闻天接着宣布，“依据新《刑法》和新《刑事诉讼法》，对章程和职权范围进行相应修改。组织由萧闻天担任组长，司徒霸担任副组长，傅元曼担任顾问。最后一轮淘汰竞赛的表现，导师们已经评分完毕，并淘汰了最后一名学员。组织成员由目前入选的十二名学员中产生，产生方式为综合考核。考核由公安部刑侦局会同人力资源部共同组织进行，定于五天后进行。考核通过的学员将授予人民警察编制以及守夜者组织成员徽章，依法依规履行职能。”

“现在是逢进必考的年代了，只要进公务员队伍，必须进行公平、公正的考核。”萧闻天补充道，“但是，五天之后的考核，绝对不是简单的公务员考试，还有很多涉及专业技能、生平素养以及其他方面的考核。依照我的经验，你们十二个人中间，不一定能全部留下，大家也要有心理准备。”

会场开始出现议论声。

有些学员开始担心自己的前途，是否能继续留下来；有些人开始议论组织上的要求太严苛，经过三个月的地狱式训练和考核，这十二个人个个都是精英，这还需要再考核实在让人不解；有些人则注意到了萧闻天宣布的通知里，只把萧闻天、司徒霸和傅元曼这三个元老纳为守夜者组织成员，是因为这三个人仍是警察身份，而其他导师则已辞职抑或是转行，所以导师们也依律完成培训工作，退出守夜者组织。

萧闻天扫视了一下在座的十二名学员，说：“我现在希望大家能够充分休息、认真准备，虽然我也不知道你们该准备些什么，但是大家对自己的过往要有评价，对未来要有憧憬，这样才能在考核中立于不败之地。我希望大家都可以通过考核，因为守夜者组织多一个人，就能多一分力量！更何况现在的你们，都是人中之龙，都是可以为社会和谐稳定发挥耀眼光芒的优秀孩子！我希望你们都能留下！”

掌声过后，萧闻天接着说：“导师组，只留下我们三个人，其他老师，组织上会依据具体情况来决定是否邀请作为外聘教师来进行教学。”

傅元曼站起身，说：“大家辛苦了，这五天的时间，大家可以回家休息，顺便省亲。五天后，我们这里再见。”

说完，率先离开了会议室。

傅元曼的举动，让萧朗确定了姥爷存在忧心的判断，他决定明天回家后，再好好地问问他。不过现在，他首要的目的，是要履行昨天晚上在危机之中和凌漠定下的约定，和凌漠喝酒去。

学员们都在收拾桌面，准备离开，萧朗暗中给凌漠使了一个眼色。

凌漠淡淡一笑，微微点头。

3

萧朗在学校的时候自称是“烤肉啤酒小王子”，酷爱路边摊的感觉。

此时正值国庆假期，闲来无事没有出去旅游的人们，开始思念烧烤的味道，所以整个小吃一条街已经座无虚席。萧朗和凌漠已经换下了作训服，穿着轻松的便装，并肩踱到了小吃街。他们俩找了一个偏僻的角落坐下，要了三升的生啤和一些烤串。

萧朗和凌漠两人的头部、胳膊都包着雪白的纱布，不禁引来周围摊位食客们纷纷侧目。两个人你看看我，我看看你，忍俊不禁。哪有包扎成这样的人跑出来吃烧烤、喝啤酒的，显然就是两个吃货从医院里逃出来撒欢嘛！

天气已经开始转凉，冰凉的啤酒喝进了肚子里，刺激得萧朗一个激灵。

“爽啊。”萧朗擦去唇边的泡沫，说，“咱们这算是一杯泯恩仇了吗？”

“你不是说那件事情永远不会原谅我吗？”凌漠故意提示。

萧朗说：“啊，对啊！这事儿是原则问题，咱们的恩仇不能泯不能泯。”

“其实我真的不是有意欺骗唐铛铛。”凌漠说，“只是我不知道该怎么解释。”

“你要说你也是被误导的对吧？”萧朗半信半疑地说，“铛铛说你就是南安市南口人，你还能不知道南口区有那么个建筑样板群？”

凌漠摊摊手，说：“虽然我的户籍在那里，其实我在南口只住了一个礼拜。我受不了家里的人，所以跑出来了。以前混世的地方，并不在南口。而且那个建筑群那么隐秘，我是真的没有见过。”

“那你说你去过东林？你不一直都在南安吗？”萧朗仍然半信半疑。

凌漠的脸上出现了一种尴尬的表情，说：“我九岁才来南安。之前的事情，我实在不想告诉任何人。抱歉，萧朗。”

萧朗是个直肠子，他察言观色，觉得凌漠这一句真的不像是在骗人。而且他转念一想，如果凌漠真的要欺骗他们战鹰组，为何到后来又要帮萧朗一把，把他留在了组织？说不定他真的是有什么难言之隐吧。于是，他问出了自己胸中最后一个疑问：“你说你找到那张照片，是因为一只流浪狗？难道你记忆力能好到对一只狗都过目不忘？”

凌漠苦笑了一声，饮尽了杯中的啤酒，说：“并不是记忆力好，而是我觉得我自己，和那只狗差不多。”

凌漠的沧桑表情和这一句话，直接唤起了萧朗的恻隐。他此时已经决定相信凌漠。

“行了，行了，谁都有不堪回首的事情。回到正题，你救了我一命，这一杯，我敬你。”萧朗又倒满了一杯，一口喝下。

凌漠没有说话，默默地又干了一杯。

“不知道，我会不会有一天也能比‘幽灵骑士’还能打。”萧朗有意岔开话题，说，“他确实蛮厉害的。”

“你不是说三个月一到，你就退出吗？”凌漠盯着手中的肉串，说，“退出了，估计就没戏了。”

萧朗低头思索片刻，说：“不知道为什么，我居然忘记了要退出的想法。”

凌漠呵呵一笑。

萧朗撸下一串，用力地嚼着，说："反正还有五天，我想想再说吧。现在首先要搞清楚的是，我姥爷为何闷闷不乐。"

凌漠显然也在开会的时候看出了傅元曼的不悦，说："是因为他分析错了吗？"

"错了？什么错了？"萧朗又喝下一杯，说，"你是说对'幽灵骑士'的行踪分析吗？你认为我姥爷错了，我可不这样认为。"

凌漠放下烤串，坐直了身体，认真地听萧朗分析。

萧朗侃侃而谈："你换位思考一下。如果你是我姥爷，摆在你面前的事实就是，A 的位置很清楚，B 的位置不清楚。组织里很有可能有'幽灵骑士'的内线，组织的活动，'幽灵骑士'都可以提前掌握。警力就那么多。现在，你要做出决定，如何进行围剿。"

凌漠耸了耸肩膀，做出一副愿闻其详的样子，但并没有回答萧朗。

萧朗接着说："如果姥爷选择了 A，'幽灵骑士'很有可能去杀 B。如果姥爷选择了 B，那么'幽灵骑士'可以更加方便地去杀 A。如果姥爷把警力平分，A 和 B 确实都有可能抓到了，但是'幽灵骑士'绝对就不会出现了。逃犯已经抓完了，'幽灵骑士'也会因此就销声匿迹，或者去做更大的、我们更无法掌握的案子。换句话说，无论姥爷怎么做，都是不可能抓得到'幽灵骑士'的。相比于这些逃脱案犯，'幽灵骑士'的威胁更大。他不仅仅威胁到了别人的生命，更是威胁到了法律的尊严。"

"你是说，我们的私自行为，其实傅老爹早就已经预料到，甚至说，是傅老爹一手策划的？"凌漠说。

萧朗神秘兮兮地微微一笑，说："以姥爷的聪明才智，绝对不会放着全盘取胜的棋不下，而去退而求其次。"

凌漠恍然大悟地点点头："之前你和我说你怀疑我是内鬼，我还很不服气呢。那天，傅老爹第一次单独约见我俩的时候，我就表明了我的态度，傅老爹绝对不会认为我是内鬼。所以，他知道我去B那边，故意让我去的。”

萧朗接着说：“嗯！从姥爷在那次会议上的言语来看，就是明确告诉‘内线’，我们要去A那里了！我们要抓A和‘幽灵骑士’！这分明就是把‘幽灵骑士’赶去了B那边。会议结束后，我留了下来，找姥爷辩论，从刚开始，我就感觉姥爷是一副胸有成竹的样子。不过，后来的辩论，实际上，姥爷并没有取得上风。那么，他的胸有成竹是哪里来的呢？现在我想明白了，他是对我会违反组织决定，悄然私自行动的行为胸有成竹。他太了解我了。你想想，如果姥爷不想让我俩走，又知道我俩肯定要走，我俩有本事那么容易地逃离基地吗？”

“可是，傅老爹为什么不能多派一些人帮助你？”凌漠说，“而默许你单独一个人来帮助我？”

萧朗说：“我觉得吧，之所以放任我们俩的行为，是因为姥爷除了我们俩，就没有其他可以相信的人了。他必须用我们俩的实力，来赌一把。为什么那么兴师动众地把队伍全部拉去海城？这明显就是一招烟幕弹嘛。”

“荣幸之至。”凌漠淡淡一笑，说，“我不觉得傅老爹会这么信任我。不过，就连在一起战斗那么多年的老伙伴们，傅老爹也不能信任吗？”

“在我和我姥爷谈话的过程中，我也提出了内线有没有可能是导师的疑问。他没有为导师们辩解的依据，只是说他个人相信他们。”萧朗说，“从这一点我可以看出，其实姥爷的心里并不相信他们。姥爷对我是充分信任的，对于你，他拿不准。但是他有一点可以确定，如果你是内线，去通报守夜者组织的行动决定，那么‘幽灵骑士’更会落入圈套，被我缉拿；如果你不是，那么你的擅自行动必然会帮助到我。”

“明白了，这一招就叫作顺其自然吧。如果我真的是内线，我这个内线也被你连锅端了。”凌漠说，“不过，傅老爹低估了‘幽灵骑士’的能力。”

“现在看起来，‘幽灵骑士’确实高明得很。”萧朗说，“在他做的每一起案件中，总有把杀人伪装成自杀或者意外的迹象，这个迹象存在，却又能让高明的法医或者警察揭露。这让警方看起来，会觉得这个‘幽灵骑士’手法很业余，从而放松对他的警惕。另外，他又达到了制造影响、给网民显露名声的目的。一方面，他的行动出名了，获取了网民的支持和美誉；另一方面，他又造成了警方的低估。”

“正是因为这样，傅老爹低估了‘幽灵骑士’的能力。他本以为你这个被司徒霸精心调教、又带着手枪的人，足以制服‘幽灵骑士’。”凌漠点点头，慢慢地说，“他不告诉你目的，装作和你观点不一，让你憋着一口气要赢他，这样才能激发出你的潜能。傅老爹真是用心良苦。”

“行动这么顺利，这么成功，我们也就受了一点点小伤。”萧朗说，“所以，我才对姥爷为什么忧心忡忡感到疑惑。”

“我猜，他是在疑虑我们内部的内线，该怎么拔除。”凌漠独自喝完了一杯。

萧朗揉着太阳穴，说：“我也想到了这个问题。不过，这不算什么问题吧？我猜，五天后的考核，很大成分就是为了这个来的。非警察身份的导师都没有直接进入新的守夜者组织，我想也是因为这个理由。既然组织上都这么重视了，这个内线应该不难拔除吧？而且，‘幽灵骑士’已被捕，这个内线应该已经没有了犯罪的能力。再说，等‘幽灵骑士’醒来，一切都会真相大白。姥爷何必如此为难自己？”

两个人纷纷沉默了。

“你觉得，就是只有内线这么简单吗？”凌漠幽幽地说。

萧朗没有回答，而是在思考。

凌漠又饮尽了一杯，慢慢说："我来问你几个问题。第一，'幽灵骑士'既然要杀死所有逃狱的案犯，那为什么不在他们刚刚逃脱后就杀？如果说逃脱的人太多、场面太杂乱，'幽灵骑士'无从下手的话，经过调查显示，在逃脱后，'幽灵骑士'是和A或者B在一起伴行了一段时间的。他身手这么好，为什么不那个时候就杀？岂不是会给他省去很多麻烦吗？第二，'幽灵骑士'的越狱计划是建立在一辆大客车撞击看守所院墙这一行动之上的，而且有个必要条件，就是了解那个被判刑的看守所原所长更改了看守所操作规程。这么缜密的计划、这么多外援配合，岂是一个内线就可以做到的？第三，'幽灵骑士'不仅仅每次都能获知我们的行动方向，更是能够在我们之前，寻找到这个方向内的精确位置。方向研究很难，精确定位也不简单。这可不是一个内线，或者一个'幽灵骑士'能独立做得到的事情。"

从萧朗认识凌漠以来，是第一次听到凌漠说一整段话。在此之前，凌漠给萧朗的印象就是孤僻、阴冷、少话。但是凌漠刚才说的这一段话，像是揭开了蒙住萧朗眼睛的面纱。

萧朗很是兴奋，说："如果你单独问我第一个问题，我无法作答，但是结合你后面的问题，我知道了你的意思。'幽灵骑士'之所以没有第一时间杀死A或者B，是因为他还没有接到命令。结合你后面的问题看，'幽灵骑士'应该是一个犯罪组织中的一员。那么，逃脱案是他接受的第一个任务，这个任务并没有杀人的命令，所以他没有在刚刚逃脱之时就杀人。根据我哥哥的情报，他逃脱之后，去了趟东北，然后又回来了。这说明，在他去东北复命后，领到了第二个命令，那就是杀害这些逃脱的犯人。因为有组织，那么就不是一个内线、一个'幽灵骑士'那么简单了，有多人合作，又在暗处，纪律严明，步骤清晰，所以才能策划出天衣无缝的计划，才能定位出精准无比的位置，才能造出社会影响。"

“可是，为什么有组织，他们不直接派人去看守所外面把栅栏撬开，而是要让A和B冒充警察冒险混出来，自己去撬呢？”凌漠问。

萧朗说：“很明显，他们是要警方把策划者的怀疑对象定位在A和B的身上。如果有别人撬开了外面，警方的侦查重点肯定就是撬栅栏的外人了。A和B确实是冒险，不过一旦A和B失败，他们依旧可以有后手，就是让自己人去撬。”

凌漠嘴角微微上扬，一副骄傲的表情，说：“有组织犯罪，这就是傅老爹的忧心所在吧。”

“也不至于吧？”萧朗继续撸串，说，“邪不压正！‘幽灵骑士’现在是在昏迷，但是又不是植物人！他不过是失血过多罢了。一旦治疗得当，‘幽灵骑士’必然会在几天内苏醒，那么，这个组织的面纱也就慢慢地被揭开了。有南安警方、有我们守夜者组织，什么褥疮都能给他挖掉。不过，自己的组织里出了内鬼，在挖出来之前，姥爷总是会烦恼的。”

“也是。”凌漠附和了一句。

两个人继续大快朵颐。

“但，如果‘幽灵骑士’被灭口了呢？”凌漠突然瞪大了眼睛。

萧朗停止了咀嚼：“不，不会吧？警方派出了重兵守在医院。”

“防一个人可以，防一组人呢？”凌漠的神色已经变了。

两人对视了一会儿，不约而同地扔下手中的竹签，向停在不远处的萧朗的座驾奔去。

萧朗和凌漠把车急刹在医院的大门口，双双跳下了汽车。医院的大门口，散落着一些金属、玻璃和塑料的碎片，周围还有人在对着医院的大门口指指点点。看起来，这里好像刚刚发生了什么意外。

这让两个人的心里猛地震动了一下。

两个人不顾一切地奔上了急诊大楼二楼，关押“幽灵骑士”的急诊ICU病房。和萧朗心中的不祥之兆相比，这里安静了很多。

楼道干净、整洁，ICU的大门口，站着几名武装整齐的警察，还有受命于守夜者组织，在病房配合监控的聂之轩。

看着聂之轩若无其事的表情，萧朗和凌漠的心瞬间放了下来。

“你们怎么来了？”聂之轩一脸茫然，从椅子上站了起来，用那完全看不出来的假肢，走到了两个人的身边。

“这里都还好吧？”萧朗问。

“没事啊。”聂之轩对两个人惊恐、焦急的表情表示不解。

“我看看他。”萧朗在聂之轩的介绍后，穿过警察守卫的大门，走到了里间。

里间是一个封闭式的无菌病房，通过一扇大的玻璃隔断，可以清楚地看到里间的情况。“幽灵骑士”躺在中央的病床之上，纹丝不动。脸上带着透明的氧气面罩，压在被单外的左边胳膊上还带着软管，这是方便随时进行静脉注射用的静脉通道。

“幽灵骑士”的身上连着很多电线，电线连接着一旁的生命体征监控仪。监控仪上的数字和波浪线都很稳定，看起来他的生命体征良好。估计以此治疗，不出二日，“幽灵骑士”就会苏醒过来。

“放心吧，没事的。”聂之轩用假手拍了拍萧朗的肩膀，说，“监护仪的音量调到了最大，输出口，除了放在医生值班室，我们手上也有。一旦他的生命体征出现波动，监护仪的报警端就会报警，我们也会第一时间察觉。”

看到稳定的绿色数字，不懂医学的萧朗也放下心来，和凌漠、聂之轩一起坐到了ICU门口的连排椅上。

“你怎么一头是汗啊？”萧朗问聂之轩。

聂之轩拿下帽子，擦了擦额头上的汗珠，哈哈一笑，说："刚才出了一场事故。"

"事故？"萧朗的心里又是咯噔一下，不过他很快想到了监护仪上的数字，随即又放松了下来。

"半个小时之前，在医院大门口，发生了一起交通事故。"聂之轩说，"一辆小轿车和一辆三轮车撞了。估计是三轮车没开灯吧，而且三轮车严重超载了，坐了六七个村民。"

"严重吗？"萧朗问。

"严重，倒是不严重。"聂之轩说，"不过三轮车倾覆了，六七个人都不同程度受伤了。最重的，额头上缝了十几针。"

"那也挨不着你什么事情啊。"凌漠说。

聂之轩自嘲似的一笑，说："学医的人，医者仁心吧，看到有人受伤，我就比较关注。当时受伤的人比较多，因为这是晚上了，值班医生有限，我们这个楼层的医生、护士都赶去支援了。可没想到，开轿车的人又比较横，双方在医院大堂就打起来了。为了防止事态的进一步发展，很多人去劝架。本来就受伤了，谁也不敢保证不出意外。我见守着这么多警察，如果不去拉架，群众会说我们不作为，所以我就带着一个民警去劝架了。"

"所以跑了一头汗？"萧朗嘲笑地说。

凌漠则隐隐地觉得哪些地方不对，说："然后呢？"

"劝开了，包扎好了，双方就走了，应该是去交警队了吧？"聂之轩说。

"那二楼这边，有动静吗？"凌漠问。

聂之轩看了看站在ICU大门两侧的警察。

一个民警说："没事，安静得很。"

另一个民警说："哦，中间有护士进去给他打了药。"

"什么？"萧朗和凌漠一起叫道。

"怎么了？"民警说，"按医嘱，这时候确实是有一针要打的。而且，护士持着我们公安局核发的证件。"

"你不是说，这个楼层的医生护士都赶到楼下去支援了吗？"萧朗心里一凉。

"是啊。"民警说，"可能是留下了一个人吧。"

"如果这起交通事故是人为策划，为的就是把医生护士都给引走，然后趁一楼杂乱偷取证件、趁二楼没人混入病房呢？"凌漠低声对萧朗说。

聂之轩也听见了，说："不会吧，监护仪是正常的啊。"

"打针了。"一名护士持着证件，端着注射用的盘子走到了大门口。

"不是打过了吗？"民警说。

"打过了？"护士从口袋里拿出记录本，慢慢地翻看着。

三个人对视了一眼，感觉身上的汗毛都竖了起来。三个人不约而同又重新跑进 ICU，隔着玻璃看着里面的"幽灵骑士"。

"幽灵骑士"还是纹丝不动。监护仪上的数字依旧稳定。

"难道是我们想多了？"萧朗自言自语道。

三个人在玻璃隔断前站了一会儿，突然，聂之轩惊呼道："不好！多了根线！"

"什么线？"萧朗还没有反应过来，聂之轩就迈动假腿冲进了无菌病房。

顺着聂之轩并不灵活的假肢，萧朗和凌漠看得清楚，聂之轩捋出了一根黑色的长线。这根长线和贴在"幽灵骑士"身上的诸多电击相连，最终连接在一个黑色的小盒子上。

猜得出来，这个黑色的小盒子里安装了一种程序，可以通过各电击把一个假的生命体征信号传输到生命体征监护仪上，伪造出一个正常的生命体征信号。监护仪不是人脑，无法识别真伪，所以并没有发出任何报警声。

为什么要连接这个？

显而易见。

聂之轩健侧[1]的手颤抖着扶上“幽灵骑士”的颈动脉，另一只假手小心地拨开了“幽灵骑士”的眼睑。虽然此时的幽灵骑士身上尚有温度，看不出异常，聂之轩也无法从“幽灵骑士”那个虹膜异色的眼睛里看出什么瞳孔的变化。但是从他毫无动静的脉搏、向上翻着的白眼，还有紧闭的牙关来看，他早已一命呜呼了。而且在死亡之前，更是经历了无比的痛苦。

“快报告指挥部！”聂之轩一个转身，冲出了病房的门，朝着门口已经惊呆的民警喊道。他的表情里充满了惊恐和内疚。

惊讶的感觉已经过去了，萧朗和凌漠感到无比的沮丧。

这是一起精心谋划、毫无破绽的灭口行动，让人咋舌。纵使他萧朗和凌漠同在，也不敢保证“幽灵骑士”不被杀害。

萧朗和凌漠分别站在病床的两侧，上下观察着，希望能找得出一些破案的线索。不过，现场除了那个伪装生命的黑匣子，还有那一具逐渐僵硬的尸体，似乎什么都没有留下。

是啊，这么精心的预谋，自然不会留下什么。

“一个会催眠的人，还是被人弄得长眠了。不管怎么说，我们都交过手，握个手算是永别吧。”萧朗一边自言自语，一边仪式性地从白色的被单里拿出“幽灵骑士”的右手，轻轻握去。

1　健侧，是指健康的一侧。

手还没有握上，却看见“幽灵骑士”右手的掌心之中滑落下一个卷起来的纸条。

萧朗和凌漠赶紧捡起纸条，打开一看，两个人一脸惊愕、面面相觑。

纸条上打印着三个字：守夜者。

（未完待续）

图书在版编目（CIP）数据

守夜者 / 法医秦明著 . —南昌 : 百花洲文艺出版社，
2017.4（2020.11 重印）
ISBN 978-7-5500-2060-3

Ⅰ . ①守… Ⅱ . ①法… Ⅲ . ①推理小说—中国—当代
Ⅳ . ① I247.5

中国版本图书馆 CIP 数据核字（2016）第 325997 号

出 版 者 百花洲文艺出版社
社 址 南昌市红谷滩新区世贸路 898 号博能中心Ⅰ期 A 座 20 楼 邮编：330038
电 话 0791-86895108（发行热线） 0791-86894790（编辑热线）
网 址 http：//www.bhzwy.com
E-mail bhzwy0791@163.com

书 名 守夜者
作 者 法医秦明
责任编辑 黎紫薇
经 销 全国新华书店
印 刷 嘉业印刷（天津）有限公司
开 本 700mm × 980mm 1/16
印 张 22
字 数 267 千字
版 次 2017 年 5 月第 1 版
印 次 2020 年 11 月第 20 次印刷
书 号 ISBN 978-7-5500-2060-3
定 价 39.80 元

赣版权登字：05-2016-450

法医秦明作品之“守夜者”系列

第一季 《守夜者：罪案终结者的觉醒》

22 个逃犯流入街头，

1 个神秘组织临危受命，

倒计时开始，

黑暗中究竟藏着什么？

第二季 《守夜者 2：黑暗潜能》

一家厄运缠身的黑旅店

一个女婴不断夭折的小镇

当黑暗潜能逐渐被揭开

是凶险，还是转机？

第三季 正在创作中，敬请期待。

你也可以关注微博 @ 法医秦明 @ 磨铁小说 @ 元气社

了解 # 法医秦明守夜者 # 更多有趣活动